W0311637

ullstein

Das Buch

Die toughe Rechtsanthropologin Linnea Kirkegaard kann sich nicht so recht an das idyllische Familienleben mit dem Polizisten Thor und seiner Tochter gewöhnen. Glücklicherweise kann sie sich gelegentlich noch in ihre eigene Wohnung flüchten. Doch als Thor sie in einem mysteriösen Fall um Hilfe bittet, zögert sie keine Sekunde. Am Tatort des grausamen Mordes findet Linnea eine junge, blutverschmierte Schwarze. Ist sie Opfer oder Täterin? Bevor Linnea mehr herausfinden kann, verschwindet die junge Frau spurlos.

Die Ermittlungen führen bis nach Somalia, wo mehrere dänische Entwicklungshelfer zu Tode gekommen sind. Sie wussten zu viel über dubiose Waffengeschäfte. Doch was hat der Mord im winterlichen Kopenhagen damit zu tun? Linnea muss entsetzt feststellen, dass ihr verstorbener Vater in beide Fälle verstrickt war. Und dass einige Parteien daran interessiert sind, dass die Wahrheit nicht ans Licht kommt und die junge Frau nie gefunden wird. Eine dramatische Verfolgungsjagd beginnt …

Die Autoren

Hinter dem Pseudonym Bødker Bruun verbirgt sich das Autorenpaar Karen Vad Bruun und Benni Bødker. Karen Vad Bruun, Jahrgang 1977, lebt und schreibt in Kopenhagen. Benni Bødker, Jahrgang 1975, ist Autor zahlreicher Kinderbücher. *Bevor mir der Tod die Augen schließt* ist nach *Verleumdung* ihr zweiter Kriminalroman um die toughe Ermittlerin Linnea Kirkegaard.

Karen Vad Bruun und Benni Bødker

Bevor mir der Tod die Augen schließt

Kriminalroman

Aus dem Dänischen
von Ursel Allenstein

Ullstein

Besuchen Sie uns im Internet:
www.ullstein-taschenbuch.de

Der Abdruck des Zitates auf Seite 15 erfolgt
mit freundlicher Genehmigung des Reclam Verlages

MIX
Papier aus verantwortungsvollen Quellen
FSC® C014496

Deutsche Erstausgabe im Ullstein Taschenbuch
1. Auflage Januar 2014
© für die deutsche Ausgabe Ullstein Buchverlage GmbH, Berlin 2014
© 2012 by Karen Vad Bruun und Benni Bødker
Titel der dänischen Originalausgabe:
Før døden lukker mine øjne (Modtryk, 2012)
Umschlaggestaltung: ZERO Werbeagentur, München
Titelabbildung: Frau: lightkey/getty images;
Eisstruktur: Johner Images/getty images;
Landschaft: knape/getty images
Satz: LVD GmbH, Berlin
Gesetzt aus der Garamond
Papier: Holmen Book Cream von Holmen Paper
Central Europe, Hamburg GmbH
Druck und Bindearbeiten: GGP Media GmbH, Pößneck
Printed in Germany
ISBN 978-3-548-28536-8

1

Pass auf, die Planken sind vereist! Wir brauchen nicht noch mehr Tote.«

Hauptkommissar Thor M. Dinesen ignorierte die Rufe, die durch die frostklare Luft vom Ufer her zu ihm herüberdrangen, und starrte stattdessen geradeaus. Die Blutspur schlängelte sich von der Leiche weg wie eine Signatur unter dem eigentlichen Motiv. Auch wenn sich bereits Kristalle gebildet hatten, war das Muster des geronnenen Blutes auf dem dicken Eis nach wie vor deutlich zu erkennen. Er drehte sich ein wenig nach links, um die Leiche anzusehen. Aus der Entfernung betrachtet erschien ihm die Szenerie noch unwirklicher.

»Man könnte meinen, Bjørn Nørgaard hätte hier eine Kunstperformance veranstaltet.«

Thor murmelte leise vor sich hin und betrachtete das Eis, eine weiße Leinwand für das makabre Bild. Es war so perfekt, beinahe wie arrangiert. Der nackte Tote hatte einen athletischen Körper und lag in einer seltsam gekrümmten Haltung da, als würde er sich der Arabeske des Blutes anpassen. Mikkel Spang-Hansen, 31 Jahre alt, freiberuflicher Journalist mit steiler Karriere und Eisbader. All das und einiges mehr wussten sie bereits über das Opfer, doch aus welchem Grund er hier seinen Tod gefunden hatte, verrieten weder diese Informationen noch die Anordnung dieses Bildes. Bis jetzt. Thor starrte weiterhin angestrengt über das Eis. Er hatte das Gefühl, die Komposition könnte ihm etwas Entscheidendes verraten, wenn er sie nur lange genug analysierte, doch alle wesentlichen Hinweise schienen ihm sofort wieder zu entgleiten.

Mittlerweile zeigten sich die ersten Strahlen der Morgensonne, und er versuchte, seine Gedanken neu zu ordnen und sich auf etwas anderes zu konzentrieren.

»Na, was denkst du?«

Die knirschenden Schritte auf dem festen Schnee hinter ihm waren verstummt. Thor konnte den Atem seines Kollegen im Nacken spüren.

»Ich denke daran, wie warm es jetzt gerade in Virginia ist.«

»Du bist doch ein Masochist. Außerdem zielte meine Frage nicht darauf ab.«

»Dann musst du sie das nächste Mal eben anders stellen.«

Thor drehte sich zu Kommissar Daniel Kraus um, der ausnahmsweise fünf Minuten eher als er am Tatort eingetroffen war. Sie hatten einen kleinen Wettbewerb laufen, wer zuerst am Tatort war, und Thor gewann fast immer, obwohl er im Gegensatz zum ewigen Junggesellen Kraus oft innerhalb kürzester Zeit jemanden finden musste, der auf seine Tochter aufpasste.

»Außerdem glaube ich kaum, dass ich hier der Masochist bin.«

Er deutete auf das Eis. Kraus schüttelte den Kopf.

»Wie ein Selbstmord sieht das nicht grade aus, wenn du mich fragst.«

»Ich meinte auch eher das Eisbaden.«

Thor und Kraus befanden sich in der Mitte der Brücke, die zu den hölzernen Umkleidekabinen der Badeanstalt Helgoland führte. Hinter ihnen lag der Amager Strandpark unter einer Schneedecke und erinnerte eher an ein Wintersportgebiet als die neueste Sommeroase der Großstadt. Vor ihnen tauchten die Holzpfähle des erst kürzlich wiedererrichteten Meeresschwimmbads auf. Von hier hatten sie einen direkten Blick auf das fünf bis sechs Meter entfernt liegende Loch im Eis, neben dem man das Opfer vor knapp einer Stunde gefunden hatte.

Hier trafen sich von Oktober bis Mai jeden Dienstag die Eisbader, und es war bekannt, dass Spang-Hansen normalerweise vor den anderen eintraf. Der Vereinsvorsitzende hatte ihn auf dem Eis gefunden und den Notruf alarmiert, die Streife war zur selben Zeit eingetroffen wie der Rettungswagen. Der Mann war übel zugerichtet und blutete stark aus einer tiefen, fünf bis sechs Zentimeter langen Wunde auf der linken Seite des Halses. Während die Rettungssanitäter übernahmen, führte die Polizei ein kurzes Verhör mit dem Vereinsvorsitzenden durch.

Er erklärte, er habe den Mann auf dem Eis sofort entdeckt und weder Puls noch Atmung feststellen können. Die Sanitäter bestätigten kurz darauf, dass Spang-Hansen keine Vitalfunktionen mehr aufwies und die vielen Verletzungen vermutlich von Messerstichen stammten. Zum Glück hatten die Streifenpolizisten so schnell gehandelt, dass Thor und seine Kollegen kurz nach dem Leichenfund und vermutlich auch nicht lange nach dem Mord eingetroffen waren. Die Beamten von der Streife hatten sofort den Dienstgruppenleiter im Präsidium kontaktiert, einen mutmaßlichen Mord gemeldet und dann damit begonnen, das Gelände abzusperren. Der Gruppenleiter hatte daraufhin die Mordkommission mit Thor M. Dinesen als diensthabenden Beamten eingeschaltet und zudem die Unterstützung der Kriminaltechnik, eine Hundestaffel sowie einen Rechtsmediziner angefordert, der allerdings noch auf der Køge-Bucht-Autobahn im Stau steckte. Er würde demzufolge die Leichenschau erst durchführen können, wenn bereits wertvolle Ermittlungszeit unwiderruflich verloren gegangen war.

»Wir brauchen die Namen der anderen Eisbader«, sagte Thor. »›Die Wikinger‹ oder wie sie sich nennen. Einige sind inzwischen sowieso aufgetaucht, aber es gibt doch bestimmt auch eine Mitgliederliste.«

»Wir haben auch ein paar Leute losgeschickt, um die Nachbarschaft zu befragen. Sollte es Zeugen geben, werden wir sie garantiert finden.«

Thor hörte nur mit halbem Ohr hin, was der Kollege erzählte.

»Er wurde vermutlich vor nicht allzu langer Zeit hier ermordet. Nicht gerade der diskreteste Ort der Welt. Außer ganz früh am Morgen, bevor die Eisbader und alle anderen Frühaufsteher auf den Beinen sind. Natürlich kann es sich um eine Zufallstat handeln. Raubmord oder irgendwas in der Richtung. Aber dazu erscheint mir das alles viel zu geordnet. Was sagt uns das?«

»Dass es sich um einen vorsätzlich geplanten Mord handelt.«

Thor nickte und holte sein Handy aus der Tasche.

»Und nicht nur das. Der Mörder muss gewusst haben, dass Spang-Hansen immer als Erster hier ankam. Also sollten wir wohl erst mal die übrigen Masochisten im Club unter die Lupe nehmen. Wer weiß, vielleicht erweist sich ja einer von ihnen auch als Sadist.«

*

»So macht meine Mutter den aber nie!«

Maja schob die Schale mit dem Haferbrei von sich und schaute Linnea an, gespannt darauf, wie ihre Provokation ankommen würde. Linnea hatte eine elende Nacht mit verstopfter Nase hinter sich, und nachdem Thor zu einem mutmaßlichen Mord gerufen worden war, hatte sie lange unter der warmen Dusche gestanden, um Energie für den Morgen mit seiner siebenjährigen Tochter zu tanken. Sie hatte sich gerade noch eine Tasse Kaffee kochen können, ehe es Zeit wurde, das Mädchen zu wecken und ihr zu erklären, dass ihr Vater leider zur Arbeit musste und Linnea und sie einen Vormittag zu zweit vor sich hatten.

Maja hatte Linnea misstrauisch angeblickt. Kein Wunder, denn bisher hatten sie nicht viel Zeit miteinander verbracht. Linnea übernachtete eigentlich nur bei Thor, wenn Maja bei ihrer Mutter war, worüber sie auch froh war.

»Tja, das wird wohl daran liegen, dass ich nicht deine Mutter bin. Und wenn du ihn jetzt schon eklig findest, solltest du ihn erst mal probieren, wenn er kalt geworden ist! Ich an deiner Stelle würde ihn schnell essen, bevor er erstarrt.«

Linnea bereute sofort, dass sie das Mädchen angeschnauzt hatte. Aber wenn es nach Maja ginge, gäbe es von morgens bis abends nur Leberpastetenbrote, und das konnte nicht gesund sein. Während Maja am Esstisch hockte und schmollend in ihrem Haferbrei stocherte, stand Linnea in der offenen Küche mit Aussicht über die Einfamilienhäuser in Valby und schmierte Pausenbrote. Wieder einmal überkam sie das dringende Bedürfnis, die Doppelhaushälfte im Cæciliavej mit der Schaukel im Garten und der Katzenklappe in der Haustür einfach zu verlassen, und die eigene, minimalistisch eingerichtete Wohnung in der Knabrostræde mit den immer noch unausgepackten Umzugskartons und der Matratze auf dem Boden erschien ihr plötzlich wie der Ort auf der Welt, an dem sie am allerliebsten wäre.

Die ganze Aktion war typisch für Thor und seine unkomplizierte Sicht auf alle Dinge. Seinetwegen steckte sie nun von Paracetamol betäubt bis über beide Ohren in Haferbrei und Leberpastete.

Thor und Linnea waren sich zum ersten Mal kurz nach ihrer Ankunft in Kopenhagen begegnet. Die gegenseitige Anziehung war stark, allerdings nur so lange, bis Thors Tochter ins Bild kam. Zu dieser Zeit konnte Linnea ihr Leben unmöglich länger als fünf Tage im Voraus planen und beendete das Verhältnis unter dem Vorwand, in San Francisco warteten zu viele offene Angelegenheiten auf sie. Was nicht mal gelogen war, denn damals lebte ihr Freund Phil noch immer in der gemeinsamen Wohnung und wunderte sich darüber, was sie so lange im kleinen Dänemark hielt, für das sie doch sonst immer nur Gleichgültigkeit übriggehabt hatte.

Seitdem war ziemlich viel passiert, und nun saß sie hier mit einem festen Job und einer festen Beziehung, glücklicherweise aber auch mit einer Wohnung in der Innenstadt. Sie war Linneas private Höhle, in der sie sich nach wie vor heimischer fühlte als in Thors gemütlichem, aber kleinbürgerlichem Häuschen. Dort hielt sie es nie lange aus, ohne dass ihr die Luft zum Atmen knapp wurde.

»Es ist doch keine große Sache, du musst sie nur aus dem Bett holen und ihr die Anziehsachen rauslegen«, hatte Thor auf dem Weg zur Tür gesagt.

Er hatte gewirkt, als wäre er in Gedanken bereits am Tatort, hatte sie dann jedoch so lange geküsst, dass sie sich japsend wieder losreißen musste, um Luft zu holen.

»Ach so, und nicht zu vergessen das Frühstück und die Pausenbrote. Den Weg zur Schule kann sie dir selbst zeigen.« Was hätte Thor wohl gemacht, wenn Linnea nicht da gewesen wäre? Hätte er Maja dann einfach allein zurückgelassen, oder jemand anderen gefunden, dem er sie aufs

Auge drücken konnte? Meistens war er nicht besonders vorausschauend, er war eher ein Mann der Tat. Das war Teil seines Charmes, machte Linnea allerdings manchmal auch rasend.

»Du musst daran denken, dass ich heute Schwimmen habe!«

Überraschenderweise hatte Maja ihr Frühstück inzwischen aufgegessen und zeigte jetzt auf den Stundenplan, der am Kühlschrank hing. Linnea nahm sich zusammen und bat Maja, ihr zu helfen, die Schwimmtasche zu packen. Gemeinsam durchwühlten sie Majas Schrank auf der Suche nach einer Schwimmbrille, als Linneas Blackberry im Wohnzimmer klingelte. Als sie endlich abnahm, hatte sie einen ungeduldigen Thor in der Leitung.

»Du musst unbedingt kommen!«

Noch bevor Thor ausgesprochen hatte, ahnte Linnea, worauf er hinauswollte. Sie sah zu Maja hinüber, die gerade triumphierend mit ihrer Schwimmbrille auf der Nase ins Zimmer stolziert kam, lächelte sie kurz an und kehrte ihr den Rücken zu.

»Ich hüte gerade deine Tochter, habe soeben das widerlichste Pausenbrotpacket der Welt für sie geschmiert und soll dafür sorgen, dass sie in einer Stunde in der Schule ist. Und jetzt willst du mich plötzlich zu deinem Fall hinzuziehen? Ich bin keine Rechtsmedizinerin, sondern Forensische Anthropologin. Muss ich dir den Unterschied erklären?«

Thor ignorierte ihren genervten Tonfall.

»Dieser Tatort ist so neu und unberührt, wie ich es selten erlebt habe. Komm schon, Linnea, du weißt genau, was ein paar Stunden Verzögerung für eine Ermittlung bedeuten können.«

»Vergiss es!«

2

Thor und Kraus kehrten an den Strand zurück, wo es bereits von Autos und Menschen wimmelte. Der Audi S6 des Toten, in dessen Kofferraum man eine Geldbörse mit persönlichen Papieren gefunden hatte, die keinen Zweifel an seiner Identität ließen, parkte zwischen dem Krankenwagen, einer Streife und vier Zivilfahrzeugen. Hinter einigen Autos entdeckte Thor Linnea. Ihr Haar steckte unter einer grünen Strickmütze, und sie bahnte sich ihren Weg durch die Männer von der Bereitschaft, die gerade dabei waren, die Lichtanlage und die Abdeckung wieder abzubauen. Nun, da sich die Sonne und ein frostklarer Himmel ankündigten, bestand kein Bedarf mehr an künstlicher Beleuchtung oder Schneeschutz.

Vom schlechten Gewissen angetrieben, kam er so eilig auf sie zu, dass er beinahe auf dem Schnee ausrutschte.

»Ich weiß, dass ich dich ausnutze.«

Sie antwortete nicht, sondern nickte nur, und er rang sich ein einschmeichelndes Lächeln ab und erklärte, dass es doch trotz allem eine Notsituation wäre, und je schneller sie mit den Untersuchungen anfingen, desto größer sei die Chance, den Täter zu fassen, ehe alle Spuren buchstäblich eingefroren wären. Thor war nicht ganz klar, ob Linnea sauer auf ihn war, weil er sie mit Maja allein gelassen oder weil er sie hergerufen hatte. Eigentlich hatte er kaum zu hoffen gewagt, dass sie tatsächlich kommen würde – man konnte sich nie sicher sein, wie sie reagierte. Und was sie eigentlich dachte.

»Da draußen ist es«, sagte er dann. »Das Eis ist sicher, es besteht also kein Grund zur Sorge.«

»Du vergisst da eine Sache …«

Linnea machte keine Anstalten, ihm zu folgen, als er auf den vereisten Badesteg zeigte.

»Kannst du dich noch an deinen Vater erinnern?«, fragte sie dann. »Den Mann, der dich jeden Tag in die Schule bringt?«

Erst jetzt bemerkte er, dass sie Maja an der Hand hielt. Sie gingen die letzten Schritte über den glatten Schnee, und Linnea schob seine Tochter auf ihn zu. Maja knabberte aufgeregt an einem Müsliriegel, während sie mit weit aufgesperrten Augen den Trubel um sich herum verfolgte, soweit ihre Vermummung aus Schal und Zipfelmütze es zuließ. Im Hintergrund hörte Thor vereinzeltes Gelächter von seinen Kollegen. Auch in Linneas Mundwinkeln konnte er den Anflug eines Grinsens erkennen. Doch schon im nächsten Moment war es verschwunden, und sie betrat das Eis, ohne auf ihn zu warten.

Für einen Moment blieb Thor unschlüssig stehen, dann nahm er Majas Hand und führte sie zu seinem Wagen, der weiter entfernt am Amager Strandvej parkte. Dort angekommen, musste er erst einmal einen Stapel Papiere vom Beifahrersitz räumen.

»Mir ist kalt«, klagte Maja.

»Mit diesem Knopf hier kannst du die Heizung aufdrehen«, erklärte er geduldig. »Und ich kann dir eine Decke holen, wenn du möchtest.«

Maja zog eine beleidigte Miene, als sie sich setzte, und er versprach, nicht lange wegzubleiben.

»Aber ich will mitkommen!«, sagte sie. »Was machst du denn genau?«

»Nein, das ist nichts für dich.«

Verzweifelt durchwühlte er das Handschuhfach, bis er

endlich eine ihrer Kinder-CDs fand und sie in den Schlitz schob. Eigentlich hätte er vor Wut toben müssen, weil Linnea die kleine Maja einfach mit zu einem Tatort geschleppt hatte. Allerdings konnte er ihr auch nur schwer vorwerfen, dass sie der Meinung war, die Verantwortung für die Tochter liege bei ihm. Er musste einen Kollegen finden, der gerade Zeit hatte, für ihn den Schulbus zu spielen. Glücklicherweise war Maja schon damit beschäftigt, mit dem Finger auf die beschlagenen Autoscheiben zu malen und die Lieder von der CD mitzusingen. Vorsichtshalber prüfte er noch ein letztes Mal, ob das Handschuhfach auch wirklich abgeschlossen war, und während die Musik vom Song Contest für Kinder aus dem Auto schallte, konnte er sich endlich wieder zum Tatort begeben.

Er beschleunigte seine Schritte, um Linnea einzuholen, die bereits auf der Mitte der Brücke war. Sie steuerte auf die Umkleidekabinen und den Saunabereich zu, von wo aus man am leichtesten auf das Eis zu dem Toten gelangen konnte. Sie hielt für einen Moment inne, als sie die Leiche erblickte, setzte ihren Weg zu den blauen Bretterhütten dann aber fort. Thor lief schneller, blieb kurz darauf jedoch ebenfalls abrupt stehen.

Jetzt wurde ihm klar, was ihm das Bild dort draußen erzählen wollte, es war eigentlich ganz offensichtlich: Das Blut auf dem Eis war eine Schleifspur. Entweder hatte man Spang-Hansen zu seinem Fundort geschleppt oder er war schwer verletzt gewesen und mit letzter Kraft selbst dorthin gekrochen. Er musste also an einem anderen Ort angegriffen worden sein. Zum Beispiel in den Umkleidekabinen, auf die Linnea gerade zustrebte.

Thor schaute sich um, und aus unerklärlichen Gründen witterte er mit einem Mal Gefahr.

»Warte«, schrie er Linnea hinterher. »Bleib, wo du bist!«

Doch sie schien ihn nicht zu hören und steuerte zielstrebig auf die Holzschuppen zu. Er rief sie noch einmal, doch es war zu spät. Nach kurzem Zögern trat sie auf eine Tür zu und öffnete sie.

Thor fluchte, weil er seine Heckler & Koch mal wieder nicht dabeihatte. Dann rannte er los.

*

Golf von Aden, 14. November 2010

»Ich liebte die Wüste, die versengten Obstgärten, die verstaubten Läden, die schal gewordenen Getränke.«

Mads Emil Warwick öffnete sein braunes Lederportefeuille mit dem Code, den er ungeachtet aller Sicherheitsvorschriften ständig zu erneuern vergaß, und blätterte hastig die Papiere über die monatelangen Verhandlungen der Reederei durch, bis er schließlich die kleine, zerknitterte Verpackung fand, die sich zwischen seinem iPad und einer Wasserflasche verklemmt hatte. Routiniert entfernte er das Plastik und ließ die Ampulle mit einem Klick einrasten. Neuerdings experimentierte er mit einer Viermillimeternadel, die das Unbehagen ein wenig mindern sollte.

»Ich schleppte mich durch die stinkenden Gassen, und mit geschlossenen Augen gab ich mich der Sonne hin, der Göttin des Feuers.«

Er hob sein Hemd und setzte den Insulin-Pen auf seinem Bauch an. Anschließend drückte er auf den Knopf, so dass die Nadel durch die Fettschicht des Bindegewebes drang, und atmete tief durch. Als der Helikopter plötzlich zur Seite geworfen wurde, durchfuhr ihn ein stechender Schmerz. Er zog die Nadel heraus und blickte verärgert zum Piloten hinüber, einem feisten Mann Mitte vierzig, der behauptete, Veteran des sowjetisch-afghanischen

Kriegs in den 1980er Jahren zu sein. Der Pilot glotzte ungerührt zurück und setzte seinen Sinkflug fort.

Warwick seufzte, legte den Pen zurück in die Aktentasche und stopfte sein Hemd in die Hose.

»Arthur Rimbaud«, erklärte er dann. »Nachdem sein Liebhaber versucht hatte, ihn umzubringen, schrieb er *Eine Zeit in der Hölle* und floh hierher.«

Warwick zeigte aus dem Fenster des Merlin, eines mittelgroßen AW101-Helikopters, der sie innerhalb der letzten zwanzig Minuten weit in den Golf von Aden hinausgeflogen hatte. Jetzt, da die Küste nicht länger sichtbar war und das Meer unter ihnen allen anderen glich, hatte er die Orientierung verloren. Aber er wusste, dass jeder einzelne der kleinen Punkte, die er tief unter ihnen sehen konnte, möglicherweise ein Piratenschiff war – mit einer bis zu den Zähnen bewaffneten Besatzung, für die ein Menschenleben nichts zählte.

»Nach seiner Ankunft in Afrika schrieb er keine einzige Zeile mehr. Es heißt, dass er stattdessen genau hier, am Horn von Afrika, Waffenhändler geworden sei. Ob das stimmt, weiß ich nicht. Aber vermutlich fand Rimbaud hier die Hölle, über die er sonst nur in seinen Gedichten schrieb.«

Schweigend flogen sie weiter. Wahrscheinlich hatte der Pilot in dem dröhnenden Lärm der Rotoren nichts gehört, oder aber Warwicks Vortrag interessierte ihn nicht im Geringsten. Letzteres hätte jedenfalls ausgezeichnet zu jener Mischung aus Verachtung und Mitleid gepasst, mit der er Warwick schon vor dem Abflug gemustert hatte. Er hatte seine Blicke über den Passagier gleiten lassen, von den blank polierten Lloyd-Schuhen über den bereits durchgeschwitzten Anzug bis hin zu dem Brillengestell aus Metall, den wachsenden Geheimratsecken und der Stirn, die in der quälenden Hitze glänzte. Einer von all diesen harmlosen Bürohengsten der Diplomatie, schien er zu denken, und Warwick hatte nichts unter-

nommen, um sein Urteil zu revidieren. Er hatte schon lange begriffen, dass Unauffälligkeit in seiner Branche ein großer Vorteil war.

»Mutig sind Sie, das muss man Ihnen lassen.«

Diesmal ging sein Kommentar ganz sicher im Rotorenlärm unter, da der Pilot im selben Moment zur Landung auf einem der Containerschiffe ansetzte. In Warwicks Magen kribbelte es, und er starrte fasziniert aus dem Fenster. Während des gesamten Fluges hatte er nach dem hundertzweiundvierzig Meter langen Containerschiff Ausschau gehalten, doch erst jetzt wurden ihm die tatsächlichen Größenverhältnisse klar. Die Jollen und Gummiboote der Piraten waren teils an der Schiffswand vertäut, teils an Deck gezerrt worden, wo nun auch der Helikopter landete. Nichts weiter als winzige Nussschalen, in denen er sich selbst, wenn es um sein Leben ginge, niemals so weit aufs Meer hinaus begeben würde. Etwas weiter entfernt lagen einige Mutterschiffe, zehn bis fünfzehn Meter lange Seelenverkäufer, die die kleinen Boote mehrere hundert Seemeilen von der Küste wegschleppten, wo sie dann auf Beutefang gingen. Die Mutterschiffe waren bis oben hin mit Öltonnen beladen, damit sie mehrere Tage auf dem Meer fahren und als Versorgungsstationen dienen konnten. Für andere Lasten blieb kein Platz.

Das Bild, das sich Warwick bot, sah lebensgefährlich aus und verriet die eigentliche Ursache der berüchtigten Rücksichtslosigkeit der Piraten, nämlich jene Verzweiflung, die den Menschen überkam, wenn er nur Hunger und Tod als Alternative hatte.

*

Die Tür war lediglich angelehnt, und Linnea verharrte einen Moment. Sie war sicher, dass sie dort drinnen ein Geräusch gehört hatte. Ein Schluchzen. Kläglich und so kurz, dass sie überlegte, ob ihre Phantasie ihr nur einen Streich gespielt hatte. Mit wenigen Schritten wäre sie an der

Treppe, die die Eisbader benutzten, um auf das Eis zu gelangen. Doch statt dorthin zu gehen und mit der Arbeit zu beginnen, schob sie die Tür auf und betrat zögernd die Umkleidekabine.

»Ist da jemand?«, fragte sie.

Instinktiv hoffte sie, keine Antwort zu erhalten. Sie blieb eine Weile stehen und spürte ihren Herzschlag. Der Raum war von einem durchdringenden Geruch erfüllt, der nicht dort hingehörte, dennoch konnte sie ihn nicht sofort einordnen. Stechend und metallisch. Ihre Vernunft sagte ihr, dass sie so schnell wie möglich von hier wegkommen musste. Dass sie nicht allein hier war. Dennoch blieb sie stehen und wartete, bis sich ihre Augen an die Dunkelheit gewöhnt hatten und sie in dem kleinen Raum allmählich Konturen unterscheiden konnte.

»Sie brauchen keine Angst zu haben«, sagte sie. »Ich möchte nur helfen.«

Linnea hielt den Atem an und versuchte, sich ruhig und leise zu bewegen, denn sie hatte erneut das Geräusch gehört. Ein unterdrücktes Seufzen, ein leiser Klagelaut aus einer Ecke.

Sie ging weiter in den Raum hinein, blieb jedoch abrupt stehen, als sie begriff, was sie da sah. Die Holzwände vor ihr waren über und über mit Blut bespritzt.

Sie atmete tief durch, um die Ruhe wiederzuerlangen. Dann drehte sie sich um und schaute zum Ausgang. Sie entdeckte eine schwache Blutspur, die über den ganzen Fußboden bis zur Tür verlief und die sie vorher nicht bemerkt hatte.

Dann wandte sie sich erneut um und begriff sofort, dass sie einen Fehler begangen hatte, denn das einfallende Licht hatte sie geblendet, und jetzt lag der Raum erneut im Dunkeln. Das Blut an den Wänden war nicht länger auszumachen. Als sie plötzlich in der hintersten Ecke ein blitzendes Augenpaar erblickte, stieß sie einen gellenden Schrei aus.

»Du hast mich erschreckt«, sagte sie.

Noch immer konnte sie nichts anderes erkennen. Sie zwang sich, so lange stehen zu bleiben, bis sie sich wieder an die Dunkelheit gewöhnt hatte. Nun konnte sie weiter hinten im Raum tatsächlich jemanden erahnen. Linnea konnte nun eine Silhouette ausmachen. Die Augen fixierten sie nach wie vor.

Mit einem Mal wurde ihr klar, dass sie diesen Blick nicht zum ersten Mal sah. Sie kannte ihn von jenen Opfern, die extremen Erlebnissen ausgesetzt worden waren und sich in sich selbst zurückgezogen hatten, um sich vor dem Schock und dem Leid zu schützen. Diese zierliche Person war zu Tode erschrocken worden. Es war schwer zu sagen, wie lange sie sich schon hier aufhielt, außerstande, sich zu bewegen oder um Hilfe zu rufen. Sie war paralysiert vor Schreck.

»Komm her«, sagte Linnea. »Ich möchte dir helfen.«

Sie streckte die Hand aus. Erst zeigte das Mädchen keine Regung, doch schließlich kam es näher. Auf dem Boden kriechend, lautlos. Selbst die schluchzenden Klagelaute waren verstummt.

»Ist dir kalt?«, fragte Linnea. »Ich kann dir eine Decke holen.«

Sie wagte sich ein bisschen näher an das Mädchen heran, das nun ebenfalls die Hand nach ihr ausstreckte. Sein Blick war nicht länger auf Linnea gerichtet, sondern auf einen Punkt hinter ihr.

Linnea drehte sich um. Im selben Moment wurde die Tür aufgestoßen.

3

Ganz ruhig. Niemand will dir etwas tun.«

Linnea betrachtete das schwarze Mädchen vor ihnen auf dem Boden. Ihre Augen waren so dunkel, dass man die Pupille kaum von der Iris unterscheiden konnte, das Weiße darin war rot geädert, und der Blick flackerte nervös hin und her. Als hätte das Mädchen noch immer Angst vor etwas oder jemandem, der es auf sie abgesehen hatte. Inzwischen hatte sie den Atem unter Kontrolle, aber ihre Halsschlagader pulsierte weiterhin stark.

»Warum habt ihr diese Umkleidekabine nicht untersucht?«, fragte Linnea Thor. »Das hättet ihr doch als Allererstes tun müssen!«

»Haben wir ja auch.«

Sie starrte Thor an, noch immer zittrig nach der unerwarteten Begegnung.

»Was soll ich sagen«, fügte Thor gereizt hinzu. »Ich weiß nicht, wer dieser blinde Idiot war, der sie nicht entdeckt hat, aber er wird sein Fett schon noch abkriegen.«

Dann wandte er sich an das Mädchen.

»Wie heißt du?«, fragte er. »Was ist passiert?«

Er hielt sie fest, denn sie machte den Eindruck, als wollte sie jeden Moment fliehen, obwohl sie wohl kaum die Kraft dazu hatte. In den ersten Momenten, nachdem Linnea die junge Frau gefunden hatte, war es unmöglich gewesen, irgendeine Form des Kontakts mit ihr aufzubauen. Sie hatte geistesabwesend gewirkt und versucht, von ihnen wegzurobben. Linnea hatte sofort begriffen, dass das Mädchen nicht gefährlich war.

Jetzt waren die Kriminaltechniker damit beschäftigt, den

Fund in der Umkleidekabine zu dokumentieren, und der Fotograf verewigte jeden Quadratzentimeter, damit ihnen ein Analytiker von Blutspritzern dabei helfen konnte, den Mord zu rekonstruieren. Thor hatte den Jungs von der Spurensicherung den Tatort überlassen und Linneas Anordnung befolgt, eine Decke und eine Thermoskanne mit Tee für das verschreckte Mädchen zu organisieren. Oder besser der verschreckten Frau, denn bei näherer Betrachtung verrieten die feinen Falten in ihrem Gesicht, dass sie ihren zarten Körperformen zum Trotz eher Ende zwanzig war. Obwohl sie afrikanisch aussah, klangen die wenigen Worte, die Thor ihr mit Müh und Not entlocken konnte, urdänisch.

»Ich will nicht«, sagte sie immer wieder. »Ich will nicht.«

Sie starrte Thor mit weit aufgerissen Augen an, schien aber irgendetwas ganz anderes vor sich zu sehen. Es war, als würde sie nicht zu ihm sprechen.

»Was willst du nicht? Was hast du gesehen?«

»Er wird kommen«, fuhr die junge Frau fort. »Lasst mich in Ruhe.«

Thor beugte sich über sie und schüttelte sie leicht, damit sie ihn wahrnahm. Ihre Augen glitten immer wieder weg, und er drehte ihren Kopf und wollte sie dazu zwingen, ihn anzusehen. Linnea tippte ihm auf die Schulter.

»Merkst du denn nicht, dass sie unter Schock steht? Sie darf jetzt nicht befragt werden, sie muss in Behandlung.«

Sie sah ihn vorwurfsvoll an, woraufhin er einen Schritt auf sie zu tat, ohne seinen Griff um die Arme der jungen Frau zu lockern.

»Sieh sie doch mal an«, flüsterte er.

»Das hab ich schon, und du kennst meine Diagnose.«

»Nein, ich meine ihre Klamotten.«

Er deutete mit dem Finger darauf.

»Blut.«

Die Frau trug einen dicken braunen Pullover mit einem W-förmigen Logo auf der Brust und einer Kapuze, über die das glatte schwarze, schulterlange Haar fiel; außerdem ein paar gefütterte Wildlederstiefel und Jeans mit dunklen Schatten in Höhe der Oberschenkel, unverkennbar viele kleine Blutspritzer, die sich zu einem Muster verdichteten.

»Sieh sie dir doch an«, sagte Linnea. »Du kannst doch wohl nicht ernsthaft glauben, sie hätte jemanden getötet.«

Thor schüttelte den Kopf.

»Nein, aber sie muss hier gewesen sein. Ich wette, dass sie alles gesehen hat.«

Er klang eifrig.

»Vielleicht war sie ja schon in der Umkleidekabine, als der Täter sich Zutritt verschaffte, um Spang-Hansen zu töten. Vielleicht hat sie sich versteckt. Sie hat alles mit angesehen. Würde sie nicht unter Schock stehen, dann wäre sie die perfekte Zeugin. Sie würde uns den Täter auf einem Silbertablett servieren, wenn ich sie nur irgendwie zum Reden bringen könnte. Und das kann ich. Ich weiß es.«

Er warf Linnea, die ihn zweifelnd anschaute, einen flehenden Blick zu. Sie ignorierte ihn.

»Ich gebe dir zwei Minuten. Wenn du sie nicht innerhalb von zwei Minuten zu den Rettungssanitätern gebracht hast, werde ich es tun, Hauptkommissar hin oder her!«

*

Thor blieb stehen und sah Linnea nach, als sie aufs Eis ging, um endlich die Leiche zu untersuchen.

Das Ganze war nicht leicht. Einerseits hatte Linnea recht, die Frau war genauso ein Opfer wie Spang-Hansen. Sie war zwar nicht gestorben, musste aber für immer damit leben, was sie gesehen hatte. Und gleichzeitig konnte er doch nicht ausschließen, dass sie womöglich etwas ganz anderes war – nämlich die Mörderin. Er konnte es sich nicht erlauben, sie völlig in Ruhe zu lassen. Zwar durfte er sie eigentlich nicht verhören, solange sie unter Schock stand. Aber sie konnte der Schlüssel zu einer schnellen Lösung des Falls sein. Thor versuchte, sich selbst davon zu überzeugen, dass genau das seine wichtigste Priorität sein musste, sosehr er auch selbst daran zweifelte.

Mit so einem Für und Wider war Thor im Grunde schon seit seinem ersten Tag als Polizist konfrontiert, als seine Abschlussklasse vom Polizeipräsidenten höchstpersönlich empfangen und anschließend auf dem Politigården in Kopenhagen herumgeführt worden war. Erst durch die labyrinthischen Gänge – er hatte vorher gelesen, dass man diesen Baustil als heroischen Klassizismus bezeichnete, was für ihn wie irgendetwas aus Mussolinis Italien klang – und anschließend durch die Arkaden und in den Andachtshof am Ende des offenen Platzes. Hier stand Einar Utzon-Franks *Der Schlangentöter*, einen jungen Mann darstellend, der eine Schlange mit den Füßen im eisernen Griff hielt. Die Symbolik war geradezu aufdringlich. Dies war ein Bild für alles, was die Polizei sein sollte: Die unbescholtene, starke Übermacht, die das Böse unter Kontrolle hat. Doch schon damals hatte Thor das Gefühl gehabt, dass niemand diesen Anforderungen gerecht werden konnte. So unbefleckt und ideal war die Wirklichkeit nie. Manchmal musste man einen Unschuldigen, ja sogar ein Opfer, gegen seinen Willen zu etwas zwingen. Obwohl man im Dienste des Guten stand, musste man Dinge tun, durch die man zum Peiniger wurde.

Thor drehte sich um und sah erneut die Frau an. Ihr Blick flackerte noch immer unruhig, aber sie hatte sich nicht dagegen gewehrt, dass er sie – mittlerweile sanft – festhielt.

»Du bist jetzt in Sicherheit«, erklärte er. »Kannst du mir erzählen, was du gesehen hast?«

Doch plötzlich zog sie blitzartig ihre Hand zurück.

»Verdammt!«

Für eine Sekunde ließ er die Frau los und musste einen Schmerzensschrei unterdrücken. Sie hatte ihn zwischen Daumen und Zeigefinger gebissen, die Zahnabdrücke waren tief. Für einen kurzen Moment sah sie ihn an, dann nutzte sie seine Überraschung aus, um auch den anderen Arm loszureißen.

Obwohl er sofort nach ihr griff, fasste er ins Leere. Schon hatte sie einen Vorsprung.

»Jetzt warte doch!«, rief er. »Du brauchst keine Angst zu haben!«

Thor rutschte fluchend aus und landete im Schnee. Schmerz durchzuckte seinen Unterarm, als er auf den frostharten Boden prallte. Als er sich wieder aufgerappelt hatte, war das Mädchen ihm bereits einige Meter voraus und bewegte sich scheinbar mühelos auf dem Schnee.

»Haltet sie auf!«, schrie Thor.

Doch er wartete nicht auf die Reaktion der anderen und setzte der Frau nach. Die kalte Luft stach in der Lunge, und die Flüchtige rannte, als ginge es um ihr Leben. Trotz der vielen Stunden im Fitnesscenter unter dem Politigården fühlte Thor sich mit einem Mal plump und schwer. Die Panik schien der fliehenden Frau ungeahnte Kräfte zu verleihen, und in ihrem Schockzustand wusste sie vermutlich nicht einmal, vor wem sie eigentlich floh.

Innerlich schimpfte er mit sich selbst, während er ihr hinterherrannte und von dem Laufen auf dem holperigen Untergrund allmählich Seitenstechen bekam. Er war selbst schuld. Er hätte keinen Druck auf sie ausüben und sie zum Reden zwingen sollen, bevor sie selbst dazu bereit war. So viel zum ›Schlangentöter‹ …

»Ich will doch nur mit dir reden«, rief Thor.

Aber wahrscheinlich konnte sie ihn nicht einmal mehr hören. Sie hatte schon fast den Bretterzaun erreicht, der den Amager Strandpark von den umliegenden Schrebergärten sowie dem Kajakclub von Sundby, und was sich sonst noch dahinter verbergen mochte, trennte. Anscheinend hatte keiner der vielen Polizeibeamten und Techniker in der Gegend Thors Rufen gehört. Schon jetzt wurde der Tatort von zahlreichen Kollegen weiträumig untersucht, hinzu kamen etliche Schaulustige, die an der Straße aufgetaucht waren und die uniformierten Kollegen von der Streife in Beschlag nahmen.

Als Thor erneut nach Hilfe rief, hatte Daniel Kraus zum Glück begriffen, was passiert war. Er lief auf den Bretterzaun zu, den die Frau gerade zu überwinden versuchte. Thor bremste ein wenig ab, begriff dann aber, dass es ihr tatsächlich gelingen würde.

»Räuberleiter!«

Kraus starrte Thor zunächst verständnislos an. Sie hörten, wie das Mädchen auf der anderen Seite herunterplumpste, in den Schnee fiel, wieder auf die Beine kam und weiterlief. Es gab nicht einmal ein Stöhnen von sich, als es stürzte, nur einige japsende und prustende Laute, wie ein verletztes Tier auf der Flucht.

Endlich begriff Kraus, was gemeint war, und stützte Thor, während der sich an den Holzlatten nach oben zog. Im Gegensatz zu der Flüchtigen konnte er kein Astloch oder einen anderen Halt finden, doch dann bekam er einen Schubs in den Hintern und stemmte sich über dem Zaun. Er landete schwer und blieb anschließend ruhig stehen.

In seinem Rücken hörte er, wie Kraus Anlauf nahm, um aus eigener Kraft auf die andere Seite zu gelangen. Davon abgesehen, herrschte völlige Stille. Die Spuren der Frau im Schnee waren deutlich zu erkennen, hören konnte er sie jedoch nicht mehr. Entweder hatte sie ihren Vorsprung genutzt oder sie versteckte sich irgendwo ganz in der Nähe.

Im nächsten Moment kam Kraus neben ihm auf, und Thor gab ihm ein Zeichen, dass er den Spuren folgen sollte, die zu der alten Bunkeranlage und mehreren kleinen Schuppen führte. Ein geeignetes Versteck nach dem nächsten.

Thor holte sein Handy hervor und bekam sofort eine Verbindung.

»Wir müssen das ganze Gelände absuchen, und zwar sofort!«

4

Linnea stampfte mit den Füßen auf dem Eis, damit ihr wieder warm wurde.

»Kann ich endlich loslegen?«

»Ja, ich bin gleich fertig.«

Der Kriminaltechniker kniete auf dem Eis, um die letzten Aufnahmen zu machen. Sie beobachtete ihn und versuchte, den angsterfüllten Blick der Frau zu verdrängen. Der Umgang mit lebendigen Menschen fiel ihr schwer, und für sie war es ungewohnt, dass sie so viel Raum einnahmen. Eine neue Herausforderung.

Linneas Karriere in Kopenhagen hatte knapp zwei Jahre zuvor begonnen, als sie sich nach fünfzehn Jahren in den USA plötzlich in Dänemark wiederfand, ohne große Lust oder andere Gründe, ihr Leben in San Francisco als gut bezahlte Knochenexpertin im privaten Labor Forensic Consult wiederaufzunehmen. Sie war keine Rechtsmedizinerin, sondern als Quereinsteigerin zum Institut für Rechtsmedizin gekommen, indem sie mehrfach außerhalb ihres eigentlichen Spezialgebietes, der Forensischen Anthropologie als Vertretung gearbeitet hatte, denn der Institutsleiter, Professor Morewski, hatte sie unter seine Fittiche genommen. Sie zweifelte auch nicht daran, dass er vor einigen Monaten die feste Stelle bei der Abteilung für Forensische Anthropologie für sie durchgesetzt hatte, und es war eine große Erleichterung gewesen, wieder in ihrem ursprünglichen Fach arbeiten zu können. Außerdem fühlte sie sich erstaunlich wohl dabei, immer noch in Kopenhagen zu sein.

Das Gefühl, anders zu sein, würde sie aber wohl nie ganz loswerden. Nicht selten stand sie ratlos daneben, wenn ihre Kollegen vergnügt über irgendeine witzige Bemerkung gluckten. Außerdem war die Arbeit mit der Forensischen Anthropologie in Dänemark ganz anders. Viel mehr Archäologie und weniger Arbeit im Feld. Sie hatte an der Stanford University und der University of Oklahoma studiert und sich mittlerweile einen Ruf als eine der führenden forensischen Expertinnen auf ihrem Gebiet erarbeitet. Ein Go-to girl, selbst in den USA. Dort hatte man sie »die Knochenfrau« oder »die Skelettdame« getauft – an jedem neuen Arbeitsplatz bekam sie neue charmante Spitznamen.

Linnea ging zu dem kriminaltechnischen Fotograf und deutete zwischen die Beine des Toten. Sein Geschlecht war zusammengeschrumpft und bläulich verfärbt, aber ob das an der Kälte lag oder an den Misshandlungen, ließ sich nicht vor Ort feststellen, und so gab sie dem Fotografen mit einem Nicken zu verstehen, dass er es ebenfalls dokumentieren sollte.

»Hilf mir mal, ihn umzudrehen«, bat sie ihn.

Sie packte den Oberkörper, während der Fotograf die Leiche unter den Knien anhob. Mit vereinten Kräften konnten sie den toten Körper auf die Seite drehen, doch dann entglitt er dem Fotografen und sackte auf den Rücken zurück, und Linnea fluchte leise und hoffte inständig, dass sie keine Schäden verursacht hatten.

»Entschuldigung«, murmelte der Fotograf.

»Er ist tot und wird dich nicht beißen, also pack ruhig ordentlich zu.«

Diesmal gelang es ihnen, das Mordopfer ganz umzudrehen, so dass es jetzt auf dem Bauch lag und über dem Eis zu schweben schien, da die Glieder durch die Leichenstarre und den Frost steif geworden waren. Es sah aus, als wäre der Tote plötzlich zum Leben erweckt worden und würde in verkrampfter Haltung über das Eis krabbeln. Der Fotograf blickte Linnea fragend an und machte dann weitere Aufnahmen. Unter der linken Achselhöhle hatte der Tote eine Tätowierung, deren verschlungenes Muster zunächst an ein Tribal erinnerte, doch als Linnea sich hinunterbeugte, um es genauer zu betrachten, erinnerte es sie mehr an die Zeichnung irgendeines Fossils. Eine Meeresschnecke vielleicht. Sie wies den Fotografen an, das Tattoo aufzunehmen. Danach überließ er Linnea ihrer Arbeit.

Für sie war es reine Routine, und sie führte ihre Arbeit aus, ohne sich von dem immer hektischeren Treiben um sie herum und an dem schneebedeckten Strand stören zu lassen. Inzwischen war ein weiterer Wagen vom Kriminaltechnischen Center angekommen, und mehrere neue Fotografen dokumentierten die Schleifspuren auf dem Eis und in den Umkleidekabinen. Ausgehend von den Blutspuren und -tropfen konnten die Kriminaltechniker mit ein wenig Glück die Richtung analysieren, aus der das Blut gekommen war, und daraus ablesen, wo sich der Angreifer befunden hatte und wo das Opfer. Zusammen mit ihren vorläufigen Funden würde sich daraus möglicherweise ein Bild des Tathergangs ergeben.

Und je schneller er feststand, desto schneller konnten die Ermittler den Täter einkreisen.

*

Golf von Aden, 14. November 2010

»Wir hatten einen Notruf empfangen, also beschlossen wir, einzugreifen. Die ganze letzte Woche waren wir ihnen gefolgt, doch als wir uns schließlich näherten, konnten wir niemanden an Deck sehen, weder Besatzungsmitglieder noch Piraten.«

Ermutigend nickte Warwick dem Mann zu, der vor ihm auf der Brücke stand. Es war schwer, sich nicht von seiner hektischen Art anstecken zu lassen. »Kapitän zur See T. P. Eskildsen« war auf seinem Schild zu lesen, und auf den Schultern seines hellen Khakihemdes markierten vier goldene Streifen seinen Dienstrang. Er war der Kommandeur der L17 Esbern Snare, eines der Mehrzweck-Unterstützungsschiffe der Marine, das ein gutes Stück achtern des Containerschiffs vor Anker lag und den dänischen Beitrag zur NATO-Marine-Mission »Operation Ocean Shield« darstellte. Die Esbern Snare hatte eine Mannschaft von hundert Mann und war mit der hochentwickelten Stealth-Technologie ausgestattet, gegen Schockwellen und ABC-Waffen abgesichert und mit Flugabwehrraketen vom Typ Stinger und Sea Sparrow sowie Leichtgewichtsgeschützen und MU90-Torpedos ausgerüstet. Und all das zur Bekämpfung eines Feindes, der in Gummibooten angriff.

Warwick rann in der feuchtheißen, stickigen Luft der Schweiß herunter, während der andere in hohem Tempo seinen Bericht fortsetzte. Das Hauptanliegen des Kommandeurs bestand offenbar nicht in erster Linie darin, Warwick über die Ereignisse zu informieren, über die er ohnehin schon im Vorfeld fast alles wusste, sondern ihm die Sicht zu versperren. Doch es bedurfte mehr als eines dänischen Marinekapitäns, so breitschultrig er auch sein mochte, um den Ausblick auf all das Blut und die Leichen auf dem unter ihnen liegenden Deck zu versperren.

Es sah aus wie ein Massaker, und obwohl Warwick auf den Anblick vorbereitet gewesen war, wurde ihm doch ein wenig schwindelig vom Gestank des Blutes und der Exkremente.

»Wir hatten ein Boarding Team losgeschickt, um das Schiff zu sichern, das ist eine feste Routine. Die Besatzung hatte sich in einem Schutzraum unter Deck eingeschlossen, mit Ausnahme des Kapitäns, den die Piraten als Geisel genommen hatten. Und dann haben sie plötzlich das Feuer eröffnet.«

Der Kapitän zögerte kurz, unsicher, wie er die Fortsetzung angehen sollte, und Warwick ergriff die Chance, ihm ins Wort zu fallen.

»Wenn Sie nichts dagegen haben, würde ich mir lieber selbst einen Eindruck verschaffen.«

Der Kapitän schüttelte den Kopf.

»Das ist viel zu gefährlich. Das Schiff hat ein totes Gewicht von zehntausend Tonnen, und wir haben es noch nicht endgültig gesichert. Es könnten sich weitere Piraten an Bord verbergen. Ich fürchte, das kann ich nicht zulassen.«

»Und ich fürchte, Sie sind nicht dazu befugt, es mir zu verbieten.«

Der Kapitän trat einen Schritt auf Warwick zu, als wolle er eine Hand auf dessen Schulter legen, gab dann aber doch auf, drehte sich um und verließ die Brücke.

Warwick sah sich um. Die Navigationsausrüstung war ram-

poniert, und überall lagen Essensreste, schmutzige Flaschen und Reste von Khat. Es mussten mindestens fünfzehn Piraten gewesen sein, von denen ein Großteil während der zwei Monate dauernden Kaperung vermutlich ständig unter Drogen gestanden hatte. Er gab die Suche nach den Papieren des Kapitäns und dem elektronischen Logbuch auf. Wahrscheinlich war alles längst zerstört oder über Bord gegangen. Er ging zu einem Seitenfenster und starrte auf das Deck hinunter. Vier Matrosen der Kriegsmarine hatten ihre M96-Karabiner auf die sechs gefangenen Piraten gerichtet. Einige von ihnen sahen aus wie Kinder. Die Kalaschnikows, mit denen sie bei ihrer Enterung bewaffnet gewesen waren und die Mannschaft bedroht hatten, wirkten jedoch ganz und gar nicht kindlich. Sobald die Situation unter Kontrolle war und Warwick sein Einverständnis gegeben hatte, würden die Gefangenen auf die Esbern Snare und anschließend nach Mombasa in Kenia gebracht werden, wo sie wegen der Kaperung möglicherweise im Gefängnis landeten, obwohl das keinerlei abschreckenden Effekt auf die übrigen Piraten hatte.

Die sechs Gefangenen saßen an Deck in einer Blutlache. Nicht ihr eigenes, obwohl mehrere von ihnen verletzt schienen. Das Blut sickerte langsam unter der Plane hervor, die die anderen neun Piraten nur teilweise bedeckte. Sie waren alle tot.

Das Containerschiff hieß Persephone und fuhr unter antiguanischer Flagge, obwohl es in dänischem Besitz war. Die fünfundzwanzigköpfige Besatzung setzte sich aus fünfzehn Filipinos, sieben Esten, einem Inder, einem Türken und einem Ukrainer zusammen, der Kapitän war Bulgare.

Warwick rümpfte die Nase über den Gestank, der ihm aus dem Schutzraum entgegenschlug, in dem sich die Besatzung verschanzt hatte. Schweiß, Urin und Kot in einem ekelerregenden Gemisch. Er warf einen kurzen Blick hinein und kam schnell zu der Überzeugung, dass unter dem Chaos keine entscheidenden Hinweise zu finden waren, woraufhin er die Tür erneut zuschlug. Er hatte den klaustrophobisch engen Raum neben der Pantry durchsucht, in dem die Piraten den Kapitän gefangen gehalten hatten, und es bestand kein Grund, das restliche Schiff ebenfalls zu durchsuchen. Er hatte sich bereits einen ausreichenden Überblick verschafft. Offenbar hatte der Kapitän der Esbern Snare in einer unguten Mischung aus Diensteifer und Inkompetenz seine Befugnisse überschritten. Zunächst hätte er gar nicht erst eingreifen dürfen, des Weiteren hatte er den Auftrag, die Piraten möglichst ohne Verluste auf beiden Seiten dingfest zu machen. Was bei neun niedergeschossenen Piraten nicht unbedingt erfolgreich gelungen war.

Natürlich würde sich die internationale Gemeinschaft nicht groß darum kümmern. Vor nicht einmal einem halben Jahr hatten private Sicherheitsleute auf einem französischen Schiff bei einem Kaperungsversuch sieben Piraten getötet, und vor einem Jahr hatten die amerikanischen Sicherheitstruppen drei Soldaten erschossen, die das Mærsk-Schiff Alabama geentert hatten. Lediglich fünf Tage lang hatten sie den Kapitän gefangen gehalten, ehe die amerikanische Flotte ihn befreite und alle als Helden zurückkehren konnten.

Dies war allerdings etwas ganz anderes. Die Ladung des Schiffs war – milde ausgedrückt – heikel. Zu viel mediale Aufmerksamkeit konnte gefährlich sein und alles zutage fördern, und dies zu verhindern, war Warwicks Aufgabe.

Deshalb war er sofort informiert worden, als die Aktion eingeleitet worden war, und aus diesem Grund befand er sich weniger als vierundzwanzig Stunden später an Bord des befreiten dänischen Containerschiffs: um sich zu vergewissern, dass noch immer niemand außer dem Kapitän wusste, was das Schiff wirklich geladen hatte.

5

Linnea schniefte energisch, nachdem sie den Zerstäuber des Nasensprays aktiviert hatte, und verzog das Gesicht über den bitteren Geschmack. Sie zog die Nase hoch und schwor sich, das Spray erst vor dem Schlafengehen wieder zu benutzen. Inzwischen nahm sie es schon seit einer Woche, aber was blieb ihr auch anderes übrig, wenn die Salzwassertropfen nicht mehr halfen. Sie konnte unmöglich arbeiten, wenn sie sich die ganze Zeit um ihre verstopfte Nase kümmern musste und überall eine Kleenex-Spur hinterließ. Wenn man in dieser Winterkälte stand, war es schwer, kein Fernweh zu bekommen.

Als sie mit ihrer Arbeit fertig war, winkte sie Thor herbei.

»Spätestens heute Mittag werden wir sie gefunden haben«, sagte er ungefragt. »Aber bis dahin hat sie sich bestimmt schon längst bei der Polizei gemeldet.«

Er klang, als wolle er in erster Linie sich selbst überzeugen. Seit die Frau geflüchtet war, herrschte ringsum hektische Aktivität, und auch Thor konnte die Füße kaum stillhalten.

»Sie wird sich nicht melden, denn sie steht unter Schock. Sie hat etwas so Grauenvolles erlebt, dass wir uns gar keinen Begriff von ihrem Zustand machen können. Vermutlich glaubt sie, alle wären hinter ihr her. Es wird Tage dauern, bevor sie in der Lage ist, mit euch oder irgendjemand anderem zu sprechen. Und sie wird euch rein gar nichts erzählen.«

»Wir werden sehen.«

Linnea warf Thor einen trotzigen Blick zu und fühlte sich mit einem Mal schrecklich müde.

»Sie ist nicht nur deine Zeugin«, erklärte sie. »In erster Linie ist sie ein Opfer. Vergiss das nicht.«

»Du hast natürlich recht. Wie immer.«

Thor senkte den Kopf in gespielter Reumütigkeit, und sie musste lächeln. Dann setzte sie wieder ihre professionelle Miene auf und kniete sich vor die Leiche. Thor hockte sich neben sie, um besser sehen zu können.

»Zunächst einmal würde ich sagen, dass er infolge der Schnitt- und Stichwunden an der rechten Seite verblutet ist und der Tod erst vor wenigen Stunden eintrat.«

»Das hätte ich auch geraten.«

Linnea warf ihm einen biestigen Blick zu, und er hielt sich sofort die Hand vor den Mund.

»Auch sonst weist sein Körper überall schwere Stichverletzungen auf, von denen mehrere schon für sich genommen tödlich sein könnten. Aber das kann ich bei einer vorläufigen Leichenschau noch nicht mit Sicherheit sagen. Folgendes konnte ich erst einmal feststellen: ein kleiner Bluterguss am linken Auge, Läsionen an der Unterlippe, eine Platzwunde, die von der Stirn abwärts am linken Auge vorbei verläuft, eine etwa zehn Zentimeter lange klaffende Schnittwunde von der Kehle bis zum linken Auge, Schädelverletzungen infolge stumpfer Gewalt oder eines schweren Sturzes, drei Stichwunden in der Brust, zwei Stichwunden auf der linken Rückenseite, eine Stichwunde rechts vom Bauchnabel und in der linken Flanke und schließlich mehrere tiefere Einstiche am Unterschenkel.«

Thor erhob sich abrupt, starrte jedoch weiterhin auf die Leiche.

»Das klingt brutal«, sagte er.

»Es sieht auch brutal aus«, erwiderte sie.

»Hast du Zahlen?«

Linnea stand ebenfalls auf und schüttelte den Kopf.

»Das erfordert eine genauere Untersuchung. Vieles kann ich bei dieser ersten Leichenschau noch nicht erkennen. Aber ich würde von gut zwanzig Schnitt-, Stich- und Schlagverletzungen ausgehen. Und wenn du einen ersten Ansatzpunkt brauchst, würde ich darauf tippen, dass der Mord mit einem Küchenmesser oder einer ähnlich großen Waffe begangen wurde, und zwar mit extremer Konzentration. Diese Tat setzt eine ungewöhnliche Kraft und Kaltblütigkeit voraus.«

Thor nickte, noch immer außerstande, seinen Blick von dem misshandelten Toten abzuwenden.

»Im Übrigen konnte ich keinerlei Abwehrverletzungen feststellen, was eigentlich die Regel wäre, und das verstärkt den Verdacht auf einen extrem brutalen Überfall. Der Täter hat ihn offensichtlich überrascht und ihm innerhalb kürzester Zeit so viele Verletzungen zugefügt, dass er durch den Blutverlust und den Schock nicht mehr in der Lage war, Widerstand zu leisten. Ob diese These stimmt, musst du allerdings feststellen, wenn du sie mit den Spuren vom Tatort verglichen hast.«

Er schaute auf die Uhr.

»Ich muss jetzt gehen«, sagte sie dann. »Wenn der Rechtsmediziner ankommt, wäre ich am liebsten schon über alle Berge.«

Thor beugte sich vor und gab ihr einen schnellen Kuss auf die Wange.

»Danke für die Hilfe.«

»Wollen wir uns nicht einfach darauf einigen, dass du mir einen riesigen Gefallen schuldest? Mit dieser Aktion riskiere ich einen Haufen Probleme.«

Er lächelte sie an.

»Aber für mich macht es einen Riesenunterschied. Dank

dir können wir sofort mit den Ermittlungen beginnen. Und den Täter finden.«

Sie umarmte ihn kurz und drehte sich dann um.

»Das hoffe ich.«

»Sehen wir uns heute Abend?«

»Mal schauen.«

*

Golf von Aden, 14. November 2010

Warwick hatte genug gesehen und beschloss, zur Brücke zurückzukehren und Eskildsen wiederzufinden. In dem vor ihm liegenden Gang standen mehrere Türen offen, und er warf einen flüchtigen Blick in einige Kajüten, ehe er seinen Weg zu der Treppe fortsetzte, die nach oben führte. Hier gab es für ihn nichts mehr zu holen. Offensichtlich hatten sich die Piraten hier aufgehalten, wenn sie gerade nicht Wache hielten, denn alles war demoliert und verschmutzt, als hätten sie sich pausenlos geprügelt.

Etwas weiter entfernt waren Schritte zu hören.

»Ich bin jetzt fertig«, sagte Warwick.

Er rechnete damit, dass der Kapitän auf der Treppe erscheinen würde, doch es war niemand zu sehen. Dann begriff er, dass irgendetwas an dem Geräusch verdächtig war. Er wurde etwas langsamer, ging aber weiter geradeaus. Noch zwei Schritte, diesmal zögerlicher. Dann ertönte ein lauter Schlag, und eine Kajütentür flog auf.

Vor ihm stand ein Mann in einer zerschlissenen Armeejacke. Warwick starrte ihn an. Es war kein Teenager wie die anderen Piraten oben an Deck, sondern ein erwachsener Mann mit einem ungepflegten Bart und einem sehnigen, muskulösen Oberkörper. Er musste sich während der ersten Durchsuchung des Schiffs versteckt haben und hielt ein Messer in der Hand. Warwick spürte einen Anflug von Panik und versuchte auszuweichen, doch der

Mann stürzte sich bereits auf ihn, den Arm halb ausgestreckt, das Messer im 45-Grad-Winkel erhoben.

Blitzschnell sprang Warwick zur Seite, trat in derselben Bewegung mit dem rechten Bein nach dem Angreifer und warf den Oberkörper nach unten, um aus dem Radius des Messers zu gelangen. Von jetzt an war alles, was er tat, reiner Reflex, der keine Zeit für Panik oder Überlegungen ließ. Sein Fuß rammte den mageren Mann im Solarplexus und stoppte dessen Bewegung für den Bruchteil einer Sekunde, was Warwick einen Folgeangriff erlaubte, bei dem er dem anderen in die Kniekehlen trat. Der Pirat sackte zusammen und schrie vor Schmerz, als Warwick mit der rechten Hand seinen Spann packte, ihn mit einer linken Geraden direkt am Kinn traf und anschließend sofort seine Finger in die Handfläche des Gegners bohrte.

Dann bedurfte es nur noch einer geschickten Drehung, um dem Piraten das Messer zu entwenden.

Danach erfassten Warwick eine plötzliche Übelkeit und Müdigkeit. Er beugte sich vornüber und blieb einen Augenblick stehen, während er nach Luft rang. In seinem Kopf drehte es sich, und der kalte Schweiß trat ihm auf die Stirn. Er atmete tief ein und versuchte, die Kontrolle über seinen Körper zu erlangen, als er erneut Schritte hörte. Diesmal war es tatsächlich Kapitän Eskildsen mit drei Besatzungsmitgliedern im Gefolge.

»Was ist hier los?«, fragte er.

Warwick zwang sich zu einem matten Lächeln.

»Ja, ich bin über den hier gestolpert.«

Er reichte das Messer an die anderen weiter. Der Pirat wurde davongeschleift, während Warwick dem Kapitän an Deck folgte. Der Kapitän sah ihn abwartend an.

»Können wir die Gefangenen auf die Esbern Snare bringen?«

Warwick schaute sich ein letztes Mal um, dann nickte er.

»Also – die Piraten haben euch angegriffen, kaum dass ihr euch

dem Schiff genähert habt. Sie begannen wild um sich zu schießen, und weil sie so sehr vom Khat berauscht waren, verwundeten sie dabei versehentlich einige ihrer eigenen Männer. Als ihr das Feuer erwidert habt, versuchten sie in ihren ramponierten Booten zu flüchten, wobei mehrere von ihnen ertranken. Die anderen ergaben sich nach einem weiteren Kampfgefecht. Ansonsten keine besonderen Vorkommnisse.«

Der Kapitän schüttelte den Kopf.

»Das haben Sie missverstanden.«

Jetzt schüttelte Warwick den Kopf.

»Nein, es ist genau so passiert, wie ich es gesagt habe. Die Toten befördern Sie über Bord, und ich diktiere Ihnen den Bericht in einer Stunde per Funk. Ihre Verantwortung besteht jetzt nicht nur darin, mit Ihrer Unterschrift zu bestätigen, dass alles so war, sondern auch dafür zu sorgen, dass kein Besatzungsmitglied Ihres Schiffs oder der Persephone eine andere Version zum Besten gibt. Verstanden?«

Er vergewisserte sich, dass der Kapitän alles verstanden hatte, obwohl der Rotorenlärm allmählich seine Stimme übertönte. Der Helikopter bereitete sich auf den Abflug vor, und der Pilot winkte Warwick ungeduldig herbei. Er ging zu dem Merlin und war in Gedanken bereits bei der nächsten Herausforderung, die es zu bewältigen galt. Zu Hause in Emdrup wartete ein kleiner Mann auf ihn, der sehr unzufrieden gewesen war, weil sein Vater so kurzfristig verreisen musste. Wenn er morgen Vormittag in Amsterdam umstieg, musste er am Flughafen ein Geschenk für Jais finden. Es erforderte ein gewisses Maß an Bestechung, damit ein Sechsjähriger akzeptierte, dass sein Vater am Geburtstag nicht da war, bloß weil er als Geheimagent arbeitete.

»Wir haben nichts falsch gemacht!«

Der Kapitän war Warwick nachgelaufen und hielt ihn am Ärmel fest, ehe er an Bord des Helikopters gehen konnte. Warwick schüttelte ihn ab, drehte sich jedoch kurz um.

»Möglicherweise haben Sie recht«, sagte er. »Aber das tut nichts zur Sache. Sie müssen jetzt in erster Linie dafür sorgen, dass das Schiff seine Fahrt wieder aufnimmt und in einen sicheren Hafen gelangt. Wenn Sie weitere Fragen haben, dürfen Sie sich gerne an das Kastellet wenden. Der Militärische Abschirmdienst wird Ihnen mit Vergnügen dasselbe sagen, was ich gerade erklärt habe.«

*

Linnea eilte über das Eis bis zu der Treppe, die zur Badeanstalt führte, um wieder an den Strand zu gelangen, neben dem sie ihr Auto geparkt hatte. Noch im Spätsommer hatte sie ein Stückchen weiter am Amager Strandpark gebadet, aber eigentlich gefiel ihr die Gegend jetzt besser, wenn sie nicht von kinderreichen Familien und Eisständen überfüllt war und eher einer einsamen, romantischen Winterlandschaft glich. Als sie weiterging, begegnete sie noch einem Kriminaltechniker mit Schutzanzug, sterilen Gummihandschuhen und einer Maske vor Nase und Mund. Er befand sich auf dem Weg zu der Leiche, um DNA-Material zu sichern, und war gut geschützt, um den Tatort nicht weiter zu verunreinigen. Zu seinen Aufgaben gehörte es, mit sterilen Wattestäbchen und sterilem Wasser an der Leiche Proben zu nehmen, woraufhin die Stäbchen in sterilen Tütchen versiegelt wurden, damit man sie im Rechtsgenetischen Institut analysieren konnte. Eine weitere Abteilung der Kopenhagener Universität mit Forschern wie ihr, die der Polizei bei der Verbrecherjagd halfen. Oder sie daran hinderten, einen Justizmord zu begehen.

Linnea setzte sich in den Wagen. Er roch noch immer neu, und obwohl dieser spezielle Geruch nach fabrikneuem Auto sicher etwas war, das man mittlerweile als Spray kaufen konnte, stimmte er sie jedes Mal von neuem froh. Nach langen Überlegungen war sie schließlich zu dem Schluss gekommen, dass es selbst in einer provinziellen Großstadt wie Kopenhagen unpraktisch war, kein Auto zu besitzen. Und so hatte sie sich für einen Mini One entschieden. Nicht den ursprünglichen Morris Mini aus den 1960er Jahren, sondern ein Remake des klassischen Designs. Ein Modell, das zwar nicht viel Platz auf dem Rücksitz oder im Kofferraum hatte, aber in jede Parklücke passte, die meisten Rennen gewann und viel cooler war als ein Smart, der eher einem entomologischen Witz glich als einem Auto.

Inzwischen war es schon so spät, dass es das einzig Vernünftige war, direkt zur Abteilung für Forensische Anthropologie zu fahren. Sie hoffte nur, dass sie nicht den Kollegen vom Rechtsmedizinischen Institut in die Arme lief, die gerade Schicht hatten und auf dem Weg zur offiziellen Leichenschau am Tatort waren. Im Laufe des Vormittags würde der Tote zum Frederik V. Vej transportiert werden, wo man die eigentliche Obduktion durchführte, am Nachmittag oder am nächsten Morgen, je nachdem, wie viel es in der Pathologie gerade zu tun gab.

Sie drehte den Schlüssel halb um und hielt inne. Das Auto kam genauso wenig in die Gänge wie sie selbst, stattdessen starrte sie zerstreut auf den Amager Strandvej, wo der Berufsverkehr in Richtung Stadt nun eingesetzt hatte. Ihre Gedanken überschlugen sich. Und plötzlich kam ihr eine Idee, die sie längst gehabt hätte, wenn sie sich nicht so stur auf ihre Arbeit konzentriert hätte.

Sie durchwühlte ihre Tasche auf dem Beifahrersitz und holte den Blackberry hervor. Der Anruf wurde sofort angenommen.

»Versuch es mal bei Kintu«, schlug sie vor. »Vielleicht können die dir weiterhelfen.«

Dann war es einen Moment still in der Leitung.

»Wovon redest du?«, fragte Thor.

Linnea starrte weiter auf den Verkehr, bis sie wieder einen klaren Gedanken formulieren konnte.

»Erst habe ich es nicht erkannt«, erklärte sie. »Es sah natürlich anders aus, weil es zur Hälfte mit Blut bedeckt war.«

»Ehrlich gesagt, verstehe ich immer noch kein Wort. Könntest du vielleicht von vorn anfangen?«

Sie drehte den Zündschlüssel um, und der Motor sprang an.

»Wisst ihr, wer die Frau ist?«, fragte sie dann. »Eure Zeugin?«

»Nein, keine Ahnung. Es ist mir ein Rätsel, was sie so früh hier gemacht hat. Wahrscheinlich ist sie zusammen mit Spang-Hansen angekommen. Vielleicht war sie seine Freundin, vielleicht eine Prostituierte. Oder sie hielt sich illegal in Dänemark auf, obwohl sie sehr gut Dänisch sprach. Sie könnte auch auf dem Weg von einer Disko nach Hause gewesen und in benebeltem Zustand hier gelandet sein. Ihre Augen waren glasig.«

»Das muss nichts zu bedeuten haben, es könnte auch am Schock liegen.«

Sie löste die Handbremse und kuppelte aus.

»Ich weiß nicht, wer sie ist, aber das Logo auf ihrem Pullover stammt von Kintu. Du weißt, diese Hilfsorganisation. Es stellt kein W dar, sondern Arme, die sich der Welt entgegenstrecken. Vielleicht hat sie für Kintu gearbeitet. Könnte ja sein, dass man dort etwas weiß.«

»Bist du sicher?«

Thor klang überrascht, aber Linnea kam nicht mehr zum Antworten. Ein Range Rover war mit überhöhter Geschwindigkeit vom Øresundsvej abgebogen und eroberte so schwungvoll den freien Parkplatz neben ihr, dass sie von

Glück reden konnte, schon in ihrem Auto und damit in Sicherheit zu sein. Sie warf dem Fahrer einen zornigen Blick zu, bis sie entdeckte, dass es Collin vom Rechtsmedizinischen Institut war. Noch ehe er reagieren konnte, hatte sie den Rückwärtsgang eingelegt und das Gespräch mit Thor unterbrochen.

Dann fuhr sie aus der Parklücke, drückte das Gaspedal durch und ließ Amager hinter sich.

6

»Vielleicht sollten wir auch anderen Ideen gegenüber offen sein.«

Thor sah Lange abwartend an. Es war ziemlich außergewöhnlich, ihn außerhalb seines Büros im Politigården anzutreffen, und er hatte die irritierende Angewohnheit, endlos um heikle Themen zu kreisen, bis er jedwedes Gefühl dafür verlor, worauf er eigentlich hinauswollte.

»Die Ermittlungen haben doch gerade erst begonnen«, entgegnete Thor vorsichtig.

Lange nickte eifrig.

»Und genau deshalb ist es der perfekte Zeitpunkt, um unsere Ressourcen neu zu überdenken.«

Endlich begriff Thor, was ihm die seltene Ehre eines Besuchs von seinem Chef einbrachte. Lange wollte ihm erzählen, dass er erwog, seinem etwas zu schnell aufgestiegenen Hauptkommissar, nämlich Thor, den Fall zu entziehen, weil dieser so idiotisch gewesen war, eine Hauptverdächtige oder Kronzeugin, oder was auch immer sie war, vor seinen Augen entkommen zu lassen. Thor konnte nicht anders, als erleichtert zu seufzen. Langes Pläne waren nicht ernster, als dass man sie mit einem Ermittlungserfolg durchkreuzen konnte, und genau den besaß er in Form eines gelben Post-it-Zettels, den er Lange nicht ohne Genugtuung reichte.

»Warum weiß ich davon nichts?« Lange brummelte, während er las.

»Ist gerade erst reingekommen.«

Dann nickte Lange und gab Thor den Zettel zurück, worauf er die Mordkommission mit hastigen Schritten wieder verließ. Thor starrte dem Polizeidirektor hinterher, dann eilte er in den Konferenzraum, wo sich die vorläufige Ermittlergruppe bereits versammelt hatte und nur noch auf seine Ankunft wartete. Teils waren es seine festen Mitarbeiter mit Tage Ewald und Daniel Kraus an der Spitze, teils Kriminaltechniker vom KTC und die übrigen Mitarbeiter der Abteilung, die seit der gestrigen Jagd auf Amager an den Ermittlungen beteiligt waren. Thor bahnte sich den Weg zu einem freien Platz auf der anderen Seite des Tischs und gab das Signal, sofort mit der Besprechung anzufangen. Noch einmal studierte er den gelben Zettel mit der hastig niedergekritzelten Nachricht, sah jedoch schnell wieder auf, als Ewald mit seinem Bericht begann.

»Die verschwundene Frau heißt Anisa Dini Farah. 1981 in Ruanda geboren, inzwischen aber dänische Staatsbürgerin. Sie arbeitet für Kintu, Fotos und weitere persönliche Daten liegen auf dem internen Netzwerk. Gestern haben acht Kollegen im Gebiet um Helgoland Befragungen durchgeführt. Sie haben sämtliche Anwohner in einem Radius von fünfhundert Metern um die Badeanstalt befragt, und die Hundestaffel der ersten Kategorie hat nach der Frau gesucht. Hätten wir auch einen Helikopter oder freiwillige Helfer hinzuziehen sollen?«

»Dafür ist es jetzt jedenfalls zu spät«, erwiderte Thor. »Eine Einsatzgruppe fahndet nach dem Mädchen, und es wird sicher bald gefunden. Was ist mit dem Opfer? Was wissen wir über den Mann?«

Er blickte Kraus an, der ausnahmsweise einmal so aussah, als sei er mit dem falschen Fuß aufgestanden.

»Mikkel Spang-Hansen war freiberuflicher Journalist, arbeitete aber sehr regelmäßig für *Euroman* und *Weekendavisen*«, berichtete Kraus. »Mindestens genauso bekannt wie für seine mutigen Reportagen und seinen Enthüllungsjournalismus war er dafür, dass er sich in Kopenhagens mondänen Promikreisen bewegte. Obwohl er dort nicht gerade hineingeboren wurde.«

Kraus warf einen kurzen Blick in seine Papiere.

»Er kam im September 1979 in Nysted zur Welt und wuchs bei seiner alleinerziehenden Mutter auf. Er scheint das Ergebnis eines One-Night-Stands zu sein und hatte keinen Kontakt zu seinem Vater, der viele Jahre lang in der sogenannten Dritten Welt arbeitete. Spang-Hansen machte sein Abitur an der Nykøbing Katedralskole und studierte zunächst in Odense Jura, bis er im Jahr 2002 an der Journalistenschule in Aarhus aufgenommen wurde. Er absolvierte ein Praktikum bei einer Filmproduktion in Stockholm und schrieb direkt im Anschluss an sein Studium schon für *Politiken* und verschiedene Zeitschriften. Ich habe ein paar seiner Artikel im Internet gelesen, und es ist eine ziemlich wilde Bandbreite an Themen. Politische Skandale, die Enthüllung eines Kriegsverbrechers auf Sozialhilfe, Reportagen über Entwicklungshilfe, das Kopenhagener Männerwohnheim und Kokainkonsum in der Filmbranche.«

»Ehrgeizig und schon von Anfang an auf der Überholspur«, kommentierte Thor. »Bei seinem sozialen Aufstieg ist er sicherlich einigen Menschen auf die Füße getreten.

Wir müssen alles durchforsten, seine Familie, Freunde, Kollegen, die anderen Eisbader. Was ist mit dieser Anisa Farah? Gibt es zwischen den beiden irgendeine Verbindung?«

Kraus schüttelte den Kopf.

»Aber bisher wissen wir auch nur sehr wenig über sie. Ihre Wohnung wurde ohne Ergebnis durchsucht, aber heute Nachmittag will ich selbst noch mal dorthin fahren.«

Thor nickte und konnte sich ein Lächeln nicht länger verkneifen.

»Okay. Sie muss so schnell wie möglich gefunden werden«, sagte Thor. »Aber es ist genauso wichtig, nach anderen Möglichkeiten zu suchen. Ich habe starke Zweifel daran, dass sie die Täterin ist.«

Er hob eine Hand, um Kraus' Protesten Einhalt zu gebieten.

»Wir haben bereits gestern darüber gesprochen«, fuhr Thor fort. »Sie ist zu klein und schmächtig, um einen so brutalen Mord zu begehen. Im Moment ist sie natürlich unsere Verdächtige Nummer eins. Aber ich glaube, dass wir unseren Täter ganz woanders finden werden.«

»Wie kannst du dir da so sicher sein?«, fragte Ewald.

Thors Lächeln wurde noch breiter, bis er endlich den gelben Zettel auseinanderfaltete. Mit der Miene eines Zauberers, der endlich zum Höhepunkt des Abends gekommen war, reichte er den Zettel über den Tisch.

»Weil wir gerade eine Nachricht vom Kriminaltechnischen Center bekommen haben«, verkündete er. »Sie haben die Spuren einer dritten Person am Tatort gefunden!«

*

»Ach hallo, Mama, ich wollte dich auch gerade anrufen.«

Linnea verkniff sich einen Seufzer und stand auf. Die Arbeit in der Abteilung für Forensische Anthropologie war oft kleinteilig und erforderte eine Geduld, die sie nur im Zusammenhang mit ihrem Job besaß – und nur wenn es um totes Gewebe ging. Trotzdem bot die Zusammenarbeit mit den Archäologen eine willkommene Gelegenheit, sich über den neusten Forschungsstand zu informieren. Wenn sie einen Skelettfund aus der Steinzeit beurteilen sollte, verwendete sie exakt dieselben Methoden, wie wenn sie der Polizei bei einem neuen Leichenfund assistierte.

Als Linnea gerade die letzten Informationen in das Formular auf dem Bildschirm eingetragen hatte und auf »Senden« klicken wollte, wurde sie von dem nervigen Klingelton ihres Handys unterbrochen. Ihr erster Impuls war, den Anruf zu ignorieren – was sie noch vor einem halben Jahr zweifellos getan hätte. Nach den dramatischen Ereignissen des letzten Sommers hatte sie Thor allerdings versprochen, immer ans Telefon zu gehen. Eigentlich fand Linnea nicht, dass diese übertriebene Fürsorglichkeit gut zu ihm passte, aber sie bemühte sich, es niedlich zu finden und seinem Wunsch nachzukommen. Man musste seine Kämpfe wählen. Also hatte sie das Handy widerwillig aus ihrer Tasche gezogen. Doch als sie sah, wer da anrief, verspürte sie erneut den Drang, das Telefonat zu verschieben.

»Wie geht's dir, Mama, konntest du ein bisschen schlafen?«

Linnea war allein im Labor, schlüpfte aber trotzdem durch die Tür und schaute sich im leeren Gang um. Sie lehnte sich mit dem Rücken an die Wand und ließ sich auf den blauen Linoleumboden hinuntergleiten. Man konnte ja nie ahnen, wie lange ein solches Gespräch dauerte. Die Stimme der Mutter klang verzweifelt, und Linnea war aufgefallen, dass sich ihr schwedischer Akzent in den letzten Monaten verstärkt hatte. Dabei war die Botschaftergattin Lena-Maria Kirkegaard sonst immer so stolz darauf gewesen, dass nur die wenigsten Dänen hörten, woher sie eigentlich kam.

»Linnea, meine Kleine, du musst deinem Vater sagen, dass er nach Hause kommen soll. Auf mich will er ja nicht hören, heute hat er sich einfach umgedreht, als er mich sah!«

»Aber Mama, darüber haben wir doch schon gesprochen, als du mich heute Nacht angerufen hast. Erinnerst du dich denn gar nicht daran?«

»Man stelle sich das mal vor, wir waren vierzig Jahre verheiratet, und dann ignoriert er mich einfach. Läuft vor mir davon – und dann hatte er auch noch *sie* dabei!«

»Wen meinst du?«

»Na, diese französische Schlampe, von der er anscheinend nicht genug kriegen kann!«

Ihre Mutter senkte die Stimme zu einem vertraulichen Flüstern.

»Manchmal denke ich, dass er damals nur deshalb hierherziehen wollte. Um in ihrer Nähe zu sein.«

Ihre Stimme war tränenerstickt, und Linnea kämpfte mit ihrer eigenen Ungeduld. Sie konnte nicht durchschauen, ob die Verwirrung der Mutter damit zusammenhing, dass sie schon das erste Glas Weißwein des Tages geleert, oder ob sie nun völlig die Kontrolle über die Dinge verloren hatte. Aber eigentlich klang sie nicht betrunken und hatte es im Grunde auch nicht getan, als sie Linnea um halb vier Uhr morgens anrief, um ihre Tochter zu fragen, wann diese zum letzten Mal mit ihrem Vater gesprochen hatte. Die Mutter hatte sich entschieden, im ehelichen Haus in Évreux zu bleiben, auf einer alten Apfelplantage in der

Normandie, die die Eltern erworben hatten, nachdem der Herr Botschafter in Rente gegangen war. Linnea und ihre Mutter hatten nie ein besonders enges Verhältnis gehabt, so dass es Linnea gerade recht kam, sie auf Abstand zu haben. Jetzt aber wurde es allmählich zum Problem, dass die Mutter allein in der Normandie lebte. In den letzten Monaten waren ihre Anrufe häufiger und ihre Botschaften immer verwirrender geworden, und obwohl es Linnea wirklich widerstrebte, sich um eine Mutter zu kümmern, die nie ein besonderes Interesse daran gehabt hatte, sich um ihre Tochter zu kümmern, gab es nun mal niemanden sonst, der ihr das abnehmen konnte. Linnea hatte sich nie aufraffen können, die Einladungen der Eltern anzunehmen und ihr neues Zuhause zu besichtigen. Denn so wie sie die beiden kannte, würden sie sowieso bald eine neue Idee bekommen und innerhalb weniger Jahre erneut umziehen. Auch jetzt konnte sie unmöglich dorthin fahren und würde die Mutter umgekehrt niemals überreden können, nach Kopenhagen zu kommen. Gott sei Dank! Schließlich gab es auch Grenzen dafür, wie verantwortungsbewusst man von einem Tag auf den anderen werden konnte.

Linnea biss die Zähne zusammen und versuchte, der Mutter gegenüber verständnisvoll zu sein, obwohl ihr eigentlich nicht danach war.

»Liebe Mama, ich finde, du solltest dich jetzt einfach eine Weile hinlegen. Keine von uns hat letzte Nacht besonders viel Schlaf abbekommen. Und dann können wir heute Abend noch mal reden, wenn du dich ein bisschen fitter fühlst, ja?«

Die Mutter schwieg einen Moment und murmelte dann, vielleicht sei sie tatsächlich ein bisschen müde. Linnea stieß einen Seufzer der Erleichterung aus und konnte nicht anders, als der Mutter einen letzten Stoß zu verpassen.

»Und dann musst du endlich akzeptieren, dass Papa nicht mehr hier ist. Sein Rücken war mehrfach gebrochen, nachdem das Auto auf der Peripherique in die Leitplanke gerast ist. Das ist jetzt zwei Jahre her. Er ist tot, verstanden?«

7

Sie haben *was* getan?«

»Die Überführung der Leichen organisiert. Ich sage Ihnen, das war nicht gerade einfach. Man kauft ja nicht einfach mal eben so ein Flugticket für einen Toten.«

»Nein, das kann ich mir vorstellen. Einen Augenblick mal.«

Warwick starrte kurz in die Luft, dann presste er das Handy gegen seine Brust und brüllte so laut »Idiot!«, dass es der Botschaftssekretär der dänischen Vertretung in Kenia selbst ohne Satellitenverbindung gehört hätte. Anschließend holte Warwick tief Luft und nahm das Gespräch wieder auf.

»Verzeihung, die Verbindung ist so schlecht. Sind sie denn schon losgeschickt worden?«

»Das weiß ich leider nicht. Man hat mir versprochen, dass sie noch heute auf einem Flug vom K50 Airport dabei wären, aber wenn die Bestechungsgelder als nicht hoch genug angesehen werden, können die Särge wohl auch mal ein paar Wochen stehen bleiben.«

»Na, hoffentlich ist es so.«

»Wie bitte?«

»Ach, nichts.«

Und damit unterbrach Warwick das Gespräch mit dem

verwirrten Botschaftssekretär, der leider nie erfahren würde, wie anstrengend sein überdurchschnittlicher Arbeitseifer war, und der froh sein konnte, dass er sich nicht wie Warwick in Mogadischu befand, sondern knapp tausend Kilometer weiter südlich in Nairobi. Denn Warwick war nur deshalb nach Somalia geflogen, damit er die Situation besser einschätzen und die richtigen Entscheidungen treffen konnte. Drei dänische Mitarbeiter der Hilfsorganisation Kintu waren getötet worden. Deren Zentrale hatte die Nachricht zuerst erhalten und daraufhin den Bürgerservice des Außenministeriums und die Reichspolizei informiert. Routinemäßig war der Fall auch beim Militärischen Abschirmdienst im Kastellet gelandet und damit auch auf Warwicks Schreibtisch.

Mads Emil Warwick war Leiter des Afrika-Büros in der Abteilung O und dort für die Koordination von großen Informationsmengen zuständig. Sie kamen von den ausländischen Kooperationspartnern ebenso wie vom Sigint-Dienst im Süden von Amager und in der Nähe der Skibby-Kaserne außerhalb von Hjørring. Die »Signal Intelligence« hatte im Zuge des technischen Fortschritts einen Großteil der Wissensbeschaffung vom Nachrichtendienst übernommen. Dank der Überwachungssatelliten und Echelon sowie ungeahnter Möglichkeiten, das Internet anzuzapfen, war es nicht mehr schwer, an Informationen zu gelangen. Das Problem lag vielmehr darin, sie zu sortieren, damit man nicht in unwesentlichen Details versank.

Bereits der Chinese Sun Tzu, Guru aller Geheimdienstler, hatte im 5. Jahrhundert geschrieben, dass Vorwissen »der Grund dafür ist, dass der aufgeklärte Fürst und der weise General den Feind bezwingen«. Über das Problem, zu viele Informationen zu besitzen, hatte er sich damals hingegen wohl kaum den Kopf zerbrochen. Jemand musste analysieren und auswählen, mit der Folge, dass im Spionagegeschäft heutzutage zunehmend Akademiker eingestellt wurden. Warwick selbst war ein ausgezeichnetes Beispiel dafür. Er hatte an der University of Cambridge seinen Abschluss in Geschichte und politischer Philosophie gemacht und war einige Jahre nach seiner Promotion an der Kopenhagener Universität vom Militärischen Abschirmdienst angeworben worden. Darüber hinaus war Warwick aber keineswegs ein typischer Agent. Er kannte jedenfalls keinen anderen als sich selbst, der für die Nachrichtendienste zweier unterschiedlicher Länder arbeitete – zumindest nicht gleichzeitig.

Schuld an allem war natürlich seine Mutter, sowohl direkt als auch indirekt. »Sue Ellen from Dallas«, wie sie sich gern scherzhaft vorstellte. Anschließend konnte sie sich über die verwirrten Mienen der anderen amüsieren, bis sie sich endlich erbarmte und ihnen erklärte, dass jenes Dallas, auf das sie anspielte, ein abgelegenes schottisches Küstendorf war. Sie war Krankenschwester und stammte aus den Highlands. In Edinburgh hatte sie einen dänischen Ingenieur geheiratet, und damit hatte Warwick sowohl die dänische als auch die britische Staatsbürgerschaft und war in beiden Ländern aufgewachsen. Schon in Cambridge war der Secret Intelligence Service – der britische Auslandsgeheimdienst, besser bekannt unter dem Namen MI6 – an ihn herangetreten. Irgendwann hatte er dann ein Büro am Vauxhall Cross an den Ufern der Themse und gehörte zum HUMINT-Team der Afrika-Sektion. Drei Jahre hatte er für die Human Intelligence gearbeitet – bis zu jenem Tag vor dreizehn Jahren, an dem er sich voller Abscheu schwor, nie wieder etwas mit dem Nachrichtendienst zu tun zu haben, und nach Dänemark zurückkehrte, um eine Forscherkarriere einzuschlagen.

Aber das war lange her, und jetzt befand er sich in der somalischen Hauptstadt. Im Grunde war diese Angelegenheit für den Abschirmdienst nur von begrenztem Interesse. Die Polizei vor Ort hatte bereits in der Mordsache ermittelt und den dänischen Behörden mitgeteilt, die Taten seien vollständig aufgeklärt. Allerdings hatte es in den letzten Jahren zwei besorgniserregende Fälle mit dänischen Staatsangehörigen gegeben, die der somalischen Moschee im Nordre Fasanvej im Kopenhagener Nordvestkvarter angehörten und in Terrorangriffe in Mogadischu verwickelt gewesen waren. Einer von ihnen hatte angeblich einer Gruppe von Selbstmordattentätern angehört, die unzählige Unschuldige ermordeten, ehe sie sich am hiesigen Flughafen in die Luft sprengten, ein anderer stand im Verdacht, einen Anschlag geplant zu haben, der vier Menschen das Leben kostete. Somalia war ohnehin ein Paradies für Terroristen, aber Warwicks Interesse war zusätzlich geweckt worden, als er den Namen des einen getöteten Dänen wiedererkannte. Ansgar Toftegaard, Bente Hultin und Martin Svendsen, hatte es in der Mail vom Außenministerium geheißen. Der Letztgenannte war auf seinem ersten Einsatz gewesen, die anderen beiden waren erfahrene alte Hasen, die schon bei mehreren Großprojekten in Afrika mitgearbeitet hatten.

Aber jetzt waren sie nur noch Namen auf den offiziellen Leichenpässen; drei Särge, die darauf warteten, ihre letzte Heimreise nach Dänemark anzutreten.

*

Wider Erwarten gelang es Thor, eine Parklücke auf dem Halmtorvet zu finden; fast direkt vor dem Hauseingang an der Ecke zum Gasværksvej, wo Mikkel Spang-Hansen mit seiner Freundin gewohnt hatte. Thor hatte einige Artikel des jungen Journalisten gelesen. Die meisten waren scharfsinnig und gut geschrieben, zeugten allerdings auch davon, dass er auf ziemlich unerträgliche Weise von sich selbst eingenommen war. Spang-Hansens Wohnung befand sich im vierten Stock und hatte einen Balkon mit Aussicht auf Kødbyen, und für Thor passte die hippe Lage perfekt zu dem Eindruck eines smarten, aufstrebenden Journalisten, den er von Spang-Hansen gewonnen hatte. Hier lag seit über hundert Jahren der Fleischmarkt der Stadt, und das war im Grunde auch heute nicht anders, wo die Metzger aus den rustikalen Gemäuern ausgezogen und durch trendige ökologische Restaurants und Underground-Clubs ersetzt worden waren. Der offene Straßenstrich mit Zwangsprostituierten aus Osteuropa und Afrika ging direkt vor den Fenstern der Cafés weiter, ohne dass es irgendjemandem den Appetit verdarb.

Zu seinem Verdruss hatte Thor am Vortag nur kurz mit Spang-Hansens Freundin telefonieren können, weil sie in Norddeutschland auf Tournee und nur schwer erreichbar war. Doch sie hatte ihre Auftritte sofort abgebrochen und inzwischen wenigstens etwas Zeit gehabt, die Situation zu begreifen, ehe er seine unsensiblen Fragen stellte. Er selbst hatte die letzten beiden Tage vor allem damit verbracht, die Obduktion zu begleiten und mit den Kriminaltechnikern über ihre Funde auf Helgoland zu konferieren. Und sich außerdem darüber zu ärgern, dass die Fahndung nach Anisa Dini Farah immer noch ergebnislos war. Es gab zwei Möglichkeiten, von denen eine schlimmer war als die andere: Entweder hatte Thor die Mörderin in Gewahrsam gehabt und sie entkommen lassen. Oder die Frau würde das nächste Opfer des Mörders sein, es sei denn, die Polizei fand sie zuerst.

»Einen Moment.«

Überrascht nickte er der dunkelhaarigen jungen Frau zu, die ihm die Tür öffnete und ihn in die Wohnung bat. Sie winkte entschuldigend mit einem silbernen Handy, und er erkannte ihre Stimme wieder. Davon abgesehen, sah sie aber ganz anders aus als erwartet. Er wusste, dass sie Musikerin war und hatte mit irgendeinem blonden Popsternchen gerechnet, von dem er noch nie etwas gehört hatte. Aber Katrine Willemoes packte gerade ein Cello und einen Stapel Noten aus und setzte unterdessen ihr gedämpftes Telefonat fort. Ihre Augen waren rot und geschwollen, die Stimme belegt. Ob sie ein Beruhigungsmittel genommen hatte? Wirkte sie deswegen so gefasst?

Thor studierte das Zimmer, das mit Regalen voller Bücher zugestellt war, und Platten, vor allem klassische Musik und Jazz. An einem der wenigen freien Plätze hing ein eingerahmtes Plakat des Willemoes-Trios an der Wand. Auch die Wohnung hatte er sich anders vorgestellt. Endlich hatte Katrine Willemoes ihr Telefonat beendet und blieb mitten im Raum stehen, als wüsste sie plötzlich nicht mehr, was von ihr erwartet wurde.

Thor warf ihr einen fragenden Blick zu und nahm dann hinter einem kleinen Couchtisch Platz, der mit wochenalten Ausgaben der *Financial Times* und *Børsen* bedeckt war. Zögernd setzte sie sich neben ihn.

»Es tut mir leid, aber ich muss diese Frage leider stellen. Wie gut kannten Sie Spang-Hansen?«

Sie starrte ihn verständnislos an, und Thor musste sich zusammenreißen, um nicht das Gesicht zu verziehen. Es war immer wieder schrecklich, mit den Angehörigen eines Opfers zu sprechen, und die Gnadenlosigkeit der Sprache machte es nicht leichter. Es gab wohl nichts Schlimmeres auf der Welt, als über einen geliebten Menschen in der

Vergangenheitsform zu sprechen. Allerdings zweifelte er daran, ob sie überhaupt begriff, was gerade geschah, oder ob sie noch immer von der Trauer gelähmt war.

»Ich verstehe nicht ganz?«

Aber dann schien ihr plötzlich ein Licht aufzugehen.

»Wir wohnen seit fünf Jahren zusammen, falls Sie das meinen.«

»Es tut mir wirklich leid, wenn es Ihnen schwerfällt, darüber zu sprechen«, entschuldigte sich Thor.

Aber Willemoes winkte ab und schien sich plötzlich zusammenzunehmen.

»Er war doch nur ein Junge«, sagte sie. »Ja, er hat es schon geliebt, überall mitzumischen, bei Premieren gesehen zu werden und ein Teil des Jetsets zu sein. Aber er hatte weder eine Schar von Geliebten, noch hat er mit der Kopenhagener Schickeria gekokst. Hinter diesem ganzen Gehabe versteckte sich nur ein ganz normaler Junge. Und um das zu erkennen, brauchte man kein Psychologe zu sein.«

Sie richtete sich ein wenig auf.

»Was müssen Sie wissen?«

Thor blickte sie voller Anerkennung an.

»Vielleicht können Sie mir einfach etwas mehr über Mikkel erzählen«, bat Thor. »Ich habe immer mehr das Gefühl, als hätte ich keine Ahnung, wer er eigentlich ist.«

Sie nickte einige Male vor sich hin, schien kurz davor, ihm wieder zu entgleiten, in sich selbst zu versinken, in der Trauer und dem Schock. Aber dann fing sie sich erneut.

»Heißt das, Sie wissen nicht, dass er bedroht wurde?«, fragte sie dann.

Sie war aufgestanden und zu einem Schreibtisch gegangen, der vor einem Fenster stand.

»Ich hatte ihm gesagt, er solle zur Polizei gehen«, fuhr sie fort, jetzt mit dem Rücken zu Thor. »Drohbriefe, ziemlich widerliche. Aber natürlich unternahm er nichts. Das war nicht sein Stil. Ich nehme an, Sie möchten sie sehen?«

Thor versuchte, seinen Eifer zu verbergen, als sie ihm kurz darauf drei Ausdrucke von Mails hinlegte. Alle drei ganz unmissverständlich in ihren Drohungen.

8

Ein brutaler Raubüberfall. Ganz einfach. Das erleben wir ständig.«

Der Polizist hieß Ali Hassan, und trotz der drückenden Hitze stand er mit einer Tasse Tee mit Milch und Zucker vor dem Gebäude, das angeblich das Hauptpolizeiamt dieser Stadt beherbergte. Warwick hatte das trübe Gesöff noch nicht angerührt und auch nicht vor, es zu tun. Die Diarrhö würde ohnehin früh genug kommen.

»Die Leute sind verzweifelt. Ich habe seit achtzehn Monaten keinen Lohn mehr bekommen. Dieser Monat war ein guter, weil wir Weizen, Zucker, Tee und Konserven erhalten haben. Aber immer noch keinen Lohn.«

Warwick nickte. Es war nicht sein erster Besuch in Somalia, aber er war jedes Mal von neuem über das Ausmaß des Chaos schockiert. Dies war kein Land, sondern eine humanitäre Katastrophe, die zum Dauerzustand geworden war. Überall in Mogadischu zeugten der Zerfall und die Einschusslöcher in den einst so stolzen Gebäuden der italienischen Kolonialzeit und den sozialistischen Prachtbauten aus den Jahren Mohamad Siad Barres von den vielen Bürgerkriegen. An manchen Orten hatte Warwick das Gefühl, er bewege sich durch eine vom Atomkrieg zerstörte Stadt.

Etwa, wenn er mitten im Zentrum an verrosteten Autowracks vorbeikam oder an längst verlassenen Häusern am Wegesrand. Im Hamrawaine-Quartier, wo sie gerade gewesen waren, türmten sich auf den Straßen die Müllberge aus zwei Jahrzehnten und waren längst zu einer Mischung aus feuchter Erde und Plastik kompostiert, wo Kakteen und Gestrüpp wucherten, während sich das Abwasser seinen Weg zu den zerbombten Häusern bahnte, zwischen denen Ziegen und andere Haustiere herumkletterten, um nach etwas Essbarem zu suchen.

Ali Hassan hatte Warwick durch die verhältnismäßig sicheren Gegenden der Stadt geführt, damit er sich selbst ein Bild davon machen konnte, wo die drei Dänen getötet worden waren: im Sahafi Hotel International, wo sich die Mehrheit des internationalen Trupps aus Entwicklungshelfern und Journalisten aufhielt. Außerdem wurde ihm das Café gezeigt, in dem die Täter später gefasst worden waren. Es war eigentlich mehr ein Blechschuppen, in dem einige Männer hockten und Tee tranken und Khat kauten. Der Polizist hatte Warwick mitgeteilt, dass er, wenn nötig, den ganzen Tag zur Verfügung stünde. Das lag ausschließlich daran, dass Entwicklungshelfer aus dem Ausland in den Fall involviert waren, dessen war Warwick sich bewusst. Mogadischu konnte immer noch mit den Resten eines Polizeikorps prahlen, das inmitten all dieses Chaos allerdings kaum funktionierte. Zudem zählte ein Menschenleben hier nicht viel, und die Aufklärung von Morden hatte keine Priorität.

Jetzt waren sie wieder bei der Polizeiwache angekommen, wo Ali Hassan bemüht war, seine braune Uniform glattzustreichen, die er vermutlich seit zwanzig Jahren trug, denn so lange behauptete er schon, bei der Polizei zu sein.

»Ich möchte mit ihnen sprechen«, sagte Warwick. »Mit den Tätern.«

Er gab sich Mühe, seine Worte mit so vielen Höflichkeitsfloskeln wie möglich auszuschmücken, obwohl die eigentliche Botschaft natürlich unmissverständlich war.

»Das ist leider nicht möglich.«

Ali Hassan seufzte schwer, um sein tiefstes Bedauern zum Ausdruck zu bringen.

»Sie sind tot, bei einem Fluchtversuch erschossen worden. Sie wurden im Keller des Gefängnisses untergebracht, haben versucht auszubrechen.«

Er zuckte entschuldigend mit den Schultern, und Warwick nickte. Es klang wie eine faule Ausrede, aber andererseits musste man sich immer wieder daran erinnern, dass man in Somalia war. Hier galten andere Regeln. Selbst Warwick, der nur für kurze Zeit hier sein würde, konnte sich diesem Gefühl der Hoffnungslosigkeit nicht ganz verwehren, das die Menschen langsam auffraß, wenn sie in einer Gesellschaft lebten, die längst zusammengebrochen war.

»Und was ist aus der Beute des Raubzugs geworden?«

Jetzt warf Ali Hassan ihm einen entsetzten Blick zu.

»Wir haben kein Geld genommen. Sie hatten nichts bei sich, als wir sie verhaftet haben. Nichts als ihre Messer, von denen sie nicht mal das Blut abgewischt hatten.«

Warwick wandte sich ab. Das war natürlich gelogen. Die drei Täter waren nur wenige Stunden, nachdem sie die drei Dänen mit unzähligen Messerstichen getötet hatten, gefasst worden. Ihre Kleidung war noch immer blutbefleckt gewesen, und sie selbst waren schon so zugedröhnt, dass sie bei ihrer Verhaftung keinen Widerstand leisteten und ihre Tat auch nicht leugneten. So viel hatte Ali Hassan bereits erzählt. Als der Polizist zum Pinkeln nach draußen verschwunden war, hatte der Cafébesitzer Warwick allerdings berichtet, die drei Männer hätten mit Dollars nur so um sich geworfen. Und das sah man nicht gerade jeden Tag. Dieses Geld war nun verschwunden, also hatte die Polizei es natürlich selbst eingesteckt, und vermutlich war ein nicht unbeträchtlicher Teil davon direkt in Ali Hassans Taschen gewandert.

Die Korruption der Polizei war Warwick ziemlich egal – ganz im Gegensatz zu der Frage, wo die drei angeblichen Räuber das Geld herhatten. Dass sie es den drei Dänen weggenommen hatten, war eigentlich unwahrscheinlich, denn warum hätten dänische Entwicklungshelfer in einer gesetzeslosen Stadt so große Mengen an Bargeld bei sich tragen sollen? Dies war wohl kaum ein gewöhnlicher Überfall auf drei Ausländer, der aus dem Ruder gelaufen war. Viel wahrscheinlicher schien es, dass eine Bande Kleinkrimineller eine für hiesige Verhältnisse große Summe Geld erhalten hatte, damit sie die drei Dänen tötete. Und nach vollbrachter Tat waren sie mit ihrem wohlverdienten Lohn ins nächste Café gezogen. Mit anderen Worten: ein Auftragsmord.

Es war nur teuflisch irritierend, dass dieser Idiot von der Botschaft in Kenia bereits die Überführung der Leichen angeleiert hatte. Warwick hätte es vorgezogen, wenn niemand außer ihm selbst diesen Fall untersucht hätte, jedenfalls bis er Klarheit darüber erlangt hatte, was genau vorgefallen war. Blieb nur zu hoffen, dass die Leichen im feuchtwarmen Lagerraum des Flughafens vor sich hin faulten und man bei einer späteren Obduktion in Dänemark nichts mehr herausfinden würde.

»Was ist mit ihren Computern?«

Warwick wandte sich wieder Ali Hassan zu.

»Ich kann den Unterlagen entnehmen, dass jeder der Mitarbeiter einen Laptop besaß. Aber sie standen nicht mehr in den Zimmern. Ich vermute mal, die Täter konnten der Verlockung nicht widerstehen und haben sie mitgenommen?«

»Keine Ahnung.«

Ali Hassan schüttelte eifrig den Kopf, und seine Miene war so entrüstet, dass Warwick ihm glaubte. Auch hatte er im Büro des Polizeichefs nur einen einzigen, mindestens fünfzehn Jahre alten Computer gesehen, der im Regal stand, so dass er wohl nicht mehr in Gebrauch war, sondern lediglich ein Symbol für Macht und Wohlstand darstellte.

Warwick kippte seinen Tee auf den Boden und nickte dem Polizisten zu.

»Ich glaube, ich bleibe noch ein paar Tage länger in Mogadischu.«

*

Das jüdische Ghetto nahe der Brøndstræderne wurde vor dem Ersten Weltkrieg abgerissen, die Slums rund um die Adelsgade nach dem Zweiten, und heute war die Kopenhagener Innenstadt durch und durch schick und saniert. Dennoch fand Linnea, dass man immer noch einen Hauch der rauen Stimmung früherer Zeiten spüren konnte, wenn man sich an einem Wintertag auf der Borgergade gegen den Wind stemmen musste und in jeder Hinsicht das Gefühl hatte, auf der anderen Seite von Frederiksstaden zu sein.

»Warst du schon mal in Indien?«

Linnea starrte Thor fragend an.

»Eigentlich war ich fast überall in Asien«, antwortete sie. »Wir haben in Thailand gewohnt, bis ich acht war, danach sind wir nach Indonesien gezogen und kurz darauf nach Japan. In Südkorea waren wir auch ein paar Jahre. Aber nie in Indien. Warum fragst du? Planst du eine Reise?«

Thor deutete auf das große Reisebuch-Café, das direkt vor ihnen an einer Ecke lag. »Tranquebar« stand auf dem Schild zur Straße, und mitten im Schnee ringsherum verhießen die Plakate des Ladens und die ausgestellten Fair-Trade-Produkte eine Welt mit duftenden Gewürzen und brennender Sonne – fernab vom Schneematsch auf den Kopenhagener Straßen.

»Tarangambadi, so hieß unsere Kolonie in Indien«, erklärte er. »Zu der Zeit, als die Paläste hier um die Ecke von einem Vermögen erbaut wurden, das mit dem dänischen Sklavenhandel und der Ausbeutung der damaligen Entwicklungsländer erwirtschaftet worden war. Vielleicht sollten wir heute Abend indisch essen gehen. Kennst du ein gutes Restaurant?«

Thor lächelte charmant wie immer. Er war ganz er selbst, aber sein Gerede von Indien wirkte aufgesetzt und sein Lächeln falsch. Linnea war sich bewusst, was die Ursache für die angestrengte Stimmung war, und beschloss mitzuspielen. Es lag an ihr, oder vielmehr an dem Ultimatum, das sie ihm heute Abend gestellt hatte. Er wollte einfach nicht begreifen, dass ihre Vorstellung von einem glücklichen Leben einfach keine Kinder und Sonntagsausflüge in den Zoo beinhaltete, und was in seinen Augen sonst noch so alles dazugehörte. Und jetzt gingen sie nebeneinander her und behandelten sich so höflich und unterwürfig, wie sie es nur aus der Zeit kannte, bevor sie die Beziehung zu ihm beim letzten Mal beendet hatte.

Der Gedanke stimmte sie unerwartet traurig, und sie verdrängte ihn auf der Stelle. Stattdessen phantasierte sie lieber von in Ghee gebratenem Naan und spürte, wie ihr bei der Vorstellung von einem guten Chicken Tikka Masala oder einem Lamb Vindaloo innerlich warm wurde. Unwillkürlich lief sie schneller, bis sie Thor die Glastür zeigen konnte, auf der der Name der Hilfsorganisation Kintu in schwarzen Versalien über dem bekannten Logo eines stilisierten Menschen prangte, der die Arme ausstreckte, um die Welt zu umarmen. Sie war in den letzten Jahren bei einigen Treffen mit Carl Henrik Gunnerus Poulsen, dem Leiter von Kintu, und mehreren seiner Mitarbeiter gewesen. Er war ein bekanntes Gesicht und nicht nur in den Medien vertreten, wenn die großen Spendenappelle die Bürger dazu aufriefen, ihren Teil beizutragen, sondern auch als Kommentator, wenn die Krisengebiete seltenerweise einmal in den Fokus der Journalisten rückten.

Gunnerus ging die Medien immer wieder gern dafür an, dass sie nur dann über den eigenen Tellerrand blickten, wenn es um spektakuläre Katastrophen ging, die sich für Schlagzeilen eigneten, anstatt auf die tägliche Armut, Hungersnot und Unterdrückung aufmerksam zu machen, die auch vor und nach den Besuchen der internationalen Pressemeute existierten. Über Kintus Netzwerk war Linnea im letzten Herbst in den Gazastreifen entsandt worden. Sie hatte sich für die Gruppe von Experten gemeldet, die hinzugerufen wurde, um zu überprüfen, ob Flüchtlinge tatsächlich Übergriffen oder Folter ausgesetzt worden waren. Diese Aufgabe verstand sie als ihre berufliche Verpflichtung, und in dieser Hinsicht lag sie ganz auf einer Wellenlänge mit Gunnerus. Dagegen war er nicht sehr entgegenkommend gewesen, als Thor ihn angerufen und um Hilfe bei der Suche nach der flüchtigen Zeugin von der Badeanstalt gebeten hatte. Lediglich den Namen und die Adresse der Frau hatte Gunnerus herausgerückt. Das, und eine mürrische Einwilligung zu einem späteren Treffen. Und deshalb hatte Linnea sich mitzerren lassen, um den Leiter zum Reden zu bringen.

»Du weißt, dass ich das nur ihr zuliebe tue«, sagte sie.

»Aber ich möchte nicht weiter in deine Arbeit hineingezogen werden.«

»Du kennst ihn. Und außerdem wird es bei diesem einen Mal bleiben.«

Sie sah Thor an.

»Okay, ich gebe zu, dass es das zweite Mal innerhalb von drei Tagen ist. Aber du musst ja einfach nur mitkommen. Mir gegenüber macht er völlig dicht.«

»Ich glaube, er hat einfach nicht viele gute Gründe, die Polizei zu mögen«, erwiderte Linnea. »Denk daran – wenn die dänischen Politiker Asylrechtsverschärfungen einführen, Abschiebungen sanktionieren, 28-Jahres-Regeln einführen und was weiß ich noch alles, um uns vom Rest der Welt abzuschotten, dann ist es die Polizei, die sie durchsetzt. Also erwarte nicht, dass er dich zum besten Freund haben will.«

9

Die grau gefleckte Eidechse warf Warwick einen schläfrigen Blick zu, als sein Schatten darauf fiel. Dann krabbelte sie träge über den Steinboden, um einen neuen Sonnenfleck zu finden, wo sie sich wärmen konnte. Warwick blieb stehen, folgte dem Weg der Eidechse und wartete darauf, dass sich die Telefonverbindung aufbaute. Durch die Zeitverschiebung war es in Mogadischu drei Stunden früher als in Dänemark, und die Telefon- und Satellitenverbindung war bestenfalls schwankend. Aber jetzt hatte er endlich Lise am Apparat, und sein Puls beruhigte sich sofort.

»Willst du auch mit Jais sprechen?«

»Das verschieben wir lieber, sonst wird er nur traurig.«

Lise war einen Moment lang still. Es war ein wiederkehrendes Problem. Sein Sohn hasste es, wenn der Vater nicht zu Hause war, insbesondere wenn Warwick ihm nicht sagen durfte, wo er war und wann er wieder nach Hause zurückkam. Aber das war nicht der Grund für Lises Schweigen. Denn diesmal wusste sie ausnahmsweise, wo er sich aufhielt, und wie erwartet fühlte sie sich bei dem Gedanken nicht wohl.

»Es gefällt mir nicht, dass du da unten bist.«

»Beruhige dich, ich wohne in einem Fünfsternehotel. Es heißt sogar Peace Hotel und liegt mitten in der Stadt. Hier wimmelt es nur so von ausländischen Journalisten. Wir haben eine Klimaanlage, fließendes Wasser und Internet.«

»Jetzt tu doch bloß nicht so, als wärst du im Urlaub.«

Aber er konnte hören, dass er sie immerhin zum Lächeln gebracht hatte.

»Und im Hotelrestaurant gibt es ein ganz hervorragendes gebratenes Kamel mit Pommes frites. Okay, die sind ein bisschen matschig, aber das Kamel ist ausgezeichnet. Im Garten wehen die Palmen in der salzigen Brise. Der ist sogar groß genug, um morgens darin eine Runde joggen zu gehen, und hier oben vom Dach aus habe ich einen herrlichen Blick auf die Skyline. Soll ich weitererzählen?«

Diesmal lachte Lise richtig, und nachdem sie Küsschen ausgetauscht und er ihr versichert hatte, er werde schon auf sich aufpassen, beendeten sie das Telefonat. Warwick blieb mit dem Handy in der Hand stehen und überlegte, ob sie zwischen den Zeilen heraushörte, was er nicht erzählte, oder ob nur ihm selbst auffiel, wie falsch seine Stimme klang. Er hatte nicht erzählt, dass die UN Somalia als das »gefährlichste Land der Welt« einstufte. Und das Hotel galt zwar als eins der wenigen sicheren in der Stadt, aber selbst hier zeugten große Granatenkrater direkt neben dem Eingang davon, dass man auf diese Einschätzung nicht viel geben konnte. Bashir Yusuf Osman, der stolze Besitzer des Hotels, bezahlte Schutzgelder an jeden Warlord der Stadt, um seinem Hotel inmitten der ständig wechselnden Allianzen eine gewisse Form der Neutralität zu sichern, und er heuerte Wachpersonal mit mehrjähriger Erfahrung im Straßenkampf zwischen den verschiedenen Rebellengruppen an, von dem sich fast jeder einschüchtern ließ. Dennoch, wenn man sich inmitten von Anarchie befand, war Sicherheit ein relativer Begriff.

Warwick steckte sein Handy zurück in die Tasche und überquerte die Dachterrasse, um einen besseren Blick über die Stadt zu haben. Das Hotel bildete einen Kontrast zum übrigen Mogadischu, wo einem überall vorgeführt wurde, wie die Leute sich nach zwanzig Jahren mehr oder weniger daran gewöhnt hatten, ohne eine funktionsfähigen Staat zu leben. Von hier aus konnte man bis zum Hafen sehen, wo überraschenderweise gearbeitet wurde. Wenn es keine Regierung gab, musste jeder seine eigene Regierung bilden. Das galt nicht nur für die Warlords, die versuchten, die Stadt während der Abwesenheit von gewählten Volksvertretern unter ihre Kontrolle zu bringen. Wenn man ein Schiff im Hafen be- oder entladen wollte, musste man nicht nur Leute anheuern, die das übernahmen, sondern auch Wachleute, um zu verhindern, dass die Arbeiter ermordet wurden. Jeder Geschäftsmann hatte seine eigene Miliz, um seine Interessen zu schützen, und ob diese nebenbei Geschäfte mit der einen oder der anderen Regierung oder einem Warlord abwickelte – oder gar einer muslimischen Terrororganisation wie Al-Shaabab –, machte für sie keinen Unterschied. Als Folge davon war Mogadischu in Zonen unterteilt, die von den jeweiligen Warlords regiert wurden, genau wie der Rest von Somalia, wo sich alle Augenblicke neue Präsidenten für kleinere oder größere Teile des Landes selbst ernannten.

Warwick warf einen letzten Blick auf die Eidechse, die ihn völlig ignorierte, seit sie einen neuen Sonnenplatz gefunden hatte, und ging zur Treppe. In einem solchen Land, in einer solchen Stadt erschien es geradezu idiotisch, die Todesumstände dreier Menschen zu klären, die nicht einmal in der Statistik auftauchen würden, wenn es dieses Zivilisationsmerkmal hier überhaupt gab. Die Angehörigen von Anders Toftegaard, Bente Huldin und Martin Svendsen wären sicher anderer Meinung, aber sich darüber Gedanken zu machen, war nun einmal nicht Warwicks Aufgabe.

Er war hier, weil die Liquidierung dieser dreier Dänen Bedeutung für den dänischen Staat haben könnte, und das war stets seine oberste Priorität.

*

Sie trafen den Kintu-Chef in der großen Bürolandschaft an, wo er gemeinsam mit fünf Mitarbeitern selbstgebackenen Zuckerkuchen verspeiste. Irgendwo im Hintergrund klingelte ein Telefon. Doch niemand machte Anstalten, den Anruf anzunehmen. Gunnerus saß am Ende des langen Konferenztischs, aber davon abgesehen verriet nichts an seiner Kleidung oder Haltung, dass er in der Hierarchie oben stand. Als er Linnea erblickte, öffnete er die Arme.

»Rasser wird Vater!«, sagte er. »Wollt ihr auch ein Stückchen?«

Linnea schüttelte den Kopf, und Thor nutzte die Gelegenheit, um sich vorzustellen. Gunnerus sah ihn für einen Moment mit leerem Blick an, doch dann kehrte sein Lächeln zurück, und er erhob sich zu seiner vollen, ziemlich beeindruckenden Größe. Thor war mehr als einen Kopf größer als Linnea, aber Gunnerus war sowohl groß als auch kräftig und wirkte neben dem Kommissar wie ein lächelnder blonder Riese. Allerdings war er der Einzige, der lächelte. Linnea fiel auf, dass die Stimmung ziemlich gedrückt war. Auch wenn die Mitarbeiter mit Kuchen und bunten Servietten dasaßen, sahen sie allesamt aus, als hätten sie den Appetit verloren.

»Lasst uns in mein Büro gehen«, schlug Gunnerus vor. »Ich kann es mir sowieso nicht leisten, noch mehr zu essen.«

Er erklärte, dass sie gerade rund um die Uhr arbeiteten, um die große Entwicklungshilfekonferenz FutureAid zu organisieren, die in eineinhalb Wochen im Bella Center stattfinden sollte. Während sie über den Flur gingen, kamen sie an einem Kopierer und einer Teeküche vorbei, ehe sie sein Büro am anderen Ende des Gangs erreichten. Es lag zwar ein wenig vom Rest der Abteilung entfernt, hob sich jedoch mit seinen Glaswänden und leichten Möbeln bewusst von einem altmodischen, verschlossenen Führungsstil ab. Auch in den anderen Büros, an denen sie vorbeigekommen waren, hatte eine merkwürdige Stille geherrscht, aber Gunnerus kommentierte die gedrückte Stimmung nicht weiter.

»Jetzt erzählt mal. Ist was mit Anisa?«, fragte er schließlich, nachdem sie sich hingesetzt hatten.

»Wir fahnden nach ihr, als möglicher Zeugin eines schweren Verbrechens. Sie könnte unter Schock stehen. Und wir fürchten, dass ihr etwas zugestoßen sein könnte.«

Gunnerus runzelte die Stirn.

»Sie müssen entschuldigen, dass ich am Telefon so wortkarg war.«

Jetzt blickte er Thor an, und Linnea war es sehr recht,

dass Gunnerus sie ignorierte. Sie hatte vor, sich aus dem Staub zu machen, sobald das Eis zwischen den beiden gebrochen war.

»Ich würde behaupten, dass ich sie besser kenne als die meisten anderen, obwohl ich nicht genau weiß, wie viel das bedeutet. Anisa ist ein sehr zurückhaltender Mensch. Was unternehmen Sie, um sie zu finden?«

»Kein Grund zur Entschuldigung. Aber wie ich bereits am Telefon sagte, wurde Anisa Dini Farah vorgestern am Tatort eines sehr brutalen Mordes aufgefunden. Ihre Kleidung war blutbefleckt, und sie stand unter Schock. Ich zweifle daran, dass wir sie ohne fremde Hilfe finden werden. Vielleicht hält sie sich auch versteckt. Aus Angst.«

Gunnerus schwieg einen Moment.

»Ich habe schon mehrmals versucht, Anisa zu erreichen. Sie ist seit vorgestern nicht mehr zur Arbeit erschienen und hat sich auch nicht krankgemeldet. Das ist sehr ungewöhnlich. Sie ist äußerst pflichtbewusst. Sollte sie weiter verschwunden bleiben, dann fahre ich heute zu ihr nach Hause.«

»Und Sie haben keine Ahnung, was sie in dieser Badeanstalt zu suchen hatte?«

Gunnerus schüttelte den Kopf.

»Ich bezweifle jedenfalls, dass sie eine Eisbaderin ist.«

Er erlaubte sich ein kurzes Lächeln, das jedoch eher wie eine angestrengte Grimasse wirkte.

»Sie hat den Täter gesehen«, sagte Thor. »Ich glaube, sie wäre in der Lage, ihn zu identifizieren. Das Problem ist nur, dass es wohl auch umgekehrt so ist. Sie ist unsere wichtigste Zeugin, aber der Täter könnte sie ebenfalls gesehen haben. Und falls er weiß, dass sie alles beobachtet hat, ist sie in Gefahr. Wenn wir sie nicht finden oder sie sich freiwillig meldet, gerät sie vielleicht in seine Fänge. Sie müssen verstehen, dass wir dieser Sache vor allem zu ihrer eigenen Sicherheit höchste Priorität geben.«

Gunnerus nickte ernst.

»Wenn ich irgendwie behilflich sein kann ...«

10

Ich stolpere durch den schmutzigen Bambusvorhang hinein, finde mein Gleichgewicht jedoch schnell wieder und sichere mir einen Platz in den letzten Reihen. Meine Nebenmänner lassen den Prediger nicht aus den Augen.

Hier bin ich unsichtbar.

Ich sitze am vorderen Rand des Klappstuhls, bereit, jederzeit weiterzulaufen, muss mich nur etwas ausruhen und Luft holen. Muss all meine Energie darauf verwenden, ruhig zu atmen, wie normale Menschen es tun.

»And Christ did not enter a sanctuary made by human hands ...«

Das Haus ist voll. Meine afrikanischen Brüder und Schwestern murmeln im Chor mit dem Prediger, der inmitten des Kreises der Anwesenden steht. Ich sehe zu ihm auf, aber er beachtet mich nicht. Der Melanintisch zur Linken ist mit gebrauchten Plastikbechern übersät, und die schmalen Fenster am Ende des Raums sind bereits beschlagen.

»... a mere copy of the true one, but He entered into Heaven itself, now to appear in the presence of God on our behalf.«

Der Raum ist dunkel und feucht, ein schwerer Duft von Weihrauch mischt sich mit dem Geruch von stechendem

Schweiß und billigem Parfüm. Ich spüre meine Füße nicht mehr, aber die Finger schmerzen, jetzt, wo die Wärme langsam meinen Körper erreicht. Ich ziehe den Pullover aus. Versuche, die Worte in mich aufzunehmen, brauche dringend Trost und Kraft, um einen klaren Gedanken zu fassen. Ich bin mir darüber im Klaren, dass ich wieder hinaus muss, in den Schnee, die Kälte und die Dunkelheit. Ich kann nicht einfach nach Hause zurück. Weiß, dass sie mich finden werden. Hier aber bin ich unsichtbar, nur eine weitere suchende Seele, die den Worten des Apostels lauschen und spüren möchte, dass Gott auch an einem dunklen und kalten Januartag in einem verfallenen Hinterhaus in Nørrebro zugegen ist.

»He descended into hell; the third day He rose again from the dead; He ascended into Heaven, sitteth at the right hand of God the Father Almighty.«

Die monotone Stimme lullt mich ein, bis ich zur Ruhe komme. Ich merke, wie all meine Glieder schwer werden und ich nicht länger dagegen ankämpfe. Bald muss ich weiter, einen sicheren Ort suchen, doch hier, zwischen meinen Nächsten, finde ich wenigstens für einen kurzen Moment Zuflucht. Hier kann ich zu Kräften kommen, damit ich wieder denken kann. Jetzt, da mein Körper warm wird, spüre ich mit einem Mal, wie nass meine Kleidung ist. Ich sehe an mir herunter. Meine Jeans sind hinüber, verschmierte Ölflecken vom dreckigen Schnee, Spritzer von Blut, nein, Blutflecken auf meinem Pullover.

Blut? Zum ersten Mal blicke ich auf meine Hände. Sie zittern und sind dunkel vom getrockneten Blut.

Ich bin Anisa. Vorzeigeneger und gejagtes Wild.

11

Erzählen Sie mir etwas über Anisa«, bat Thor. »Vielleicht hilft uns das dabei, sie zu finden. Wenn ich es richtig verstanden habe, arbeitet sie hier als Sekretärin? Was genau gehört denn zu ihrem Aufgabenbereich? Anfallende Arbeiten, Kaffeekochen und solche Sachen?«

Gunnerus sah Thor verblüfft an, und dann lächelte er zum ersten Mal richtig, während er zu Linnea hinüberschaute.

»Hüten Sie sich vor solchen Vorurteilen«, sagte er. »Den Kaffee holen wir uns selbst am Automaten im Flur. Anisa hat einen B. A. im Fach Internationale Wirtschaftskommunikation. Sonst hätte ich hier im Büro auch keine Verwendung für sie gefunden. Sie koordiniert meine Treffen mit Ministerialausschüssen, hilft mir bei Entwürfen zu Reden und anderen Dingen, die man von einer Assistentin der Geschäftsleitung erwarten kann. Sie ist ein Musterbeispiel für gelungene Integration und eine unglaublich gute Arbeitskraft.«

Nun erkannte Linnea Gunnerus' Leidenschaft wieder, mit der er auch von seinen zahlreichen Hilfsprojekten sprach.

»Ich habe sie in einem Flüchtlingslager kennengelernt, das ich in der Zentralafrikanischen Republik besucht habe«, fuhr er fort. »Sie können sich nicht vorstellen, welches Leid sie zu diesem Zeitpunkt schon erfahren hatte. Sie hat nie viel darüber erzählt, obwohl ich sie selbst schon einige Male in Therapie hatte. Ich habe vor einer halben Ewigkeit Psychologie studiert, ehe ich dann auf Politologie umgesattelt habe«, fügte er hinzu.

Er machte eine Kunstpause.

»Sie ist eine Hutu, kam jedoch mit dem gewaltigen Flüchtlingsstrom aus Ruanda. Ihre Familie wurde wahrscheinlich während des Völkermordes niedergemetzelt, genau wie es vielen Tutsis widerfahren ist. Bürgerkriege und Völkermorde enden meistens damit, dass alle Grenzen aufgehoben sind. Eine Zeitlang wohnte sie in einem der großen Lager in der Demokratischen Republik Kongo. Das war, bevor ich sie traf, und auch dort hat sie wahrscheinlich die reinste Hölle durchlebt.«

Gunnerus sah Thor eindringlich an.

»Es ist unfassbar, wie man so etwas überleben und anschließend damit weiterleben kann. Als ich sie zum ersten Mal traf, war sie siebzehn und schwer traumatisiert. Verwahrlost und jämmerlich wie alle, die in solchen Lagern leben müssen. Aber in den Augen dieses armen, abgemagerten Geschöpfs konnte ich immer noch die Intelligenz und das Potential funkeln sehen. Ich möchte euch nicht mit bürokratischen Details ermüden, denn in Dänemark sind sie wirklich schrecklich ermüdend. Jedenfalls bekam Anisa 2001 hier in Dänemark Asyl. Zu diesem Zeitpunkt hatte sie im RCF in Risskov ihre Menschenwürde wiedererlangt.«

»Das Rehabilitierungscenter für Flüchtlinge«, warf Linnea zur Erklärung ein.

Gunnerus nickte. »Sie lernte in Rekordzeit Dänisch, wurde an der Handelsschule angenommen und machte anschließend ihren B. A. an der Copenhagen Business School. Ihr stehen alle Möglichkeiten offen.«

Sein Lächeln verschwand abrupt, als würde ihm erst in diesem Moment der Ernst der Lage bewusst.

»Also hat sie hier in Dänemark gar keine Familie?«, fragte Thor. »Und was ist mit einem Freund?«

Gunnerus nickte, als müsse er sich zusammenreißen.

»Ich habe ein paarmal versucht, mit ihr darüber zu reden, aber das hat sie sich immer höflich verbeten. Ich solle mich nicht einmischen. Sie grenzt sich ziemlich ab. Auf jeden Fall weiß ich nichts von engen Freunden oder einem Freund. Sie können ja versuchen, ihre Kollegen hier zu fragen, aber ich bezweifle, dass sie etwas wissen. Wie gesagt, ich gehöre wohl zu denen, die sie am allerbesten kennen.«

Thor nickte und dankte für die Auskunft. Gunnerus war hinter seinem Schreibtisch hervorgekommen und hielt ihnen die Tür auf, noch ehe sie aufgestanden waren – für seine Größe war er erstaunlich flink. Als sie wieder über den Korridor gingen, wandte er sich Linnea zu und sagte ihr, wie zufrieden sie mit dem Bericht aus Gaza gewesen seien und dass er hoffe, sie habe auch künftig Lust, für sie zu arbeiten.

»Wir brauchen alle Kräfte.«

»Natürlich.« Linnea lächelte angestrengt, weil sie gerade versuchte, ein Niesen zu unterdrücken.

Dann nickte Gunnerus Thor zu, der ihnen einige Schritte voraus war.

»Ich gehe davon aus, dass Sie schon an allen naheliegenden Orten gesucht haben?«

Thor drehte sich fragend um.

»Ich meine die afrikanischen Clubs und so weiter. Klamottenläden, Friseure, Veranstaltungsorte, Cafés – also überall da, wo sich die afrikanische Szene in Kopenhagen aufhält.«

Im Treppenhaus verabschiedeten sie sich, und Gunnerus steckte Thor seine Visitenkarte zu, nachdem er seine Privatnummer auf der Rückseite notiert hatte. Er lehnte seinen gewaltigen Körper über das Geländer, während sie die Treppe hinunter verschwanden.

»Wenn ich noch irgendetwas tun kann, rufen Sie mich an«, rief er ihnen nach. »Jederzeit.«

*

»Khat?«

Der Verkäufer blickte Warwick unter seinen schweren Lidern hervor an.

»Coke?«

Er schüttelte den Kopf.

»Kalaschnikow?«

Der Mann leierte weiter seine Liste herunter, in der Hoffnung, früher oder später das Interesse des anderen zu wecken. Doch Warwick war bereits weitergegangen, an den nächsten schmutzigen, mit Waren überhäuften Decken vorbei. Er unterdrückte ein Husten. Der Staub lag wie Nebel über allem und verstärkte den Eindruck, er würde sich in einem Paralleluniversum bewegen. An einem Ort, den es nur in Alpträumen gab. Eine Schusssalve zerriss die Luft hinter ihm, aber er zwang sich dazu, seine Wanderung fortzusetzen. Dann war eine zweite Salve zu hören, diesmal länger und beharrlicher, gefolgt von aufgeregtem Geschrei. Warwick ignorierte es mit Bedacht.

Er hielt sich noch nicht besonders lange hier auf, aber die allgegenwärtige Stimmung der Verunsicherung und Todesgefahr war ihm bereits unter die Haut gekrochen. Er beruhigte sich selbst damit, dass die Schüsse vermutlich von potentiellen Käufern stammten, die gerade Waffen testeten, während sie um den Preis feilschten. Suuqa Bakaaraha lag unweit von Warwicks Hotel und war einer der vielen Marktplätze Mogadischus, die auch im Chaos blühten. Für den freien Handel gab es immer Platz. Hier konnte man Mais, Bohnen, Weizen, Reis und natürlich Waffen kaufen.

Angeblich zirkulierten eine Million Waffen in der Stadt – mehr, als es Einwohner gab. Und wenn man sich auf dem Marktplatz bewegte, zweifelte man nicht an dieser Zahl. Neben den Waren des täglichen Bedarfs gab es auch gefälschte Rolex und Blankopässe sowie andere offizielle Dokumente, die man nur noch ausfüllen musste – Seite an Seite mit allen erdenklichen Waffen, von Pistolen bis hin zu Luftabwehrraketen.

Der Lärm der Händler und Käufer bildete eine konstante Geräuschkulisse, und diesen Ort gefährlich zu nennen, wäre fast eine Untertreibung. Vor weniger als einem halben Jahr waren neununddreißig Menschen bei einer Explosion neben einer Moschee getötet worden, an der Warwick auf dem Weg vom Hotel vorbeigekommen war. Wenn die Stadt ein rauchendes Pulverfass war, dann explodierte sie an diesem Ort zuerst. Als Weißer ohne bewaffnete Leibwächter hier umherzustreifen war nicht gerade schlau, aber Warwick hatte Ali Hassans Angebot einer Eskorte abgelehnt. Auch wenn diese Männer direkt vom Polizeichef beauftragt wurden, vertraute Warwick keineswegs darauf, dass sie ihn nicht im Stich ließen, sobald jemand anderer besser bezahlte oder sie einen Vorteil darin sahen, ihn auszurauben oder zu entführen. Jeder gegen jeden – das waren die Bedingungen. Aber er erlebte das nicht zum ersten Mal und wusste, dass er stark genug war, um es durchzustehen. Zumindest für eine gewisse Zeit.

Warwick drängte sich an zwei hitzig diskutierenden Männern vorbei und suchte weiter den Markt ab. Säcke mit Khat standen neben den Schubkarren der Geldwechsler, die mit nahezu wertloser Währung beladen waren. Durch die Inflation wurde der Wert der Scheine nicht anhand der aufgedruckten Zahlen berechnet, sondern in Kilo. An mehreren Ecken sah man Leute, die Medikamente verkauften, vermutlich gestohlene Ware aus Hilfspaketen, die nicht zu den Bedürftigen vordrangen, ehe mindestens zwei bis drei Zwischenhändler davon profitiert hatten. Warwick war froh, dass er daran gedacht hatte, ausreichend Insulin mitzubringen. Er hatte es schon einmal in der afrikanischen Einöde vergessen, eine Erfahrung, die man nicht ungestraft machte.

Dann entdeckte er endlich das, wonach er suchte. Ein junger Kerl hatte seine Decke auf dem engen Raum zwischen zwei anderen Händlern ausgebreitet und mit Computern und anderen Elektrogeräten überhäuft, dazwischen lag afrikanisches Kunsthandwerk. Das meiste war alter Schrott, verdreckt und kaputt, der wohl ziemlich fundierte technische Kenntnisse erforderte, wollte man ihn jemals wieder zum Laufen bringen. Ganz oben auf diesem Stapel aber thronte ein Laptop.

Warwick kniete sich hin und ließ seine Finger über den Deckel gleiten, ehe er ihn öffnete. Er versuchte seine Erregung über den Fund zu dämpfen. Die Oberfläche des Laptops war zerkratzt und schmutzig, die Tastatur jedoch intakt. Der Rechner hatte einige Jahre auf dem Buckel, aber die Kratzer schienen neu. Es war ein HP Pavillon, ein weder besonders teurer noch zuverlässiger Rechner, aber nichtsdestotrotz ein ungewohnter Anblick auf einem Markplatz in Mogadischu.

»Ich weiß noch nicht, ob er zu verkaufen ist. Ein ganz neuer Computer. Vielleicht behalte ich ihn auch selbst.«

Warwick sah zu dem Verkäufer auf, der verglichen mit dem Gerümpel, das ihn umgab, überraschend gut gekleidet war. Er konnte höchstens zwanzig sein und hatte vermutlich gerade seinen gesamten englischen Wortschatz verwendet. Ohne weiter auf den Mann einzugehen, nahm Warwick den Laptop, fand die Einschalttaste und drückte sie.

»Hundert Dollar«, sagte der Verkäufer.

Die örtliche Währung waren Shilin, aber der Handel fand ausschließlich in Dollar statt.

»Ich will ihn nicht kaufen«, entgegnete Warwick, »ich möchte nur wissen, wo du ihn herhast.«

Der Verkäufer schüttelte den Kopf, als hätte er Warwick nicht verstanden.

»Hundert Dollar«, wiederholte er.

Warwick sah dem Verkäufer jedoch an, dass er sehr wohl verstanden hatte. Das zufriedene Brummen des Computers verriet derweil, dass das Betriebssystem auf jeden Fall noch funktionierte und eine reale Chance bestand, das, was sich auf der Festpatte verbarg, noch zu retten.

»Fünfzig Dollar.«

Warwick stand auf und hielt den Computer vor sich. Der Verkäufer beobachtete ihn aufmerksam, um schließlich auf die andere Seite der Decke zu kommen. Hastig wich Warwick zurück und achtete darauf, jede Bewegung des Händlers zu registrieren und seinen Blick festzuhalten.

»Ich frage nur noch einmal: Wo hast du ihn her?«

*

Genau darum ging es ja! Um die Freiheit, etwas zu bewirken. Deshalb kehrten ihre Gedanken zu der Zeit in Gaza zurück.

Wieder an ihren Arbeitsplatz zurückgekehrt, schlug Linnea so energisch mit der Hand auf den Tisch, dass eine Staubwolke aus dem Karton vor ihr aufwirbelte. Hier im Keller unter dem Panum-Gebäude befand sich die beeindruckende Skelettsammlung. Aber Linnea war außerstande, sich auf die Knochen zu konzentrieren, mit denen sie hier eigentlich arbeiten wollte. Immer wieder kreisten ihre Gedanken um Thor und seine beharrlichen Versuche, Linnea zu einem Teil seiner kleinen Familie zu machen. Fast hegte sie den Verdacht, er hätte sie an jenem Morgen absichtlich mit Maja allein gelassen. Als würde sie sich dem Familienkult anschließen, sobald man sie mit ein wenig kindlichem Charme konfrontierte. Was keineswegs der Fall war, ganz im Gegenteil, und das hatte sie ihm auch klargemacht. Ausdrücklich. Aber sie hatte ihre Gedanken über Gaza nicht erwähnt, weil sie sich nicht sicher war, ob er sie verstehen würde.

Linnea musste immer wieder an ihre Zeit im Herbst als freiwillige Helferin im Gazastreifen denken. Dort war sie dafür zuständig gewesen, vermeintliche Menschenrechtsverletzungen bei palästinensischen Gefangenen zu untersuchen, die in israelischem Gewahrsam gewesen waren. Inzwischen hatte sie schon an etlichen Hilfseinsätzen auf der ganzen Welt teilgenommen. Meistens war es darum gegangen, Leichen zu identifizieren. Teils stammten sie aus Massengräbern, die von den brutalen Massakern eines Bürgerkriegs zeugten, teils waren es Opfer großer Naturkatastrophen, die viele Menschenleben gekostet hatten und den Toten noch dazu jene Kennzeichen geraubt hatten, anhand derer man sie normalerweise identifizieren konnte. In solchen Fällen konnten Linnea und ihre Kollegen mithilfe von Skelettresten nach und nach die Ethnie, das Geschlecht und das Alter der namenlosen Opfer feststellen und sie zu ihren Angehörigen zurückbringen. Genauso, wie sie blutige Übergriffe nachweisen und dokumentieren konnten, die bei dem Versuch begangen wurden, ganze Menschengruppen aus der Geschichte auszulöschen. Sie konnten das Geschehene natürlich nicht ungeschehen machen, aber wenigstens dafür sorgen, dass der Tod Unschuldiger im kollektiven Gedächtnis verhaftet blieb.

In Gaza hatte Linnea zum ersten Mal mit lebendigen Menschen gearbeitet, und vielleicht hatte ihr Leid sie deshalb härter getroffen, als sie es gewohnt war. Noch immer überkam sie eine große Traurigkeit, wenn sie an den tränenerstickten Mann dachte, dessen sechzehnjährigem Sohn bei einer Festnahme durch die israelische Militärpolizei sämtliche Finger der rechten Hand gebrochen worden waren.

»Sind Sie meine Zeugin?«, hatte er sie eindringlich gefragt. »Sie müssen das für mich vor der Welt bezeugen!«

Es war grauenhaft, mit den unerträglichen Lebensumständen dieser Menschen konfrontiert zu werden, aber sie war zugleich froh, dass sie daran erinnert wurde, warum sie sich einst für diesen Beruf entschieden hatte. Und warum sie selbst so lebte, wie sie lebte.

Linnea seufzte. Zugegebenermaßen war sie von Natur aus nicht unbedingt ein Familientier, aber das allein war es nicht. Ihr Leben wäre hundertmal einfacher gewesen, wenn sie sich mit einem geregelten Bürojob und einem Familienleben zufriedengegeben hätte. Aber sie benötigte die Freiheit, jederzeit aufzubrechen, wenn sie gebraucht wurde. Sie musste etwas bewirken können. Nicht nur Mutter sein, eine Arbeit und eine Beziehung haben. Sondern wirklich etwas dafür tun, dass die Welt ein besserer Ort wurde, indem sie sich auf die großen Aufgaben stürzte. Und große Aufgaben erforderten große Opfer.

12

Wie konnte ich glauben, dass ich ausgerechnet in Gottes Haus unentdeckt bleiben würde?

Mehrere Menschen in meiner Reihe drehen sich nach mir um. Ich ziehe die Jacke enger um meinen Körper, schlage die Beine übereinander, um die Spuren meiner Sünde zu verstecken. Ein Junge zerrt seine Großmutter am Arm und deutet in meine Richtung. Ich versuche die Panik zu verbergen, die von meinem Körper Besitz ergreift, und warte auf eine Gelegenheit, mich hinauszuschleichen. Wenn ich nur sicher wäre, dass meine Beine mich tragen. Die Gemeinde spricht gerade das Glaubensbekenntnis mit, immer lauter, und der Prediger sieht mir direkt in die Augen, als er sagt: »From thence He shall come to judge the living and the dead.«

Ich winde mich unter seinem Blick. Ich hatte gedacht, er könne mich trösten, aber stattdessen spricht er über mich. Ich weiß es. Doch dann lässt er mich gehen, sein Blick wandert zu meinem Nebenmann. Ich bin verwirrt, Herr: Gibt es überhaupt Erlösung für mich? Und liegt die Erlösung darin, zu fliehen oder gefangen zu werden? Ich weiß nicht länger, was ich mir am meisten wünsche – und was ich am meisten fürchte. Weiß nur, dass ich hier nicht bleiben kann. Du beschützt mich nicht mehr, deine Kinder betrachten mich nicht länger als ihre Schwester. Sie starren mich an und tuscheln.

Der alte Mann auf dem Stuhl neben mir schielt weiter zu mir herüber. Er zupft an seinem Bart, zwirbelt ihn und wickelt ihn um den Zeigefinger, ohne mich dabei aus den Augen zu lassen. Jetzt dreht er sich um und nickt einem

Mann in der nächsten Reihe zu. Gibt er ihm Zeichen? Ich drehe meinen Kopf ein wenig und beobachte, wie ein jüngerer Mann ein Handy aus der Tasche zieht. Ich zähle bis zehn, versuche mir einen Plan auszudenken, wie ich den Raum diskret verlassen kann, aber es ist zu spät.

Alle stehen gleichzeitig auf, Plastikklappstühle stoßen gegeneinander. Ich stoße einen lauten Schrei aus, als mein Nebenmann seinen knochigen Arm nach mir reckt. Ich schiebe ihn weg, stoße mehrere Stühle um. Dann habe ich den Vorhang erreicht und bin kurz darauf endlich wieder in der Kälte und Dunkelheit. Als ich das Tor erreiche, kann ich noch immer die klangvolle Stimme des Predigers hören.

»Let's all join hands in song as we praise the Lord our savior.«

Ich sehe mich nicht noch einmal um, ziehe mir die Kapuze über den Kopf und lasse mich von der glitzernden Armut Nørrebros verschlingen.

Ich bin Anisa. Opferlamm und Verdammte.

13

Breitgefächerte Ermittlung, dachte Thor. So hieß es wohl, wenn man von Anfang an alle Möglichkeiten zuließ, anstatt sich von einer bestimmten Auffassung darüber lenken zu lassen, wie der Fall zusammenhing. Wenn man möglichen Motiven, Begebenheiten und Personen gegenüber offen blieb und nicht im Vorhinein etwas ausschloss oder das Ganze unter einem bestimmten Deutungsaspekt untersuchte.

Man hätte es auch »vor dem Nichts stehen« nennen können.

»Sie wollten mit mir sprechen?«

Thor nickte dem schwarzen Mann zu, der den Vorhang seines Hinterhofladens beiseitegezogen hatte. Er trug ein traditionelles ostafrikanisches Gewand, das, wie Thor inzwischen gelernt hatte, Kanzu hieß, und sein struppiger Bart war von unzähligen grauen Haaren durchzogen, obwohl er ansonsten nicht älter aussah als Thor.

»Kennen Sie diese Frau?«

Thor reichte dem Mann ein Foto. Gunnerus hatte es ihm als MMS geschickt, und er hatte eine der Sekretärinnen von der Mordkommission dazu überredet, es auf ihren Computer zu schicken und in Farbe auszudrucken. Der Schnappschuss war irgendwann im letzten Frühjahr auf einem Betriebsausflug gemacht worden, aber die Qualität war erstaunlich gut. Anisas lächelnde dunkle Augen dominierten das Bild, und ihr Gesichtsausdruck wirkte genauso überrascht wie vergnügt. Sie schien voller Lebensfreude, als könne nichts auf der Welt sie betrüben. Ihre Gesichtszüge waren so fein und kindlich, dass man meinen konnte, sie wäre ein Teenager. Kaum zu fassen, dass dies dieselbe Person war, die sie vor kurzem mit blutbeschmiertem Pullover und schreckgeweiteten Augen am Tatort gefunden hatten.

»Wer ist das?«

»Sie heißt Anisa Dini Farah«, erklärte Thor. »Möglicherweise ist sie in großer Gefahr. Sollten Sie also wissen, wo sie sich aufhält, oder jemanden kennen, der sie kennen könnte, wäre das eine große Hilfe.«

Der Mann betrachtete das Bild mit großer Sorgfalt und reichte es dann wortlos über den Tresen an zwei dicke Frauen weiter, die auf einem zerschlissenen grünen Sofa saßen und bisher schweigend die Auswahl an farbenfrohen

Stoffen und Trachten begutachtet hatten. Sie waren beide genauso dunkelhäutig wie der Mann, die eine hatte jedoch einige auffällige rosafarbene Pigmentflecken am Kinn.

»Ich habe sie schon gefragt«, erklärte Thor.

Aber der Mann hatte bereits über Thors Kopf hinweg ein Gespräch mit den Frauen begonnen, die inzwischen eifrig gestikulierten, ganz anders als zuvor, als sie nur mit Schweigen reagiert hatten. Er erkannte einige französische Brocken wieder, verstand jedoch nichts und nahm an, dass es sich um eine Art Pidgin-Französisch handelte.

»Sie sagt, dass sie mit dem Mädchen gesprochen hätte. Es hätte nach einem Laden gesucht, um ein Geschenk zu kaufen.«

Der Mann nickte in Richtung der Frau mit den Pigmentflecken, die Thor interessiert ansah.

»Aber das wäre schon länger her, sagt sie, und an mehr kann sie sich auch nicht erinnern.«

Thor brachte den Mann dazu, sie noch einmal zu fragen, aber dabei kam nicht viel mehr heraus, und er bedankte sich angesäuert für ihre Hilfe und verließ den Laden. Er trat wieder auf die Mimersgade hinaus, wo er einer jungen Frau mit Kinderwagen ausweichen musste, die sich abmühte, durch den Schnee vorzudringen, den man in riesigen Haufen auf den Fußweg geschaufelt hatte. Schon gestern hatte er bei zwei Friseuren vorbeigeschaut, die mit »African Dreadlocks« warben, sowie einem Club in der Hamletsgade, dessen Adresse Gunnerus ihm gegeben hatte. Doch nirgends war er auf jemanden gestoßen, der Anisa wiedererkannte. Und jedes Mal sah er sich außerstande zu beurteilen, ob es daran lag, dass niemand im sogenannten afrikanischen Milieu das Mädchen kannte, oder ob sie lediglich misstrauisch waren und lieber dichtmachten, sobald ein Polizist den Kopf zur Tür hereinstreckte.

Er konnte nichts anderes tun, als die Suche fortzusetzen. Sie hatten zunächst eine interne Fahndung ausgerufen, die an alle Polizeibezirke in Seeland herausgegangen war. Jetzt, drei Tage später, wurde die Suchmeldung jedoch auch veröffentlicht, denn die vorläufige Untersuchung war ins Stocken geraten. Von der unbekannten dritten Person hatte man leider keine weiteren Spuren am Tatort gefunden. Noch dazu waren die Techniker im Zweifel, ob sich das versprochene DNA-Profil überhaupt erstellen ließ, mit dem als Grundlage sie die Daten eines möglichen Verdächtigen abgleichen konnten.

Die Ermittlungen mussten sich nun auf den Umkreis des Opfers konzentrieren, und sein Gespräch mit Mikkel Spang-Hansens Freundin hatte gezeigt, dass der Journalist mehr Facetten gehabt hatte als von Thor angenommen. Aber auch diese Spur hatte, abgesehen von den Drohbriefen, nichts ergeben, dem er weiter hätte nachgehen können. Vermutlich gehörten die Mails nur zu den üblichen Beschimpfungen, denen alle ausgesetzt waren, die im Licht der Öffentlichkeit standen. Dennoch arbeiteten die Kollegen daran, den Absender der IP-Adresse ausfindig zu machen. Katrine Willemoes hatte außerdem erzählt, dass sie ihren Freund in letzter Zeit nicht oft zu Gesicht bekommen hatte. Teils, weil sie selbst auf Tournee gewesen sei, teils, weil er sich in eine Recherche gestürzt habe. Sie hatte jedoch betont, dass in der Beziehung trotzdem alles in Ordnung gewesen wäre. Schließlich hatte sie ihm einen Pappkarton mit Ringheftern überreicht, in denen Spang-Hansen sämtliche seiner Artikel akribisch in chronologischer Reihenfolge abgeheftet hatte. Noch ein Puzzleteil, das nicht zu Thors erstem Eindruck von einem smarten und oberflächlichen Journalisten passen wollte.

Thor hatte Kraus und Ewald darauf angesetzt, einen genaueren Blick auf Spang-Hansens Artikel zu werfen und alle seine Notizen auf dem Laptop durchzugehen, genau wie seine Verabredungen und Kontakte im Handykalender. In den letzten Notizen des Journalisten ging es um die finanziellen Verhältnisse ausländischer Transportunternehmen, die auf den ersten Blick keine Verbindung zu Dänemark zu haben schienen. Es gab auch keine Namen und Details oder andere Hinweise, die sie weiterbrachten. Sie waren übereingekommen, dass Ewald mit einer systematischeren Analyse des Materials weitermachte, während Kraus das Umfeld des Opfers unter die Lupe nahm. Seine Freundin hatte auch erzählt, dass Spang-Hansen so stolz darauf gewesen war, ein Eisbader zu sein, dass nicht nur jeder wusste, wo und wann er seinen Körper in das eiskalte Wasser tauchte, sondern auch, dass er immer der erste Mann am Platz war. Damit hatten sie die Hoffnung verloren, dass sich der Kreis der Verdächtigen wie in einem englischen Fernsehkrimi auf die anderen Mitglieder des Badevereins »Vikingerne« beschränkte. Mehr denn je brauchten sie dringend einen Zeugen.

Im selben Moment streckte plötzlich der Ladenbesitzer seinen Kopf aus der Tür und unterbrach Thors Gedanken.

»Griffenfeldsgade«, rief er. »Sie sagt, sie könne sich erinnern, dass sie ihr dort begegnet ist.«

Thor bedankte sich und sah auf die Uhr. Dann beschloss er, diese letzte Chance noch wahrzunehmen und einen Ausflug nach Somaliland zu machen – wie das sanierte Viertel um die Griffenfeldsgade offenbar liebevoll genannt wurde –, ehe er zum Politigården zurückkehrte.

*

Der Händler griff nach dem Laptop, und Warwick ließ sofort los.

»You decided?«, fragte er.

»Yes«, antwortete Warwick in demselben Pidgin-Englisch. »Me decided.«

Und mit diesen Worten packte er die linke Hand des Verkäufers. Er legte die eine Hand auf den Spann und umschloss mit der anderen die Faust des Mannes, machte in derselben Bewegung eine halbe Drehung und übte nach unten Druck aus. Der Händler konnte nicht einmal mehr einen Schrei ausstoßen, ehe er zusammensackte und auf den Rücken fiel. Warwick lockerte seinen Griff nicht, sondern setzte dem Mann seinen schweren Schuh auf den Hals und bedeutete ihm mit einem Nicken, dass er lediglich fest zutreten musste, und der Verkäufer hätte nie wieder Sorgen im Leben. Aus dem Augenwinkel registrierte Warwick, dass die anderen Leute, falls sie überhaupt etwas bemerkt hatten, entweder gleichgültig waren oder sich lieber nicht einmischten.

Der Blick des Mannes war leer, als er zu Warwick aufsah.

Das war im Grunde die Herausforderung im ganzen Geheimdienstwesen – dass man letzten Endes immer für alles allein verantwortlich war. Wenn Warwick jetzt als dänischer Agent im Ausland operierte, war er Regierung, Polizei und Gericht in einem und musste selbst entscheiden, was richtig war. Er hatte keine Möglichkeit, darauf Rücksicht zu nehmen, was legal war, da er sich in einer Grauzone bewegte, die im Gesetz nicht vorgesehen war. Und wenn man das alles aus einer umfassenderen Perspektive betrachtete, berührte es genau den Kern dessen, womit er sich in seinem Studium beschäftigt hatte und was mit all seinen praktischen Ansprüchen einer der Gründe war, warum er die Arbeit als Geheimdienstler so stimulierend fand: die Frage, wie weit man gehen durfte, um das Gute zu erreichen.

»Zwei Dinge erfüllen das Gemüt mit immer neuer und zunehmender Bewunderung und Ehrfurcht«, schrieb Kant vor über zweihundert Jahren, »der bestirnte Himmel über mir und das moralische Gesetz in mir.« Dem Philosophen kam es darauf an, immer korrekt zu handeln, ohne dabei die Folgen seiner Handlung zu berücksichtigen. Und auf der anderen Seite stand der Utilitarist Jeremy Bentham, für den die gute Handlung jene mit den bestmöglichen Konsequenzen war. Warwick war immer ein Verfechter des Letztgenannten gewesen, was allerdings nur bedeutete, dass die Ansprüche an das eigene Handeln wuchsen. Oder wie es das Bob-Dylan-Zitat formulierte, das einer seiner Kollegen im Kastellet über seinen Computer gehängt hatte: »To live outside the law you have to be honest.«

»Ich habe ihn gestern gekauft«, erklärte der Händler jetzt. »Ich kenne den Typen nicht.«

»Hatte er noch mehr davon?«

Der Händler schüttelte den Kopf, und Warwick hob den Fuß, als wolle er zutreten, woraufhin der Mann jedoch nur umso mehr auf seiner Antwort beharrte. Also nahm Warwick seinen Fuß weg und ließ die Hand los. Der Verkäufer blieb im Staub liegen, verunsichert, was nun passieren würde. Warwick nahm den Laptop, klappte ihn zusammen und holte hundert Dollar aus seiner Tasche. Demonstrativ glättete er die Scheine und ließ sie neben den Mann auf den Boden flattern. Dann wollte er gehen, entdeckte jedoch im selben Moment noch etwas zwischen dem Gerümpel. Er bückte sich und hob eine verzierte Koor auf, eine ausgehöhlte Kamelglocke aus Holz, wie sie die Nomaden früher verwendet hatten. Dann holte er einen weiteren

Fünfdollarschein hervor und reichte ihn dem Händler, der sich gerade aufrappelte.

»Genau das Richtige für Lise«, sagte er auf Dänisch.

14

Du solltest Nikolajsen aus dem Weg gehen. Sieht so aus, als wollte er dir eine Standpauke halten.«

Überrascht blickte Linnea auf. Sie war in Gedanken bei dem Toten von der Badeanstalt gewesen. Irgendwie wurde sie das Gefühl nicht los, dass seine Verletzungen ihr etwas sagen müssten. Etwas Wichtiges. Aber sie kam nicht darauf. Es war ein Problem, eine so umfangreiche Arbeit innerhalb so kurzer Zeit erledigen zu müssen. Vielleicht sollte sie sich den Obduktionsbericht noch einmal angucken, um einen Denkanstoß zu bekommen. Linnea hatte überhaupt nicht bemerkt, dass noch jemand in dem großen Raum war, in dem Kisten mit Knochenresten sorgfältig aufgereiht in langen Metallregalen lagerten. Sie musste schon ziemlich geistesabwesend gewesen sein, um die eins neunzig große nordschwedische Matrone zu übersehen, deren rote Locken sie noch um zusätzliche drei Zentimeter größer machten. Louise Anckarstierna war eine der Doktorandinnen und immer äußerst gut über alles informiert, was im Haus so vorging. Wenn sie sagte, dass der stellvertretende Direktor mit ihr auf Kriegsfuß stand, würde es schon stimmen.

»Es geht um irgendeine rechtsmedizinische Untersuchung, in die du dich eingemischt hättest.«

»Das war nur eine inoffizielle Leichenschau. Ein Freundschaftsdienst. Keinerlei Formulare oder Unterschriften, wenn es das ist, was er befürchtet.«

Louise zuckte mit den breiten Schultern – eine Bewegung, die bei ihr alles andere als graziös aussah.

»Kann ich nicht sagen. Ich habe nur die Worte ›unprofessionell‹ vernommen und irgendetwas mit ›Kompetenzüberschreitung‹, und ›Trennung von Beruflichem und Privatem‹. Na ja, und dann ziemlich viele dänische Flüche, die ich noch nicht gelernt habe.«

»Danke für die Warnung.«

Louise zog von dannen, und Linnea versuchte sich wieder auf die Arbeit zu konzentrieren. Die Gesundheitswissenschaftliche Fakultät in Kopenhagen besaß eine einzigartige Skelettsammlung, deren Knochenfunde teilweise bis zu achttausend Jahre alt waren. Die elektronische Katalogisierung aller Bestandteile mit Hilfe von Datenbanken und Strichcodes war ein umfangreiches Unterfangen, an dem Linnea selbst mitgewirkt hatte. Im Herbst hatte es jedoch eine Überschwemmung gegeben, die sie und die Kollegen gezwungenermaßen in die alte Zeit der Karteikästen zurückversetzte, und seither hatten die Mittel nicht ausgereicht, um den Rückschlag auszugleichen. Sie liebte diesen Ort und all das Wissen, das er barg. Sowohl das Wissen, das bereits registriert und analysiert war, als auch jenes, das bisher niemand in einen Zusammenhang eingeordnet hatte. Das lag nicht zuletzt daran, dass ständig neue Methoden entwickelt wurden, um das Wissen über die Vorfahren des Menschen zu erweitern und damit auch neue Erkenntnisse über die Menschen der Gegenwart zu erlangen.

Hier gab es keine schwierigen Beziehungen, Gefühle oder Opfer. Hier gab es nur die Wissenschaft, zu der man sich rational verhalten musste, und das methodisch gewonnene Wissen.

In einer der letzten Regalreihen fand Linnea die Knochenreste, die sie zu einer vergleichenden Analyse eines weiteren Skelettfundes verwenden konnte, auf den man beim Bau der neuen Metro gestoßen war. Sie beschloss, im Keller weiterzuarbeiten, anstatt alles ins Labor zu schleppen. Ihre Notizen konnte sie genauso gut hier machen – und zwar nicht, weil sie Nikolajsens vermeintlichem Zorn ausweichen wollte. Sie konnte sich genau vorstellen, wie er sich über die hohen Ansprüche ausließ, die man erfüllen musste, wenn man mit Toten zu tun hatte. Als ob sie weniger professionell wäre, nur weil sie bei einer Ermittlung aushalf, die ansonsten schon nach einem halben Tag ins Stocken geraten wäre. Sie hatte gehofft, dass Collin direkt zu Morewski gehen würde und nicht zu Nikolajsen, wenn er sich schon über ihre Einmischung draußen bei der Badeanstalt beschweren musste. Dann wäre sie dem Ärger bestimmt entgangen. Der alte Professor Morewski hielt aus irgendeinem Grund immer noch seine schützende Hand über sie. Beim Gedanken an den bevorstehenden Anpfiff begannen ihre Wangen zu glühen, aber wenn ihr Einsatz dabei helfen konnte, Anisa Dini Farah zu finden, wäre das wichtiger als alle rigiden Regeln von Nikolajsen.

Sie betrachtete den Schädel, den sie vor sich auf den Tisch gelegt hatte, und musste Clyde Snow zum hundertsten Mal recht geben.

»Knochen sind gute Zeugen«, hatte er gesagt. »Natürlich können sie nicht sprechen, aber dafür lügen sie auch nicht, und sie vergessen nichts.«

Im Laufe ihres Studiums hatte Linnea an mehreren Vorlesungen des weltberühmten Professors der Forensischen Anthropologie an der Universität von Oklahoma teilgenommen. Seine Erfolgsbilanz umfasste so prominente Leichen wie Tutanchamun, Josef Mengele und John F. Kennedy, und seine Worte hielten immer noch stand: Mit zunehmender Erfahrung konnte sie den Beobachtungen des alten Professors immer mehr zustimmen. Jetzt saß sie beispielsweise vor dreitausend Jahre alten Knochen und erfuhr von ihnen mehr und mit einer geringeren Fehlerquote als Thor von seiner Augenzeugin, wenn sie denn je auftauchte. Lebende Zeugen waren in so vielen Punkten unzuverlässig – sie konnten von ihren eigenen Vorurteilen beeinflusst werden, von Interessen, mangelndem Erinnerungsvermögen und nicht zuletzt auch durch Druck von außen. Und manchmal liefen sie einfach davon.

Linnea lächelte vor sich hin. Das wäre doch eine wichtige Ergänzung zu Clyde Snows Worten: ›Knochen sind gute Zeugen: Sie können nicht weglaufen.‹

*

Der Cafébesitzer stellte den Tee vor Warwick auf den Tisch und verschwand, ohne ihn eines Blickes zu würdigen. Warwick war das nur recht. Das Café war selbst für hiesige Verhältnisse nicht unbedingt einladend, aber es lag in der Nähe des Marktplatzes und bot viele dunkle Ecken, von denen aus man alle Ein- und Ausgänge im Blick hatte. Er wartete, bis der Besitzer ganz verschwunden war, und nahm einen Schluck von seinem Shaah, der wie so oft in Ostafrika zusätzlich gewürzt war. Er schnupperte daran. Kardamom und Nelken waren auf jeden Fall enthalten, und der Tee wirkte bedeutend appetitlicher als das Gesöff, das ihm Ali Hassan auf der Polizeiwache vorgesetzt hatte.

Dann vergewisserte er sich erneut, dass ihn niemand beachtete, und öffnete den Laptop. Eine Sekunde verstrich, in der er fürchtete, der Computer sei abgestützt, aber dann tauchte die Taskleiste auf, ohne dass ihm zuvor ein Passwort abverlangt wurde. Die meisten Dokumente auf dem Desktop waren englisch, und er brauchte nur eins davon zu öffnen, um festzustellen, dass er einen Treffer gelandet hatte. Es war der Entwurf zu einem Brief, dessen Inhalt zwar uninteressant war, aber der Briefkopf bestätigte, dass es Ansgar Toftgaards Computer war. Warwick hatte gehofft, dass die Täter, obwohl sie bezahlt worden waren, der Verlockung nicht hatten widerstehen können, die Laptops zu verscherbeln. Er hatte den gesamten Suuqa Bakaaraha durchsucht, der auch als Umschlagplatz für Elektronik bekannt war, aber nur einen der Computer gefunden. Aber das war schon mehr, als er zu hoffen gewagt hatte.

Wenn sich jemand die Mühe gemacht hatte, jemanden für den Mord an drei dänischen Entwicklungshelfern zu bezahlen, musste es einen Grund dafür geben. Am wahrscheinlichsten schien es, dass sie einen Warlord beleidigt hatten, indem sie ihm die Schutzgeldzahlung verwehrt hatten, oder dass es eine gescheiterte Entführung war. Doch in Anbetracht der Tatsache, wo auf der Welt er sich gerade befand, konnte es sich ebenso gut um einen Terroranschlag oder einen politisch motivierten Racheakt handeln. Die Grenzen zwischen alledem verschwammen immer mehr, und die Entwicklungshelfer waren inzwischen militärische Ziele wie alle anderen, jetzt, wo auch Soldaten Essensrationen austeilten. Immer häufiger wurden sie getötet oder gekidnappt, weil es nichts half, sich auf die eigene Neutralität zu berufen, wenn der Gegner einen nicht als neutral ansah.

Da Warwick die drei Dänen aus Gründen, die auf der Hand lagen, nicht mehr befragen konnte, musste er sich mit der nächstbesten Lösung zufriedengeben: den Computer zu durchsuchen. Während er den warmen Tee schlürfte, öffnete er geduldig jedes Dokument und alle Bild- und Tondateien, die er auf dem Rechner finden konnte. Es war keine uninteressante Lektüre: Entwürfe zu Mails an die Ehefrau, die sich offenbar zu Hause dem Alkohol hingab, Aufzeichnungen über die finanzielle Lage der Projekte, die Toftegaard beaufsichtigt hatte, die garantiert nicht für die Öffentlichkeit bestimmt waren, ebenso wie ein Kalender mit Angaben über Treffen und Geldbeträge – vermutlich ging es darum, korrupte Beamte zu bestechen. Mit anderen Worten eine Menge schmutziger Wäsche, aber nichts, was Anlass dazu gegeben hätte, ihn und seine Kollegen zu töten.

Warwick bestellte eine weitere Kanne Shaah und klickte ein wenig auf dem Computer herum, bis es ihm überraschend gelang, mithilfe seines Handys eine Internetverbindung herzustellen. Sie war nicht stabil, so dass es mehrere Minuten dauerte, eine Seite zu laden. Dennoch hatte er sich bereits nach einer halben Stunde Zugang zu Toftegaards Mailprogramm verschafft. Der Computer erinnerte sich an das Passwort, sobald man die Mailadresse eingab, vermutlich, weil der Inhalt nicht weiter kontrovers war – allerdings kam es natürlich darauf an, wer ihn las. Er scrollte durch den Posteingang, bis er mit einem Mal stutzte. Er starrte auf den Bildschirm, klickte sich vor und zurück und las fieberhaft eine Reihe von Mails. Dann nahm er sein Handy und wählte eine Nummer. Nach einer halben Ewigkeit meldete sich endlich jemand.

»Morgan? Ich hoffe, du kannst mir helfen. Es eilt ein bisschen.«

Am anderen Ende der Leitung war ein Brummeln zu vernehmen. Morgan Cumberbatch war schon damals, als sie sich in Cambridge ein Zimmer teilten, kein großer Smalltalker gewesen, und seine Aversion gegen unnötiges Geplauder war mit den Jahren nicht geringer geworden. Dennoch hatte er nach dem Studium auf stetige und undramatische Weise Karriere gemacht und verdiente heute wahrscheinlich das Vierfache von dem, was Warwick damals bei Lloyd's Register in London bekommen hatte.

»Ich brauche eine schnelle Recherche. Was kannst du mir über ein Schiff namens Proserpine sagen?«

»Dass man mit dieser Aufgabe nicht den stellvertretenden Geschäftsführer behelligen muss.«

»Aber ich kenne nun mal nur diesen einen stellvertretenden Geschäftsführer. Vielleicht könnte er die Aufgabe an einen seiner vielen willigen Untergebenen delegieren?«

Auch darauf antwortete der Freund nur mit einem Brummeln, und Warwick legte auf und wartete geduldig auf das Resultat. Morgan Cumberbatch arbeitete für das berühmte Schiffsregister in London, das seit 1764 ein »Register of Ships« herausgab, in dem Frachtschiffe von über hundert Bruttoregistertonnen im Hinblick auf ihren Zustand und ihre Ausstattung klassifiziert wurden – davon konnten Versicherungen und Charterer Gebrauch machen. Seit einigen Jahren hatte er sein Büro im Firmenhauptsitz in der Fenchurch Street, und soweit Warwick verstanden hatte, konnte man eigentlich nicht weiter aufsteigen. Während er wartete, las er noch einmal Teile der Korrespondenz, auf die er gestoßen war. Sie war nicht besonders umfangreich, was die Sache nur umso interessanter machte. Dann warf er einen Blick auf seine Uhr und rief erneut in London an.

»Es gibt kein Schiff, das Proserpine heißt«, sagte Morgan sofort. »Denn ich gehe davon aus, dass du weder an die HMS Proserpine denkst noch an die USS Proserpine? Das sind zwei Marinefahrzeuge, die in den Jahren 1919 und 1960 ausrangiert wurden.«

»Ich habe aber nur einen Hinweis auf ein Frachtschiff namens Proserpine.«

»Wie gesagt, da gibt es nichts, aber dafür habe ich etwas anderes gefunden, was dich vielleicht interessieren könnte.«

»Schieß los.«

Und Morgan begann zu erzählen. Warwick hatte ihn nicht mehr so gesprächig erlebt, seit ihnen in Cambridge einmal eine Flasche Laphroaig in die Hände gefallen war, die sie zusammen geleert hatten – woraufhin sie beide ununterbrochen geredet hatten, bis sie sich hatten übergeben müssen. Als sein alter Freund seinen Bericht einige Minuten später beendet hatte, blieb Warwick noch eine Weile mit dem Telefon in der Hand sitzen. Diese Verbindung war gelinde gesagt überraschend, und er konnte die Konsequenzen nicht ganz überschauen. Zuallererst musste er im Kastellet anrufen, damit sie sofort mit der Arbeit anfingen. Und dann musste er selbst so schnell wie möglich nach Kopenhagen zurückfliegen.

Einer Sache war Warwick sich jedoch sicher: dass er soeben dem Grund dafür auf die Spur gekommen war, warum die drei Entwicklungshelfer zum Schweigen gebracht hatten werden müssen.

15

Zwei Bohemia Regent, bitte.«

Der Barkeeper nickte und öffnete den Hahn mit dem selbstimportierten tschechischen Hausbier, während Thor sich an den Fenstertisch setzte, wo er bereits seine Jacke abgelegt hatte. Der Vorschlag, sich im Café Svejk in der Smallegade zu treffen, war von Asbjørn Vogler gekommen und passte Thor ausgezeichnet. Es lag nicht weit von seinem Zuhause entfernt und war selten überfüllt, so dass man an einem Samstagnachmittag nicht mit neugierigen Zuhörern rechnen musste. Außerdem konnte man sich ausgezeichnet an dem kalten Bier wärmen, wenn man am Fenster saß und auf den Schneeregen hinaussah. Auf dem kurzen Weg vom Fredriksberg Rådhus bis hierher war Thors Jacke von einer unerwarteten Böe komplett durchnässt worden.

»Anschließend solltest du ein Vleve probieren, wir haben noch drei Fässer.«

Thor nickte zerstreut, als ihm der Barkeeper mit den Hundeaugen, der mit seinen langen Haaren eher wie ein Rocksänger aussah, das Bier brachte. Seine Gedanken waren längst an einem anderen Ort und kreisten um die Wetterverhältnisse in Virginia, und darum, ob sie erträglicher waren als der nasskalte dänische Winter. Die amerikanische Ostküste – dort musste es Herrschaftssitze im Kolonialstil geben, weitläufige Wälder und hohe Berge, Indianer und Sklaven ... zumindest in früheren Zeiten. Schon im Herbst hatte er beim Polizeichef darum ersucht, an einem Führungsseminar der FBI National Academy in Virginia teilzunehmen, und der ansonsten ziemlich unzugängliche Lange hatte seinem Antrag überraschenderweise ohne Zögern stattgegeben. Er gab Thor lediglich den Rat, er solle aufpassen, dass sein kometenhafter Aufstieg nicht zu Problemen in der Zusammenarbeit mit den Kollegen führte. »Immerhin sind nicht alle der Meinung, dass Sie ein Gottesgeschenk für uns sind«, hatte er gesagt, ohne zu verraten, zu welcher Kategorie er selbst zählte. So oder so hätte er ab Neujahr an einem der angesehensten Polizeilehrgänge teilgenommen, mit den Schwerpunkten Kriminaltechnik, Führung, Medientraining, Psychologie und Umgang mit großen Kriminalfällen. Ein ideales Sprungbrett für weitere Beförderungen.

Allerdings war da noch die Sache mit Maja. Thor hatte mit seiner Ex Cathrine gesprochen, die sich entgegenkommend zeigte, aber drei Monate waren dennoch eine zu lange Zeit. Und somit war Thor schließlich stattdessen Anfang Dezember auf einem zweiwöchigen Kurs an der Deutschen Hochschule der Polizei gelandet, unter Kollegen immer noch als Polizei-Führungsakademie bekannt, damit er wenigstens einen Teil seiner genehmigten Weiterbildung in Anspruch nehmen konnte.

»Kennst du das Gefühl, wenn man mit Virginia und Pocahontas gerechnet hat und sich am Ende mit Nordrhein-Westfalen und Bockwurst zufriedengeben muss?«

Er blickte zu dem verdutzten Asbjørn Vogler auf, der seine erstaunlich trockene Winterjacke ablegte, und Thor beeilte sich, auffordernd auf die beiden Gläser zu zeigen und »Prost« zu sagen. Nachdem sie das Bier probiert hatten, wischten sie sich den Schaum von den Lippen, machten es sich bequem und begrüßten sich richtig.

»Kommst du in deiner Mordsache voran?«

Thor schüttelte den Kopf und fragte nicht, woher der Freund wusste, welchen Fall er gerade auf dem Schreibtisch hatte. Sie hatten sich schon seit mindestens einem Monat nicht mehr richtig unterhalten, und eigentlich gab es ohnehin nichts zu berichten. Seine sogenannte breitgefächerte Ermittlung hatte bisher zu keinerlei Anhaltspunkten geführt. Das Einzige, was er nach einer knappen Woche vorweisen konnte, war ein Typ aus der Griffenfeldsgade, der behauptete, Anisa in einem Nachtclub auf Vesterbro gesehen zu haben. Vogler sah ihn nur an und grinste breit.

»Dann warte mal ab, was ich dir zu erzählen habe.«

Asbjørn Vogler war Militärstaatsanwalt am Kastellet, und Thor machte sich gern darüber lustig, dass sein Freund sich von der allgemeinen Paranoia des Abschirmdienstes anstecken ließ, der im selben Gebäude untergebracht war. Er war derjenige, der darauf bestanden hatte, dass sie sich außerhalb der Arbeitszeit trafen und möglichst weit von ihren jeweiligen Arbeitsplätzen entfernt.

»Das Containerschiff Persephone«, sagte Asbjørn dann. »Klingelt da was bei dir?«

»War das nicht vor ein paar Monaten mal in den Nachrichten?«

Asbjørn nickte und trank von seinem Bier.

»Im September letzten Jahres wurde dieses dänische Schiff am Horn von Afrika von Piraten überfallen. Inzwischen ist das ja fast alltäglich, und die Piraten haben ihre Jagdgründe beträchtlich erweitert. Eine internationale Flotte unter Leitung der dänischen Marine patrouilliert in den Gewässern bis zum Indischen Ozean, zum Schutz vor somalischen Piraten, die Containerschiffe überfallen und Lösegeld für Fracht und Besatzung verlangen. Die Persephone wurde am 19. September angegriffen, und der bulgarische Kapitän konnte einen Hilferuf absetzen, der direkt beim Operativen Marinekommando und beim Hauptsitz der Reederei A. C. Lauritzen ankam. Während das Schiff anschließend die somalische Küste ansteuerte, beauftragte die Reederei einen englischen Entführungsexperten. Ein ehemaliger SAS-Elitesoldat, ziemlich zweifelhafter Typ, wenn du mich fragst. Daraufhin kam eine telefonische Verbindung zu einem gewissen Omar zustande, dem Kontaktmann der Piraten. Die Piraten forderten ein Lösegeld von sieben Millionen Dollar, woraufhin die Reederei auf Anraten des Engländers vierhunderttausend bot. Diese Empfehlung erwies sich als ziemlich idiotisch, weil sie vermutlich höchstens ein Zehntel davon hätten bieten dürfen. Jetzt bekamen die Piraten nämlich eine Ahnung davon, dass die

Reederei Geld hatte und auch zahlungswillig war. Ihre nächste Forderung belief sich daher auf fünf Millionen Dollar, woraufhin die Verhandlungen im Großen und Ganzen auf Eis gelegt wurden. Fast zwei Monate lang fuhr die Persephone mit einer zunehmend panischeren Besatzung an der Küste auf und ab, und der Treibstoff wurde knapp. Der Kapitän und der Steuermann durften regelmäßig bei der Reederei anrufen und um eine Lösung betteln und flehen, aber der Reeder blieb beinhart und weigerte sich, dem ›psychologischen Druck‹ der Piraten nachzugeben. Auf keinen Fall wollte er eine Lösegeldsumme zahlen, die höher war als der ›Marktwert‹, der offenbar bei ungefähr einer Million Dollar lag.«

»Diese Geschäftsleute sind ja knallhart.«

Vogler lächelte.

»Ja, nicht nur die Piraten sind unbarmherzig. Mitte November ist die Situation dann eskaliert, als die Esbern Snare zum Angriff überging und das Schiff befreite. Bei dieser Aktion starben neun Piraten, anscheinend ertranken sie bei dem Versuch, in einem defekten Gummiboot zu flüchten.«

»Und was hast du mit dieser Sache zu tun?«

»Weil es zivile Verletzte und Todesopfer gab, hat die Militärpolizei die Besatzungsmitglieder der Esbern Snare verhört. Ich muss beurteilen, ob es sich um eine gerechtfertigte Machtausübung handelte. Reine Routine.«

Thor lächelte seinen Freund wissend an.

»Aber?«

»Aber heute stürzte sich auf einmal der Abschirmdienst auf den Fall. Dessen Mitarbeiter übernehmen alle weiteren Ermittlungen, und wir wurden angewiesen, alle relevanten Unterlagen an sie auszuhändigen.«

*

Der Schneeregen war so stark, dass man kaum bis zum Blegdamsvej sehen konnte, und Linnea gab es auf, zwischen den Fensterläden hindurchzublicken. Sie stand auf dem kleinen Austritt am Ende des großen Obduktionssaals, wo man frische Luft schnappen oder eine Zigarette rauchen konnte, wenn man ein bisschen zusätzliche Stimulanz brauchte. Früher hatte man von hier aus freien Blick auf den Obduktionssaal gehabt, aber nachdem die Journalisten mit Teleobjektiven und Richtmikrofonen ausgerüstet auf dem Parkplatz und in den gegenüberliegenden Häusern angerückt waren, wurde angeordnet, die Fenster und auch die Fensterläden immer geschlossen zu halten.

»Du bist sicher, dass du nicht weitermachen willst, jetzt, wo du schon mal angefangen hast?«

Linnea nickte dem Assistenten abweisend zu, der soeben die Stahlbahre unter die Lüftung gerollt und sie so befestigt hatte, dass sie mit der Abflussrinne abschloss. Anscheinend passte es ihm nicht, dass sie ihn am heiligen Samstag in Beschlag nahm.

»Danke, aber ich werde meine Leidenschaft schon zu bändigen wissen.«

Sie schauderte noch immer vor Kälte, obwohl es in dem dauergekühlten Obduktionsgang wärmer war als draußen im Frost. Zum Glück war der große Obduktionssaal des Rechtsmedizinischen Instituts frei gewesen. In ihrem eigenen osteologischen Labor in der Abteilung für Forensische Anthropologie gab es weder eine Lüftung noch waren die übrigen Voraussetzungen für die Untersuchung von Leichen erfüllt, und dies war der größte Raum, der für Obduktionen zur Verfügung stand. Die Abteilung für Forensische Anthropologie war Teil des Rechtsmedizinischen Instituts, obwohl sie auf der anderen Seite des Panum-Instituts lag. Hier befand sich Linneas Büro, und hier arbeitete sie meistens, aber da es einen Tunnel unter dem Tagensvej gab, der das Panum mit dem Rigshospital verband, hatte sie innerhalb von fünf Minuten Zugang zu allen Einrichtungen des Instituts.

Sie hörte die Clogs des Assistenten über den Gang klappern und drehte sich um. Hier wurden die großen Mordfälle untersucht, so dass ausreichend Platz vorhanden war. Sie konnten leicht auf zehn bis zwölf Leute kommen, wenn zwei Rechtsmediziner und ein Assistent die Obduktion durchführten – im Beisein von Polizisten, Kriminaltechnikern und vielleicht sogar dem Leiter der Abteilung für Personengefährdende Kriminalität, wenn es sich um einen wichtigen Fall handelte. Aber in diesem Moment waren nur sie und die drei Leichen, die man für sie herbeigerollt hatte, im Raum.

»Bente Hultin, Ansgar Toftegaard und Martin Svendsen«, las sie.

An den Stahlbahren waren drei Leichenpässe befestigt. Sie waren nur mit den nötigsten Angaben ausgefüllt worden, vermutlich von irgendeinem Botschaftsangestellten. Sie enthielten lediglich die Namen der Toten und die Flugrouten von Somalia nach Kopenhagen. Die Todesursache lautete lakonisch »Gewaltanwendung mit Todesfolge, beigefügt mit einem scharfen Instrument in Verbindung mit einem Raubüberfall«, als Todesdatum war der 18. Januar angegeben.

Linnea schaltete als Erstes die Lüftung ein. Entweder stimmte der Todeszeitpunkt nicht mit der Wirklichkeit überein, oder die Toten waren alles andere als ordnungsgemäß aufbewahrt worden, wenn sie im Laufe so kurzer Zeit diesen Zustand erlangt hatten. Sie bereute es, dass sie sich keine richtige Schürze angezogen hatte, sondern lediglich einen Einwegoverall mit Plastikverstärkung. Aber sie hatte keine Lust, sich noch einmal umzuziehen, und so trat sie stattdessen zur ersten Leiche, um mit der Arbeit zu beginnen. Ihr Plan war, zunächst die Verletzungen zu untersuchen, die sie schon bei der ersten oberflächlichen Untersuchung entdeckt hatte. Es gab viel zu tun, denn alle drei wiesen eine große Zahl von Stichverletzungen am ganzen Körper auf. Doch schon nach einem kurzen Moment hielt sie inne.

Die Leiche von Hultin lag auf dem Rücken, doch die Beine waren seitlich angewinkelt, so dass ihr an beiden Fersen zwei charakteristische Verletzungen ins Auge stachen. Linnea beugte sich hinunter, um sie besser betrachten zu können. Erst konnte sie nicht glauben, was sie sah, doch allmählich begriff sie es. Sie untersuchte die Einschnitte gründlicher, wusste jedoch schon, was sie finden würde.

Genau wie erwartet waren die Achillessehnen durchtrennt worden, und ihr wurde fast schwindelig, weil sie der Anblick direkt an einen Vormittag in Ruanda vor fast fünfzehn Jahren zurückversetzte.

Konnte es wirklich dasselbe sein, was sie hier sah?

16

Und das kann der Abschirmdienst einfach so machen?« Thor sah Vogler verwundert an.

»Ja, die können machen, was sie wollen. Aber ich glaube, sie versuchen damit irgendetwas zu vertuschen.«

»Und was?«

Vogler schwieg einen Moment, weil ein Mann auf dem Weg zur Toilette an ihrem Tisch vorbeikam.

»Die Persephone hatte den Laderaum voller Waffen«, sagte er dann. »Die Sache geht eigentlich bis Mitte Juli letzten Jahres zurück, als unser Außenministerium ein Fax vom niederländischen Außenministerium erhielt. Darin machte man darauf aufmerksam, dass gerade ein Schiff von der dänischen Reederei A. C. Lauritzen in Rotterdam abgelegt hatte, mit Kurs auf Dschibuti. Das Schiff war zurückgehalten worden, doch der Kapitän hatte es geschafft, die Destination auf dem Frachtbrief zu ändern, ohne es dem Zoll zu melden, und wieder abzuhauen, bevor es den Hafenbehörden gelang, die Ladung zu inspizieren. Die Holländer baten zunächst die Dänen darum, das Schiff anzuhalten. Als das nicht geschah, versuchten sie das Auswärtige Amt in Berlin dazu zu drängen, verstärkten Druck auf Dänemark auszuüben. Man sollte die Reederei verständigen oder gemeinsam versuchen, Ägypten dazu zu bringen, das Schiff am Suezkanal abzufangen, bevor es den Indischen Ozean erreichte. Denn die Ladung war eine Lieferung der britischen Firma JMT Charlesworth und bestand aus T-54- und T-55-Kampfpanzern, Zielfernrohren, Helmen, Mörsern, Panzerabwehrwaffen und enormen Mengen an Munition für militärische Zwecke. Eine in jeder Hinsicht explosive Last also.«

Er machte eine Pause, um zu trinken, ehe er fortfuhr: »Aber nach dem dänischen Gesetz war dieser Transport gar nicht illegal. Natürlich ignorierte das dänische Außenministerium die Anfragen nicht, sondern kontaktierte auf der Stelle A. C. Lauritzen und fragte, ob alle Papiere in Ordnung seien. Das bestätigte die Reederei, womit sich die dänischen Behörden im Großen und Ganzen zufriedengaben. Allerdings wissen alle, dass die Waffen von Dschibuti aus weiter nach Somalia gebracht werden. Und es gibt nicht nur ein internationales Waffenembargo gegen

Somalia, sondern die Waffen landen vermutlich auch noch direkt in den Händen von Al-Shabaab, die unter anderem Kontakte zur Al-Qaida pflegen. Oder bei ebenjenen Piraten, die ausländische Schiffe überfallen und die internationalen Einsatzkräfte in dem Gebiet beschießen. Wenn die Ladung ihr Ziel erreicht hat, und ich wüsste nicht, warum das nicht der Fall sein sollte, könnten die Waffen theoretisch schon kurz darauf auf die Esbern Snare gerichtet worden sein.«

Thor nickte.

»Im Zusammenhang mit dem Piratenüberfall und der daraus resultierenden Aufmerksamkeit läuft das Ganze jedenfalls Gefahr, ins Interesse der internationalen Medien zu rücken. Und das würde natürlich ein schlechtes Licht auf Dänemarks liberale Waffenhandelsgesetze werfen und damit unserem Ansehen in der Welt schaden«, fügte Vogler hinzu.

»Ich glaube, ich verstehe«, sagte Thor. »Der Abschirmdienst räumt gerade auf, um einen Skandal zu vermeiden, obwohl das alles im Grunde genommen korrekt ist. Aber wenn es sowieso legal ist, dann verstehe ich nicht genau, was du mir eigentlich sagen willst? Und noch viel wichtiger: Sollen wir nicht noch ein Bier trinken?«

Vogler leerte sein Glas und nickte.

»Du gibst einen aus.« Er grinste zufrieden.

»Ich glaube, du bist dran.«

»Nicht, wenn du gehört hast, was ich dir eigentlich erzählen will.«

Thor kehrte mit zwei Gläsern Bier an ihren Tisch zurück und stellte eines vor Vogler, der sich sofort darauf stürzte, ehe er seinen Monolog fortsetzte.

»In meinen Ermittlungen tauchte eine Telefonnummer

auf«, erzählte er weiter. »Alle Gespräche des Kapitäns über Funk, ob auf dem Wasser oder an Land, werden aufgezeichnet. Das meiste war nicht von Interesse, bis auf ein einziges, das ich routinemäßig auf Referenzen in den verschiedenen Databasen überprüfte. An zwei Stellen hatte ich einen Treffer. Den ersten im europäischen Fahndungsregister, dem Schengener Informatiossystem. Dort war allerdings nicht mehr verzeichnet als ein Hinweis auf den DGSE. Aber zum Glück habe ich noch einen Kontakt aus meinen alten Zeiten im Kosovo, den ich anrufen konnte.«

»Einen Hinweis auf wen?«, fragte Thor.

Vogler sah für einen Moment verwirrt aus.

»Den französischen Auslandsnachrichtendienst«, erklärte er dann. »Direction Générale de la Sécurité Extérieure. Mein Kontakt erklärte, dass die Telefonnummer französisch war und zu einer Prepaid-Karte gehörte, die zwischen März und Dezember 2010 in Südfrankreich gekauft worden war. Bis vor kurzem war sie in Gebrauch und gehörte einer Frau mit dem beeindruckenden Namen Adèle de Clermont-Tonnere. Sie gilt als eine der führenden Waffenhändlerinnen, aber mehr konnte oder wollte mir der Kollege nicht verraten. Und kurz darauf griff dann der Abschirmdienst ein.«

»Du meinst, der französische Auslandsnachrichtendienst hat den Abschirmdienst über deine Anfrage informiert?«

Vogler zuckte mit den Schultern.

»Vielleicht.«

»Und was war dein zweiter Treffer?«

Jetzt grinste der Freund noch breiter.

»Dazu kommen wir noch.«

Er sah sich gewohnheitsmäßig um, aber mit Ausnahme dreier Stammkunden, die mit dem Barkeeper plauderten, waren sie immer noch allein. Dann nahm er ein zusammengefaltetes Blatt aus seiner Innentische und öffnete es langsam, um die Spannung hinauszuzögern. Es sah aus wie ein normaler Schwarzweißausdruck, und Asbjørn warf einen kurzen Blick darauf, ehe er es zwischen die Biergläser legte, ohne darauf zu achten, ob es schmutzig wurde.

»Wie du sehen kannst, ist das ein Ausdruck aus dem Ermittlungsregister in unserem zentralen Strafregister.«

Thor nahm das Blatt in die Hand.

»Wie du siehst, bist du rechts oben als Leiter der Voruntersuchung angegeben, aber du hast dieses Papier sicher noch nicht zu Gesicht bekommen. Es ist nämlich eine von mehreren Hundert Berichtseiten, die bei euch wahrscheinlich sofort in der Ablage landen. Aber das hilft dir doch bestimmt dabei, weiterzukommen. Ich finde jedenfalls, dass das ein interessanter Zufall ist. Ab Montag übernimmt jedenfalls der Abschirmdienst diesen Fall, und dann wirst du keine Antworten mehr erhalten, das garantiere ich dir. Und bevor du jetzt wütend wirst, weil einer deiner unschuldigen Mitarbeiter der Spur nicht ordentlich nachgegangen ist, denk bitte daran, dass die Telefonnummer lediglich zum französischen Geheimdienst führte und selbst ich ihnen nur etwas entlocken konnte, weil ich jemanden kannte, der mir einen Gefallen schuldete.«

»Ich hätte trotzdem informiert werden müssen«, erwiderte Thor.

Er starrte auf den Ausdruck. Daraus ging hervor, dass es sich um die fünfte Seite einer Übersicht über die kriminaltechnische Untersuchung jener Spuren handelte, die man am Tatort der Ermordung von Mikkel Spang-Hansen gesichert hatte. Der Inhalt seines Handys war darauf aufgelistet, darunter alle ein- und ausgehenden Gespräche, die Thors Team anschließend kontrolliert hatte. Eine einzige Nummer war von Vogler gelb unterlegt worden. Der Text gab Auskunft darüber, dass am 15. Januar ein ausgehender Anruf von dreißig Sekunden registriert worden war, also wenige Tage vor Spang-Hansens Tod. Man war diesem Anruf jedoch nicht weiter nachgegangen, weil sich schnell herausstellte, dass die Nummer nicht länger gültig war und der Besitzer unbekannt. Thor erkannte sofort, dass es eine französische Nummer war.

Er sah zu seinem Freund auf, der offensichtlich damit zufrieden war, dass ihm die Überraschung gelungen war.

»Könnte sein, dass die nächste Runde auch auf dich geht«, sagte er dann.

*

Die Haut war so dünn geworden, dass sich das Fettgewebe darunter bereits in Leichenwachs umwandelte. Der Tote befand sich in einem Zustand fortgeschrittener Verwesung.

»Adipocire«, sagte Linnea, »das ist aber doch ungewöhnlich.«

Sie sah zu Svend-Erik Nikolajsen auf, dem stellvertretenden Direktor am Rechtsmedizinischen Institut und dem unmittelbaren Ansprechpartner für die Abteilung für Forensische Anthropologie. Er war in den Obduktionssaal gekommen, als sie gerade dabei war, ihre Untersuchung abzuschließen. Noch hatte er nichts gesagt, aber jetzt setzte er seine Brille auf, die er sonst an einer Schnur um den Hals trug, was Linnea auf irrationale Weise irritierte.

»Allerdings«, bestätigte er. »Das bildet sich erst nach mehreren Monaten.«

Linnea bohrte vorsichtig ihren Finger in die Haut des Toten, die sofort aufplatzte. Eine weißliche Substanz, geronnenem Joghurt nicht unähnlich, sickerte heraus. Leichenwachs war eine Art Seifenbildung in der Leiche und entstand normalerweise bei Wasserleichen.

»Nur, wenn die Leiche begraben wurde«, erklärte sie dann. »Aber Adipocire kann sich auch einige Tage post mortem bilden, wenn es ausreichend warm und feucht ist.«

Sie betrachtete erneut die Leiche auf der Bahre.

»Was sie dort unten mit ihnen angestellt haben, kann man nicht wissen. Aber ich habe die Särge gesehen, in denen sie hierher transportiert wurden. Doppelt und mit einem inneren Gehäuse aus Zink, ganz vorschriftsmäßig. Sie waren sogar balsamiert worden. Man hatte Formalin über ihnen versprüht.«

Nikolajsen stieß ein Grunzen aus, aber ob es sich auf ihren Kommentar bezog oder ob er noch immer wütend auf sie war, ließ sich nicht bestimmen. Als die drei Leichen gestern im Rechtsmedizinischen Institut angekommen waren, waren sie bereits so verwest gewesen, dass man sofort entschieden hatte, keine normale Obduktion durchzuführen. Sie mussten für die Angehörigen freigegeben werden, damit sie beerdigt werden konnten. Aber da es sich um einen Kriminalfall handelte, zog Nikolajsen es vor, dass sie sich selbst einen Eindruck davon verschafften, ob alles in Ordnung war, ehe sie die Leichen weiterschickten. Er legte Wert darauf, sich nichts zuschulden kommen zu lassen, und opferte gern sein Wochenende dafür. Die Toten waren zur MRT in den Keller geschickt worden, denn selbst eine Leiche, die so verwest war, dass die Hirnmasse wie grüne Grütze aus ihr herausfloss, wenn man den Schädel öffnete, konnte noch mit überraschend gutem Ergebnis gescannt werden. Und anschließend bat man Linnea, noch einen Blick darauf zu werfen.

Als Forensische Anthropologin führte sie normalerweise keine Obduktionen durch, aber wenn die Weichteile einer Leiche so zerstört waren, dass sie sich kaum noch untersuchen ließen, konnte sie helfen, indem sie eventuelle Verletzungen am Skelett untersuchte. Üblicherweise legte sie dann die Knochen frei, die von Interesse waren, und nahm sie heraus, oder sie rekonstruierte die beschädigten Teile und analysierte die Daten, die sie vom Skelett als Ganzem sammeln konnte. Dadurch konnte sie feststellen, ob Alter, Geschlecht und Körperbau mit den vorliegenden Informationen zu den Toten übereinstimmten und ob die Verletzungsarten den Beschreibungen auf den Leichenpässen entsprachen. Aber sie musste ganz sicher sein, dass sie sich nicht geirrt hatte.

»Ich schicke sie zum Abkochen«, sagte sie. »Dann kann ich sie besser untersuchen, falls Sie einverstanden sind. Wie Sie sehen können, gibt es deutliche Läsionen an der Achillessehne, und ich würde den Unterschenkelknochen gern zur osteologischen Untersuchung einschicken.«

Nikolajsen nickte widerwillig.

»Wenn Sie das für nötig halten. Aber es ist ja nur eine Routineuntersuchung. Die Polizei in Somalia hat den Fall bereits aufgeklärt, und ich will nur sichergehen, dass die Papiere stimmen.«

»Ich weiß. Aber da ist etwas, was mich irritiert.«

»Wenn Sie auf Unstimmigkeiten stoßen, könnte das natürlich auch an einer falschen Übersetzung liegen.«

Er sah sie gutmütig an und deutete auf die Leichenpässe.

»Sie sollten nicht glauben, dass die Leute da unten nicht in der Lage wären, ordentliche Polizeiarbeit zu leisten, nur weil sie schwarz sind.«

Nikolajsen ließ seine Brille wieder auf die Brust fallen und nickte Linnea aufmunternd zu. Eilig fügte er hinzu, dass sie natürlich alles veranlassen sollte, was sie für notwendig erachtete. Bestimmt damit es nicht so klang, als würde er ihren Wunsch nach einer umfassenderen Untersuchung nur aus finanziellen Gründen infrage stellen.

Linnea sah Nikolajsen den Gang hinunter verschwinden und wusste nicht, ob sie sich über seine Andeutung bezüglich ihrer Vorurteile ärgern sollte oder über seine völlige Unwissenheit amüsieren.

Bei Gelegenheit sollte sie ihm vielleicht einmal von den wenigen Erlebnissen aus ihrer Kindheit in Kenia erzählen, die sie noch immer klar vor Augen hatte. Sie war in Nairobi geboren worden, wo ihr Vater als Berater für ein dänisches Entwicklungshilfeprogramm tätig gewesen war und ihre Mutter den Grundstein für ein Leben als frustrierte Hausfrau gelegt hatte. Nairobi war natürlich vergleichsweise fortschrittlich – abgesehen von den ewigen Problemen mit Stromausfällen und einer Infrastruktur, die dem explosionsartigen Wachstum der Stadt in den Jahren nach Kenias Unabhängigkeit nicht standhalten konnte. Gleichzeitig war es die größte Stadt des Landes und auch als »die grüne Stadt in der Sonne« bekannt. Auf Linnea, die in einem wohlhabenden Viertel lebte und von Gärtnern, Zimmermädchen, Nannys und europäischen Entwicklungshelfern umgeben war, wirkte die Stadt ungefährlich, wie ein Inbegriff der Geborgenheit. Bis zu jenem Tag, als Linnea ihren Vater nach Kibera begleitete, wo er ein lokales Projekt besuchte.

Zu dieser Zeit hatte sich der Vorort noch nicht zu einem der größten Slums Afrikas entwickelt, und die Mehrzahl der Bewohner gehörte dem Kikuyu-Stamm an. Normalerweise nahm ihr Vater sie nie irgendwohin mit, sie hatte immer das Gefühl gehabt, dass sie ihm eine Last war. Wahrscheinlich war die Nanny an diesem Tag unpässlich gewesen. Jedenfalls waren sie in Kibera von einem Polizisten abgeholt worden, der sie zu der größten Schule des Ortes fuhr. Dort angekommen, appellierte er an den Vater, etwas zu unternehmen. Sie waren in das baufällige Gebäude gezerrt worden, das selbst zu diesem Zeitpunkt, mitten am Tag, menschenleer war. Keine Schüler, keine Lehrer. Der Polizist hatte erklärt, dass er die Kinder evakuiert hatte. Alle waren nach Hause geschickt worden, die Schule war geschlossen worden, einige der Kinder mussten ins Krankenhaus gebracht werden.

»Ist es eine Epidemie?«, hatte der Vater gefragt. »Sollen wir die Umgebung auch evakuieren?«

Daraufhin hatte der Polizist in einem aufgeregten Wortschwall erklärt, was vorgefallen war. Linnea verstand natürlich nichts, aber sie folgte den beiden zu einer verschlossenen Tür, die der Polizist mühsam aufschloss. Stolz deutete er hinein, und Linnea erhaschte einen kurzen Blick auf den dunklen Raum, ehe der Vater sie unsanft wegschob. Wütend begann er den Polizisten auszuschimpfen, irgendwann aber zuckte er nur noch resigniert mit den Schultern und zerrte Linnea wieder zum Auto.

»Was ist passiert?«, hatte Linnea gefragt. »Etwas Gefährliches?«

Der Vater zögerte, ehe er antwortete.

»Vergiss es«, sagte er dann. »Er behauptet, böse Geister hätten sich in Gestalt von weißen Katzen und Schlangen in der Schule offenbart. Die Schüler wären von ihnen angegriffen worden. Ein Prediger hätte versucht, die Dämonen auszutreiben. Geister und Ungeheuer! Und dieser Mann will ein Polizist sein!«

Aber das, was Linnea in dem kleinen Raum erahnt hatte, erwähnte er mit keinem Wort. Auf ihre weiteren Fragen antwortete er nicht mehr. Er sprach nie wieder über die Sache, und je mehr Zeit verging, desto mehr zweifelte sie daran, ob sie dort auf dem Fußboden in der Dunkelheit tatsächlich einen nackten und gefesselten kleinen Jungen gesehen hatte.

17

Es ist viel schlimmer, als ich gedacht hätte. Sie irrt nachts auf der Landstraße umher, redet mit sich selbst und ruft nach meinem Vater.«

Dankbar nahm Linnea das Glas Burgunder entgegen, das Thor ihr reichte. Sie hatten beide fast den ganzen Samstag gearbeitet, und sie hatte sich darauf gefreut, ihn zu sehen. So sollte es schließlich auch sein. Wenn Maja bei ihrer Mutter war, lief die Beziehung ausgezeichnet. Linnea mochte es sowieso nicht, wenn man zu sehr aufeinanderhockte. Jetzt standen sie in der Küche im Cæciliavej, und Thor entkernte Oliven, während Linnea von den Anrufen aus Frankreich erzählte, die sie am Nachmittag erhalten hatte.

»Mama ist völlig am Ende. Sie redet Unsinn, und gestern hat sie einen elektrischen Wasserkocher auf die Gasflamme ihres Herdes gestellt.«

»Sollte man nicht einen Arzt rufen?«

»Das verbittet sie sich. Aber eigentlich deutet ja alles auf Demenz hin. Und sie redet immer wieder von meinem Vater und irgendeiner französischen Frau, wegen der Vater sie verlassen hat. Wenn sie doch nur akzeptieren könnte, dass er tot ist. Dann würde sie sich wenigstens nicht mehr von ihm im Stich gelassen fühlen …«

Linnea nahm einen großen Schluck Wein und setzte sich seufzend auf die Arbeitsplatte.

»Außerdem ist es so ein merkwürdiges Gefühl … wir hatten überhaupt kein enges Verhältnis, und jetzt wird von mir nicht nur erwartet, dass ich mich um sie kümmere, nein, jetzt soll ich mir auch noch ihre Liebesqualen mit meinem verstorbenen Vater anhören.«

Linnea merkte bereits, wie sich der Rotwein in ihrem Körper ausbreitete, und versuchte, den Gedanken an die Mutter abzuschütteln. Es war eine ausweglose Situation, mit der sie sich zu einem anderen Zeitpunkt beschäftigen musste. Jetzt wollte sie einfach nur einen schönen Abend mit Thor verbringen, ohne auf Mütter oder Kinder Rücksicht zu nehmen.

Linnea stand auf und nahm die Lammkeule aus dem Kühlschrank, während sie etwas zerstreut Thor zuhörte, der von seinem Treffen mit Asbjørn Vogler erzählte. Irgendetwas ließ sie an die verwesten Leichen denken, die noch immer im Rechtsmedizinischen Institut lagen. Sie zog das Ausbeinmesser aus dem Messerblock und widmete sich der Lammkeule. Mit langen Schnitten löste sie das Fleisch vom Knochen und genoss das Gefühl, wie die frisch geschliffene Klinge fast widerstandslos durch alle Fett- und Fleischschichten glitt. Dann wendete sie die Keule, um den Knochen auch auf der anderen Seite freizulegen, ließ das Messer jedoch einige Sekunden in der Luft schweben.

Sie blickte auf und unterbrach Thor in seinem Redestrom.

»Die drei Leichen, von denen ich dir erzählt habe … Es gibt eindeutige Parallelen zwischen ihren Verletzungen und denen, die ich in den Massengräbern in Ruanda gesehen habe.«

Thor blickte verwirrt von dem Gemüse auf, das er gerade kleinschnitt.

»Du meinst, das wäre eine besonders afrikanische Tötungsmethode?«

»So würde ich das nicht sagen. Aber in Kibuye ist uns mehrmals eine ganz bestimmte Verletzung aufgefallen, die uns verwundert hat. Das ist mir sehr in Erinnerung geblieben. An vielen Leichen fanden wir Einschnitte auf der

Rückseite des Unterschenkelknochens, die wir nicht verstanden. Zum einen, weil es keine tödlichen Verletzungen waren, zum anderen, weil ein Mörder meistens auf Brust und Hals einsticht. Eventuell noch auf den Rücken, selten einmal auf das Gesicht oder andere Körperstellen. Am Ende stellte sich heraus, dass das eine Methode war, um die Massentötungen effektiver zu machen. Sieh mal …«

Linnea stellte die Lammkeule hochkant, mit der schmalen Seite nach unten, und schwang das Messer so, dass es einige Zentimeter über der Tischkante traf. Der Knochen krachte, als das Messer hineindrang.

»Die Tötungsarmeen der Hutus waren mit Messern bewaffnet«, erklärte sie. »Wenn sie ein Tutsi-Dorf überfielen, durchtrennten sie den Bewohnern zuerst so schnell wie möglich die Achillessehne, um sie an der Flucht zu hindern. Anschließend konnten sie sie in aller Ruhe abschlachten. Meistens geschah das in großer Hast und mit einer derartigen Brutalität, dass wir die Frakturen noch Jahre später an den Knochen der Toten ausmachen konnten. Stell dir ein ganzes Feld voller Menschen vor, die nichts anderes tun können, als darauf zu warten, dass ihre Henker zu ihnen und ihren Familien zurückkehren. Sie waren extrem effektiv. Meistens lagen mehrere Hundert Leichen in den von uns freigelegten Gräbern.«

Linnea schwieg, plötzlich zu einem Erlebnis zurückversetzt, das in jeder Hinsicht in einer anderen Welt stattgefunden hatte. Sie befand sich im westlichen Teil Ruandas an einem Hang außerhalb der Hauptstadt, am Ufer des Kivu-Sees, wo nur ein Zehntel der ansässigen Tutsis die Massaker des Völkermordes überlebt hatten. Überall um sie herum ragten kleine rote Flaggen aus der Erde, um Leichen oder Knochenreste in unterschiedlichen Verwesungsstadien anzuzeigen. Es war das erste Mal, dass sie die Forensische Anthropologie in der Praxis erlebte. Drei Monate harte Arbeit in Ruanda auf Anraten ihres Professors. Nur wenige Jahre nach dem Völkermord. Überall summten Fliegen, die zu verscheuchen sie längst aufgegeben hatte, in der Hand hielt sie die Unterschenkel- und Fußknochen einer Frau mittleren Alters, eines der vielen namenlosen Opfer des Völkermordes. Und Linnea war in diesem Moment bewusst geworden, was für ein grausames Schicksal diese Frau erlitten hatte.

Erst als Thor zu ihr herüberkam, ihr das Messer aus der Hand nahm und sie umarmte, merkte sie, dass sie vollkommen in diese Erinnerung abgetaucht war.

»Und jetzt hast du genau diese Merkmale bei den drei Dänen gesehen, die in Mogadischu getötet wurden?«

Linnea nickte, das Gesicht an seine Brust geschmiegt.

»Die Leichen waren zu verwest, um die Verletzungen eindeutig zu beurteilen, aber nachdem ich die Knochen zum Abkochen geschickt hatte, konnte ich deutliche Frakturen am Unterschenkelknochen und der Ferse erkennen. Wie von kurzen, zielgerichteten Hieben …«

Linnea brach abrupt ab und wandte sich Thor mit gerunzelter Stirn zu.

»Was ist los?«

»Lass mich mal kurz nachdenken. Da ist etwas, was ich vergessen habe.«

»Ich kapiere gerade gar nichts …«

Aber Linnea drückte ihm schnell einen Kuss auf den Mund, um seine Einwände zu stoppen.

»Halt einfach den Mund und mach den Herd aus. Ich erkläre es dir im Auto. Wie war das noch mal: Darf man mit einem halben Glas Rotwein im Blut fahren?«

18

»Passen Sie gefälligst auf!«

Die Frau mittleren Alters rümpft die Nase und fegt mit der Hand über ihren Jackenärmel, aber ich bin schon weiter. Schubse ein paar Gymnasiasten aus dem Weg, um zum Zug zu gelangen. Hier gibt es keine Zuflucht.

»Nørreport Station. Nørreport Station.«

Die kalten Lichter des Tunnels blinken wie ein Stroboskop, sie dringen in mich ein und durchlöchern mein Gehirn. Die mechanische Stimme aus den Lautsprechern wetteifert mit der Stimme in meinem Kopf, die mir befiehlt, dass ich weiterlaufen soll. Dass sie wissen, wo ich bin, und er mir direkt auf den Fersen ist.

Hastig schaue ich mich um, habe inzwischen das Ende des Zugs erreicht. Schaue durch die großen Glasfenster direkt auf die Schienen. Dort draußen ist Licht, aber ich kann nicht mehr weiterlaufen. Der Waggon ist voller Menschen, die mir nichts Gutes wollen. Die Türen öffnen sich mit einem Quietschen, und ich dränge mich hinaus auf den Bahnsteig.

Ich sehe aus wie eine, mit der man nicht gern in Berührung kommt, und die Leute weichen zurück und machen mir Platz. Ich bleibe für einen Moment stehen und drehe mich um die eigene Achse.

Ein Mann in einer dunkelblauen Uniform sieht mich an. Er spricht in sein Funkgerät. Zwei schwarz gekleidete Männer haben sich vor der Rolltreppe aufgebaut. Überall sind Kameras.

Es ist nur noch eine Frage der Zeit, bis ich nicht mehr kann. Ich springe in den Zug auf der anderen Seite des

Bahnsteigs, kurz bevor die Türen schließen. Drinnen ist es so überfüllt, dass mich niemand bemerkt. Wenn ich mit dem Gesicht direkt vor dem Fenster stehe, werde ich eins mit dem dunklen Tunnel.

Ich bin Anisa. Schwarz wie die Nacht und rot wie Blut.

19

Der Parkplatz hinter dem Rechtsmedizinischen Institut war bis auf einen einzigen Wagen leer, und nur in einigen Fenstern im Erdgeschoss des Gebäudes brannte Licht. Linnea kramte ihre Schlüsselkarte hervor und zerrte einen widerstrebenden Thor durch die Glastür hinein in das menschenleere Gebäude.

»Ich begreife immer noch nicht, warum das nicht bis morgen oder Montag warten kann. Oder was es mit mir zu tun hat.«

Thor war anscheinend unzufrieden damit, dass sie ihn im Ungewissen ließ, aber eigentlich tat es ihm mal ganz gut, sich in Geduld zu üben.

»Warte mal ab«, murmelte Linnea zum mindestens zehnten Mal, während sie auf den Fahrstuhl warteten. »Wir müssen nach unten in die Leichenhalle.«

Sie wollte Thor nicht zu viel verraten und ihm falsche Hoffnungen machen, ehe sich ihr Verdacht bestätigt hatte. Dennoch war sie sich auf der Fahrt hierher immer sicherer geworden.

»Dürfte ich bitte Ihren Ausweis sehen?«

In dem Moment, als sich die Aufzugtüren schlossen, waren eilige Schritte zu hören, und kurz darauf wurde ein Fuß in die Tür gesetzt. Ein Wachmann versuchte sie so barsch und respekteinflößend wie möglich anzusehen, aber Linnea lächelte nur fröhlich und zeigte ihm ihre Schlüsselkarte. Thor wollte gerade seine Polizeimarke hervorholen, als der Mann Linnea endlich erkannte und sie ihren Weg in den Keller fortsetzen konnten.

Die Augen brauchten einige Minuten, um sich an das grelle Licht der Neonröhren in der Pathologie zu gewöhnen.

»Hier, zieh den hier an!«

Linnea holte zwei Kittel, von denen sie sich einen sofort umhängte. Der Leichenkeller des Instituts bot Platz für einhundertfünfzig Leichen, aber hier, im letzten Raum, wo all die bereits Untersuchten lagen, lagerte an diesem Abend zum Glück nur ein knappes Dutzend. Jede von ihnen lag mit einem Tuch bedeckt auf einer Stahlbahre mit Rollen. Linnea wartete nicht auf Thor, der noch mit seinem viel zu kleinen Kittel kämpfte, sondern begann sofort, die Laken anzuheben.

»Wenn du am anderen Ende anfängst, finden wir ihn schnell.«

Thor starrte sie fragend an.

»Wir suchen nach deinem Mordopfer von der Badeanstalt. Es müsste immer noch hier sein.«

Thor folgte Linneas Beispiel, ging von Bahre zu Bahre und blickte unter die Laken, wo ein bläuliches und wachsartiges Paar Füße nach dem anderen zum Vorschein kam. Er hätte lieber in den Listen nachgeschaut, aber Linnea bestand darauf, dass es so schneller ging.

»Erzählst du mir jetzt, was plötzlich in dich gefahren ist?«

Thor hatte Spang-Hansens Leiche gefunden, und Linnea schlug das Laken weiter zurück, so dass der Unterschenkel komplett freilag. Sie schob Thor ein wenig zur Seite, so dass sie die Verletzung sehen konnte.

»Ich hatte recht!«

Sie blickte triumphierend auf.

»Linnea, ich bin müde und hungrig, und was ist jetzt eigentlich mit unserem gemeinsamen Abend?«

»Ich werde dir alles erklären, wir müssen nur erst rüber ins Panum.«

Linnea warf ihre Handschuhe in den Mülleimer und tätschelte Thor die Wange.

»Und hör endlich auf, so eine Miene zu ziehen, du wirst gleich ganz zufrieden mit mir sein.«

Das Panum-Institut war genauso verlassen, und Thor starrte ungeduldig aus dem Fenster von Linneas kleinem Büro in die Dunkelheit. Währenddessen fuhr sie ihren PC hoch und fluchte einmal mehr darüber, dass sie mit ihrem MacBook keinen Zugriff auf das Netzwerk hatte, so dass sie die stationären Rechner des Instituts benutzen musste, wenn sie nach etwas suchte.

»Spang-Hansen, hier haben wir die Röntgenbilder.«

Linnea zog einen Stuhl heran, damit Thor sich neben sie setzen und die Bilder sehen konnte. Sie zeigte auf den Bildschirm.

»Du weißt ja, dass man – genau wie du von organisierten und desorganisierten Tatorten sprichst – zwischen geplantem Mord und Mord im Affekt unterscheidet. Die Verletzungen, die dabei entstehen, sind völlig unterschiedlich. Schau dir mal die Röntgenbilder von Spang-Hansen an. Er hat überall am Körper Stichverletzungen, aber diese Schnitte an den Fersen sind anders. Zwei verschiedene Verletzungsarten. Das hätte mir schon an der Badeanstalt auffallen müssen, aber es war ja auch ein ziemlich eiliger

Durchgang, und Collin hat es bei seiner Obduktion wohl auch nicht bemerkt, denn er war ja nicht in Ruanda wie ich.«

Thor runzelte die Stirn.

»Was sagst du da – heißt das, wir haben es mit zwei Tätern zu tun?«

Linnea schüttelte den Kopf.

»Nein, das glaube ich nicht. Aber es sind die gleichen Verletzungen. Genau wie bei den Leichen der drei dänischen Entwicklungshelfer.«

Thor sah sie noch immer verständnislos an. Sie holte tief Luft und versuchte sich verständlich zu machen.

»Die Verletzungen sind identisch mit denen der Toten aus Mogadischu.«

20

Man könnte fast meinen, es wäre das Werk dieses Pferdeschlachters«, sagte Tage Ewald. »Er hat auf dem Eis ein Pferd zerstückelt und es in Einmachgläser verteilt, irgendwo in Himmerland. Aber du bist vielleicht noch zu jung, um dich daran zu erinnern. Teufel auch, wie hieß dieser Typ noch?«

»Die Aktion war ein Protest gegen den Vietnamkrieg und fand auf einem Acker in Hornsherred statt«, erwiderte Thor. »Du darfst nicht vergessen, dass ich in einer jütländischen Hippie-Kommune aufgewachsen bin.«

Es war Montagnachmittag, und Ewald studierte auf seinem Laptop die Fotos, die das Kriminaltechnische Center an der Badeanstalt aufgenommen hatte. Thor hörte dem Geplauder des älteren Kommissars aber gar nicht richtig zu. Er schrieb gerade eine interne Notiz zu Linneas Überlegungen, dass die Messerstiche teils kontrolliert und teils im Affekt ausgeführt worden waren. Doch ohne eine Tatwaffe brachte sie das auch nicht viel weiter. Sie hatten vergeblich den gesamten Amager Strandpark abgesucht und sogar Taucher unter das Eis geschickt.

Allmählich fand sich der Rest der Gruppe ein. Thor hatte schon am frühen Morgen zu einer Besprechung einberufen, und die Luft wurde feucht, weil die Mitarbeiter mit Schneeresten an Schuhen und Hosen hereinkamen. Als sie vollzählig waren, saßen sie zu acht um den Tisch herum und griffen nach den Thermoskannen mit Kaffee und Tee, und Thor stellte denjenigen, die noch nicht mit ihr zusammengearbeitet hatten, May Tantawi vor.

»Es mag schon sein, dass diese Spur ziemlich dünn ist«, sagte Thor zu der Runde. »Aber inzwischen ist fast eine Woche vergangen, und wir haben einfach keine anderen Anhaltspunkte im Mordfall Spang-Hansen. Keine weiteren Spuren einer unbekannten dritten Person, keine Spur von der verschwundenen Anisa. Vor seinem Tod hat Spang-Hansen an einer Reportage gearbeitet, bei der es möglicherweise auch um eine international agierende Waffenhändlerin ging. Es kann also nicht schaden, ein wenig in dieser Richtung Nachforschungen anzustellen. Und da keiner von uns ein Experte auf diesem Gebiet ist, habe ich May Tantawi gebeten, uns ein bisschen Hintergrundwissen zu vermitteln.«

Tantawi war halb Ägypterin und halb Dänin. Sie war in Alexandria geboren und in Herlev aufgewachsen. Seit November gehörte sie zum Ermittlerteam, und jeder der harten Jungs in der Gruppe schien ihren braunen Augen verfallen zu sein. Die wenigen anderen weiblichen Mitarbeiter hatten nur mit freundlichem Kopfschütteln auf das allzu voraussehbare Verhalten der Männer gegenüber einer jungen weiblichen Kollegin reagiert. Zuvor hatte sie fünf Jahre beim Nachrichtendienst der Polizei gearbeitet, und Gerüchte besagten, dass sie unehrenhaft entlassen worden sei, aber das hatte man Thor gegenüber bisher weder bestätigt noch entkräftet.

»Ich war bei der Beschattung des Waffenhändlers Victor Bout in Kopenhagen dabei«, berichtete Tantawi. »Es war eine Zusammenarbeit vom PET und dem CIA, die dazu führte, dass einer der schlimmsten Todesbringer im letzten Jahr in einem Luxushotel in Bangkok verhaftet werden konnte. Da wollte er gerade einen Waffendeal im Wert von fünf Millionen Dollar mit der kolumbianischen FARC abschließen.«

Sie warf einen kurzen Blick in ihre Papiere.

»Über Adèle de Clermont-Tonnere, mit der Spang-Hansen möglicherweise Kontakt hatte, habe ich leider nur wenig Informationen«, erklärte sie und nickte Thor zu. »Aber ich weiß, dass sie ein Schwergewicht vom selben Format wie eben dieser Victor Bout ist. Und ich glaube, dass euch sein Lebenslauf einen Eindruck davon geben kann, wovon wir hier sprechen. Bout ist dafür berüchtigt, dass er bis jetzt noch jedes Waffenembargo gebrochen hat. Bis in die 1990er Jahre lieferte er beispielsweise an die Demokratische Republik Kongo, Sierra Leone, Angola, Liberia – und wo es sonst noch gerade Bürgerkriege und Völkermorde gab –, wenn er nicht gerade Waffentransporte für die englische und amerikanische Armee organisierte.«

»So etwas muss doch wohl auffallen«, warf Kraus ein. »Ich meine, wenn es in einem solchen Ausmaß stattfindet.«

Tantawi zuckte mit den Schultern.

»Zyniker behaupten, dass es heutzutage realistisch betrachtet eigentlich keinen illegalen Waffenhandel mehr gibt. Alles geschieht mit dem Wissen und der Akzeptanz der westlichen Regierungen, wenn nicht sogar in deren Auftrag, weil es einem politischen oder finanziellen Ziel dient. Victor Bout ist natürlich nur an seinem eigenen Profit interessiert, aber Leute wie er operieren mit einem ganzen Heer von Scheinfirmen, heimlichen Offshore-Konten und mehr oder weniger legitimen Endverbraucherzertifikaten. Vor zehn Jahren lieferte er beispielsweise vor den Augen der internationalen Gemeinschaft Waffen an Liberias Diktator, obwohl ein strenges Waffenembargo herrschte. Charles Taylor brauchte Helikopter und Waffen, um die Rebellen von Liberians United for Reconciliation and Democracy zu bekämpfen. Also kaufte Bout über einen Strohmann MI-2- und MI-17-Kampfhubschrauber mit Ersatzteilen, Panzer- und Luftwaffenabwehrsysteme, Raketen, Maschinengewehre und eine Million Schuss Munition aus der ehemaligen Sowjetunion. Sie kamen mit Bouts eigenem Frachtflugzeug nach Monrovia und wurden von dort unter einem neuen Namen in Zusammenarbeit mit einer gambischen Scheinfirma ins Landesinnere gebracht, wo sie Charles Taylor im Kampf um seinen Machterhalt vermutlich eine große Hilfe waren. Das Ergebnis waren meinen Informationen nach etwa siebenhunderttausend Tote.«

Sie machte eine kurze Pause, ehe sie fortfuhr: »Wenn solche Machenschaften von erfahrenen Leuten durchgeführt werden, ist es nahezu unmöglich, den eigentlichen Hintermann ausfindig zu machen.«

*

»Gib mir die Kurzfassung. Ich habe keine Zeit, deinen Bericht noch vor der Besprechung mit dem Ministerium durchzulesen. Ich hätte nur gerne eine Erklärung dafür, warum du hinter meinem Rücken zugestimmt hast, dass die Sache dem Militärgericht entzogen wird. Und es muss eine verdammt überzeugende Erklärung sein.«

Länger war Nora Levitans Nachricht, die ihn vor weniger als einer Stunde erreicht hatte, nicht gewesen. Warwick gewöhnte sich allmählich an ihre brüske Art und wusste, wie er die Chefin des Militärischen Abschirmdienstes zu nehmen hatte. Sie hatte diesen Posten erst seit einem Jahr inne, und viele von den alten Mitarbeitern im Kastellet beschwerten sich lauthals über ihre neue Chefin. Sie war nicht nur eine Frau, sondern auch noch die erste zivile Chefin des Dienstes, und genau das war das Problem. Eine ausgebildete Politologin, die anschließend Karriere in der Zentralverwaltung gemacht hatte. Den ganzen Weg von der Oberregierungsrätin bis zur Staatssekretärin im Staatsministerium. Mit anderen Worten – sie unterschied sich sehr von den Offizieren, die dieses Amt früher ausnahmslos bekleidet hatten. Warwick hatte zu der etwas kleineren Fraktion gehört, die sie als Repräsentantin der Erneuerung begrüßt hatte, auch wenn es für zivile Analytiker wie ihn bedeutete, mit der im Kalten Krieg entstandenen Auffassung darüber zu brechen, der Abschirmdienst sei lediglich Militär mit anderen Mitteln, um Carl von Clausewitz zu paraphrasieren.

Warwick hatte schon einige Besprechungen mit Nora Levitan erlebt, und obwohl sie Selbstbewusstsein und Kompetenz ausstrahlte, hatte sie irgendetwas Falsches an sich. Sie versuchte zu eifrig, sich reinzuwaschen, als hätte sie sich schon nach wenigen Monaten in diesem Amt die Hände schmutzig gemacht. Jedenfalls überraschte es Warwick nicht, dass sie ihn plötzlich angerufen und herbeibeordert hatte, um ihn schnellstens ins Bild zu setzen. Und deshalb war er jetzt auf dem Weg ins Verteidigungsministerium am Holmens Kanal. Er konnte aus dem Fenster des Vorzimmers über Christiansborg auf Slotsholmen blicken und darüber philosophieren, auf welch engem Raum die gesamte Macht des Landes versammelt war.

»Sie müssten jeden Moment so weit sein. Darf ich Ihnen in der Zwischenzeit einen Kaffee anbieten?«

»Nein, danke.«

Warwick brachte es nicht über sich, das Angebot anzunehmen. Immerhin kam die Frage nicht von einer Sekretärin, sondern von einem Beamten, der sich darauf erleichtert in sein Büro zurückzog. Warwick wusste, dass er selbst ebenfalls als anonymer Ministerialbeamter durchging, in seinem dunkelgrauen Anzug von Zornig in Frederiksberg. Er hoffte jedoch, dass er zumindest etwas gesünder aussah als der Mann, mit dem er gerade gesprochen hatte. Der Beamte hatte einen nervösen Eindruck gemacht, und die roten Flecken auf seinen Wangen ließen vermuten, dass das gesamte Ministerium gerade im doppelten Tempo arbeiten musste. Etwas war auf jeden Fall im Gange, wenn sich die Chefin des Abschirmdienstes um eine solche Zeit mit dem Ministerialdirektor traf. Und wenn Warwick nicht alles täuschte, war es sogar der Verteidigungsminister höchstpersönlich, den er an dem langen Tisch erspäht hatte, als ein Sekretär die Tür geöffnet hatte und hinausgeeilt war, um eine Akte aus dem Vorzimmer zu holen. Der Verteidigungsminister, und vielleicht sogar ein Repräsentant des NATO-Büros. Nora Levitan hatte dann auch ziemlich gestresst geklungen, als sie Warwick zu einem kurzen Briefing in der Pause herbeizitierte. Wenn so viele hohe Tiere versammelt waren, musste es jedenfalls um etwas anderes gehen als die üblichen Kompetenzstreitigkeiten zwischen den einzelnen Instanzen.

Warwick setzte sich in den Sessel, den man ihm bei seiner Ankunft zugewiesen hatte. Die Frage war, ob eine Kurzfassung überhaupt möglich war?

Mitten im November war er in großer Eile in den Golf von Aden entsandt worden, um die unglückliche Lage zu retten, in die die Esbern Snare bei ihrer Auseinandersetzung mit den Piraten geraten war. Zu diesem Zeitpunkt hatten die Entführer die Persephone schon seit vierundfünfzig Tagen in ihrer Gewalt. Die Verhandlungen mit den Piraten standen kurz vor dem Durchbruch, und die Reederei hatte bereits einen ehemaligen deutschen KSK-ler aus ihrer eigenen Sicherheitsabteilung angeheuert, der als Kampftaucher trainiert und auf Anti-Terror-Einsätze spezialisiert war. Der Deutsche sollte die Übergabe von eineinhalb Millionen Dollar über die Bühne bringen, mit der in Sporttaschen verpackten Geldsumme vom Flughafen Roskilde starten und sie später in einige längliche Container umladen, die unter einem speziellen Transportflugzeug montiert und mit Fallschirmen über dem Wasser abgeworfen werden konnten, sobald die Piraten ihren Proof of Life geliefert und die Besatzung an Deck gebracht hatten. Üblicherweise würden die Piraten dann mit ihren Schlauchbooten aufs Meer hinausfahren, die Container herausfischen und die Beute unter sich aufteilen. Das Schiff würden sie nach einigen Tagen wieder verlassen.

Die Persephone wäre mit anderen Worten innerhalb von wenigen Wochen befreit gewesen, das Schiff hätte mit seiner heiklen Last weiterfahren können, und niemand hätte je davon erfahren. Doch dann hatte eins der gefangenen Besatzungsmitglieder seine Chance ergriffen, als einer der Wächter wegen seines Khat-Konsums nahezu bewusstlos gewesen war. Ihm war es gelungen, bis zu den Notraketen des Schiffs zu gelangen und zwei davon abzufeuern, ehe die Piraten ihn entdeckt und fast totgeprügelt hatten. Die Esbern Snare lag drei Seemeilen entfernt und hatte die Anweisung erhalten, sich abwartend zu verhalten, aber die Notrakete brachte sie dazu, in Aktion zu treten. Der Kommandant T. P. Eskildsen fürchtete, die Piraten hätten begonnen, die Geiseln hinzurichten, um die Verhandlungen in Gang zu bringen. Er war sofort eingeschritten, und das bekannte Ergebnis waren neun getötete Piraten. Für sich genommen stellte das noch kein Problem dar, aber wenn das Blutvergießen irgendwie nach außen drang, würde der Fall mit Sicherheit in den internationalen Medien auftauchen und damit auch Aufmerksamkeit auf die Persephone ziehen. Aus diesem Grund hatte Warwick so plötzlich in die Bucht von Aden fliegen müssen. Er hatte dafür gesorgt, dass sich niemand für die Persephone und ihre Fracht interessieren würde, und damit wäre die Sache eigentlich begraben gewesen.

Aber dann war er zwei Monate später in einer ganz anderen Angelegenheit nach Mogadischu geschickt worden, und mit einem Mal war alles richtig vertrackt.

*

»Der Waffenhandel blüht wie nie zuvor, und heute ist er vollkommen in der Hand der Käufer.«

May Tantawi ließ den Blick über die kleine Runde der Ermittler schweifen.

»Die Zahlen sind deprimierend«, setzte sie ihren Vortrag fort. »Während des Kalten Krieges bestimmten politische Allianzen, wer Waffen erwerben konnte, und damit war eine gewisse Kontrolle verbunden, an wen man verkaufte.

Natürlich stand die Waffenindustrie nach dem Mauerfall und dem Zusammenbruch des Ostblocks unter einem enormen Druck. Aber sie hat sich längst wieder erholt. Dafür ist die Hemmschwelle im Hinblick darauf, mit wem man Geschäfte macht, drastisch gesunken. Heute zählen allein finanzielle Beweggründe. Wer Geld hat, kann problemlos eine ganze Armee in einem Bürgerkrieg ausstatten oder zu einem Völkermord aufrüsten. Weltweit werden jährlich Waffengeschäfte in Höhe von vierzig Milliarden Dollar getätigt, und fast drei Viertel aller Waffen wird in Entwicklungsländer geliefert.«

»Aber findet so etwas denn auch in Dänemark statt?«, wollte Thor wissen. »Ich meine, was bringt einen Journalisten wie Spang-Hansen dazu, sich auf eine französische Waffenhändlerin zu stürzen. Könnte er eine dänische Verbindung aufgetan haben?«

»Warum nicht«, antwortete Tantawi. »Es gibt Leute, die Dänemark als Weltmeister im Waffenexport bezeichnen. Und damit liegen sie nicht ganz falsch. Erinnert ihr euch an Danica White? Das war ein Containerschiff, das 2007 vor der Küste Somalias gekidnappt und drei Monate lang gefangen gehalten wurde. Das Schiff war auf dem Weg nach Mombasa in Kenia und hatte eine neutrale Fracht aus Zement und Rohren geladen. Allerdings nur, weil sie ihre HAWK-Raketen und Maschinengewehre zu diesem Zeitpunkt bereits in Umm Qasr im Irak abgeliefert hatten.«

Thor ahnte allmählich, warum Tantwai möglicherweise bei ihren Arbeitgebern vom PET in Ungnade gefallen war. Dann lehnte er sich auf seinem Stuhl zurück und sah die anderen an.

»Befinden wir uns zu sehr auf Abwegen?«, fragte er. »Vielleicht machen wir die Dinge unnötig kompliziert, indem wir eine zufällige Sache untersuchen, mit der sich Spang-

Hansen beschäftigt hat. Haben wir sein Privatleben genau genug unter die Lupe genommen? Jeder Polizeischüler weiß, dass neun von zehn Tätern aus dem nächsten Umfeld des Opfers stammen.«

Tantawi stand auf und suchte ihre Unterlagen zusammen.

»Du warst derjenige, der etwas über den Waffenhandel erfahren wollte, weil Spang-Hansen versucht hatte, Adèle de Clermont-Tonnere zu kontaktieren«, sagte sie.

»Ja, aber ich weiß trotzdem nicht, ob wir in diese Richtung ermitteln sollten. Vielleicht sollten wir uns mehr auf diese Nachtclub-Gerüchte konzentrieren. Was, wenn in Wirklichkeit Anisa das Opfer sein sollte und nicht Spang-Hansen? Ein Zeuge behauptet, gehört zu haben, dass sie in einem Nachtclub jobbte.«

Er machte eine resignierte Armbewegung und fuhr dann fort: »Prostituierte werden ermordet, weil ihre Kunden Psychopathen sind, weil sie fliehen wollen, weil ihre Zuhälter sie leid sind, weil sie ein gefährliches Leben führen. Aber Journalisten werden selten ermordet, immerhin befinden wir uns hier ja nicht in Russland. Und Spang-Hansen erscheint mir irgendwie zu glatt, um ein gefährlicher Regimekritiker zu sein, auch wenn Journalisten und Autoren mit mehr als einem Stempel im Reisepass das in einem kleinen Land wie Dänemark gern von sich behaupten.«

Tantawi zuckte mit den Schultern.

»Falls es dich interessiert, gibt es noch eine weitere Person, die Clermont-Tonnere in der jüngeren Zeit mit Dänemark verbindet.«

Hastig blätterte sie ihre Papiere durch und schob Thor einige Blätter zu. Erst starrte er nur verwirrt darauf, dann begann er von vorn zu lesen. Es verging einige Zeit, bis er verstand, dass es der Ausdruck einer Übersicht des DGSE über

Personen war, die mit Clermont-Tonnere in Verbindung gestanden hatten. Es musste der Bericht zu einer Beschattung sein, die der französische Geheimdienst durchgeführt hatte, um die Aktivitäten der weiblichen Waffenhändlerin nachzuvollziehen. Mühsam kämpfte er sich durch den französischen Text, bis er entdeckte, dass es sich um eine Kopie für den PET handelte, an die man auch eine dänische Übersetzung geheftet hatte. Und dann fiel sein Blick endlich auf den betreffenden Namen, und er verschluckte sich sofort an seinem Kaffee.

Thor legte die Blätter auf den Tisch. Er sah auf, um von Tantawi eine Erklärung zu erhalten, aber sie war bereits gegangen.

21

Am Samstag wurden wir ja leider unterbrochen …«

Widerwillig ließ Thor Linnea los, damit sie zum Fensterbrett krabbeln und die beiden Rotweingläser holen konnte, die er kaum gefüllt hatte, als sie schon übereinander herfielen. Er nahm ihr seins ab und fing sie mit dem anderen Arm wieder ein, so dass sie den Kopf an seinen Brustkorb lehnte, in dem das Herz wie wild pochte. Mitunter überraschte es ihn noch immer, wie klein sie war. Mit seinen knapp zwei Metern fühlte er sich ihren eins sechzig gegenüber wie ein Koloss, aber der Gedanke, dass er sie ohne weiteres durch die Luft wirbeln könnte, war natürlich eine ziemlich primitive Genugtuung. Er küsste Linnea aufs Haar. Man konnte nie wissen, wie lange der Frieden hielt, aber er war froh, dass die merkwürdige Stimmung zwischen ihnen verschwunden war. Er war bei Mad & Vin gewesen und hatte so üppig eingekauft, dass sie eine kürzere Belagerung überstehen konnten. Er fuhr Linnea mit der Hand durchs Haar, und sie schmiegte sich bequemer an. Jetzt war bestimmt genau der richtige Zeitpunkt.

»Du hast mir nie erzählt, wie dein Vater eigentlich gestorben ist.«

Linnea drehte sich um und sah ihn überrascht an. Sie hatten nie viel über solche Dinge geredet, und bisher hatte er ihre Zurückhaltung immer akzeptiert. Sie nahm einen Schluck Wein und lehnte sich wieder zurück.

»Nein, aber das erscheint mir selbst auch ein bisschen undurchsichtig, und Mama ist natürlich keine große Hilfe.«

»Aber es war ein Verkehrsunfall, oder?«

Sie nickte.

»Ohne weitere Beteiligte. Vor etwas mehr als zwei Jahren. Er ist mit seinem Auto direkt in die Leitplanke gerast, oder besser gesagt einen dieser Betonpfeiler, die es auf den Pariser Ringstraßen gibt. Anscheinend war niemand sonst in der Nähe. Die Polizei vermutete, dass Alkohol im Spiel war. Er war sofort tot.«

Thor konnte Linneas Gesicht nicht sehen, aber er drückte sie fester an sich.

»Im Jahr davor hatten sie das Haus in Évreux gekauft, in dem Mama immer noch wohnt. Mit der Pension eines Botschafters hat man ein gutes Auskommen, wie du dir sicher vorstellen kannst. Ich weiß nicht, sie hatten wohl schon immer irgendeine romantische Vorstellung von einer Apfelplantage in der Normandie. Aber im Nachhinein klingt es so, als hätte Papa die meiste Zeit in Paris verbracht. Er war anscheinend doch noch nicht ganz darauf eingestellt, aufs Land zu ziehen.«

»Ist dein Vater denn öfter betrunken Auto gefahren?«

Linnea schaute zu ihm hoch.

»Klingst du so, wenn du die Leute verhörst? Die Obduktion hat den Verdacht jedenfalls nicht bestätigt. Aber ich weiß auch nicht viel über ihn, wir hatten schon seit vielen Jahren nur ganz sporadisch Kontakt.«

Sie verstummte und nippte an ihrem Glas.

»Überhaupt waren die Informationen, die ich bekam, ziemlich verwirrend. Als Mama mich anrief und von dem Unfall erzählte, sagte sie, er wäre nicht allein im Auto gewesen. Irgendeine Frau war dabei. Aber später hat sie das alles bestritten.«

Thor richtete sich auf.

»Und du hast nie wieder etwas darüber gehört? Über diese Frau?«

»Ich weiß nicht, Mama wollte ja erst gar nicht darüber sprechen, und ich hatte ehrlich gesagt keine Lust, sie zu drängen. Damals passierte so viel auf einmal ...«

Sie schwiegen einen Moment, dann fasste Thor sich ein Herz.

»Und was, wenn ich jetzt fragen würde, ob die Frau Adèle de Clermont-Tonnere hieß. Sagt dir das was? Das ist zumindest einer ihrer Namen.«

»Wovon redest du?«

Thor räusperte sich.

»Der Name deines Vaters ist in Verbindung mit Clermont-Tonnere aufgetaucht, die offenbar eine weltweit operierende Waffenhändlerin ist ...«

Linnea drehte sich zu ihm um.

»Das ist ja wohl nicht dein Ernst. Mein Vater war ein Karrierediplomat und Botschafter, ein Egoist durch und durch und unfähig, seine Gefühle zu zeigen. Aber er war doch kein Verbrecher!«

Thor zog sie wieder an sich.

»Das behaupte ich doch auch gar nicht ...«

»Dann erzähl mir, was du mir damit sagen willst. Ermittelst du jetzt auch gegen mich?«

Linnea löste sich aus seinen Armen. Er holte tief Luft.

»Ihr Name begegnete uns am Rande unseres Falls, und als wir in den Registern nach ihr suchten, tauchte der Name deines Vaters auf. Vielleicht saß tatsächlich eine Frau in dem Unfallwagen, und vielleicht heißt diese Frau Adèle de Clermont-Tonnere und ist eine berüchtigte Waffenhändlerin.«

Linnea war aufgestanden und zog sich mit fahrigen Bewegungen an.

Sie sah ihn abwartend an, während sie die engen Jeans schloss. Er war unsicher, wie viel er erzählen sollte. Nicht dass er viel mehr gewusst hätte. May Tantawi war über den PET an eine Liste mit Clermont-Tonneres Kontakten gelangt, und er hatte den Namen von Linneas Vater darauf sofort erkannt. Mehr nicht. Ob Hans Peter Kirkegaard nur ein zufälliger Bekannter war, den die Franzosen identifiziert hatten, oder ob er Bestandteil ihrer Ermittlungen war, konnte er nicht sagen. Thor hatte einen Schock erlitten, als er den Namen gesehen hatte, aber im Grunde konnte er unmöglich wissen, ob er dem Ganzen überhaupt Bedeutung beimessen sollte. Vermutlich tauchten jeder Beamte und jede Geschäftsverbindung, mit denen die Französin im Laufe der Jahre Kontakt hatte, auf solchen Listen auf, und seien sie noch so legitim.

»Schatz, willst du dich nicht wieder hinsetzen und mit mir reden?«

Er wusste, dass Linnea dieses kleinbürgerliche Kosewort hasste, aber er versuchte verzweifelt, den Abend zu retten. Jetzt war sie schon bei ihrem Pullover angelangt.

»Das kommt dir bestimmt sehr gelegen, dass du die Tochter des Waffenhändlers vögelst, was? Und dann hast du dir gedacht, du könntest mir ein paar schmutzige Details entlocken, wenn du mir nur ein bisschen guten Wein vorsetzt und mir übers Haar streichst.«

Linnea sah sich im Schlafzimmer um, ohne Thor eines Blickes zu würdigen, und fand schließlich, was sie suchte. Sie griff nach ihrer Tasche, und Thor folgte ihr durchs Wohnzimmer in den Flur, wo sie noch vor kurzem übermütig ihre Jacken auf den Boden geschleudert hatten.

Als sie in der Tür stand, die auf den Cæciliavej hinausging, drehte sie sich endlich zu ihm um. Ihre Stimme klang kühl.

»Ich fahre zu mir. Dann hast du auch mehr Zeit für deinen ach so wichtigen Fall.«

»Linnea, verdammt …«

Aber sie war schon die Treppe hinuntergelaufen und auf dem Weg durch den Garten. Thor ging ihr einige Schritte nach, gab dann aber auf. Erst als er hörte, wie sie die Autotür hinter sich zuknallte, begriff er, dass er bei minus fünf Grad splitternackt vor seiner Haustür stand.

*

»Ich muss in einer Viertelstunde wieder zurück sein.«

Nora Levitan sah Warwick mit einem gehetzten Blick an. Sie setzte sich in den Sessel neben ihn und schlug die Beine übereinander, so dass die Stiefelette mit einem Stilettoabsatz, der unmöglich bequem sein konnte, aggressiv in den Raum ragte. Dann entschied sie sich anders, neigte die Beine ein wenig zur Seite und lehnte sich halb über den filigranen Fayencetisch, der zwischen ihnen im geräumigen Vorzimmer des Verteidigungsministeriums stand.

»Nach der Pause bin ich an der Reihe, einen kurzen Überblick zu geben«, fuhr sie fort. »Sollen wir nicht einfach sagen, dass die hohen Herren nicht mit unserer Bearbeitung des Falls zufrieden waren?«

Wenn Dänen im Ausland ermordet wurden, war das einzig und allein ein Fall für die Polizei in dem betreffenden Land, auch wenn sie, wie im Falle Somalias, kaum existierte. Die dänische Polizei hatte im Ausland keine Ermittlungsbefugnis, auch nicht, wenn dänische Staatsbürger involviert waren, und in Wahrheit auch kein Interesse daran, einen Fall außerhalb der Landesgrenzen aufzuklären. Aber dies war etwas anderes. Die Register des Abschirmdienstes waren mit unnützen Informationen überfüllt – ausgehend von dem klassischen Schrottsammlerprinzip, dass man nie sagen konnte, wann man für irgendetwas davon doch Verwendung hatte. Hier war Warwick zu seinem Erstaunen auf eine Verbindung gestoßen, als er aus reiner Routine die Namen der drei Entwicklungshelfer überprüfte, die in einer Mail des Außenministeriums erwähnt worden waren. Der Bescheid vom Ministerium kam automatisch, weil alles, was dänische Staatsbürger in einem terrorgefährdeten Land betraf, in hohem Maße auch den Abschirmdienst betraf.

»Die drei Dänen in Mogadischu wurden liquidiert.«

Warwick sah Nora Levitan an.

»Und was hat das mit der Untersuchung eines Überfalls auf ein Containerschiff durch das Militärgericht zu tun?«, fragte sie.

»Dazu komme ich gleich.«

Warwick zögerte, in Gedanken war er wieder in den staubigen Straßen Mogadischus.

»Ich weiß nicht, wer diese Morde in Auftrag gegeben hat, aber es ist mir gelungen, Toftegaards E-Mail-Verkehr einzusehen, vor allem den mit Bente Hultin, also einem der anderen Ermordeten. Der Mailverkehr bezieht sich auf vieles, was wohl nur Eingeweihte verstehen, aber er erwähnt unter anderem ein Schiff namens Proserpine.«

»Diese Morde fallen nicht in unsere Zuständigkeit.«

Warwicks Chefin winkte ab und wechselte die Sitzposition, diesmal, ohne die Beine übereinanderzuschlagen. Sie machte deutlich, dass sie es eilig hatte, zu ihrer Sitzung zurückzukommen.

»Nein, aber die Fracht der Persephone ist sowohl unsere Zuständigkeit als auch unser Interesse, nicht wahr?«, fuhr Warwick fort. »Ich habe einen Bekannten beim Schiffsregister Lloyd in London kontaktiert. Es gibt kein Schiff mit dem besagten Namen. Nicht ein einziges.«

Er machte eine Kunstpause, um sicherzugehen, dass er Levitans volle Aufmerksamkeit hatte.

»Zum Glück ist mein Freund ein helles Köpfchen. Er interessiert sich für Mythologie, das hat er schon, als wir noch in Cambridge studiert haben, und pflichtbewusst ist er obendrein. Für ihn ergab es keinen Sinn, dass das erwähnte Schiff nicht existierte, also dachte er nach und suchte erneut.«

»Proserpine ist also ein Code für Persephone?«

Warwick warf seiner Chefin einen anerkennenden Blick zu und nickte.

»Sie haben einen Code verwendet, weil sie Angst hatten, offen darüber zu schreiben«, fuhr er fort. »Und Proserpine und Persephone ist ein und derselbe Name! In der griechischen Mythologie ist Persephone die Göttin der Unterwelt. Ein unschuldiges junges Mädchen, das von Hades entführt und zur Herrscherin über das Totenreich wird. Und wie lautet der Name der entsprechenden Göttin in der römischen Mythologie? Proserpina. Um deine Frage zu beantworten: Ich glaube also nicht, dass wir die Kriminalpolizei sind. Aber ich glaube, dass wir ein immenses Interesse haben, zu erfahren, warum drei dänische Entwicklungshelfer ermordet wurden, weil sie etwas über ein mit Waffen beladenes dänisches Schiff wussten.«

Nora Levitan erhob sich. Jetzt hatte sie wieder diesen hektischen Ausdruck in den Augen, und endlich verstand Warwick, was hier eigentlich gerade stattfand. Es war eine späte abendliche Besprechung des Sicherheitsausschusses der Regierung. An den monatlich stattfindenden Treffen des Sicherheitsausschusses der Ministerien nahmen nur Regierungsbeamte teil, aber die heimlichen Treffen erforderten die Anwesenheit der Chefs sowohl von Abschirm- als auch Nachrichtendienst und Vertretern des Staats- und Außenministeriums.

»Du hast recht«, sagte Levitan schließlich. »Ich verlasse mich natürlich auf dich. Du musst nur dafür sorgen, dass diese Sache geheim bleibt.«

Mit diesen Worten schritt sie über den Teppich davon, und diesmal sorgte ein emsiger Beamter dafür, dass Warwick nicht sehen konnte, wer außerdem an dieser Runde teilnahm.

22

Endlich zu Hause. Linnea knallte die Tür hinter sich zu und ging in die Küche, um einen Korkenzieher und einen Aschenbecher zu suchen. Es war ihr egal, dass ihre schmutzigen Winterstiefel Spuren auf dem hellen Holzboden hinterließen, als sie quer durch die Wohnung stapfte. Sie trat sogar gegen ein paar Umzugskartons, die ihr im Weg standen. Ihre Laune hatte sich auf der Fahrt nach Valby nicht verbessert, im Gegenteil, sie war sogar noch wütender geworden, als sie darüber nachdachte, wie sie sich Thor gegenüber geöffnet hatte. Und der hatte sie nur ausgefragt, um mit seinem Fall weiterzukommen.

»Verdammte Scheiße!«

Der Korken brach ab, und sie musste die Krümel aus ihrem Weinglas fischen, bevor sie trinken konnte. Zum Glück hatte sie noch einen Notvorrat an Zigaretten versteckt. Sie rauchte nicht oft, aber jetzt hatte sie ein enormes Bedürfnis danach. Umso mehr, weil Thor gerade intensiv daran arbeitete, dass sie dieses Laster endgültig aufgab. Zornig wischte sie sich die Tränen ab, die ihr unablässig über die Wangen liefen. Sie wusste genau, warum sie bei dieser Sache tiefrot sah: weil sie sich so unglaublich dumm fühlte. Eigentlich war sie sogar froh gewesen, endlich einmal über den Tod des Vaters zu sprechen. Und sogar ein bisschen gerührt über Thors Fürsorge und Interesse, nachdem sie ihre Gefühle und Zweifel viel zu lange für sich behalten hatte. Sie hatte sich eingebildet, es würde mit der Zeit besser werden und ihre Mutter hätte recht damit gehabt, dass es nicht gut war, all das wieder hervorzukramen. Hätte Thor ihr doch nur gleich erzählt, worauf er hinauswollte, anstatt sie hinters Licht zu führen.

Linnea suchte nach Kerzen. Die Wohnung in der Knabrostræde war kalt und wirkte weiterhin ziemlich unbewohnt. Aber am heutigen Abend bestätigte sich einmal mehr, dass sie einen Ort für sich allein brauchte – egal wie unpersönlich er aussah. In mehreren Zimmern standen noch immer die besagten Umzugskartons, und ein Teil davon gehörte nicht einmal ihr. Es war der Nachlass ihres Vaters, den durchzusehen sie sich bisher nicht hatte aufraffen können. Jetzt machte sie die Heizung im Wohnzimmer an, suchte Rhonda Harris auf ihrem iPod und stellte ein paar flackernde Kerzen in die drei Fenster, die zur Straße hinausgingen. Nachdem sie eine halbe Stunde lang Dinge von einem Zimmer ins nächste geräumt hatte, war sie zufrieden. Rotwein, Zigaretten und Musik waren reichlich vorhanden – und Linnea war bereit für die bevorstehende Nacht, die vermutlich lang werden würde. Sie wusste nicht, was sie zu finden glaubte, aber sie war sich sicher, dass es ein wichtiger und notwendiger Schritt war. Der Gedanke war ihr bereits gekommen, als sie mit ihrem Mini im Cæciliavej losfuhr, und auf der Fahrt in die Stadt hatte sie ihn weiterentwickelt. Jetzt war es an der Zeit – nach zwei Jahren, in denen sie mit Scheuklappen durchs Leben gegangen war, musste sie sich damit konfrontieren. Sie leerte ihr Rotweinglas und öffnete den ersten Karton.

»Na dann, Papa, lass uns mal sehen, welche Leichen du so im Keller hast.«

Die Kartons waren zu Linnea geschickt worden, nachdem man den Nachlass des Vaters geordnet hatte. Die Mutter hatte auf Anraten des Notars darauf bestanden, das Erbe sofort aufzuteilen, so dass Linnea genügend Geld bekommen hatte, um sich eine Zeitlang keine Sorgen mehr über ihre Finanzen machen zu müssen. Und dazu ebenjene acht Kartons, mit denen die Mutter ebenfalls nichts zu tun haben wollte. Sie waren ohne Vorwarnung und ohne jede weitere Erklärung mit UPS aus Frankreich angeliefert worden.

»Du bist seine Tochter. Es ist deine Aufgabe, zu bestimmen, was von ihm bleiben soll.«

Linnea hatte über die Formulierung der Mutter gestutzt, als diese bei ihr angerufen hatte, um ihr mitzuteilen, was von ihr erwartet wurde. Andererseits war sie es bereits gewohnt, dass nicht alles, was die Mutter sagte, Sinn ergab.

»Aber Mama, ihr wart ein Menschenalter verheiratet. Wenn ihn jemand kennt, dann doch wohl du.«

»Glaubst du das wirklich?«

Das angestrengte Lachen der Mutter hatte damals einen bitteren Beiklang gehabt.

»Vielleicht wird es Zeit, dass du deinen Vater wirklich kennenlernst.«

Linnea, die damals noch nicht mal ihre eigenen Umzugskisten aus San Francisco ausgepackt hatte, verspürte nicht das geringste Bedürfnis, sich mit dem Erbe ihres Vaters auseinanderzusetzen, aber die Mutter ließ sich nicht beirren. Deshalb standen die Kartons nun schon lange in Linneas hinterstem Zimmer, wie ein trauriges Monument für den verstorbenen Hans Peter Kirkegaard: einen Mann, den sie wohl nie richtig gekannt hatte.

*

La Belle, Helgolandsgade 21, »der beste Lapdance der Stadt« und ein doppelter Whisky mit viel zu viel Wasser. Lotus Bar, Gammel Kongevej 17, »exklusive VIP-Rooms« und ein Wodka auf Eis. Und jetzt: Dollhouse, Colbjørnsgade 8, »Kopenhagens ältester Gentlemanclub« und noch ein doppelter Whisky. Und noch einer.

»Kommst du mal mit?«

Thor nickte einem schwarzen Mädchen an der Bar zu. Sie hatte einen beeindruckend großen Hintern und Brüste in derselben Liga. Allmählich fühlte Thor sich wieder wohl in seiner Haut. Das nervöse Zittern hatte sich in Energie umgewandelt, nach dem Zorn und der Ohnmacht, die der vollkommen unsinnige Streit mit Linnea in ihm ausgelöst hatte. Jedenfalls ging es ihm besser, seit er sich ins Auto gesetzt hatte und losgefahren war, um wenigstens irgendetwas Konstruktives zu unternehmen.

»Champagner?«

»Für fünfhundert Kronen die Flasche, was? Nein, nein, gib mir lieber eine Flasche Bier.«

Die junge Dame sah ein bisschen enttäuscht aus. Sie erzählte, dass sie Chantal hieße, und hatte bereits seine Hand genommen und auf ihren breiten Schenkel gelegt, der nur notdürftig von einem kurzen Lackrock bedeckt wurde. Die Einrichtung bestand aus schweren Teppichen, kleinen Tischen und roten, lederbezogenen Sofas, die bei Tageslicht sicher ziemlich zerschlissen ausgesehen hätten, aber die einzige Beleuchtung in diesem Etablissement war rot und blau. Über der Bühne hing eine große Diskokugel, und zwei Mädchen erfreuten das Publikum in den ersten Reihen mit einer trägen Runde Stangentanz. Für einen Montagabend waren erstaunlich viele Menschen da, von japanischen Geschäftsmännern bis hin zu verkaterten jungen Männern. Hinzu kamen mindestens dreimal so viele asiatische, osteuropäische und afrikanische Prostituierte. Die Tänzerinnen auf der Bühne sahen verlebt aus, doch an der langen Bar, die mit siebzehn verschiedenen Sorten Champagner warb, konnte man sich kaum retten vor attraktiven Mädchen in aufreizend vulgärer Kleidung.

»Zahlst du mit Karte?«

»Klar.«

Das Bier stand schon vor ihm auf dem kleinen Tisch, und eine blondierte Kellnerin mit Grübchen und einem erstaunlich engen Top warf Thor einen abwartenden Blick zu. Er hielt ihr seine Dienstmarke vor die Nase, und sie verzog wütend das Gesicht.

»Ist alles okay?«

Die Blondine richtete sich an das Mädchen namens Chantal und versuchte die Musik zu übertönen, doch Thor kam ihr zuvor.

»Wir unterhalten uns gerade ganz nett.«

Und dann wandte er sich wieder Chantal zu. Sie blickte zur Bühne hinter ihnen, die jetzt in Kunstnebel eingehüllt und ins Scheinwerferlicht getaucht war, bereit für die nächste Tanznummer. Thor zog das Foto aus seiner Tasche und legte es vor sie hin.

»Kennst du die?«

Das Mädchen beachtete das Foto kaum und nahm stattdessen wieder seine Hand.

»Wollen wir nicht lieber ein bisschen Champagner trinken? Ich würde so gerne!«

»Sie heißt Anisa«, fuhr Thor fort. »Kennst du sie?«

Jetzt hielt er Chantal das Foto direkt vors Gesicht. Sie versuchte zu protestieren, aber Thor blieb beharrlich, bis sie endlich mit den Schultern zuckte.

»Mizzy«, sagte sie dann. »Aber die solltest du dir aus dem Kopf schlagen, sie hat einen speziellen Freund.«

»Bist du dir sicher?«

»Ich habe sie schon lange nicht mehr gesehen.«

»Aber du bist dir sicher, dass sie es ist?«

Diesmal antwortete sie nicht, bis er sie zwang, das Foto erneut zu betrachten.

Die Fahndung nach Anisa schien aussichtslos. Sie beschatteten ihre Wohnung, hörten ihr Telefon ab und nutzten alle Kontakte, doch sie war wie vom Erdboden verschluckt. Es bedurfte einiges, einfach so zu verschwinden, und vor allem bedurfte es Hilfe. Die Grübeleien plagten Thor und erinnerten ihn ständig daran, dass er sie hatte flüchten lassen. Es war seine Schuld, wenn sie demnächst tot aufgefunden wurde. Oder wenn sie eine Mörderin war, die im Verborgenen auf ihr nächstes Opfer wartete.

Mit einem Mal fiel ihm auf, dass Chantal und er nicht mehr allein waren.

»Wenn Sie mir bitte folgen würden?«

Thor sah auf und direkt in die Visage des obligatorischen Türstehers mit kahlrasiertem Schädel und billigem Anzug. Diese Kerle sahen in allen Nachtclubs gleich aus, und Thor zeigte noch einmal seinen Dienstausweis.

»Glauben Sie, Sie wären der erste besoffene Bulle, den ich vor die Tür setze?«, meinte der Türsteher. »Also seien Sie doch bitte so freundlich und folgen mir.«

Er packte Thors Oberarm, und dieser gehorchte brav.

»Einen Moment noch«, sagte Thor dann und hob den Arm, um zu signalisieren, dass er gleich brav gehorchen würde. Er betrachtete erst Chantal und dann den Rausschmeißer, die beide gelangweilt wirkten von dieser Prozedur, die sie schon allzu oft mit angesehen hatten. Doch im nächsten Moment hieb Thor mit aller Kraft seine Faust in die Nieren des Türstehers, und dieser sackte mit schmerzerfüllten Augen vornüber.

23

In den Kisten lag das gesamte Leben ihres Vaters: Schulhefte aus der Mittelstufe am Internat von Bagsværd, ein feierlicher Brief, der den Herrn Botschafter zum Ritter des Dannebrog-Ordens ernannte, goldumrahmte Einladungen für die Feier zu seinem 50. Geburtstag. Urlaubsfotos, Postkarten und sogar ein paar von Linneas Kinderzeichnungen. Die Mutter hatte nicht nur aussortiert – sie hatte gnadenlos entrümpelt. In Linnea keimte der Verdacht, dass die mysteriöse Adèle der Grund dafür war. Und irgendwo musste es in diesem Durcheinander eine Spur von ihr geben.

Drei Stunden und eineinhalb Flaschen Brunello später

war sie nicht viel klüger, dafür aber ziemlich benebelt und kurz davor, zum Handy zu greifen und Thor anzurufen. Nach einiger Zeit hatte er es aufgegeben, sie zu erreichen, und eigentlich passte ihr das auch gut, denn insgeheim wusste sie genau, dass sie diese Sache allein durchstehen musste. Sie hatte sich schnell eingestehen müssen, dass es ihr schwerer fiel, als sie gedacht hätte, mit diesem gelebten Leben konfrontiert zu werden. Schon als Jugendliche hatte Linnea ihren Vater als einen Mann abgeschrieben, der Angst vor seinen Gefühlen hatte und nur dann Leidenschaft an den Tag legte, wenn es um seine eigene Karriere ging. In ihren bittersten Stunden hatte sie ihn und die Mutter verdächtigt, nur deshalb ein Kind bekommen zu haben, um den fehlenden Platz auf dem Hochglanzfamilienfoto auszufüllen. Aber das war okay. Linnea hatte sich mit dem Gedanken abgefunden und erklärte sich so auch ihr schwankendes Bedürfnis nach Nähe.

Aber nun saß sie mit weinseligem Kopf auf dem kalten Fußboden und blätterte in den alten Schulheften des Vaters, die am Rand mit Kringeln und Kritzeleien versehen waren, und las seitenlange Briefe aus dem Ferienlager in Schönschrift an eine sehnsüchtig vermisste Mutter und weiter unten im Stapel kürzere, kecke Grüße von der ersten Auslandsreise nach Italien 1964. Sie merkte, wie ihr die Tränen in die Augen stiegen.

»Verdammt noch mal, nein!«

Linnea stand abrupt auf und hätte fast das Gleichgewicht verloren. Sie musste ihre Herangehensweise ändern. So wie jetzt konnte sie natürlich die nächsten drei Tage über eine neu entdeckte Seite an ihrem Vater heulen, die sie nie hatte kennenlernen dürfen – und darüber klagen, dass sie nur den anderen, steifen und korrekten Teil von ihm bekommen hatte. Sie musste systematisch vorgehen und die Sentimentalität und das Selbstmitleid beiseiteschieben, wenn sie zu einem Ergebnis kommen wollte. Sie ging in die Küche und holte eine Cola aus dem Kühlschrank. Dann tauschte sie Nikolaj Nørlunds tiefe Stimme gegen eine alte Earth, Wind & Fire-Platte aus und hoffte, dass ein bisschen Disco-Falsett für eine angemessen effektive Stimmung sorgen würde.

Sie sortierte den Inhalt der Kisten grob nach fünf Kategorien: Schule, Arbeit, Fotos, Familie und Diverses. Die ersten beiden Stapel waren am kleinsten und wahrscheinlich auch irrelevant, so dass sie sofort wieder in der Kiste landeten. Die vielen Fotos konnten aber durchaus interessante Informationen enthalten, wenn sie an den richtigen Stellen suchte. Die Eltern hatten nur kurz in Frankreich gelebt, und aus den letzten zehn Jahren gab es so gut wie keine Bilder – wahrscheinlich einerseits, weil die Digitalkamera Einzug gehalten hatte, und andererseits, weil es in ihrem Leben nicht mehr viel gab, was zu verewigen sich lohnte. Linnea hatte ihnen ja schließlich kein Enkelkind geliefert, und ihre Eltern waren so weitgereist und blasiert, dass sie sich darüber erhaben fühlten, Urlaubsfotos zu machen. Aus diesem Grund stutzte Linnea über eine Bilderserie, die sie und ihren Vater sonnenverbrannt und lächelnd auf einem großen Segelboot zeigte. »Kalymnos 1981«, stand in dem Album. Warum hatte sie diese Reise vollkommen vergessen?

Ein Großteil der Bilder stammte aus den 1970ern und 1980ern, und die meisten waren ordentlich in Fotoalben eingeklebt, nummeriert und datiert. Die Reihe war komplett. Es versetzte Linnea einen kleinen Stich, als ihr auffiel, dass es nicht ein einziges Album über ihre Kindheit und Jugend gab, das die Mutter hatte behalten wollen. Um sich von dieser Erkenntnis abzulenken, konzentrierte Linnea sich stattdessen auf den kleineren Berg loser Fotos, die in Plastikhüllen oder Fototaschen steckten. Die eine Hälfte war beruflicher Natur, offizielle Arrangements, die von emsigen Diplomatenhausfrauen verewigt worden waren und damals wie heute gleichgültig erschienen. Die andere hingegen bestand größtenteils aus Bildern von Menschen, die Linnea nicht wiedererkannte.

Sie nahm den Stapel, machte es sich auf dem Sofa bequem und blätterte wahllos in den Aufnahmen. Die meisten waren uninteressant. Der Vater, wie er den Arm um einen Tennispartner aus längst vergangenen Zeiten legte, ausgeblichene Schnappschüsse von Barbecues mit vielen lächelnden Menschen in Poloshirts und kurzen Shorts, und ganz unten drei Bilder vom Vater und einer jungen, dunkelhaarigen Frau mit einem geheimnisvollen Lächeln. Etwas an dem Blick ihres Vaters erregte Linneas Aufmerksamkeit, und ihr Puls beschleunigte sich. Die Bilder hatten eine andere Qualität als die übrigen, und sie stammten ganz offensichtlich nicht aus derselben Serie. Linnea drehte eins davon um. »August 1986« war auf das Fotopapier gedruckt, und daneben hatte jemand mit Kugelschreiber »HP + A« vermerkt. Es war nicht die Schrift ihres Vaters: Das A war sehr charakteristisch, fast nur ein Dreieck. Alle drei Fotos stellten den Vater mit derselben Frau dar, beide lächelten und waren deutlich voneinander eingenommen. Sie steckten die Köpfe zusammen, so, wie man es tat, wenn man sich selbst fotografierte.

Linnea stand auf, ging in der Wohnung auf und ab und versuchte ihre Gedanken zu ordnen: Dass eine junge unbekannte Frau 1986 auf Fotos mit dem Vater auftauchte, musste ja noch nicht heißen, dass sie Adèle de Clermont-Tonnere war. Wer sagte überhaupt, dass das A für Adèle stehen musste? Möglicherweise hatte er zwanzig Jahre vor dem Unfall irgendeine Affäre. Oder konnte es sein, dass sie sich in all den Jahren gesehen hatten?

Wie viel wusste die Mutter von alldem? So, wie sie sich derzeit aufführte, wusste Linnea nicht, ob es sich lohnte, sie damit zu konfrontieren.

Sie blieb stehen und versuchte, eine Idee weiterzuspinnen, die ihr nicht aus dem Kopf ging, seit Thor den Stein früher am Abend ins Rollen gebracht hatte. Irgendetwas musste sie bedenken. Etwas Wichtiges. Aber es entglitt ihr immer wieder, also setzte sie sich und suchte weiter in einem Stapel Zettel und Postkarten aus der Kategorie »Diverses«. Wenn diese Frau tatsächlich zwanzig Jahre lang einen Platz im Leben ihres Vaters innegehabt hatte, musste es doch weitere Spuren von ihr geben.

Auf einer zerknitterten Postkarte fand sie schließlich, was sie suchte. Auf einer Reklame für ein Pariser Café im 14. Arrondissement war die kryptische Notiz »Adele@« gekritzelt – wieder mit einem Kugelschreiber und wieder mit dem charakteristischen A. Das war eindeutig, denn die Karte war im Jahr 2008 gedruckt worden und musste aus einer Zeit kurz vor dem Tod des Vaters stammen.

Linnea steckte sich eine letzte Zigarette an. Das war mehr, als sie in diesem Moment fassen konnte: Was hatte es zu bedeuten, wenn es sich wirklich um ein und dieselbe Frau handelte? Dass ihr Vater, der respektierte Diplomat Hans Peter Kirkegaard, ein enges Verhältnis zu einer bekannten Waffenhändlerin hatte. War sein Tod dann tatsächlich ein Unfall?

»Natürlich!«

Linnea wurde von ihrer eigenen Stimme überrascht. Das Unglück. Thor hatte gesagt, Adèle de Clermont-Tonnere werde rund um die Uhr beschattet.

Sie spürte die Wirkung des Weins nicht mehr, in diesem

Moment fühlte sie sich vollkommen klar im Kopf. Das musste bedeuten, dass jemand wusste, was in jener Nacht in Paris tatsächlich vorgefallen war. Der Nacht, in der ihr Vater starb.

*

»Wir beschäftigen hier keine Zwangsprostituierten, das können Sie glatt vergessen.«

Thor hatte bewusst nicht auf dem kleinen Ledersofa in dem Büro Platz genommen. Im Grunde hätte er überall sein können. Ein blauer Mayland-Kalender und ein Laptop auf dem Tisch, ein Nacktfoto an der Wand und ein paar Kisten mit ungeöffneten Schnapsflaschen in der einen Ecke. Auch der Mann, der ihm gegenüberstand, hätte jedermann sein können. Ein einfarbiges Hemd, ein gestreifter Pullover mit V-Ausschnitt und eine Brille mit Metallfassung. Ein harmloser, ein wenig langweiliger älterer Geschäftsmann wie so viele andere. Aber Thor wusste, dass Brede einer von Tonnis Gehilfen gewesen war, als dem Alten – gemeinsam mit der jugoslawischen Mafia – halb Vesterbro gehörte. Das Dollhouse war vermutlich noch der legalste Ausläufer von Bredes Imperium. Er hatte den Ruf, unnahbar zu sein, und seine Muskelmänner schützen ihn vor ungebetenen Gästen. Aber genau wie geplant, hatte Thor sich eine Audienz ergattert, in dem er einen der Leibwächter k. o. geschlagen hatte. Jetzt wollte Brede dem Unruhestifter eine Abreibung verpassen. Und Brede wiederum hatte sich die Überraschung nicht lange anmerken lassen, als er sah, dass ausgerechnet Thor in sein Büro geschleppt wurde.

»Ich weiß nicht, was Sie über diesen Ort denken«, fuhr Brede fort. »Sie können exotische Tänzerinnen sehen, aber nicht mit ihnen Sex haben. So sind die Regeln.«

»Natürlich nicht, denn der Sex findet in Ihrem Bordell

nebenan statt. Sie halten diesen Laden sauber. Abgesehen von den intimen Begegnungen in den VIP-Räumen oder im Champagner Room im Hinterhof. Ich weiß alles über Sie und Ihr Geschäft, also ersparen Sie mir bitte diese Heuchelei.«

Thor schob das Bild von Anisa zu Brede, der es sofort in die Hand nahm und übertrieben sorgfältig betrachtete.

»Arbeitet sie für Sie?«

»Kann sein. Ich kenne die Damen nicht alle persönlich.«

»Ich muss sie finden, und zwar sofort. Entweder Sie erzählen mir, was Sie wissen, oder ich sorge dafür, dass dieser Laden komplett auf den Kopf gestellt und überprüft wird. Ausschankgenehmigung, Steuer, Aufenthaltsgenehmigungen, einfach alles. Und selbst wenn Sie und Ihre Geschäfte so unschuldig wären wie ein frisch gepuderter Babypopo, müssten Sie zwangsläufig für mehrere Wochen dichtmachen.«

»Ich kann Ihnen wirklich nicht helfen.«

Brede schob das Foto zurück zu Thor.

»Es geht weder Sie noch mich etwas an, ob ein Mädchen Lust auf ein bisschen männliche Gesellschaft hat und anschließend ein Geschenk annimmt. Macht sie das zu einer Prostituierten? Aber jetzt müssen Sie mich entschuldigen, ich habe nämlich zu tun.«

»Nicht bevor wir beide miteinander fertig sind.«

»Ich weiß nicht, was Sie meinen. Wir sind so was von fertig miteinander.«

Inzwischen hatten sich zwei neue Rausschmeißer still und heimlich ins Büro geschlichen, und Thor nickte.

»Immer mit der Ruhe, ich finde selbst hinaus.«

Doch schon im nächsten Moment hatten die beiden ihn gepackt und hoben ihn trotz seiner lautstarken Proteste vom Stuhl. Sie trugen ihn einen Gang entlang, der mit

Ranken von grünen Plastikblättern dekoriert war. Wütend brüllte Thor die verschlossene Tür an. Dann machte er eine Vierteldrehung und konnte einen Schlag auf dem Kinn des einen Rausschmeißers landen. Er unternahm einen Versuch, sich ganz zu befreien, indem er wild um sich trat, doch schon im nächsten Moment traf ihn eine rechte Gerade direkt über dem Kinn. Eine halbe Minute später stand Thor zum zweiten Mal an diesem Abend unverhofft in der Kälte vor einer Tür, diesmal mit dem Rücken zum Hintereingang des Dollhouse, in einem Hof, der vermutlich auf die Reventlowsgade führte. Er stöhnte vor Schmerz und vermutete, dass er am nächsten Tag ein hübsches Veilchen haben würde. Doch schon im nächsten Moment bemerkte er, dass er nicht allein war.

»Ist Anisa etwas zugestoßen?«

Er starrte die blonde Frau an, die unbemerkt in der Dämmerung aufgetaucht war. Er erinnerte sich daran, dass es die Kellnerin von der Bar war, und fühlte sich mit einem Mal vollkommen nüchtern.

»Kennst du sie?«, fragte er. »Brede hat angedeutet, dass sie für ihn arbeitet.«

Er trat auf das Mädchen zu und versuchte, sie mit in die Dunkelheit zu ziehen, weg von der Tür, damit sie nicht gesehen wurden. Er bot ihr seine Jacke an, weil ihr winziges Top angesichts der Temperaturen ziemlich unpassend schien, aber sie schüttelte nur den Kopf und machte Anstalten zu gehen, als würde sie bereits bereuen, ihn angesprochen zu haben.

»Sie kommt nicht hierher, sie ist eins von Innocents Mädchen.«

»Wie meinst du das?«

»Father Innocent«, sagte die Frau.

Im nächsten Moment hatte sie sich bereits umgedreht,

und Thor streckte sich zu spät nach ihr aus. Drei schnelle Schritte, und sie war wieder im Dollhouse verschwunden, und Thor konnte nichts anderes tun, als in der Kälte stehen zu bleiben und auf die verschlossene Tür zu glotzen. Er wusste nicht, wem er trauen sollte. Brede konnte ihm das Mädchen theoretisch auch hinterhergeschickt haben, um ihn zu verwirren. Aber er war geneigt, auf seinen Instinkt zu vertrauen. Und der sagte ihm, dass Brede versucht hatte, ihn auf den Arm zu nehmen, wohingegen das Mädchen Anisa tatsächlich kannte und ihm helfen wollte. Obwohl er nicht durchschaute, was ihre kryptische Bemerkung zu bedeuten hatte.

Vater Unschuldig?

24

Es gibt ihn also tatsächlich?«

Thor drehte sich zu Kraus um, der soeben zur Tür hereingerollt war und auf den Bildschirm starrte, wo ein großes Bild von einem schwarzen Mann mit einem Mikrofon zu sehen war. Darüber stand die Überschrift »Komm und lass Gottes Kraft in deinem Leben wirken«.

Zur speziellen Architektur des Politigården zählte unter anderem auch, dass es direkte Verbindungen zwischen den Büros gab. Die Flure vor den Büros waren meistens menschenleer, weil man die Abteilung für Personengefährdende Kriminalität durchqueren konnte, indem man von Büro zu Büro ging oder die Strecke, wenn man faul war, auf dem Schreibtischstuhl rollend zurücklegte.

»Dabei war ich mir eigentlich sicher, dass dein Father Innocent einfach zu gut ist, um wahr zu sein.«

»Es gibt ihn wirklich«, sagte Thor. »Innocent Musoni. Ihm eilt der Ruf voraus, etwas so Interessantes zu sein wie ein ›faith healer‹. Auf dieser Homepage steht etwas von ›all night prayer‹ bis drei Uhr nachts und Gottesdiensten von bis zu sechs Stunden, bei denen er zusammen mit seinen Mitarbeitern ›für die Kranken betet‹ – wie es hier heißt. Sie locken die Interessierten auch mit Kaffee, Tee und Kuchen.«

Ein Ladenbesitzer in der Mimersgade hatte Thor am Ende den entscheidenden Hinweis gegeben. Er war der Einzige im afrikanischen Milieu gewesen, der nicht sofort abweisend reagiert hatte. Und als Thor erneut zu ihm zurückkehrte, erzählte der Mann ihm auch, dass es in Kopenhagen einen afrikanischen Prediger namens Innocent Musoni gab. Anschließend hatte Thor den Namen nur noch googeln müssen, um ihn mit einem Club in der Griffensfeldsgade in Nørrebro in Verbindung zu bringen.

»Dann sollten wir ihm vielleicht mal einen Besuch abstatten«, schlug Kraus vor.

Thor nickte.

»Genau das hatte ich vor«, erwiderte er. »Wir haben Anisas Wohnung auf den Kopf gestellt, das afrikanische Milieu, ihre wenigen Bekannten. Keiner ahnt, wo sie sein könnte. Wenn sie dieser Wunderprediger wirklich kannte, muss er uns erzählen können, wo wir suchen müssen.«

»Mit Spang-Hansens persönlichem Umfeld kommen wir auch nicht weiter. Sein Bekanntenkreis besteht aus Promis, Journalisten und Medienleuten, und die begnügen sich normalerweise eher damit, einen Rufmord zu begehen. Und die Drohmails stammen von einem achtunddreißigjährigen Laboranten aus Rødovre, der allerdings ein Alibi hat und kleinlaut erklärte, er hätte seine Drohungen nicht ernst gemeint.«

Thor schüttelte den Kopf.

»Was auch immer das heißen soll.«

Kraus rollte zurück zu seinem eigenen Schreibtisch, und Thor warf einen Blick auf sein Telefon. Drei verpasste Anrufe von Linnea. Drei Versuche ihrerseits, ihn zu erreichen, nachdem sie heute Nacht abgehauen war. Es war wahrlich nicht immer leicht mit ihr, und es lag nahe, den Hobbypsychologen zu spielen. Er war sich sicher, dass sie sich menschliche Nähe und ein Familienleben genauso sehr wünschte wie er. Aber aus irgendeinem Grund wagte sie es nicht. Es gelang ihnen nur nicht, darüber zu sprechen. Eigentlich musste er sie anrufen, konnte sich aber gerade nicht überwinden. Er legte das Telefon beiseite, wandte sich wieder dem Computer zu und war aus irgendeinem Grund nicht überrascht, als er Linnea plötzlich im Türrahmen stehen sah. Vielleicht hatte sie auch schon länger dort gestanden und ihn beobachtet.

»Ist der Politigården plötzlich der Allgemeinheit zugänglich?«, fragte er. »Wer hat dich denn reingelassen?«

Linnea lächelte müde und kam zu ihm. Sie setzte sich auf den Rand seines Schreibtischs. Er konnte sehen, dass sie müde war. Vielleicht hatte sie in der letzten Nacht genauso wenig geschlafen wie er.

»Es tut mir leid«, sagte sie. »Vielleicht habe ich gestern überreagiert. Ich kann es dir später erklären. Es war nicht deine Schuld. Jedenfalls nicht nur.«

Er wollte sie fragen, was sie meinte, aber sie unterbrach ihn.

»Wir besprechen das später. Ich bin hergekommen, weil ich etwas wissen möchte.«

*

Draußen war es längst deprimierend dunkel. Die kurze Tagesration an Licht war verbraucht, und Linnea konnte nicht viel mehr als ihr eigenes Spiegelbild erkennen, als sie in Thors Büro durch das hohe Fenster zur Hambrosgade hinaussehen wollte.

»Ich möchte mehr wissen.«

Sie drehte sich um und sah Thor direkt an.

»Ich möchte mehr über Adèle de Clermont-Tonnere wissen. Du musst mit den Franzosen sprechen. Wenn sie diese Frau mehrere Jahre lang beschattet haben, wissen sie, was für eine Verbindung sie zu meinem Vater hatte. Und wenn sie wirklich mit ihm zusammen war, als er starb, wissen sie auch, was in dieser Nacht wirklich passiert ist.«

Thor zögerte.

»Ich habe es sogar versucht, aber da war nichts zu machen. Gestern habe ich May Tantawi gebeten, beim DGSE anzufragen, aber wir haben sofort eine Abfuhr bekommen.«

Linnea wollte protestieren, aber Thor fiel ihr rechtzeitig ins Wort.

»Also bin ich direkt zu Lange gegangen. Und ich habe erreicht, dass unser Polizeichef, der sich normalerweise nicht gern in solche Belange einmischt, das Nationale Ermittlungscenter auf den Plan gerufen hat. Also eine Anfrage von höchster Instanz. Aber das machte keinen Unterschied. Von Clermont-Tonnere sollten wir uns fernhalten, lautete die Ansage. Und eine höhere Stelle, an die wir uns wenden könnten, gibt es nicht.«

»Eure Regeln sind mir egal. Es geht um meinen Vater.«

Linneas Wangen glühten.

»Ich bin darüber doch genauso wütend wie du«, erwiderte Thor. »Es geht um deinen Vater. Und es geht um meinen Mordfall. Mikkel Spang-Hansen hatte irgendeine Verbindung zu Clermont-Tonnere, aber die Franzosen halten mit ihren Informationen so sehr hinterm Berg, dass sie nicht einmal darüber Auskunft geben, ob sie diesen dänischen Journalisten kennen. Aber ich kann dir erzählen, was ich weiß. Ganz hilflos sind wir also trotz allem nicht.«

Er ging zu seinem Schreibtisch und zog einen Aktenordner aus einem schwindelerregend hohen Stapel. Dann wandte er sich wieder dem Bildschirm zu und berichtete: »Adèle de Clermont-Tonnere ist ihr richtiger Name. Sie wurde 1963 in Carcassonne in Südfrankreich geboren, aber sie verwendet schon seit mehreren Jahren einen Tarnnamen. Europol und Interpol und einige mehr fahnden nach ihr. Sie wird des Terrorismus und Waffenhandels verdächtigt.«

»Was sollte mein Vater mit einer Terroristin zu tun haben?«

»Ich weiß nur, dass sie sich 1986 in Dänemark aufgehalten hat. Könnten sich die beiden dort kennengelernt haben?«

Linnea sah aus dem Fenster.

»Mein Vater hatte damals irgendeinen Job im Außenministerium, aber dort arbeitete er nicht besonders lange. Wir kamen gerade aus Indonesien, und im Jahr danach sind wir nach Seoul gezogen. 1986? In diesem Jahr habe ich in Hellerup die sechste Klasse besucht.«

25

In der Dunkelheit sehe ich ihn vor mir. Mein Erlöser und mein Dämon. Und ich weiß, dass er mein Untergang sein wird, ganz gleich, wie weit und wie lange ich renne.

In der Dunkelheit zwischen den U-Bahn-Stationen Kopenhagens wird mein Inneres von blutigen Bildern attackiert, die nach Tod stinken. Ich bin verwirrt, kann keinen Zusammenhang mehr erkennen. Wenn er weg ist, gibt es niemanden mehr, vor dem ich flüchten muss, und niemanden, zu dem ich gehen kann. Wie kann es sein, dass ich ihn noch immer nach mir rufen höre?

Die Menschen, die mit gefüllten Einkaufstüten und müden Augen aus dem Zug steigen, sehen mich nicht mehr. Und wer bin ich auch ohne ihn? Ich sehne mich nach ihm, denn alles erscheint sicher und richtig, wenn er auf mich achtgibt, und dennoch flüchte ich. Vor ihm? Vor dem Bösen, das ihn begleitet? Jetzt wechseln die roten Buchstaben erneut und verkünden einen neuen Halt.

Zum dritten Mal nähere ich mich einer anderen Station und zögere noch immer. Ich werde angezogen und abgestoßen zugleich. Weiß immer noch nicht, ob ich diesmal vorbeifahre, oder ob ich den Mut finde, noch einmal seine Hilfe zu suchen.

Ich warte einen letzten Augenblick und springe aus dem Zug. Ich könnte immer weiter ziellos fliegen, im Kreis laufen und darauf warten, dass mich mein Körper nicht mehr trägt. Bis sie mich kriegen. Dann lieber er, der mich kennt. Der weiß, wer ich bin.

Ich bin Anisa.

26

Das war also, bevor überall auf der Welt nach Clermont-Tonnere gefahndet wurde«, erklärte Thor. »Und das Ganze fing in Dänemark an. Diesen Teil der Geschichte kennen wir, weil auch der PET involviert war. Damals gehörte sie zum eher sektiererischen und aktiven Teil der linken Bewegung, die mit Ideen vom bewaffneten Widerstand, Wucherstaaten und so weiter flirteten. Als sie Anfang zwanzig war, reiste sie anscheinend quer durch Europa und wohnte in verschiedenen politisch aktiven Kommunen, bis sie Anfang 1986 nach Kopenhagen kam. Hier wurde der PET sofort auf sie aufmerksam. Nicht, weil sie selbst auffällig war, sondern weil sie in die alternative Lumpensammler-Szene rund um das Café Rosa in Islands Brygge geriet, das von Mitgliedern der KA verwaltet wurde.«

»Von wem?«

Thor sah von seinen Papieren auf.

»Der Kommunistischen Arbeitsgruppe, die Verbindungen zur Blekingegade-Bande hatte und die der PET schon damals überwachte, wenn auch vergeblich. Dort lernte sie Muhammad Abda kennen und verliebte sich in ihn, und der PET begann sich ernsthaft für sie zu interessieren. Abda war nämlich im Büro der PLO im Alperosevej in Amager aktiv und vermutlich sogar Mitglied der palästinensischen Eliteeinheit Force 17. Und bei einer gemeinsamen Reise mit Abda nach Israel wurde Clermont-Tonnere im Jahr 1986 schließlich auch von der israelischen Polizei verhaftet. Ein radikaler israelischer Likud-Politiker war bei einem Bombenattentat in Tel Aviv getötet worden, und der Mossad behauptete, Clermont-Tonnere hätte Geld für die Hintermänner eingeschmuggelt und bei der Organisation geholfen. Sie wurde am Ben-Gurion-Flughafen verhaftet und an Dänemark ausgeliefert, weil sie mit einem gefälschten dänischen Pass reiste, doch anschließend verlief die Angelegenheit im Sande. Zunächst gestand sie zwar eine »feindliche Aktivität gegen den Staat Israel«, behauptete später jedoch, man habe sie gezwungen, ein Geständnis in

Hebräisch zu unterschreiben, von dem sie natürlich kein Wort verstand. Die Israelis warfen ihr außerdem vor, an weiteren Terrorplänen mitgewirkt zu haben. Unter anderem soll sie ein Reisebüro angerufen haben, um Informationen über eine Gruppenreise nach Jerusalem zu erhalten, an der beispielsweise der Oberrabbiner Bent Melchior und der damalige Chefredakteur von Politiken Herbert Pundik teilnahmen. Angeblich hatte sie vor, die Reisegesellschaft zu infiltrieren, die Teilnehmer als Geiseln zu nehmen und damit den Austausch mit palästinensischen Häftlingen zu erzwingen. Heutzutage würde sie wegen dieser terroristischen Aktivitäten wahrscheinlich für zwölf Jahre ins Gefängnis kommen, aber zu der Zeit gab es hier noch kein Anti-Terror-Gesetz, so dass man ihr nichts vorwerfen konnte, erst recht nicht, nachdem sich herausstellte, dass sie französische Staatsbürgerin war. Das Ergebnis war schließlich eine Ausweisung, und was im Anschluss daran passierte, können wir nur noch raten.«

»Klingt nicht gerade wie der Typ Frau, dem mein Vater verfallen würde.«

Linnea war beinahe schwindelig. Sie konnte nur schwer glauben, dass ihr Vater ausgerechnet mit dieser Frau zu tun gehabt haben sollte. Ein Seitensprung, das vielleicht, aber Revolutionsromantik war ihrem Vater auf jeden Fall fremd gewesen. Dessen war sie sich trotz allem sicher.

»Es heißt, sie werde noch heute von irgendeinem merkwürdigen Idealismus angetrieben. Sie genehmigt jeden Handelsabschluss persönlich und will nichts mit offensichtlichen Despoten zu tun haben«, fuhr Thor fort. »Ich weiß nur, dass ich mindestens genauso interessiert daran bin, sie ausfindig zu machen, wie du. Sie kann mich auf die Spur von Spang-Hansens Mörder führen, oder jedenfalls zu dem Tatmotiv. Tatsächlich wurde der dänischen Presse im Jahr 1987 ein Brief zugespielt, in dem die Force 17 unter dem Namen Al-Wathiqun bi-Amri Allah, was auf Englisch so viel bedeuten würde wie Confidants of Allah's Orders, die Verantwortung für das Attentat in Tel Aviv auf sich nahm. Doch obwohl die Kripo und der PET an dem Fall arbeiteten, führte der Brief zu keiner Verurteilung.«

Linnea schüttelte den Kopf.

»Ich fasse es nicht. Wie schafft man es bloß, als einstige Terrorverdächtige zwanzig Jahre später immer noch auf freiem Fuß zu sein, und dann auch noch als Gangsterin im ganz großen Stil?«

»Genau das ist es.«

Thor hatte dieses Leuchten in den Augen, das sich immer dann zeigte, wenn er wirklich von etwas begeistert war. Und mit dem er sie auch an jenen Abenden ansah, an denen zwischen ihnen alles funktionierte.

»Muhammad Abda wurde einige Monate nach Clermont-Tonneres Ausweisung nach Frankreich in Schweden verhaftet«, erklärte Thor. »Er wurde an den Mossad ausgeliefert, und seitdem hat man nie wieder etwas von ihm gehört. Clermont-Tonnere geriet dagegen sofort in die Fänge des DGSE. Sie konnten ihre Mittäterschaft an dem Attentat in Tel Aviv nicht beweisen, zwangen sie jedoch dazu, Muhammad Abda zu verraten. Im Gegenzug boten sie ihr eine neue Identität an – und beschatten sie seit jenem Tag. Sie verstrickte sich immer tiefer in die organisierte Kriminalität und möglicherweise auch in den Terrorismus, aber man hat ihr wohl nie etwas nachweisen können. Ich nehme mal an, die Franzosen verbitten sich deswegen jegliche Einmischung. Es ist zu einer Ehrensache für sie geworden. Sie ist eine der schlimmsten Waffenhändlerinnen Europas, und sie wollen sie selbst überführen.«

Linnea sah sich im Büro um, wo sie inzwischen allein

waren. Daniel Kraus war nach Hause gefahren, und Tage Ewald war unterwegs, um Zeugenaussagen zu überprüfen. Überall um sie herum zeugten die hohen Papierstapel davon, dass die Mordkommission damit zu kämpfen hatte, ein Verbrechen aufzuklären, bei dem es trotz Hunderter Fotos und Hinweise keine konkreten Spuren gab. Ihr wurde ganz schwindelig.

»Das ist alles schön und gut, aber ich brauche eine klare Aussage.«

Thor stand auf und legte den Ordner zurück auf den Stapel.

»Dann musst du einen Ausflug nach Paris machen«, sagte er. »Die Direction Générale de la Sécurité Extérieure sitzt am Boulevard Mortier 141, im 20. Arrondissement.«

Linnea nahm ihre Mütze und ihren Schal.

»Das hatte ich eigentlich nicht vor.«

Thor sah sie fragend an, doch sie schüttelte nur den Kopf und versicherte ihm schnell, dass sie sich am späteren Abend sehen würden. Und dann ging sie auf den Flur hinaus und war in Gedanken schon ganz woanders – nämlich bei einer halben Mailadresse, die sie auf der Postkarte des Vaters entdeckt hatte und an die sie bereits geschrieben hatte. Wenn Thor ihr nicht helfen konnte, musste sie eben allein zurechtkommen.

Sie brauchte Gewissheit.

*

»Erwähne diese Person mir gegenüber nie wieder!«

Linnea holte tief Luft. Sie saß in ihrem Büro und klickte nervös zwischen den Browserfenstern ihres Macs hin und her. Eine schlechte Angewohnheit. Wenn ihr diplomatisches Geschick jemals gefordert war, dann jetzt. Sie zögerte einen Moment, ehe sie fortfuhr.

»Aber Mama, kannst du dich nicht erinnern, dass du mir von einer französischen Frau erzählt hast, die du mit Vater zusammen gesehen hast. Und die dir letztens wiederbegegnet ist?«

»Ich habe Hans Peter doch gesagt, dass ich ihren Namen in meinem Haus nicht mehr hören will. Was hat er dir nur eingeredet?«

Die Stimme ihrer Mutter war schrill, und Linnea hörte, dass sie vor Aufregung schon ganz kurzatmig war. Es war ein verzweifelter Versuch gewesen, in Frankreich anzurufen, und Linnea glaubte allmählich, dass sie die Sache nur noch schlimmer machte, wenn sie die Geliebte des Vaters erwähnte. Aber gleichzeitig war Lena-Maria Kirkegaard die einzige Verbindung, die sie zur Vergangenheit ihres Vaters hatte. Natürlich abgesehen von der mysteriösen Adèle selbst, die nur eine einzige winzige Spur hinterlassen hatte.

»Hat er dir auch die Version erzählt, er hätte sich in ein junges, unschuldiges Ding verliebt? Ha, in Wirklichkeit ist sie eine Schlange, der es egal ist, was sie alles kaputtmacht.«

»Heißt das etwa, du hast sie getroffen, Mama?«

Linnea wurde hellhörig, vielleicht war ihre Mutter doch nicht so verwirrt, wie sie gedacht hatte. Die Geschichte von einer fremden Frau schien ja zu stimmen, und vielleicht war die Mutter ihr wirklich erst kürzlich begegnet.

Die Mutter tat jedoch so, als hätte sie die Frage überhört, und brabbelte weiter vor sich hin.

»Wenn ich den Behörden erzählen würde, was ich über diesen kleinen Parasiten weiß, wäre er keine Sekunde länger auf freiem Fuß. Aber natürlich halte ich meinen Mund, ganz die gute Hausfrau. Hans Peter würde mir das nie verzeihen!«

Der letzte Satz klang wie ein Wimmern, und Linnea spürte einen Kloß im Hals. Es war wirklich eine schlechte Idee gewesen, sie darauf anzusprechen. Zu erleben, wie ihre Mutter zusammenbrach, hatte ihr gerade noch gefehlt, und ihr Zustand hatte sich im Laufe des Gesprächs nicht gerade gebessert. Vielleicht wusste sie tatsächlich etwas über Adèle de Clermont-Tonnere. Aber es hatte einfach keinen Zweck, sie weiter auszuhorchen. Verärgert wechselte Linnea das Thema, um die Mutter zu beruhigen, damit sie guten Gewissens wieder auflegen konnte. Die Mutter kam ihr allerdings zuvor.

»Linnea, meine Kleine, es ist gut, dass du angerufen hast. Du musst mir helfen. Ich glaube, sie will mich umbringen. Da ist sie. Jetzt kommt sie. Du musst herkommen und mich holen, du musst …«

Plötzlich war ihre Stimme weg, und es schepperte, als würden gerade mehrere Hände um den Hörer kämpfen. Eine Frau schimpfte Linneas Mutter auf Französisch aus, und Lena-Maria Kirkegaard schimpfte auf Schwedisch zurück, obwohl sie Linnea als Kind geschlagen hatte, wenn sie in die Sprache ihrer Mutter gefallen war. Linnea rief nach ihrer Mutter, aber erst nach einer Weile meldete sich an deren Stelle eine resolute französische Frauenstimme.

»Es tut mir sehr leid, ich hatte nicht bemerkt, dass sie sich das Telefon geschnappt hatte. Wenn ich hier bin, versuche ich immer, sie davon fernzuhalten, aber Madame Kirkegaard ist eben schlau.«

Die Frau stellte sich als Madame Bissot vor, eine Nachbarin, und als sie herausfand, wer Linnea war, klang sie geradezu erzürnt.

»Sie müssen wirklich herkommen und sich um Ihre Mutter kümmern. Sie ist nicht mehr dazu in der Lage, allein zu wohnen.«

Linnea bekam heiße Wangen und klickte zur Ablenkung auf ihrer Maus herum. Das Gespräch hatte sich anders entwickelt als geplant.

»Leider wohne ich ziemlich weit weg.«

Sie wusste genau, dass das keine akzeptable Entschuldigung war, doch als die hilfsbereite Nachbarin zu einem Vortrag ausholte und ihr erklärte, wie sehr die Mutter auf fremde Hilfe angewiesen war, hörte sie schon nicht mehr zu. Ihre Aufmerksamkeit wurde von etwas anderem gefesselt.

In ihrem Posteingang war eine neue Mail eingetroffen. Die erste Zeile war sichtbar, ohne dass sie die Mail öffnen musste. »An der Ecke zur Großen Theaterstraße um 13.15 Uhr«, stand dort. Und der Absender war adele@yahoo.fr.

27

Abel Cathrinesgade, März 1999, an einem Nachmittag. Ein unauffälliger Lieferwagen biegt langsam von der Istedgade ein und nimmt Kurs auf Kriminalkommissar Carsten Greive, der in Zivil ein Gebäude auf der anderen Seite der Straße beobachtet. Es ist die Tarnwohnung eines dreiundvierzigjährigen ghanaischen Heroinlieferanten, der sich Zugang zum Drogenmarkt von Vesterbro erkämpfen will. Der Lieferwagen beschleunigt. In dem offenen Seitenfenster taucht eine Hand auf, die – wie die späteren ballistischen Untersuchungen ergeben – eine jugoslawische Zastava-Pistole hält. Greive bemerkt das Auto. Er will davonsprinten, doch im selben Moment ertönen in rascher Folge drei Schüsse. Er sackt auf dem Bürgersteig zusammen. Mit quietschenden Reifen rast der Lieferwagen davon. Thor stürzt aus dem Kiosk nebenan. Zu spät. Drei Tage darauf stirbt Greive im Rigshospital, ohne noch einmal das Bewusstsein erlangt zu haben.

Und so wurde der unfähigste Mitarbeiter der Kopenhagener Polizei, der damals kurz vor seiner Entlassung stand, von einem Tag auf den anderen zu einem heldenhaften Kollegen, der sein Leben im Dienst geopfert hatte. Und der Einzige, der wusste, wie es so weit hatte kommen können, war Hauptkommissar Thor M. Dinesen. Der natürlich seine Klappe hielt.

»Carsten hat immer gesagt, dass aus dir noch mal was werden würde. Und damit hatte er recht, nicht wahr?«

Kamma Greive zupfte ihr Paschminatuch zurecht und schenkte Portwein nach.

»Ich habe alles von ihm gelernt«, presste Thor hervor.

Er hatte keinen Sinn für Religiosität. Er verstand einfach nicht, warum manche Menschen ein so großes Bedürfnis nach religiösen und spirituellen Vorstellungen hatten. Vielleicht lag es daran, dass er in einer Kommune aufgewachsen war, wo Chakra, Klassenkampf, Marx und Mithras-Mythos zu einer grauen Masse zusammengerührt worden waren. Aber mea culpa, so weit konnte er dem katholischen Schuldbekenntnis noch folgen. Mea maxima culpa – er würde hier nicht sitzen, hätte er nicht eine große Sünde begangen. Widerstrebend hob er sein Glas, und Kamma Greive trank ihren Portwein in einem Zug. Endlich blieb Thor für eine Sekunde von ihrem ständigen Gerede darüber verschont, was für eine Bereicherung ihr verstorbener Mann für die Polizei gewesen war. Und er musste hier in diesem geschmacklos eingerichteten Haus im Hulgårdsvej sitzen und ihr zustimmen, wie schon so viele Male zuvor. Es war seine ganz persönliche Buße, da der Tod von Carsten Greive einzig und allein Thors jugendlichem Eifer geschuldet war. Er hatte den damaligen Fall als einen schnellen Weg angesehen, um bei der Kriminalpolizei Karriere zu machen. Thor hatte auf jeden Informanten, den er kannte, Druck ausgeübt, bis er eines Tages zu weit ging und sein älterer, fauler und korrupter Kollege den Preis dafür hatte zahlen müssen. Was aber glücklicherweise niemand wusste.

»Vielleicht sollten wir über eine neue Regelung sprechen«, meinte Kamma Greive jetzt.

Thor starrte sie an, doch im selben Moment klingelte sein Handy, und er sprang eifrig auf, um den Anruf anzunehmen.

»Du hast mich gerade gerettet.«

»Wie meinst du das?«, fragte Linnea. »Irgendwie klingst du gerade merkwürdig.«

Thor sah zu der Polizistenwitwe hinüber und flüchtete vor ihrem vorwurfsvollen Blick in ein anderes Zimmer, damit er ungestört reden konnte.

»Eigentlich rufe ich nur an, um dir zu sagen, dass ich gerade im Eurocity sitze«, fuhr Linnea fort.

»Ist etwas mit deiner Mutter?«

Linnea zögerte.

»Ich bin auf dem Weg nach Hamburg«, sagte sie dann. »Eigentlich habe ich vor, schon heute Abend wieder zu Hause zu sein, die Zugfahrt dauert nur fünf Stunden. Ich wollte es dir nur sicherheitshalber erzählen. Sobald ich zurück bin, kann ich dir alles erklären. Aber ich muss erst mehr erfahren.«

Und dann verabschiedete sie sich ohne jede weitere Erläuterung. Thor blieb noch eine Weile stehen und starrte auf die Straße hinaus. Manchmal war ihm Linnea ein Rätsel, und sie schien nie zu begreifen, dass ihre geheimniskrämerische Art und Weise auf andere verletzend wirken konnte. Jedenfalls, wenn man eine Beziehung führte.

»Na, hast du dein Telefonat endlich beendet?«

Thor warf Kamma Greive einen müden Blick zu und trat in den Flur hinaus. Schuldig oder nicht, er war mit Kraus verabredet und konnte jetzt nicht mehr Zeit für sie opfern. Und sie schien ebenfalls zu begreifen, dass sie die Situation nicht noch weiter ausreizen konnte. Sie leerte noch ein letztes Glas Portwein und sagte dann: »Wie du sehen kannst, müsste mein Wohnzimmer dringend mal renoviert werden.«

Ihre Stimme klang beiläufig und ein wenig schleppend, doch ihre Augen fixierten ihn unerbittlich.

»Aber Farbe ist heutzutage so unglaublich teuer …«, fügte sie hinzu.

Er starrte sie fassungslos an, doch sie hatte ihren Blick wieder gesenkt und spielte beiläufig an einem ihrer vielen goldenen Klunker. Thor ließ sich erneut auf das Sofa sinken. Wollte sie ihn finanziell erpressen? Wusste sie etwa mehr darüber, was damals vorgefallen war, als das, was sie bisher erzählt hatte? Über all das, was ihn nicht nur den Job kosten konnte, sondern vermutlich auch einen Prozess und eine Gefängnisstrafe zur Folge hätte?

*

Hinter ihm ragte der spiralförmige Turm der Erlöserkirche in die Höhe, und über ihm hing das Schild mit der Aufschrift »You are now entering EU«. Der Ausgang von Christiania. Zwischen dem Barock des achtzehnten Jahrhunderts und den nicht weniger barocken 1970er Jahren lagen nur wenige Schritte. Der französische Auslandsnachrichtendienst ahnte garantiert nicht, wohin seine Spur Warwick geführt hatte.

»Wie krass! Hast du den gesehen?«

Eine Gruppe tuschelnder Jugendlicher auf dem Weg zur Prinsessegade machte einen großen Bogen um ihn. Auf der gegenüberliegenden Straßenseite parkte ein Streifenwagen, aber der schien ihnen egal zu sein, obwohl sie garantiert direkt von der »Pusher Street« kamen. Vielleicht wollten sie auch nur zu einem Konzert im Loppen und machten vorher noch einen kleinen Ausflug. Ihr Aussehen passte jedenfalls zu dieser Theorie, denn sie hatten weiß geschminkte Gesichter wie richtige Metalfans, und auf der Lederjacke des einen Jungen prangte der Slogan »Fuck me Jesus«.

»Ein Bulle!«, flüsterte der eine.

Erst jetzt fiel Warwick auf, dass sie wahrscheinlich über ihn sprachen. Natürlich, er musste schließlich auch auffallen wie eine Tarantel auf einem Quarkkuchen, um Raymond Chandler zu zitieren, dessen Krimis zu Hause auf seinem Nachttisch in Emdrup lagen. Warwick war einfach zu sehr daran gewöhnt, dass ihn sein anonymes Äußeres nahezu unsichtbar machte. Aber hier war das selbstverständlich anders. Andererseits mussten die Leute in der »Freistadt« die Polizei inzwischen so gewöhnt sein, dass sie ihn bestimmt schnell wieder vergaßen.

Und so lief er unbeirrt über die schneebedeckten Bordsteine am Carl-Madsens-Platz und spazierte die Pusher Street hinunter. Reklameschilder, die das Tagesangebot an Hasch und Skunk anpriesen, gab es nicht mehr, aber die Ware lag immer noch zur Anschauung bereit, und die Pusher wärmten sich in kleinen Gruppen an ihren Feuertonnen. Er kam am Woodstock mit den üblichen betrunkenen Grönländern und frühverrenteten Rockern vorbei und am alkoholfreien Rauchercafé Månefiskeren.

Warwick blieb stehen, um sich zu orientieren und einen Blick auf seine Uhr zu werfen. Er hatte noch eine Stunde

Zeit. Das sollte ausreichen, um seine Aufgabe zu erledigen.

Zielstrebig ging er weiter und versuchte, seine Gedanken zu sammeln, wurde jedoch immer wieder vom Anblick der Kinder abgelenkt, die vor den alten Kasernengebäuden spielten. Wie unterschiedlich eine Kindheit doch ausfallen konnte. Hier liefen die Kinder frei zwischen all den zugedröhnten Existenzen in Christiania herum. Und auf der anderen Seite er selbst, der unter den strengsten nur denkbaren Bedingungen aufgewachsen war. Als er elf war war die ganze Familie ins schottische Hochland gezogen, und weil der Vater, ein Schiffsingenieur, oft unterwegs war und ein geregeltes Familienleben durch die Schichtarbeit der Mutter im Krankenhaus zusätzlich erschwert wurde, landete Warwick am Ende dank eines Stipendiums auf einem nahe gelegenen Internat.

Gordonstoun gehörte zu jenen Bildungseinrichtungen, wo eigentlich nur Millionenerben aufgenommen wurden, und alle Schüler wussten, dass sie dazu geboren waren, einmal das oberste Zehntel der Macht zu übernehmen. Zu Warwicks Klassenkameraden gehörte damals auch der Sohn eines arabischen Scheichs; er war stets mit zwanzigtausend Pfund in bar in der Tasche herumgelaufen, für den Fall, dass er es spontan benötigte. Wenn er shoppen gehen wollte, wurde er mit einem Privathubschrauber nach London und wieder zurück geflogen. In diesem Elitereservat eignete man sich innerhalb nur eines Schuljahres mehr Kontakte und Wissen an als andere Menschen im Laufe ihres gesamten Berufslebens. Allerdings war es auch eine Einrichtung, deren Erziehung und Mentalität einen zu einem geistigen Krüppel verkommen lassen konnten und die Warwicks Lebensweg nicht nur im Guten geformt hatte, sondern ihn gleichzeitig auch bis heute negativ verfolgte.

Nach der absolvierten Gymnasialzeit war er nach Dänemark geflüchtet, voller Abscheu gegenüber dem klassengeprägten, elitären System im schottischen Internat – dieses ewige Mantra, dass man ein ganz anderes Niveau hatte als der übrige Pöbel. In Dänemark erschien ihm die KUA wiederum wie eine träge Massenuniversität, und er hatte sich schleunigst in Cambridge beworben, wo er dank seiner Noten und Empfehlungen aus Gordonstoun problemlos am Trinity College angenommen und später vom MI6 kontaktiert worden war.

So gesehen, hatte er eine Bilderbuchkarriere gemacht. Oxbridge, die Universitäten in Oxford und Cambridge, hatten schon immer eine enge Verbindung zum Geheimdienst gehabt. Das Trinity College galt als Kaderschmiede für Spione, und es kursierten sogar Gerüchte darüber, dass die Downing Street mehrere Fellows dort hatte, deren wichtigste Aufgabe es war, geeignete Kandidaten zu rekrutieren. Es geschah auf klassischem Wege: die Einladung in einen Club, gefolgt von einem schrittweisen Heranführen. Im Vergleich zu damals war die Rekrutierung aus dem Universitätsmilieu etwas zurückgegangen. Dem MI6 war zunehmend bewusst geworden, dass ein Nachrichtendienst das Land repräsentierte, dessen Interessen er schützen sollte, und das konnte man von den Söhnen und Töchtern des Land- und Geldadels in Oxbridge nicht gerade behaupten. Mal ganz davon abgesehen, dass ein erstklassiger Akademiker nicht unbedingt am besten dafür geeignet war, in den afghanischen Bergen Jagd auf die Al-Qaida zu machen.

Warwick ging weiter zu den alten Wallanlagen und kreuzte noch einige enge Straßen, bis er endlich das Haus erblickte. Er hatte sich etwas Schäbiges im Stil einer abgedankten Gartenhütte vorgestellt, doch dieses Gebäude wirkte eher wie der Traum eines Architekten. Einem Hochglanzmagazin entsprungen. Direkt auf der schneebedeckten Befestigungsmauer lag ein zusammengewürfeltes Haus mit Blick auf die vereisten Wälle. Ein modernes Statement aus schiefen Winkeln und Glas auf einem Fundament aus altem Holz, das geradezu organisch aus dem abfallenden Boden wuchs. Ein Traumhaus. Oder jedenfalls ein Designertraumhaus. Warwick war an einem einsamen Handwerker vorbeigekommen, der in der Kälte am Wegrand saß und einen Joint rauchte, aber davon abgesehen war es menschenleer. In dem Haus brannte allerdings Licht.

Warwick stutzte. Das war in seinem Plan nicht vorgesehen. Er blieb einen Moment stehen und horchte. Kein Laut. Dann zog er seine Beretta und entsicherte sie. Er hielt die Pistole diskret am Körper und schlich hastig das letzte Stück bis zum Haus.

28

Thor sah sich um und stellte fest, dass er sich in seiner eigenen Stadt selten so in der Minderheit gefühlt hatte. Im afrikanischen Club in der Griffenfeldsgade fielen er und Kraus unter den ausschließlich schwarzen Männern aller Altersgruppen ziemlich auf. Sie hockten an Tischen oder auf den durchgesessenen Sofas entlang der Wände. Die meisten spielten etwas, rauchten und unterhielten sich lebhaft, andere waren stumm und saßen reglos da. Und niemand beachtete sie in irgendeiner Weise. In einer Ecke sah Thor einen Mann Anfang fünfzig in hellen Jeans und braunem Westernhemd, der quer durch den Raum in ihre Richtung blickte. Thor erkannte Innocent Musoni von den Fotos, die er im Internet gesehen hatte. Er hatte ein längliches Gesicht, das anscheinend immer lächelte – doch dass der Prediger auch groß und durchtrainiert war, überraschte Thor. Das stimmte nicht überein mit seiner Vorstellung eines Faith Healers, der sich dem Heiligen Geist hingeben sollte, anstatt seine Zeit im Fitnessstudio zu verbringen.

Musoni saß allein am Tisch und deutete auf zwei leere Stühle, als hätte er die beiden Polizisten bereits erwartet.

»Wir suchen nach einem Mitglied Ihrer Gemeinde«, erklärte Thor, nachdem sie sich vorgestellt und Platz genommen hatten.

Musoni lächelte unverdrossen, so dass Thor zunächst daran zweifelte, ob der Mann überhaupt Dänisch verstand. Dann nickte er jedoch ernst.

»Wir sind viele, und wir werden immer mehr«, erwiderte Musoni. »Es ist jetzt neun Jahre her, seit ich eines Tages spürte, wie Gott zu mir sprach. Er sagte, ich solle die Afrikaner in Dänemark versammeln und mit ihnen eine christliche Gemeinschaft gründen. Viele sind es von zu Hause gewöhnt, in die Kirche zu gehen, aber sobald sie nach Dänemark kommen, verlieren sie die Verbindung zu ihrem Glauben.«

Er machte eine unbestimmte Geste in den Raum. Seine Augen waren genauso dunkel wie Anisas, und Thor überlegte, ob er wohl auch Ostafrikaner war. Er wusste nur, dass der Mann vor ihm einer von immer mehr Predigern und Wunderheilern mit Migrationshintergrund war, dessen Wirken sich nicht nur auf die afrikanische Gemeinde in Kopenhagen beschränkte. Thor holte das Foto von Anisa heraus und legte es auf den Tisch.

»Anisa Dini Farah«, sagte er. »Ihnen ist klar, von wem ich spreche?«

Musoni nahm das Foto und betrachtete es. Noch immer nahm keiner im Raum von ihnen Notiz. Thor konnte nicht einschätzen, ob das ein im Vorfeld einstudiertes Schauspiel war oder ob die anderen es schlichtweg gewohnt waren, dass Musoni diesen Ort als Büro nutzte.

»Wir Afrikaner tragen eine tiefe Sehnsucht nach Gott in uns, die euch Dänen fehlt«, behauptete Musoni mit dem Bild in der Hand. »In meiner Gemeinde erfährt man Lebensfreude und Gemeinschaft. Bei uns hat der Glaube noch eine Bedeutung. Er macht einen zufriedener. Mit sich und der Welt, deren Teil man ist. Ich habe die Gemeinde in meiner eigenen Wohnung gegründet. Und jetzt finden wir schon kaum mehr in diesem Club Platz. Jetzt dürfen wir die Kingo-Kirche nutzen. Vielleicht können die Dänen ja etwas von unserem Glauben lernen.«

Als wären sie aus dem Nichts aufgetaucht, standen plötzlich zwei Kaffeetassen vor ihnen. Musoni trank nichts, sondern lächelte nur auffordernd. Thor zeigte auf das Bild.

»Sie reden sich heraus«, stellte er fest. »Sie kennen sie.«

Musoni lächelte beharrlich weiter. Seine Miene wirkte weder aufgesetzt noch künstlich, aber sie machte es unmöglich, seinen wahren Gemütszustand zu erkennen.

»Ich war doch gerade dabei, Ihnen zu antworten«, entgegnete er. »Ich versuche Ihnen zu erklären, dass ich nicht stillschweigend mit ansehen kann, wie meine Landsleute vom Glauben abfallen. Für uns besteht ein enger Zusammenhang zwischen Glauben und Alltag, verstehen Sie? Wir halten den Glauben nicht aus unserem Leben heraus. Im Gegensatz zu euch Dänen. Ihr glaubt, Religion wäre eine Privatsache, die andere nichts angeht. Aber alles hat einen Zusammenhang. Und Anisa gehörte zu denen, die mir zu der Einsicht verholfen haben, wie wichtig diese Arbeit ist. Sie gehörte zu den ersten Mitgliedern meiner Glaubensgemeinschaft.«

»Und den wichtigsten?«, fragte Kraus nach.

Musoni zuckte mit den Schultern.

»Sie war eine suchende Seele, die Hilfe brauchte. Sie ging zu Ärzten. Vielen verschiedenen Ärzten. Und keiner konnte ihr helfen. Sie hat schreckliche Dinge erlebt. Doch bei uns ging es ihr besser. Früher wagte sie es kaum, vor die Tür zu gehen. Es war ein langwieriger Prozess. Wir haben intensiv gearbeitet, und durch mich hat sie schließlich ihren Glauben wiedergefunden, den sie längst irgendwo tief in ihrem Inneren versteckt hatte. Der ihr fehlte, um wieder mit sich selbst zurechtzukommen. Und natürlich kenne ich Anisa. Vielleicht kenne ich sie sogar besser als sie sich selbst.«

»Dann wissen Sie auch, wo sie sich versteckt?«

Musoni schüttelte den Kopf. Jetzt sah er wieder so aus, als würde er nicht verstehen, was Thor meinte. Was natürlich nicht der Fall war, denn sein Dänisch war ausgezeichnet, und seine Augen verrieten, dass er intelligent, aufmerksam und schnell von Begriff war. Aber sie kamen nicht weiter, egal was Thor fragte. Musoni erklärte bereitwillig, dass er Anisa viele Jahre lang oft gesehen habe. Wie oft? So oft wie ein Vater seine Tochter sehe. Wann er sie zuletzt gesehen habe? Sie sei immer bei ihm, ganz gleich, ob sie in seine Gemeinde käme oder nicht. Aber wann genau sie das letzte Mal da gewesen sei? Vielleicht vor einem Monat. Und er wisse noch immer nicht, wo sie sich versteckt hielt? Nein, er könne sich überhaupt nicht vorstellen, dass sie sich verstecke. Es war, als redete man gegen eine Wand. Ob er etwas über ihren Bekanntenkreis wisse? Ob sie über einen Journalisten namens Spang-Hansen gesprochen habe? Aber auch in dieser Sache konnte er nicht weiterhelfen. Er kenne Anisa durch Christus, und das genüge ihm.

Sie verabschiedeten sich draußen auf der Griffenfeldsgade.

»Ich bin mir sicher, dass Sie Anisa finden werden«, sagte Musoni. »Und Sie sind jederzeit wieder willkommen, wenn Sie meinen, dass ich Ihnen bei irgendetwas behilflich sein kann.«

Anschließend ging er wieder in den Club zurück, während Thor und Kraus vor den großen eingeschlagenen Fenstern stehen blieben, die mit vergilbten Laken abgedunkelt waren. Auf dem Fensterbrett lagen tote Insekten, daneben stand eine vertrocknete Pflanze. Von außen sah der afrikanische Club aus wie ein ehemaliger Laden, aus jener Zeit, als in den Brückenvierteln noch an jener Ecke Molkereiprodukte verkauft wurden. Gegenüber lag ein somalisches Restaurant, das mittags noch geschlossen hatte, und keiner der vielen Passanten interessierte sich für die beiden Polizisten.

»Hat der etwa versucht, uns zu bekehren?«, fragte Thor. »Und warum habe ich bloß das Gefühl, dass er uns die ganze Zeit hinters Licht führen wollte?«

»Weil du insgeheim ein alter Rassist bist, der nicht an afrikanische Priester und Spiritualität glaubt? Nein, bestimmt lag es daran, dass er gar nicht neugierig war. Dass er sich gar nicht erkundigt hat, ob Anisa etwas zugestoßen ist. Und warum wir eigentlich zu ihm gekommen sind.«

Thor nickte.

»Ich finde, wir sollten ihn noch mal genauer unter die Lupe nehmen. Wie lange kennt er Anisa schon? Was für ein Verhältnis haben sie zueinander?«

Er sah Kraus an.

»Und vor allem: Hilft er ihr dabei, sich zu verstecken?«

*

Hinter ihr ragte die Hamburgische Staatsoper mit ihrer Glasfassade und ihren goldfarbenen Säulen empor. Es war früh am Nachmittag, und die Straße vor der Oper glich einer einzigen Baustelle. Die Luft war klar und frisch, und die Sonne wärmte zum ersten Mal in diesem Jahr ein wenig.

Linnea drehte den Kopf und konnte merken, wie ihr Körper das Licht aufsaugte. Unglaublich, was für einen Unterschied ein paar Stunden Zugreise in den Süden doch ausmachten. Sie rückte die *Politiken* von heute, die sie unter den Arm geklemmt hatte, zurecht, damit der Zeitungskopf deutlich zu sehen war. Eigentlich kam sie sich ziemlich dumm vor, hier so auffällig herumzulungern, wie ein Tourist ohne Ziel oder ein Spion, der den Mauerfall verschlafen hatte. Die Wärme der Sonne animierte ihre Nase nur noch mehr zum Laufen, doch sie hatte ihr letztes Taschentuch auf dem Spaziergang vom Hauptbahnhof durch die Innenstadt aufgebraucht. Sie blickte zum siebten Mal auf ihren Blackberry, aber natürlich hatte es in der vergangenen Minute keine Aktualisierung gegeben. Warten war nicht gerade ihre Stärke – und vor allem dann nicht, wenn sie nicht wusste, worauf sie eigentlich wartete.

Die Nachricht war unmissverständlich gewesen: Sie sollte allein und mit der tagesaktuellen Ausgabe von *Politiken* unter dem Arm erscheinen. Was als Nächstes passieren würde, wusste sie nicht. Linnea drehte sich um und wollte ein weiteres Mal das Plakat zur großen *Faust*-Inszenierung in diesem Frühjahr studieren, zögerte jedoch, als ein jüngeres Pärchen auftauchte und auf den Haupteingang zusteuerte, neben dem sie stand. Ihr brach der Schweiß aus, und zum ersten Mal fühlte sie sich unwohl, doch sie schob die Paranoia von sich. An einem so öffentlichen Ort hielt sich die Gefahr in Grenzen. Sie versuchte, völlig unbeeindruckt auszusehen, und richtete all ihre Aufmerksamkeit auf das Paar, das eng umschlungen und flüsternd auf sie zukam. Doch dann gingen die beiden schnurstracks an ihr vorbei durch die Glastür und hatten nur Augen füreinander.

»Ich erkenne den Ort überhaupt nicht wieder«, sagte im nächsten Moment eine Frauenstimme hinter ihr. »Genau hier war ich vor fünfundzwanzig Jahren einmal mit deinem Vater.«

Sie klang heiser, und ihr Englisch hatte einen leicht französischen Akzent. Linnea wandte sich der Frau zu, die sich unbemerkt von der anderen Seite genähert hatte. Sie nickte Linnea freundlich zu und dirigierte sie, indem sie die Hand leicht auf ihre Schulter legte, in Richtung Dammtorwall. Als sie die Straße halb überquert hatten, nahm Linnea sich endlich zusammen.

»Sie sind …«

Die Frau unterbrach sie mit einer Handbewegung, ganz offensichtlich daran gewohnt, dass man ihr gehorchte. Sie trug Handschuhe aus feinem grauen Leder.

»Patience, dear. Bitte entschuldige mich einen Moment.«

Sie klappte ein silberfarbenes Handy auf, wandte sich ab und telefonierte in gedämpftem Französisch. Linnea beobachtete sie aus dem Augenwinkel. Kein Zweifel, dies war die Frau von dem Foto, aber wenn seither tatsächlich fünfundzwanzig Jahre vergangen waren, hatte der Zahn der Zeit erstaunlich wenig an Adèle de Clermont-Tonnere genagt. Als Linnea vor den Kartons ihres Vaters gesessen hatte, hatte sie nicht verstanden, wie ihr steifer Vater eine Affäre mit einer jungen linksradikalen Frau hatte haben können. Doch jetzt, wo Linnea sie mit eigenen Augen sah, schien alles einleuchtend. Sie musste nicht in die Vergangenheit zurückblicken, um zu begreifen, dass diese Frau ganz nach dem Geschmack ihres Vaters war. Sie hatte nicht eine Falte in ihrem perfekt geschminkten Gesicht und war auf jene lässige Weise elegant gekleidet, wie es nur Menschen sein konnten, für die Geld keine Rolle spielte. Ihr Haar war kurz und dunkel und so geschnitten, als käme sie gerade von einem sehr teuren Friseur. Adèle verkörperte Selbstbewusstsein, Ehrgeiz und einen großen Lebenshunger. Linnea zupfte an ihrem Patrizia-Pepe-Mantel, zog noch einmal die Nase hoch und fühlte sich ziemlich underdressed. Merkwürdigerweise machte sie der Gedanke, dass diese Dame vielleicht die heimliche Liebe ihres Vaters gewesen war, nervöser als die Tatsache, dass sie eine weltweit gesuchte Waffenhändlerin und möglicherweise sogar Terroristin war.

Die halbe Mailadresse auf der Postkarte aus Paris war Linneas einzige Spur gewesen, und sie hatte darauf gesetzt, dass sie nur deshalb unvollständig war, weil man sich den Rest leicht merken konnte. Deshalb hatte sie gleichlautende Mails an alle Yahoo-, Hotmail- und Gmail-Adressen mit demselben Benutzernamen und verschiedenen Länderdomains geschickt. Der Wortlaut war einfach gewesen: »HP Kirkegaard war mein Vater. Wir müssen uns treffen. Sie bestimmen Zeit und Ort.« Sie hatte nicht ernsthaft mit einer Antwort gerechnet. In erster Linie hatte sie ihren Frust darüber loswerden wollen, dass staatliche Behörden möglicherweise Wissen über ihren Vater unter Verschluss hielten. Außerdem hatte Thor ja selbst erzählt, dass die Frau rund um die Uhr beschattet wurde. Das bedeutete hoffentlich auch, dass irgendjemand vom Französischen Nachrichtendienst in der Nähe war und eingreifen würde, wenn Linnea Gefahr drohte.

Im nächsten Moment bemerkte sie einen dunklen BMW mit getönten Scheiben, der langsam vorbeifuhr. Er hielt ein Stück entfernt an der nächsten Straßenecke. Verwirrt sah Linnea sich um, doch jetzt hatte Adèle ihr Gespräch beendet. Wortlos legte sie erneut ihre Hand auf Linneas Schulter und schob sie energisch zum Auto. Die hintere Tür wurde von innen geöffnet.

»Wohin fahren wir …?«

Linnea wollte protestieren, doch die schlanke Frau schubste sie einfach auf den Rücksitz. Dann wurde die Tür hinter ihr zugeschlagen.

29

Thor bemerkte, dass selbst May Tantawis dunkle Haut jetzt denselben ungesunden, bläulichen Farbton hatte wie die der anderen Kollegen. Ungeachtet von Alter und Geschlecht ließen die Wintermonate ausnahmslos alle müde und alt aussehen. Als er sie auf dem Flur ansprach, nickte sie eifrig.

»Ist dir klar, wie undurchsichtig das alles ist?«

Sie hielt ihm demonstrativ eine Mappe vor die Nase, die von Papieren überquoll.

»Es kann zwar sein, dass Dänemark nicht viele komplette Waffen liefert«, erklärte sie. »Aber wir exportieren sogenannte Teilkomponenten für Waffensysteme, die in anderen Ländern zusammengebaut werden. Im Wert von knapp 1,5 Millionen Kronen. Hinzu kommen schätzungsweise zwanzig Millionen Kronen, die gar nicht erst registriert werden, weil es sich um Dual-Use-Produkte handelt, also Technik, die man sowohl für zivile als auch für militärische Zwecke nutzen kann. Es hat den Anschein, als wäre diese Undurchsichtigkeit eine ganz bewusste Masche. Der Export von Milchprodukten zum Beispiel wird in über tausend unterschiedlichen Kategorien registriert, die für jeden einsehbar sind. Waffen dagegen nur in zwanzig.«

Sie zuckte mit den Schultern.

»Mit anderen Worten, ich allein bin nicht dazu in der Lage, den gesamten dänischen Waffenhandel zu durchforsten, nur weil vielleicht eine Verbindung zu deinem Mordfall besteht. Er ist viel zu umfangreich.«

Dafür wirkte sie allerdings nicht sonderlich entmutigt, und Thor öffnete ihr die Tür zum Konferenzraum, wo die anderen bereits auf ihr Briefing warteten.

»Natürlich ist es wichtig, dass dänische Produkte und Technologien nicht missbraucht werden«, begann Tantawi. »Aber die staatliche Aufsicht und die Gesetzgebung müssen gleichzeitig auch berücksichtigen, dass die Firmen im Vergleich zur ausländischen Konkurrenz nicht unter erschwerten Bedingungen arbeiten dürfen.«

Sie blickte in die Runde. Sie war die einzige Frau im kleinen Kreis der Ermittler, den Thor kurzfristig einberufen hatte.

»Das fordert zumindest der Branchenverband FAD«, fuhr sie fort. »Das ist die Vereinigung der Verteidigungs-, Luft- und Raumfahrtindustrie in Dänemark. Und wie ihr vielleicht ahnt, hat sie eine große finanzielle Macht und wird dadurch ziemlich ernst genommen, wenn sie ihre Lobbyarbeit betreibt. Wenn also Russland Waffen an Diktatoren verkauft, die damit die Bevölkerung ihres Landes unterdrücken und verfolgen, soll Dänemark nicht davon Abstand nehmen, dasselbe zu tun, denn das würde seiner wirtschaftlichen Wettbewerbsfähigkeit schaden. So lautet die offizielle politische Linie. Man könnte meinen, es passe schlecht zu unserer Vorstellung, im Grunde eine pazifistische Nation zu sein, die für die internationale Zusammenarbeit eintritt, wenn wir in der Realität dem Profit den Vorrang geben gegenüber den internationalen Waffenembargos und Versuchen, den Bürgerkrieg in den Ländern der Dritten Welt zu verhindern. Aber das ist eben Politik, und so etwas geht uns nichts an.«

Kraus hob entnervt die Arme.

»Okay, ich habe inzwischen begriffen, dass Dänemark im großen Stil mit Waffen handelt, aber was sollen wir mit dieser Aussage anfangen?«

Thor kam Tantawi zuvor.

»Ich habe May gebeten, sich die Sache noch einmal näher anzusehen«, erklärte er. »Wir wissen, dass Spang-Hansen zuletzt an einer großen Enthüllungsreportage über den dänischen Waffenhandel arbeitete. Und noch dazu hat er versucht, Adèle de Clermont-Tonnere zu kontaktieren, eine notorische französische Waffenhändlerin.«

Ewald nickte schwerfällig. Er war gerade dabei, sämtliche Zeitungsartikel von Spang-Hansen durchzuarbeiten und Notizen von seinen sage und schreibe drei verschiedenen Computern zu lesen. Obwohl es unzählige Anspielungen auf seine aktuelle Recherche gab, hatte Spang-Hansen penibel darauf geachtet, keine konkreten Namen oder Firmen zu nennen. Es hatte fast schon den Anschein, als hätte er die wichtigste Information aus Vorsichtsgründen einzig in seinem Kopf gespeichert.

»Vermutlich hat Clermont-Tonnere einen oder mehrere Kooperationspartner hier in Dänemark«, berichtete Thor weiter. »Denen müssen wir auf die Spur kommen. Der französische Nachrichtendienst beschattet sie permanent, ist aber nicht kooperationsbereit. Deshalb habe ich May gebeten, diesen beschwerlichen Umweg zu gehen. Wenn wir den dänischen Waffenhandel durchforsten, müssten wir auf diesem Wege auf irgendwelche Namen stoßen.«

Diesmal nickte Tantawi zustimmend.

»Aber es gäbe da noch eine andere Möglichkeit, die es wert wäre, untersucht zu werden«, warf sie ein. »Denn abgesehen von dem sichtbaren dänischen Waffenhandel, könnte auch etwas anderes relevant sein. Zum Beispiel die Zusammenarbeit mit Waffenhändlern. Sagt euch die SAACID etwas?«

Alle schüttelten den Kopf, und Tantawi fuhr fort: »Mir bis vor kurzem auch nicht, bis ich in einem aktuellen UN-Bericht darüberstolperte. Die SAACID ist eine somalische Hilfsorganisation, die sich darauf spezialisiert hat, Frauen und Kindern ein ›menschenwürdiges Leben‹ zu ermöglichen, wie sie selbst auf ihrer Website schreiben. In Somalias Hauptstadt sind sie der wichtigste Kooperationspartner einer der führenden dänischen NGOs – und sie stehen unter dem Verdacht, tief in den Waffenhandel verstrickt zu sein.«

Thor war ratlos.

»Ich sehe nicht ganz, worauf du hinauswillst.«

Tantawi lächelte.

»Eigentlich hätte ich gedacht, du würdest schneller darauf kommen.«

Doch in diesem Moment hatte Thor bereits geschaltet.

»Anisa Farah!«

»Ganz genau«, bestätigte Tantawi. »Kintu arbeitet mit der SAACID zusammen, also vielleicht solltet ihr euch dafür interessieren. Das könnte die Verbindung zwischen Anisa und Spang-Hansen sein.«

*

Selbst mit ihrer verstopften Nase nahm Linnea den starken Ledergeruch der Autositze wahr. Sie saß im Fond neben einem wortkargen jungen Mann, der statt einer Begrüßung ihr Handy verlangt hatte. Seither hatte er nichts mehr gesagt und auf Linneas Fragen hin lediglich den Kopf geschüttelt. Widerwillig hatte sie ihm ihren Blackberry gegeben, woraufhin er routiniert die SIM-Karte herausgenommen und ihr anschließend beide Teile zurückgegeben hatte. Dabei hatte sie all ihre Hoffnung in die GPS-Funktion gesetzt, um wenigstens teilweise nachvollziehen zu können, wo man sie hinbrachte. Aber ihr Instinkt sagte ihr, dass sie besser nicht protestierte. Sie hatte selbst um dieses Treffen gebeten, also musste sie auch die Bedingungen akzeptieren.

Linnea biss sich auf die Unterlippe und versuchte, die Angst zu ignorieren, die beharrlich Signale an ihr Gehirn schickte, so dass sie zu schwitzen begann und ihr Herz raste. Sie konzentrierte sich darauf, durch die getönten Scheiben nach draußen zu sehen und sich Fixpunkte und Straßennamen einzuprägen. Das Leder knarzte, wenn sie sich bewegte, aber das war auch das einzige Geräusch, das in ihr Bewusstsein vordrang. Vorder- und Rücksitz waren durch eine dicke Glasscheibe voneinander getrennt. Adèle saß neben dem Chauffeur und telefonierte erneut. Er trug genau wie Linneas Nebenmann einen anonymen Anzug, abgerundet wurde der Bodyguard-Look mit einer dunklen Sonnenbrille. Beide vermittelten eine körperliche Autorität, die von dem Pistolenholster, das Linnea bei ihrem Bewacher entdeckt hatte, nicht gerade gemindert wurde. Adèle de Clermont-Tonnere war offensichtlich eine Frau, die kein Risiko einging.

Das Auto fuhr mit hoher Geschwindigkeit, obwohl der Berufsverkehr allmählich einsetzte, und die kleinen Gassen der Innenstadt rauschten vorbei, bis sie irgendwann auf die

Reeperbahn einbogen. Jetzt ging es langsamer voran, und Linnea hatte Zeit, sich zu orientieren. Die Häuser waren renovierungsbedürftig und grau, was den Kontrast zu den verblassenden, aber immer noch bunten Fassaden der Stripbars und Pornokinos verstärkte. Unzählige Touristen mit Kinderwagen und Kamera spazierten umher, und sie wunderte sich ein wenig, dass dies das in ganz Europa berüchtigte Rotlichtviertel sein sollte. Eigentlich glich es mehr einem Freizeitpark zur Nebensaison.

Dann bog das Auto von der großen Straße ab, und ein Schild verkündete, dass sie sich nun in Altona-Altstadt befanden. Linnea spürte, wie die Angst sie wieder einholte. Zu beiden Seiten der Straße waren Rasenflächen mit großen Bäumen zu sehen, und kurz darauf wurden sie noch langsamer, und eine Kirche tauchte vor ihnen auf – wie ein scharfer Kontrast zur Reeperbahn. Sie bogen in die Einfahrt, und das massive, neurenovierte Gebäude mit dem imposanten Glockenturm ragte nun vor ihnen auf.

Linnea erlaubte sich einen kleinen Seufzer der Erleichterung. Hier wirkte alles so offen und hell, ganz weit entfernt von den finsteren Gassen, die sie sich in ihrer Phantasie ausgemalt hatte. Neben der Kapelle parkte sogar ein weiteres Auto. Als sie vor der Kirche hielten, stieg Linneas Bewacher aus, gab ihr jedoch ein Zeichen, dass sie sitzen bleiben sollte. Adèle drehte sich nicht zu ihr um, verließ aber auf ein Signal des Bodyguards den Wagen und schritt auf die Kirche zu. Linnea sah sie hineingehen und wollte die Tür öffnen, weil sie sich aus irgendeinem Grund noch unsicherer fühlte, wenn Adèle nicht in der Nähe war.

Das Auto war abgeschlossen, und sie durchwühlte fieberhaft ihre Tasche nach einem Gegenstand, mit dem man eine Autotür aufbrechen konnte. Im selben Moment hörte sie ein Klicken, und die Tür wurde geöffnet.

30

Warwick blieb eine Weile draußen vor dem Fenster stehen. Wenn er sich an die Wand drückte und hineinspähte, musste man schon genau hinsehen, um ihn zu entdecken. Aber im Wohnzimmer war niemand. Einige Lampen brannten, davon abgesehen deutete aber nichts darauf hin, dass jemand zu Hause war.

Warwick duckte sich, schlich unter dem großen Fenster entlang, das eine phantastische Sicht auf den Wallgraben bieten musste, und gelangte zur Rückseite des Hauses. Er verharrte kurz, um auf Geräusche zu horchen, und ging dann zu dem kleinen Fenster neben der Terrassentür. Er holte den Glasschneider hervor und schnitt druckvoll am ganzen Rahmen entlang. Anschließend zog er seinen Mantel aus und schützte seine Hände damit, bevor er die Scheibe andrückte. Das Gewicht gleichmäßig auf beide Seiten verteilen und dann ein kräftiger Stoß. Ein dumpfes Klirren ertönte, als das Fenster drinnen auf dem Boden landete, doch das war alles. Er öffnete die Fensterhaken und stieß den Rahmen ganz auf, so dass er mit dem Arm weit genug hineingreifen konnte, um auch die Tür zu öffnen. Kurz darauf war er im Haus.

Sorgfältig prägte er sich die Räumlichkeiten ein: Das Wohnzimmer hatte eine offene Küche mit einem Kühlschrank von Smeg, einem Gasherd aus poliertem Stahl und einem Wandbackofen. Designermöbel von Børge Mogensen und Hans Wegner. Das geschmackvolle Zuhause eines gebildeten Menschen. Und noch immer kein Laut. Das Licht war vermutlich eingeschaltet worden, um eventuelle Einbrecher fernzuhalten.

Warwick konzentrierte sich zuerst auf das Wichtigste. Er sah sich im Wohnzimmer um und stellte fest, dass es kein Festnetztelefon gab. Stattdessen richtete er seine Aufmerksamkeit auf das Dreisitzer-Ledersofa, das schräg unter dem Panoramafenster stand. Er fuhr mit dem Finger über den Sofatisch mit den schwachen Glasabdrücken und stellte im Sofakissen eine Vertiefung fest. Hier saß sie also abends und entspannte sich bei einem Glas Wein, während sie auf die Wallanlagen hinausblickte. Und hier würde er auch die Ausrüstung platzieren. Er holte eine kleine Schachtel aus der Manteltasche und setzte sich auf das Sofa, um den idealen Platz zur Montage zu suchen. Dann stand er auf und probierte zwei unterschiedliche Positionen aus, bis er fünf Minuten später vollends zufrieden war. Es würde ein geschultes Auge erfordern, irgendetwas zu entdecken.

Nun blieb ihm immer noch Zeit, das Haus zu durchsuchen, und er begann im ersten Stock, in dem lediglich ein Schlafzimmer und eine Rumpelkammer lagen. Er suchte nach nichts Bestimmtem – sie war kaum so dumm, irgendwelche kompromittierenden Papiere zu Hause aufzubewahren –, sondern wollte sich vielmehr einen Eindruck von der Frau verschaffen, die hier wohnte. Das meiste wusste er bereits aus den Personenakten des PET. Aber im Grunde war der DGSE daran schuld, dass er sich für sie interessierte. Ein Telefonat aus dem Log des Kapitäns auf der Persephone hatte Warwick auf die Spur der französischen Waffenhändlerin Adèle de Clermont-Tonnere gebracht. Anschließend hatte er den französischen Auslandsnachrichtendienst kontaktiert, der seinem dänischen Kollegen bereitwillig alle Papiere zur Verfügung gestellt hatte. Nun ja, alle wohl kaum, aber sie enthielten immerhin Informationen über große Teile ihres Geschäftsimperiums, darunter eine Reihe von Transport- und Shippingfirmen in Afrika und Europa und nicht zuletzt auch ein paar dänische Verbindungen. Eine verwies auf einen älteren Fall, der in mehreren Notizen des PET und des Außenministeriums auftauchte, vermutlich jedoch zu alt war, um von Interesse zu sein. Ein anderer und viel neuerer Kontakt dagegen wirkte auf Anhieb vielversprechend. Warwick zog den Hut vor den Franzosen, die mit großer Effizienz den Weg des Geldes nachverfolgt hatten und Clermont-Tonneres Waffenhandel auf diese Weise bis ins Detail dokumentiert hatten. Darüber waren sie unter anderem auf den Namen der dänischen Anwältin Vibe Herzog gestoßen, die seit zehn Jahren in Christiania lebte und für die Franzosen weniger interessant war als für Warwick. Nicht als Person, sondern weil sie ihn zu den dänischen Hintermännern führen konnte, in deren Auftrag sie tätig war. Die Frage war nur, wie er sie zum Reden brachte.

Im nächsten Moment hörte er ein Geräusch. An der Haustür war jemand.

*

Thor warf einen kurzen Blick durch das Fenster des Verhörraums. Der Mann hatte ihnen den Rücken zugekehrt und wirkte selbst im Sitzen noch groß. Thor wandte sich Tage Ewald zu.

»Gib mir ein kurzes Briefing. Er ist der Geschäftsführer von Kintu – was weiter?«

Ewald nickte.

»Das sagt wiederum schon ziemlich viel über ihn aus. Die Organisation gibt es noch nicht sehr lange, und Gunnerus hat sie mitbegründet. Zusammen mit einigen Kollegen hatte er damals die Flüchtlingshilfe verlassen. Sie hatten das erklärte Ziel, die Entwicklungshilfe ›holistischer‹ anzugehen. Holistisch ist ihre eigene Wortwahl. Ihre Absichtserklärung hat in der Presse viel Aufsehen erregt: Es sei nicht genug, Almosen und Nothilfe zu verteilen. In Wirklichkeit gehe es darum, die Verhältnisse von Grund auf zu verbessern. Sie haben sich nach einem ugandischen Schöpfungsmythos benannt, in dem Kintu der erste Mensch auf der Welt ist und der Stammvater aller Menschen.«

»Also sind wir alle ein Volk?«

»Ja, das ist ihr Motto. Das kennst du ja schon. Gunnerus ist vierundfünfzig und studierter Politologe. Direkt im Anschluss an das Studium war er ein paar Jahre im Außenministerium tätig, ansonsten aber ausschließlich bei verschiedenen NGOs angestellt. Er hat mehrmals für längere Zeit in Afrika und Mittelamerika gearbeitet. Dasselbe gilt auch für seine Frau. Sie ist seit einem Autounfall vor einigen Jahren vom Hals abwärts gelähmt, erteilt aber immer noch einige Stunden in der Woche kostenlose Rechtsberatung für Frauen in Not. Offenbar ist sie sehr pflegebedürftig, aber die beiden sind trotzdem zusammengeblieben. Was sollte ich noch berichten? Sie wohnen in einer Villa im Stockflethsvej in Frederiksberg.«

Gunnerus hatte nicht dagegen protestiert, in den Politigården einbestellt zu werden. Er war nicht angeklagt, aber eine vorläufige Befragung erforderte auch nicht, dass sie ihn formell einer Straftat bezichtigten oder ihm die Rechte eines Verdächtigen einräumten. Dennoch war Thor im Zweifel, ob sie richtig gehandelt hatten. Er warf Ewald einen letzten Blick zu, dann ging er in den Verhörraum.

Gunnerus sah anders aus als bei ihrer letzten Begegnung, blasser. Aber das konnte auch daran liegen, dass er sich nicht mehr in seiner gewohnten Umgebung befand, und an dem bläulichen Licht des Verhörzimmers, das alle kränklich aussehen ließ. Trotzdem machte er nicht den

Eindruck, als fühlte er sich unwohl, eher den eines Mannes, der in sich selbst ruhte. Thor konsultierte seine Notizen, während Gunnerus weiterhin gelassen und ungerührt auf seinem Stuhl saß.

»Erzählen Sie mir etwas über den Journalisten Mikkel Spang-Hansen.«

Ein kurzer, erstaunter Blick, mehr nicht.

»Ich habe seinen Namen schon mal gehört, kenne ihn aber nicht persönlich.«

»Er wurde vor kurzem in der Nähe der Badeanstalt Helgoland getötet.«

»Ja. Ich lese auch Zeitung.«

»Und Anisa Farah? Kannte sie ihn?«

Gunnerus schüttelte überrascht den Kopf.

»Haben Sie heute nicht Linnea dabei, um Öl auf die Wogen zu gießen?«, fragte er dann.

Schweigen.

»Spang-Hansen hat also keinen Kontakt zu Ihnen aufgenommen?«, hakte Thor nach. »Oder zu Ihrem Büro?«

»Warum hätte er das tun sollen?«

»Das wäre doch nicht ungewöhnlich? Sie treten schließlich häufig in den Medien auf.«

»Ich gehe aber davon aus, dass Sie auf etwas Bestimmtes hinauswollen.«

»Bevor er starb, arbeitete er an einem Artikel über den internationalen Waffenhandel.«

Gunnerus sah ihn an. Zum ersten Mal im Verlauf des Gesprächs lächelte er nicht.

»Na, endlich rücken Sie damit raus.«

Thor überlegte, ob er direkt zur SAACID übergehen solle, aber Gunnerus zeigte fragend auf Thors Stift und Papier. Thor blätterte zu einer leeren Seite, riss sie heraus und schob sie ihm hin. Hastig schrieb Gunnerus etwas nieder, überlegte kurz und fügte noch etwas hinzu, ehe er Thor das Blatt zurückgab.

»Was ist das?«

Thor nahm den Zettel nicht in die Hand, sondern fixierte stattdessen weiterhin Gunnerus.

»Wenn das herauskommt, hat Kintu ein ernstes Problem«, erklärte Gunnerus. »Ich zweifle daran, dass wir weiterhin Unterstützung bekommen würden.«

»Wovon sprechen Sie?«

Gunnerus deutete noch einmal stumm auf das beschriebene Blatt, und jetzt warf Thor einen kurzen Blick darauf. Mit eleganter Handschrift hatte Gunnerus vier Firmennamen notiert.

»Deshalb wollten Sie mit mir sprechen, oder?«

Gunnerus blickte ihn an. Ernst, aber mit dem Anflug eines Lächelns.

»Vier Namen. Eine Hilfsorganisation in Somalia und drei Fluggesellschaften. Das sind die vier mir bekannten Fälle, in denen wir mit Waffenschmugglern kooperiert haben.«

31

Linnea lief los und wäre fast vor der Kirche im Kies gestolpert. Sie zupfte ihre Kleidung zurecht, bereit, Adèle nachzugehen, und ziemlich genervt von dieser übertriebenen Sicherheitsveranstaltung.

»Entschuldigung, würden Sie mir bitte folgen?«

Der Chauffeur hatte eine zarte und beinahe feminine Stimme, und in jeder anderen Situation hätte Linnea sich über diesen Kontrast zu seinem barschen Äußeren amüsiert. Sie wollte protestieren, doch im nächsten Moment öffnete sich die Tür des dunkelblauen Volvos, der einige Meter entfernt parkte. Drei weitere Männer, die offenbar auch zu Adèles Gefolgschaft gehörten, stiegen aus. Alle trugen dunkle Anzüge und ganz offen Pistolen. Der Älteste telefonierte gerade und nickte konzentriert, während er mit dem Blick die Umgebung der Kirche absuchte.

Als sie bei dem Volvo angekommen war, bedeutete der Fahrer Linnea, ihre Jacke auszuziehen, die Arme auf das Autodach zu legen und die Beine zu grätschen, damit er sie abtasten konnte. Sie sah sich um, denn sie war sich im Klaren darüber, wie merkwürdig diese Aktion auf Außenstehende wirken musste. Aber natürlich waren die Männer professionell, und man hatte sie nicht zufällig zwischen Auto und Kirche platziert. Von der Straße aus konnte niemand sie sehen. Und sie zweifelte immer stärker daran, ob die Beschattung Adèles durch den französischen Geheimdienst tatsächlich so effektiv war.

»Durch die grüne Tür und dann rechts die Treppe hoch!«

Der Chauffeur zeigte auf die Tür, durch die Adèle verschwunden war, und Linnea verließ die fünf Männer und ging auf die Tür zu. Sie brauchte sich nicht umzusehen, um zu bemerken, dass ihr einer der Männer folgte. Doch er begnügte sich anscheinend damit, vor der schweren Holztür, die mit dem Namenszug des dänischen Königs Christian V. geschmückt war, in Stellung zu gehen.

Die Tür führte in einen verblüffend hellen und schlichten Raum, wo Linnea sofort die kühle Luft innerhalb des alten Gemäuers spürte. Rechter Hand wand sich eine schmale Wendeltreppe in die Höhe, und das Schild daneben trug die Aufschrift »Glockenturm«. Unmittelbar vor ihr führte eine Glastür ins Kirchenschiff, das auf barocken Überfluss verzichtete und offen und modern war, mit roten Bänken und Ikonen an den Wänden. Leise Orgelmusik erklang. Irgendjemand übte sich an Bach, ganz verlassen war der Ort also doch nicht. Von Adèle dagegen keine Spur, und Linnea ging zu der Treppe und begann hinaufzusteigen. Die Treppe war schmal und die Stufen hoch, so dass sie ziemlich außer Atem war, als sie endlich oben im Turm ankam. Die sechs großen Glocken füllten ihr Blickfeld fast völlig aus, so dass sie Adèle nicht sofort sah. Sie stand mit dem Rücken zu Linnea und blickte über das Geländer hinweg auf den riesigen Hafen, der mit seinen kolossalen Frachtschiffen, Schwimmdocks und Kränen so nahe wirkte, als würde er direkt vor dem Kirchengebäude anfangen.

Linnea blieb einen Moment stehen und ließ alles auf sich wirken. Die Situation war so unwirklich, dass sie nicht anders konnte, als ihre vorgesehene Rolle in diesem absurden Schauspiel zu spielen. Sie räusperte sich, und die zierliche Frau drehte sich um und betrachte sie beinahe zärtlich. Sie stellte sich neben Linnea. Ein Hauch würzigen Parfüms drang durch Linneas verstopfte Nasenlöcher.

»Dein Vater war so stolz auf dich. Weißt du das eigentlich?«

Linnea konnte nicht antworten. Ihr brannte es in Nase und Augen, aber sie wollte nicht wie ein Schulmädchen schniefen und wandte den Kopf von Adèle ab, die gerade ein Taschentuch hervorholte.

»Er war kein Mann, der andere gern an sich heranließ, das weiß ich. Fast unfähig dazu, seine Gefühle zu zeigen. Aber du warst das Einzige in seinem Leben, worauf er stolz war.«

Linnea schwieg noch immer. Sie hatte mit allem Möglichen gerechnet, aber nicht damit. Erst als sie das Taschentuch sah, bemerkte sie, dass ihr Tränen die Wangen herunterliefen. Sie nahm das Taschentuch entgegen, das bereits Mascaraspuren von der Französin trug.

Adèle legte ihren Arm um Linneas Schulter und hielt ihren Blick fest.

»Was in der Nacht seines Todes passiert ist, werde ich mir nie verzeihen.«

*

»Die Dinge sind nie schwarz oder weiß, das müssten Sie als Polizist doch am besten wissen.«

Thor blicke Kintus Geschäftsführer an, und ihm fiel auf, wie sich das Gleichgewicht im Verhörzimmer rein physisch verschoben hatte. Während Gunnerus sich zurücklehnte, saß er selbst über den Tisch gebeugt.

»Sie wirken überrascht«, fuhr Gunnerus fort. »Aber wir können es uns nicht leisten, unseren Kooperationspartnern gegenüber allzu kritisch zu sein. Und das gilt nicht nur für unsere Organisation, sondern für alle, die Entwicklungshilfe leisten: das Rote Kreuz, Ärzte ohne Grenzen, CARE, Oxfam und so weiter.«

»Sie geben also ernsthaft zu, dass Sie mit afrikanischen Waffenhändlern zusammenarbeiten?« Thor schwieg einen Moment, bevor er weiterredete. »Soweit ich weiß, haben Sie gerade in Somalia drei Mitarbeiter verloren. In diesem Land wimmelt es nur so von Waffen, die sich in den Händen von Piraten und Terroristen befinden. Sollte man nicht lieber die bekämpfen?«

Gunnerus zog eine verärgerte Miene.

»Jetzt vereinfachen Sie aber die Dinge. Was glauben Sie, warum die somalischen Piraten ihr Leben riskieren, um in der Bucht von Aden Containerschiffe und Privatsegler zu kidnappen und alle anderen, die so unverantwortlich sind, sie zu durchqueren? Weil die Schwarzen böse und primitiv sind und man sie kaum als Unseresgleichen betrachten kann? Nein, sie tun es, weil ihnen keine Alternative bleibt.

Der Westen hat in den letzten zwanzig Jahren Raubfischerei an ihren Küsten betrieben, weil sie keine eigene Küstenwache haben, und genauso lange hat man dort auch industriellen Abfall verklappt. Gift, Schrott und sogar Atommüll haben die Menschen krank gemacht und ihre Chancen verringert, Fisch zu fangen, mit dem sie sich selbst versorgen können. Sie haben keine Wahl. Wir hier im Westen haben dafür gesorgt, dass sie keine Wahl haben. Und jetzt, wo sie aus Verzweiflung handeln – die einzige Möglichkeit, die einem bleibt, wenn man an die Wand gestellt wird –, schicken wir Kriegsschiffe, deren Waffensysteme so viel Geld kosten, dass man sämtliche Piraten Somalias mehrere Jahre lang davon ernähren könnte. Meinen Sie, diese Männer sollten sich einfach zusammennehmen und einen ordentlichen Beruf erlernen? Wir sind in Somalia. Hier gibt es keine Schulen und keine Arbeit. All das haben wir längst zerstört. Fragen Sie sie doch selbst. ›Der Hunger ist ein strenger Lehrmeister‹, sagen sie immer. ›Nichts kann einen hungrigen Mann zurückhalten.‹«

Gunnerus ließ sich wieder zurücksinken und zuckte mit den Schultern, als wollte er sagen, dass Thor sich diesen Vortrag selbst eingehandelt hatte, wenn er ihn dermaßen provozierte. Man konnte sich leicht vorstellen, dass Gunnerus ein Talent hatte, seine Mitarbeiter zu motivieren, die Leute zu begeistern und sie dazu zu bringen, sich zu empören und zu engagieren. Es musste ein starker Antrieb sein, mit ihm zu arbeiten, und Thor konnte Linneas Faszination für diesen Mann gut nachvollziehen. Und er wusste auch, dass sie rasend werden würde, wenn sie hörte, dass er ihn befragt hatte.

»Ich kann mich nicht ganz entscheiden, ob ich das zynisch finden soll oder heuchlerisch.«

»Weder noch.«

Gunnerus beugte sich nach vorn.

»Kintu war eine der ersten humanitären Organisationen, die in Mogadischu vor Ort waren. Aber es ist einfach zu gefährlich, sich dort aufzuhalten, und so lässt man das Hilfsprogramm normalerweise von Einheimischen durchführen, während die eigenen Mitarbeiter nur einige Male im Jahr anreisen. Aber Kintu ist dort, weil wir darauf beharren, dass Somalia eine der größten humanitären Herausforderungen der Welt ist. Es nützt nichts, den Schwanz einzuziehen. Und wenn ich sage, dass es uns schaden kann, wenn das herauskommt, dann stimmt es wirklich. Ich hoffe, Sie verstehen den Ernst dessen, was ich sage. Nur weil Linnea für Sie einsteht, habe ich überhaupt dieses Vertrauen zu Ihnen. Menschen, die etwas von alledem verstehen, also von humanitärer Hilfe und davon, wie man sich in Kriegsgebieten verhält und wie die Verhältnisse in den armen und verzweifelten Entwicklungsländern aussehen, wissen ganz genau, was vor sich geht. Es verstößt nicht gegen das Gesetz, und es ist eigentlich auch kein Geheimnis. Aber wir wissen alle miteinander genau, was passieren wird, wenn das an die Öffentlichkeit dringt. So etwas hören die Leute nicht gern.«

»So weit sind wir uns wohl einig.«

Gunnerus gestikulierte.

»Das Problem ist nur, dass es keine Alternative gibt. Die Fluggesellschaften, die Nothilfe in die Konfliktgebiete transportieren, sind oft dieselben, die den Konfliktparteien die Waffen anliefern. Oder Drogen schmuggeln. Oder Blutdiamanten oder was weiß ich. All das kann mit ein und demselben Flugzeug kommen. Es ist das klassische Problem der Entwicklungshilfe. Kann man sich in einem Konflikt tatsächlich neutral verhalten? Sollen wir allen helfen? Auch Verletzten und verfolgten Soldaten, die einen Völkermord begangen haben? Sollen wir einen Kriegsherrn belohnen, indem wir ihm Bestechungsgelder zahlen, um überhaupt Zugang zu den Notleidenden zu erhalten? Sollen wir verzweifelten Menschen sofort helfen, auch wenn unsere Intervention auf lange Sicht dazu führen könnte, dass der Konflikt eskaliert? Ich weiß darauf keine Antwort. Aber wir können nicht die Moralapostel spielen und uns aufs hohe Ross setzen und sagen, dass wir uns nicht einmischen, weil wir uns dann die Finger schmutzig machen würden. Ja, Kintu hat mit Fluggesellschaften zusammengearbeitet, die auch Waffen schmuggeln, aber es war eine Notsituation. Normalerweise haben wir unsere eigenen Flugzeuge oder wir informieren uns vorher, von wem wir uns besser fernhalten. Aber diese Firmen wechseln ständig ihre Namen, und ich glaube nicht, dass wir je ganz an ihnen vorbeikommen. Zu den Orten, wo wir hinmüssen, gibt es meistens nur eine Flugverbindung. Also muss man die Hilfe entweder ganz unterlassen – oder darf keine Fragen stellen.«

Gunnerus beendete seine Ausführung genauso abrupt, wie er sie begonnen hatte. Thor saß einen Moment stumm da, dann dankte er ihm für sein Entgegenkommen, verlas die Namen auf dem Zettel laut, damit sie ebenfalls auf Band aufgezeichnet wurden, und stellte schließlich seine letzte und wichtigste Frage: »Was ist mit Anisa? Wie viel weiß sie von alledem? Also von zweifelhaften Kooperationspartnern und solchen Dingen?«

Gunnerus starrte ihn an.

»Sie glauben doch wohl nicht, dass ich gekommen bin, um sie anzuschwärzen? Spielen Sie wenigstens mit offenen Karten! Verdächtigen Sie sie des Mordes an diesem Journalisten?«

»Das kann ich nicht kommentieren.«

Gunnerus schwieg einen Moment.

»Ich besorge ihr einen Anwalt, wenn es nötig ist«, erklärte er dann. »Darauf können Sie Gift nehmen. Es ist natürlich immer leicht, auf die einzuschlagen, die sich nicht wehren können.«

Thor stand auf und schaltete das Aufnahmegerät aus. Das Verhör war überstanden.

»Warum hält sie sich dann immer noch versteckt?«

Gunnerus blieb kurz stehen, als Thor ihm die Tür aufhielt.

»Ist Ihnen noch nie die Idee gekommen, dass sie vielleicht Angst hat? Oder dass sie vielleicht schon tot ist?«

32

Warwick sprang die Treppe hinunter, hielt jedoch auf den letzten Stufen inne, damit er den Eingangsbereich im Blick hatte. Er hielt die Pistole in der Hand. Kurz darauf wurde die Tür geöffnet, und eine Frau kam herein. Im Flur angekommen, legte sie ihre schwarze Schultertasche ab und ging direkt in die Küche. Obwohl er nur wenige Meter von ihr entfernt stand, bemerkte sie ihn nicht.

Als sie nach einer Flasche Rotwein auf dem Küchentisch griff, entsicherte er die Pistole. Sie sah anders aus als auf den Fotos, die der PET bereitgestellt hatte. Sie bewegte sich elegant, fast wiegend, jede ihrer Bewegungen war wie ein kleiner Tanzschritt. Sie streckte sich nach einem Weinglas im Küchenschrank und drehte sich dann zu einem teuer aussehenden Korkenzieher, der an der Tischplatte montiert war. Mit einer leichten Hebelbewegung entkorkte sie die Flasche. Und dann entdeckte sie ihn.

Sie stieß einen durchdringenden Schrei aus, und ihre Hand ließ die Weinflasche los. Wie versteinert starrte sie Warwick an, oder besser gesagt seine Pistole, die auf sie gerichtet war. Verblüfft starrte er auf die Flasche. »Conti di Numio«, stand darauf, »Amarone della Valpolicella 2007«. Das Etikett war halb durchweicht. Der Wein war übergeschwappt, als die Flasche auf den Terrazzofliesen landete, aber davon abgesehen war nichts passiert. Die Flasche stand unversehrt auf dem Boden.

Warwick trat einen Schritt näher. Sie schrie erneut, aber er verpasste ihr mit der linken Hand eine Ohrfeige, so dass sie verblüfft schwieg. Erst jetzt nahm er Blickkontakt zu ihr auf.

»Heben Sie sie hoch!«

Er deutete auf die Weinflasche und wiederholte den Befehl, doch erst, als er ein paar Schritte zurücktrat, tat sie, was er von ihr verlangte.

»Setzen Sie sich aufs Sofa!«

Warwick schaute auf seine Uhr. Eigentlich müsste er es wie verabredet rechtzeitig zu einem späten Abendessen schaffen. Diesmal war Lise mit dem Kochen dran, sie war auf einem Seminar gewesen und wollte früh zu Hause sein, aber eigentlich dürfte diese Angelegenheit auch nicht viel Zeit in Anspruch nehmen. Er nahm das Glas, das Vibe Herzog vor einem Moment aus dem Schrank genommen hatte. Dann ging er zu ihr ins Wohnzimmer und setzte sich neben sie auf das Sofa.

Sie reagierte nicht, saß nur wie paralysiert da und starrte vor sich hin. Sie stand unter Schock. Er zeigte mit der Pistole auf die Weinflasche, und jetzt reagierte sie allmählich und schenkte Wein ein, während er eine aufmunternde Kopfbewegung machte.

Dann hielt er ihr die Pistole vors Gesicht.

»Das ist eine Beretta 92 FS«, sagte er. »Und das, was ich jetzt draufschraube, ist ein Advanced-Armament-Supressor, auch Schalldämpfer genannt. Nur Ihr Schrei wird zu hören sein.«

Er nickte ihr zu.

»Trinken Sie!«

Vibe Herzog sah ihn misstrauisch an, nahm dann aber doch das Glas und führte es zum Mund. Er konnte sehen, dass ihr Mascara ein wenig verschmiert war. Sie begann zu trinken, aber ihr Blick füllte sich mit Angst, als er die kleine Schachtel aus der Innentasche holte. Er umklammerte weiter die Pistole, während er den Insulinpen herausangelte. Dann nahm er die Waffe in die linke Hand, hob sein Hemd und spritzte sich die Medizin, während er noch immer auf Vibe Herzog zielte.

»Lassen Sie mich gehen«, bat sie. »Ich verspreche, dass ich niemandem etwas erzähle.«

Er stopfte das Hemd wieder in den Hosenbund und konnte sich ein Lächeln nicht verkneifen.

»Nein, nein, ganz im Gegenteil. Wir beide werden jetzt ein bisschen miteinander plaudern.«

Noch einmal wies er mit der Pistole auf die Flasche, doch diesmal reagierte sie nicht.

»Ich will nicht sterben«, sagte sie nur.

*

»Zwanzig Minuten. Danach kannst du gehen.«

Der Kirchenraum war leer und die Holzbank hart. Vom Organisten keine Spur, und Linnea überlegte, ob ihre Phantasie ihr einen Streich gespielt und die Orgeltöne lediglich erfunden hatte – als passenden Soundtrack zu diesem merkwürdigen Film.

Adèle hatte Linnea ernst angesehen und ihre Wange mit einer trockenen und kühlen Hand berührt, ehe sie sie im Glockenturm zurückgelassen hatte. Linnea hatte die Anweisung bekommen, in den Kirchenraum hinunterzugehen und zu warten, bis die Waffenhändlerin und ihr Gefolge verschwunden waren. Sie hatte nicht protestiert. Erst einmal musste sie die Geschichte verdauen, die ihr die Geliebte des Vaters erzählt hatte. Aber Adèle war mehr als das. Es schien ganz so, als sei diese elegante und brandgefährliche Frau wirklich die große Liebe ihres Vaters gewesen. Und er ihre.

»Wir haben uns zwanzig Jahre lang voneinander ferngehalten, aber das hat nichts geändert. Als wir uns wiedersahen, waren die Gefühle nur noch stärker geworden.«

Sie hatten nebeneinander gestanden, oben im Glockenturm, und über den Hafen geblickt, während Adèle erzählte, wie sie und Hans Peter Kirkegaard sich ineinander verliebt hatten. Kopenhagen 1986. Er: ein erfolgreicher Diplomat mit Frau und Kind. Sie: eine blutjunge, idealistische Französin in Kopenhagen, die sich schon nach wenigen Monaten der gemeinsamen Leidenschaft zu sehr in der radikalen Linken engagierte, als dass sich der Diplomat noch in ihrer Nähe hatte sehen lassen können. Sie war in Schwierigkeiten geraten, er hatte sich in den Fernen Osten versetzen lassen. Sie hatten sich nicht mehr besucht, und ihre Leben hatten sich in vollkommen unterschiedliche Richtungen entwickelt, doch als sie sich knapp zwanzig Jahre später wiedersahen, konnten sie einander nicht mehr widerstehen.

»Mein Beruf gefiel ihm ja nicht. Und er sagte immer, dass er auf keinen Fall in irgendeine meiner Machenschaften hineingezogen werden wollte.«

Adèle hatte traurig gelächelt.

»Er hat es wohl nie verstanden, wenn ich ihm erklärte,

dass mir das, was er als Botschafter und Lakai von NATO und USA repräsentierte, mindestens genauso zuwider war.«

Sie hatte Linnea eindringlich, ja fast schon liebevoll angesehen.

»So ist das Ganze irgendwann schiefgelaufen. Politik, Ideale und so weiter. Das Übliche. Dasselbe, was uns so lange voneinander ferngehalten hatte.«

Linnea hatte ihrem Blick standgehalten, es jedoch nicht gewagt, etwas zu erwidern, aus Angst, dass Adèle ihre Meinung ändern und ihr Wissen für sich behalten würde.

»Jener Abend im Auto ... Wir haben uns gestritten. Er hatte die fixe Idee, dass ich ihn ausgenutzt hätte. Er behauptete, ich hätte meinen Kontakten vertrauliche Dokumente aus seiner Aktentasche zugespielt. Ich hätte ihm die Wahrheit sagen sollen – und das hätte ich auch getan, wenn ich begriffen hätte, was auf dem Spiel stand. Ich hätte ihm erzählen können, wer ihn verraten hatte, aber ich habe den Vorwurf einfach nur bestritten.«

Adèles Augen waren blank und ihre Stimme heiser gewesen.

»Er war so wütend, enttäuscht und verletzt, und ich habe ihn nur noch mehr provoziert. Dann hat er die Kontrolle über das Auto verloren. Er starb in dem Glauben, ich hätte ihn hintergangen.«

Sie hatten einige Minuten lang schweigend nebeneinander gestanden und über die Stadt geblickt, ehe Adèle Linnea angewiesen hatte, zu warten, und sie daraufhin in der Kirche zurückgelassen hatte.

Linnea betrachtete die schwülstigen Ikonen und versuchte, Ordnung in ihre Gedanken zu bringen. Plötzlich erschien ihr so vieles aus ihrer Kindheit einleuchtend: Warum sie Dänemark so überstürzt verlassen mussten, kurz nachdem die ganze Familie in ein neues Haus gezogen war, und Linnea mit der Ansage in die siebte Klasse geschickt worden war, dass die vielen Umzüge jetzt ein Ende hätten. Und der zurückgehaltene Zorn der Mutter, dem sie offenbar erst jetzt, da die Demenz ihre Selbstkontrolle unterhöhlte, freien Lauf ließ. Merkwürdigerweise hatte Linnea kein Problem mit der Bestätigung, dass ihr Vater die Mutter tatsächlich betrogen hatte. Beinahe freute sie sich sogar, weil sein Leben reicher gewesen war, als sie geglaubt hatte. Sie war nur traurig, dass er ihr diese Seite von sich nie offenbart hatte.

»Du ähnelst ihm so sehr, dass es wehtut.«

Das war das Letzte, was Adèle zu ihr gesagt hatte, ehe sie die Treppe vom Glockenturm hinunterstieg. Und wieder hatte sie diesen merkwürdig ernsten, fast bedauernden Blick gehabt.

Linnea sah auf die Uhr. Noch immer lagen zwölf Minuten vor ihr, aber sie verspürte plötzlich einen großen Drang, nach draußen zu kommen. Warum sollten die anderen zwanzig Minuten brauchen, um von hier wegzukommen? In dieser Zeit war man doch schon fast wieder aus der Stadt hinausgefahren. Es sei denn, es ginge nicht darum, ausreichend Vorsprung zu gewinnen, sondern darum, dass sie in der Kirche blieb. Weil sie nie wieder nach Hause zurückkehren sollte?

Linnea brach der Schweiß aus. Sie stand auf. Jetzt zögerte sie nicht mehr. Sie rannte durch die Glastür und zu der schweren Außenpforte. Sie wollte keine Sekunde länger in diesem Gebäude bleiben.

»Verdammte Scheiße! Ist hier jemand?«

Sie rüttelte erneut an der Pforte. Hämmerte dagegen. Aber sie hatte es bereits begriffen. Die Tür war von außen verschlossen. Es gab kein Entkommen.

33

»Wer führt das Logbuch? Oh, Entschuldigung.«

Thor machte eine abwehrende Geste in Richtung des Kriminaltechnikers und deutete auf sein Handy.

»Tut mir leid«, sagte er dann ins Telefon. »Hier ist es gerade ziemlich hektisch.«

Er entfernte sich einige Schritte und stieg die rutschige Treppe zum Ufer hinab, um weitere Unterbrechungen zu vermeiden. Er musste nicht weit gehen, ehe er allein war, nur bis zu dem kleinen Pfad am Wasser. Von hier aus hatte er freie Sicht auf einen anderen Kriminaltechniker, der gerade seine Handschuhe wechselte, nachdem er eine Spur gesichert hatte. Er war in voller Montur: Einweghandschuhe, Schuhüberzieher, Mundschutz und blauer Einwegoverall. Er sah aus wie ein Schlumpf, der in einen Albtraum geraten war.

»Ich brauche dich«, erklärte Thor. »Wir sind nicht genügend Leute hier.«

Ewald seufzte ins Telefon.

»Ich dachte mir schon, dass du nicht einfach nur plaudern wolltest. Ein Mord?«

»Natürlich. Aber warte mal kurz. Erst mal versuche ich dir ein Foto zu schicken. Schau es dir bitte an.«

Er unterbrach das Gespräch, ging in sein MMS-Programm und suchte das Bild. Unter großen Mühen war es ihm gelungen, einen Arzt im Rigshospital zu überreden, es mit seinem Handy aufzunehmen und weiterzusenden. Es war ungewöhnlich, dass die Polizei selbst keine Bilder besaß. Doch erst jetzt, als das Opfer längst weggebracht worden war, dokumentierten die Fotografen des Kriminaltechnischen Centers jeden Quadratzentimeter des Tatorts und ordneten alle Funde chronologisch in die relevanten Sektoren ein, in die man den Ort aufgeteilt hatte. Alles, und sei es auch noch so unbedeutend, wurde in ein Logbuch eingetragen. Dasselbe galt für die Übersicht darüber, wann welche Kriminaltechniker oder Ermittler eingetroffen waren und wer welchen Bereich des Materials bearbeitete. Wenn Thor und seine Kollegen später rekonstruierten, was im Laufe des Abends vorgefallen war, ehe Chaos und Tod alles verändert hatten, war dieses Logbuch ihre Bibel.

»Eigentlich war es Bodilsens Fall«, sagte Thor, nachdem er das Foto geschickt hatte und Ewald erneut anrief. »Das muss ein Bild für die Götter gewesen sein: Richard Bodilsen in der Freistadt.«

»Du bist in Christiania?«

»Ja, entschuldige, ich bin gerade ein bisschen verwirrt. Hier wurde am Nachmittag oder Abend eine Frau ermordet. Bodilsen hatte Dienst und wurde herbeordert. Aber ausnahmsweise gab es einen aufmerksamen Kollegen bei der Spurensicherung, der den modus operandi wiedererkannte, als er zum Tatort kam. Lange hat schnell reagiert, und ich habe Bodilsen abgelöst. Er hat sicher mächtig gemurrt, als er wieder nach Hause geschickt wurde.«

»Das glaube ich allerdings auch. Aber heißt das, wir haben es mit derselben Tötungsmethode zu tun?«

»Ja, sie wurde mit dem Messer erstochen. In wilder Rage. Kommt dir das bekannt vor?«

Er hörte, wie Ewald am anderen Ende der Leitung zögerte.

»Sprichst du von der Achillessehne?«, fragte er dann. »Rufst du deshalb an?«

»Sieh dir doch mal das Bild an.«

Die Luft war blutgeschwängert. Sie roch schwer und metallisch und drängte sich einem überall auf, es sei denn, man ging nach draußen. Und selbst dort schien einen der Gestank zu verfolgen.

Thor sah sich um. Daniel Kraus und er waren vom Tatort verscheucht worden, damit sie die Fotografen nicht bei der Arbeit störten. Da das Haus voller Blutspritzer war, nahm diese Aufnahme der letzten Details Zeit in Anspruch, und Thor und Kraus gingen gemeinsam zum Wasser. Die Häuser auf der Sofie Hedevigs Bastion lagen wie alle anderen in diesem Gebiet erhöht, mit Aussicht auf den Stadtgraben. Direkt gegenüber standen einige der alten Kasernengebäude, verziert mit einem riesigen Graffito von einem zufriedenen Donald Duck, der einen Joint im Schnabel hatte. Die schicken Designhäuser, die Seite an Seite mit Bretterbuden und einsturzgefährdeten Schuppen standen, hatten dagegen nicht mehr viel Hippieflair, sie sahen eher aus wie aus dem Coffee Table Book.

»Könntest du dir vorstellen, an einem solchen Ort zu wohnen?«

Kraus deutete zurück auf das Haus, in dem die ermordete Anwältin Vibe Herzog in den letzten zehn Jahren gelebt hatte. Unter seiner Daunenjacke trug Thors Kollege ein frischgebügeltes Hemd und sah wie immer aus, als käme er gerade von einem Fest.

»Ich war nicht weit davon entfernt«, antwortete Thor.

Wahrscheinlich war es sogar ein Zufall, dass er nicht hier aufgewachsen war. Seine Eltern hatten zwar nicht zu den ersten Freaks gehört, die vor genau vierzig Jahren die Holzlatten der verrammelten Kaserne in der Bådmandsstræde niedergerissen hatten. Aber es war dieselbe Zeit, in der sie nach einem alternativen Lebensstil suchten, bis sie ihn in einer Großkommune in der Mitte Jütlands fanden. Und seine Kindheit hätte kaum anders ausgesehen, wären sie stattdessen nach Christiania gezogen. Wenn er es sich ein seltenes Mal erlaubte, an damals zurückzudenken, erinnerte er sich jedoch nicht in erster Linie an Freiheit und Gemeinschaft, sondern an das Gefühl, vernachlässigt worden zu sein. Die lauten Geräusche, die aus dem restaurierten Gebäudeflügel drangen: Musik von Furekaaben oder irgendein anderes endloses Gitarrengeschrammel mit Bass und Tablas, das Geschrei von betrunkenen oder bekifften Erwachsenen und ein paar älteren Kindern, die sich kichernd darüber freuten, wenn sie den Alten ein paar Flaschen Bier geklaut hatten, weil deren Aufmerksamkeit nach ein paar Chillnummern rapide abgenommen hatte. Irgendein Fremder, der nachts in den Schlafsaal der Kinder kam und seine Finger unter die Bettdecken steckte – bis Thor einen Clog nahm und ihm damit eins überzog, dass das Blut nur so auf die Patchworkdecke spritzte. Und das, was folgte, hatte er noch deutlicher im Gedächtnis behalten. Der helle Schein eines Kerzenmeers unten im Wohnzimmer. Sein Vater, der so zugekokst war, dass er nicht begriff, was passiert war. Seine Mutter, die lallend erklärte, dass dieser Asmus ja nur ein bisschen »lieb« zu ihnen sein wollte und Thor daraufhin wieder ins Bett geschickt hatte.

»Jetzt gehört die ganze Pracht euch«, rief Mylius-Erichsen, Kommissar und Tatortkoordinator des Kriminaltechnischen Centers, zu ihnen herüber. Er war dafür verantwortlich, die Untersuchungen der Spurensicherung miteinander abzustimmen und die Ermittler über die gefundenen Spuren zu informieren. Er stand kurz vor der Pensionierung und hatte Thor daher auch nicht um seine Einschätzung bitten müssen, ehe er einen Experten für die Analyse von Blutspritzern hinzuzog. Dieser hatte bis gerade eben die Fotografen und Techniker mit einer Spot-Test-Ausrüstung dirigiert, die auf der Stelle verriet, ob es sich um einen Blutfleck handelte.

Thor warf Kraus einen vielsagenden Blick zu, als sie wieder die Treppe zum Haus hinaufstiegen.

»Jetzt müssen wir ihn kriegen.«

»Bist du denn sicher, dass es derselbe Mörder ist?«

»Wenn es irgendeine Verbindung zwischen Mikkel Spang-Hansen und Vibe Herzog gibt, finden wir sie. Und dann sind wir dem Täter dicht auf den Fersen.«

34

Der Schrei will nicht verstummen. Er bohrt sich in meine Gedanken und lähmt sie. Ein Todesschrei. Das Messer dringt ins Fleisch und trifft die Pulsader. Eine Fontäne aus Blut. Und immerzu dieser Schrei.

Ich zwinge mich, die Augen zu öffnen, darf nicht schlafen. Mein Körper ist bleischwer vom Schlafmangel, aber ich darf nicht schlafen. Sobald ich mich fallen lasse, kommen die Bilder erneut. Und der Schrei, doch er existiert nur in meinem Kopf. Niemand wird mich hier finden.

Der Raum ist nasskalt, und die Holzverkleidung ist von Schmutz und Nikotin dunkel. Hier ist es kaum wärmer als draußen, aber die dünnen Wände schützen vor dem Wind. Ich arrangiere mich mit dem, was ich habe. Öffne eine Packung Kekse, lege mich in den Schlafsack neben dem kalten Ofen. Hier kann ich mich verstecken, neue Energie tanken, denn jetzt kann ich nicht mehr rennen. Nur er kennt diesen Ort. Es ist sein Haus, seine Schuld, dass ich auf der Flucht bin, aber dank ihm brauche ich für einen Moment nicht mehr weiterzulaufen.

Ich sitze an die Wand gelehnt und nehme die Umgebung um mich herum wahr. Registriere mit allen Sinnen die abgestandene Luft, die zerschlissenen Gardinen, den Wind, wie er draußen in den Stahldrähten pfeift. Ich behalte die Tür und die Fenster im Auge. Ruhe mich aus, ohne mich zu entspannen. Lehne den Rücken gegen das kalte Holz, doch meine Muskeln sind immer noch angespannt.

Jetzt erinnere ich mich wieder daran, dass ich nirgends sicher bin. Ich habe die Lehren meiner Kindheit zu lange vergessen gehabt. Der Tod kann mich jederzeit treffen, und wer sich ausruht, hat ihn selbst zu sich eingeladen.

Paranoia ist keine Krankheit, sondern eine Überlebensstrategie, und ich beherrsche sie perfekt. Ich habe gelernt, mich wie die Hyäne in der Savanne zu verhalten: in einem Zustand ständiger Wachsamkeit, ständiger Vorbereitung und ständiger Paranoia.

Dein bester Freund kann sich am nächsten Tag gegen dich wenden.

Ich springe auf, weil ich draußen ein Geräusch höre. Die Reflexe betäuben meinen Schmerz und meine Müdigkeit. Ich muss all meine Kraft aufwenden, um den Korb mit dem Brennholz vor die Tür zu wuchten. Mir wird vor Anstrengung schwarz vor Augen.

Ich bin Anisa. Einsiedlerin und Überlebenskünstlerin.

35

Ich glaube, das ist sie.«

Daniel Kraus zeigte Thor sein iPhone. Er vergrößerte ein Foto von einer Homepage, das eine Frau Anfang vierzig zeigte, die ein etwas träges Gesicht hatte, aber stark zurechtgemacht war, mit viel Lippenstift und gewelltem Haar, als versuchte sie eine klassische Hollywood-Diva nachzuahmen. Der Gedanke, dass sie ein Mordopfer war, schien irgendwie abstrakt, aber Vibe Herzogs Leiche war vom Tatort entfernt worden, ehe die Ermittler ankamen, so dass weder Thor noch Kraus sie gesehen hatten.

»Eine Anwältin in einer Sozietät in der Innenstadt«, berichtete Thor. »Sympathisierte in den 1980er Jahren mit der Hausbesetzerszene, hatte jedoch nie mit der Polizei zu tun und absolvierte ihr Jurastudium an der Kopenhagener Uni in der Regelzeit. Eine profilierte Verteidigerin mit einer Vorliebe für alternative Mandanten, aus den Kreisen des Ungdomshuset oder aus Christiania, in der Öffentlichkeit aber kaum bekannt. Sie zählte nicht zu denjenigen, die ständig in den Nachrichten auftreten, wenn sich die Linken wieder einmal auf die Zehen getreten fühlen.«

»Geschieden, keine Kinder, lesbisch, zurzeit ohne Partnerin«, ergänzte Kraus. »Verwaltet Fonds, deren Ziel es ist, die Welt zu verbessern. Unter Ökos und Aktivisten als ›die Frau mit dem Geld‹ bekannt.«

Thor lächelte den Kollegen schief an. Auf dem Weg nach Christianshavn hatten sie beide das Material überflogen, das sie vorher im Internet recherchiert hatten. Zehn Kollegen waren unterwegs, um nach Zeugen zu suchen. Dass in der Freistadt immer jemand unterwegs war, nützte nicht viel, wenn die eine Hälfte der potentiellen Zeugen bekifft war und die andere nie zugeben würde, wo sie sich zu irgendeinem Zeitpunkt aufgehalten hatte, wenn die Polizei danach fragte. Sie mussten ihre Hoffnung in das Ergebnis der Spurensicherung setzen und ansonsten versuchen, das Leben und Wirken des Opfers minutiös nachzuverfolgen, und zwar so schnell wie möglich.

»Ich übernehme die Küche.«

Kraus nickte, und Thor ging weiter in das Wohnzimmer und bemühte sich, alle Blutspritzer und andere Zeichen von Gewalt zu ignorieren, um sich einen Eindruck zu verschaffen. Die Polizei war um 19.27 Uhr alarmiert worden. Ein Nachbar hatte bei der Zentrale angerufen, und kurz darauf war ein Streifenwagen über eine Feuerwehrzufahrt bis zu dem als Mælkebøtten bezeichneten Gebiet am Wall gelangt. Einer der Polizisten hatte sofort einen Krankenwagen gerufen – warum die Notrufzentrale nicht selbst einen geschickt hatte, war unklar –, während der andere verzweifelt ein Handtuch gegen die Stichwunde am Hals gepresst hatte. Herzog hatte viel Blut verloren und stand unter Schock, konnte aber gerade noch die Frage bejahen, ob sie den Täter kannte. Als der Beamte kurz darauf fragte, wer es sei, verlor sie das Bewusstsein. Und als um 19.50 Uhr der Rettungswagen eintraf, war es bereits zu spät. Puls und Atmung hatten ausgesetzt. Die Sanitäter diagnostizierten einen Herzstillstand und versuchten Herzog auf dem Weg ins Krankenhaus zu reanimieren, doch ohne Erfolg. Im Krankenhaus wurde ein erneuter Wiederbelebungsversuch unternommen, doch um 20.20 Uhr wurde sie für tot erklärt. Zu diesem Zeitpunkt waren Thor und Daniel Kraus bereits in Christiania am Tatort.

Nun streiften sie durch die Räume, wühlten aufs Geratewohl in den Schubladen und Schränken, ohne allzu gründlich zu sein. Später würde ohnehin noch einmal alles auf den Kopf gestellt und registriert werden. Jetzt ging es eher darum, ein Gefühl dafür zu bekommen, ob etwas nicht so war, wie es sein sollte. Um das kleine Detail, das verriet, was Herzog in den Stunden vor ihrem Tod gemacht hatte und ob sie etwas vorausgeahnt hatte.

Als hätten sie sich abgesprochen, tauchten sie beide gleichzeitig wieder im Eingangsbereich auf, wo die Konzentration an Blutspritzern und -tropfen am größten war.

Im Blut waren Fußabdrücke zu erkennen, die aber vermutlich zu verschmiert waren, um das Schuhwerk identifizieren zu können. Das meiste Blut fand sich vor der Treppe zum ersten Stock. Die Wand vor der Treppe war in etwa einem Meter Höhe rot gefärbt, und einige Tropfen waren nach unten geronnen. Thor sah sich im Flur um.

»Der Kampf hat hier neben der Treppe stattgefunden«, sagte er dann. »Hier ist sie angegriffen worden. Auf der Treppe sitzend. Sie kann sich nicht mehr viel bewegt haben. Sie hat es gerade noch so bis zur Tür geschafft. Und da war sie schon mit Messerstichen übersät.

»Entweder stand sie unter Drogen, oder das Ganze lief extrem schnell ab.«

»Oder der Täter war von einer unbändigen Wut getrieben.«

Linkisch begann Kraus die Treppe hinaufzustaksen, damit er nicht in die Blutspuren trat. Die Ermittlungen hätte das allerdings nicht behindert, da ohnehin längst alles fotografiert und alle Proben genommen worden waren.

*

Kalte Fliesen auf dem Boden und Neonröhren an der Decke. Linnea starrte reglos in der Dunkelheit vor sich hin. Das Licht einer Straßenlaterne veranstaltete ein dramatisches Schattenspiel in der Vorhalle. Zu dieser Zeit herrschte kein Verkehr, und in dem großen Gebäude hielt sich niemand mehr auf.

Sie sollte aufstehen und gehen. Von hier wegkommen. Oder sich vielleicht einfach nur aufsetzen und schreien. Schreien, bis sie nicht mehr konnte. Bis ihr der Speichel aus dem Mund spritzte und sie heiser wurde. Den Schrei herauslassen, der immer größer geworden war, je länger sie ihn zurückgehalten hatte. Brüllen und heulen.

Aber sie konnte nicht. War zu nichts imstande. Sie schaffte es gerade noch, sich auf dem Boden zusammenzukauern. Mit den Armen um die Knie, halb sitzend, halb in Embryonalstellung gekrümmt. Sie bewegte sich nicht. Tat nichts. Starrte nur vor sich hin und sammelte all ihre Kräfte, um nach ihrem Telefon zu greifen und ihn anzurufen.

»Komm und hol mich«, flüsterte sie.

Er antwortete sofort.

»Was ist denn los?«, fragte Thor. »Wo bist du?«

»Komm und hol mich«, wiederholte sie. »Ich bin im Rechtsmedizinischen Institut.«

»Das geht leider nicht, ich stecke mitten in einem Mordfall. Kann ich dir sonst irgendwie helfen?«

Doch sie hatte einfach aufgelegt, ohne zu reagieren. Ließ die Hand wieder auf ihre Beine sinken. Das Telefon entglitt ihr und landete scheppernd auf dem Boden. Sie hob es nicht auf. Starrte wieder in die Luft. Unternahm nicht einmal einen Versuch aufzustehen. Ihr Körper verweigerte jede Bewegung. Sie war wie gelähmt und wusste nicht, wie sie hierhergelangt war. Wie hatte sie sich überhaupt aus der

Kirche befreien können? Sie konnte sich nicht mehr erinnern.

Sie musste gerannt sein. Um ihr Leben gerannt. Und anschließend – nichts. Keine Reaktion, keine Überlegungen. Kein Zusammenbruch. Nur eine Instinkthandlung, die das Erlebte auf Abstand hielt und den Schock verzögerte, der sie jetzt mit der Wucht eines Presslufthammers traf.

An einem Imbiss in unmittelbarer Nähe zum Hauptbahnhof hatte sie einen Becher Kaffee hinuntergekippt, während ihr das Herz bis zum Hals schlug und sie versuchte, wieder normal zu atmen. Auf einem Fernsehbildschirm sah sie bereits die Lauftexte über eine Explosion in Altona. Einige St.-Pauli-Anhänger hatten sie verwundert angestarrt, als sie ihre Tasche durchwühlte, um das Beweismaterial zu finden. Ein strenger Blick brachte die Fans jedoch dazu, sich wieder ihrem Döner und ihrer Currywurst zu widmen, während sie Adèles Taschentuch in eine Tüte steckte.

Sie fühlte sich so, als hätte eine andere Person an ihrer Stelle gehandelt. Als wäre nichts passiert. Oder als hätte sie nur gehandelt, um nicht in diese Lähmung zu geraten. Linnea hatte an dem schmuddeligen Tisch gestanden und nicht darüber nachgedacht, was passiert war. Nicht auf die Signale ihres Körpers gehört, sondern nüchtern an die nächsten Schritte gedacht und ihre Möglichkeiten abgewogen. Sie hatte keine Lust, allzu viele Fragen zu beantworten, und wollte die DNA-Analyse des Taschentuchs deshalb an einem Institut vornehmen lassen, das auch private Aufträge bearbeitete. Sie wusste, dass das Institut für Rechtsmedizin in Köln und das Rättsmedicinalverket in Linköping Tests für jeden durchführten, der dafür zu zahlen bereit war. Das Institut für Forensische Genetik in Kopenhagen führte dagegen nur Untersuchungen durch, die von der Polizei oder Staatsanwaltschaft angeordnet wurden. Meistens ging es um Fragen wie Vaterschaft oder Familienzusammenführung, und diese Art Untersuchung wurde in der Regel direkt vom Kriminaltechnischen Center oder dem Rechtsmedizinischen Institut angefordert. Glücklicherweise war ihr jedoch eine Forensische Genetikerin eingefallen, die ihr einen großen Gefallen schuldete.

Und Irmelin war auch nur ein kleines bisschen wütend gewesen, als Linnea sie vom Hamburger Bahnhof aus zu Hause anrief. Und falls sie sich darüber gewundert hatte, dass Linnea ungewohnt direkt und zugleich wortkarg gewesen war, dann hatte sie es nicht gezeigt.

»Ich möchte, dass du einen alten Fall heraussuchst und ihn noch einmal analysierst«, hatte Linnea gesagt. »Ich weiß nicht, ob ihr Archive mit alten Akten habt oder ob sie irgendwo im Politigården oder im Kriminaltechnischen Center im Keller liegen, aber das kannst du ja bestimmt herausfinden.«

Darüber hatte Irmelin nur gelacht.

»Wie alt?«

»Fünfundzwanzig Jahre. Das schaffst du doch mit links.«

»Es ist doch immer wieder schön, von dir zu hören«, meinte Irmelin ironisch. »Und das war alles?«

»Nein. Ich komme mit einer frischen Probe, die ich dir später vorbeibringe, damit du sie abgleichen kannst.«

»Jetzt gehst du aber wirklich zu weit.«

»Bitte!«, flehte Linnea. »Man hat schließlich nicht jeden Tag die Chance, eine international gesuchte Terroristin und Waffenhändlerin zu überführen. Außerdem ist es eine persönliche Angelegenheit.«

Anschließend war Linnea in den Zug nach Kopenhagen gestiegen. Fünf Stunden mit der Bahn, während deren es ihr gelungen war, ihren Kopf völlig von allen bösen Gedanken freizuhalten und nur aus dem Fenster zu starren; jedes Gefühl und jede Reaktion zu verleugnen. Vom Hauptbahnhof hatte sie ein Taxi zum Teilum-Gebäude genommen, wo sie ihre Probe in der Abteilung für Forensische Genetik abgeliefert hatte. Anschließend war sie durch die verlassenen Gänge zurück in die Vorhalle gelaufen. Sie hatte nicht vor, nach Hause zu fahren, und ging stattdessen in ihr Büro. Sie wollte arbeiten. Den Computer einschalten und sich in Arbeit stürzen. Egal welche. Einfach nur den Kopf mit etwas anderem beschäftigen.

Aber weiter als bis in die Vorhalle war sie nicht gekommen. Kaum dass sie aus dem Aufzug gestiegen war, erwischte es sie. Genau dort erreichte die Reaktion sie. Verspätet, aber mit umso größerer Wucht.

Sie konnte nicht mehr. Ließ sich auf den Boden gleiten. Starrte mit leerem Blick vor sich hin, ohne zu wissen, wie viel Zeit vergangen war. Bis Thor endlich auftauchte.

Sie konnte sehen, wie er vor den Glastüren des Gebäudes innehielt. Er hatte sie entdeckt, kam aber nicht durch die verschlossene Tür. Sie konnte nicht hören, was er ihr auf der anderen Seite der Scheiben zu sagen versuchte. Er nahm sein Handy und wollte ihr irgendetwas zeigen, aber sie verstand nicht, was er von ihr wollte. Sie konnte nur den Mund öffnen und die Worte formen: »Sie hat versucht, mich umzubringen!«

36

Die Kälte verwandelt meinen Atem in kleine Wolken, aber mein Körper wird allmählich warm. Der Schlafsack raschelt jedes Mal, wenn ich mich bewege. Das Zeitungspapier isoliert mich zusätzlich, denn ich wage es nicht, den Ofen anzuheizen. Will kein zusätzliches Risiko eingehen für ein bisschen Wärme. Ich habe mich schon einmal durch eine Rauchsäule verraten. Die Bilder überwältigen mich erneut, ich bin nicht mehr stark genug, um sie auszuhalten.

Wir sind sieben Kinder, die sich in der Not zusammengetan haben. Sieben Mädchen und Jungen auf der Flucht aus einer zerstörten Stadt, in der die Soldaten alle töten, die ihnen über den Weg laufen. Und wo die Nachbarn einander töten, wenn die Soldaten nicht da sind. Tod und Gewalt sind alltäglich geworden, und uns bleibt nichts als die Flucht. Wir haben schon lange nicht mehr geweint. Wir haben keine Tränen mehr wegen all der Dinge, die wir gesehen haben.

Auf der verzweifelten Suche nach Wasser und etwas Nahrung haben wir uns in den Dschungel gewagt. Die Dörfer wirken friedlich und einladend. Sehen aus wie ein Zuhause, aber wir wissen es besser. Der kleine Mike stupst mich an, als wir uns den Hütten nähern. Er ist neu. Seine Stimmung ist beinahe hoffnungsfroh.

»Ich habe von diesem Ort gehört. Angeliques Eltern kommen von hier.«

Ich zucke mit den Schultern.

»Sie sind bestimmt tot wie alle anderen auch. Oder kennst du jemanden, der noch Eltern hat?«

Wachsam bewegen wir uns durch das Dorf, aber dort herrscht völlige Stille. Die Toten liegen immer noch vor den Hütten, dort, wo sie zusammengesackt sind. Einigen hat man auf dem zentralen Platz die Kehlen durchgeschnitten. Sie haben nicht mehr viel Fleisch auf den Rippen, es muss lange her sein, dass die Soldaten hier gewesen sind.

Schon nach kurzer Zeit haben wir etwas Essbares gefunden, und ich durchsuche die letzten Hütten, während einige der anderen ein Feuer machen. Der kleine Mike folgt mir wie ein Hund seinem Herrchen. Ich verpasse ihm eine kräftige Ohrfeige, als er vor der Leiche einer Frau stehen bleibt, der man das Kind aus dem Leib gerissen hat. Sie liegt in der Tür der letzten Hütte.

Ich steige über sie hinweg und gehe hinein.

»Weiter, Junge. Such nach Essen.«

Die anderen warten auf uns, als wir zurückkommen. Von der Feuerstelle steigt eine hohe Rauchsäule in den Himmel empor, und hinter unseren Kameraden stehen drei feixende Soldaten und richten ihre Maschinengewehre auf uns.

37

Es war ein Kraftakt, wieder auf die Beine zu kommen und Thor in die Vorhalle zu lassen. Anschließend hatte er sich um alles gekümmert. Hatte Linnea auf eins der Sofas gelegt, die an den Wänden standen. Ihr einen Becher Kaffee besorgt. An jenem Automaten, von dem sie geschworen hatte, ihn nie wieder anzurühren. Der alles von Kaffee Latte bis Wiener Melange versprach, obwohl jedes Getränk gleich abscheulich schmeckte. Aber diesmal war ihr alles völlig egal. Egal, wie der Kaffee schmeckte, und egal, dass Thor sah, wie sie die Kontrolle über sich verlor, als sie schluchzend von der Begegnung mit der Geliebten des Vaters erzählte. Zum ersten Mal war es ihr egal, dass er hörte, wie ihre Stimme zitterte, und sah, wie sie weinte.

»Ich bin wieder zurück in die Kirche gelaufen, als ich begriffen habe, dass die Tür von außen abgeschlossen war.

Von dort konnte ich drei andere Ausgänge sehen. Und ich habe um Hilfe geschrien, während ich an einer Tür nach der anderen rüttelte. Alle waren verschlossen. Ich habe fieberhaft auf die Uhr geschaut. Noch acht Minuten. Ich wusste, dass ich von dort wegkommen musste, bevor die zwanzig Minuten vergangen waren. Egal wie. Ich habe mich umgesehen, bin zum Altar gelaufen und habe mir einen Stuhl genommen. Habe ihn mitgeschleppt und bin auf eine der Bänke gesprungen, die seitlich des Kirchenschiffs unter den Fenstern standen. Ich muss wie eine Wahnsinnige ausgesehen haben, als ich versucht habe, das Fenster mit einem Stuhl zu zertrümmern, den ich kaum heben konnte. Nichts passierte. Noch sechs Minuten. Atemlos habe ich mich gegen eine Säule gelehnt. Ich war kurz davor, aufzugeben, aber dann ist mein Blick auf ein Eisenkreuz gefallen, das gegen die Wand gelehnt auf dem Boden stand. Es war schwer, aber ich konnte es auf meine Schulter hieven. Ich bin noch einmal auf die Bank geklettert und habe das Kreuz durch das nächstgelegene Fenster geschmettert. Es hat einen Riesenknall gegeben, als das Kreuz durch das Glas schlug, und ich konnte spüren, wie die Luft von außen hereinströmte. Das Kreuz war verbogen, aber trotzdem ist es mir damit gelungen, das Loch in der Scheibe zu vergrößern. Bis ich mich endlich hinaufziehen und hindurchklettern konnte. Dann bin ich auf die Rasenfläche vor der Kirche gelaufen. Niemand war zu sehen, kein Laut zu hören. Sobald ich wieder Luft bekam, bin ich davongesprintet. Durch den Park und in Richtung Hafen.«

Es war, als würde Linnea erst jetzt, als sie es ihm erzählte, begreifen, was passiert war. Dass es ihr passiert war. Dass sie ganz kurz davor gewesen war, zu sterben, in einer Kirche in Hamburg, vor nicht einmal einem halben Tag.

»Ich habe mich nicht mal umgesehen, als ich die Explosion hörte«, fuhr sie fort. »Der Knall war unglaublich. Ich hörte Glas klirren und Holz splittern, aber ich rannte einfach nur weiter. Rannte und rannte.«

Sie unterbrach ihren Bericht und sah Thor an.

»Du musst mir helfen«, sagte sie.

Dankbar nahm sie das Taschentuch entgegen, das er ihr reichte, tupfte sich die Augen ab und gab es ihm wieder zurück. Ihre Tränen waren versiegt.

»Ich bin hier, bei dir«, sagte Thor. »Lass uns nach Hause fahren.«

Er streckte die Hand aus und stützte sie beim Aufstehen.

»Zuallererst musst du schlafen, und anschließend solltest du professionelle Hilfe in Anspruch nehmen. Mit jemandem darüber sprechen. Morgen, nach einem langen, erholsamen Schlaf.«

Linnea schüttelte den Kopf.

»Du verstehst das nicht«, erwiderte sie. »Ich muss nicht mehr darüber sprechen. Ich muss auch nicht mehr darüber nachdenken. Ich kann nicht schlafen, denn dann holt mich das alles wieder ein. Ich muss dafür sorgen, dass diese Gedanken nicht länger in meinem Gehirn umherschwirren. Mich selbst vergessen und das Ganze ein wenig auf Abstand halten.«

Sie sah ihn an.

»Ich brauche etwas, womit ich mich ablenken kann«, schloss sie. »Hast du nicht irgendeine Aufgabe für mich?«

38

Auch diesmal sah Innocent Musoni sie zuerst. Thor und Kraus erkannten nur, dass er es war, der gerade in die Griffenfeldsgade einbog, weil er sich plötzlich umdrehte. Vermutlich war er gerade auf dem Weg in den afrikanischen Club. Sie selbst kamen aus Richtung Stengade, wo sie geparkt hatten. Daran, dass Musoni sie gesehen hatte, bestand jedenfalls kein Zweifel.

»Warten Sie!«, rief Thor.

Doch Musoni hatte sich bereits umgedreht und rannte davon. Er sprintete in Richtung Rantzausgade und Åboulevarden, und Thor quetschte sich fluchend an der Straßensperre vorbei, um ihm nachzusetzen.

»Du nimmst das Auto!«, rief er seinem Kollegen zu.

Doch Kraus hatte bereits verstanden, was Thor vorhatte, und spurtete durch den kleinen Park bei der Prins Jørgens Gade. Musoni sah sich nicht noch einmal um und legte ein so beeindruckendes Tempo vor, dass Thor bezweifelte, ihn je einholen zu können. Eigentlich war er gut in Form, aber der Prediger schien überraschend trainiert. Thor rief ihm einige Male hinterher, erreichte damit aber nur, dass eine Gruppe Halbwüchsiger, die an einer Straßenecke herumlungerte, zurückschrie. Umso erleichterter war er, als Musoni den taktischen Fehler beging, nicht abzubiegen, als er an der Væversgade die Gelegenheit dazu gehabt hätte. Theoretisch hätte er sie beim Hans Tavsens Park oder am Assistens Kirkegård abschütteln können, aber im nächsten Moment hörte Thor die quietschenden Bremsen unten an der Korsgade und wusste, dass sie ihn hatten.

Kraus kam mitten auf der Straße zum Stehen, blockierte

einem Stadtbus den Weg und riss die Tür des Wagens auf. Er hatte Musoni bereits am Kragen gepackt, als Thor ankam und schwer nach Luft schnappte.

»Auf die Rückbank mit ihm«, sagte Thor. »Fahr los.«

Er selbst setzte sich neben Musoni und legte ihm Handschellen an, während Kraus beschleunigte, geradewegs über zwei Kreuzungen fuhr und dann auf den H. C. Ørsteds Vej gelangte. Statt in die Stadtmitte zu fahren, lotste Thor sie durch Vesterbro hindurch und weiter geradeaus. Er spürte Musonis Blick, ignorierte ihn aber. Er hatte das Gefühl, dass es mit dem Dauerlächeln des Predigers nun vorbei war.

»Soll das etwa dänische Polizeigewalt darstellen?«, fragte Musoni. »Ich kenne meine Rechte genau. Wenn ihr mich nicht verhaften wollt, könnt ihr mich genauso gut gleich absetzen.«

Thor blickte immer noch starr geradeaus und würdigte Musoni keines Blickes.

»Sie sind dermaßen verlogen«, entgegnete er nur. »Ich glaube, Sie sollten jetzt lieber die Klappe halten und froh sein, dass diese angebliche Polizeigewalt das Einzige ist, was Ihnen bisher widerfahren ist.«

Musoni wollte protestieren, aber Thor hielt die Hand hoch, was den Prediger überraschenderweise kurz verstummen ließ. Sie fuhren einige Minuten lang schweigend weiter, ehe sie die Vigerslev Allé erreichten.

»Ich will wissen, wo wir hinfahren«, verlangte Musoni. »Dieser Weg führt nicht zum Politigården.«

»Habe ich nicht gesagt, dass Sie den Mund halten sollen?«, fragte Thor. »Hier haben die Bullen früher immer die Dealer hingebracht, wenn sie sie zum Schweigen bringen wollten.«

Er beugte sich vor und dirigierte Kraus weiter hinaus in Richtung Gammel Køge Landevej.

»Nimm einfach irgendeine Seitenstraße«, bat er. »Es dürfte kein Problem sein, einen passenden Ort zu finden.«

Noch immer drehte er sich nicht zu Musoni um.

»Hier gibt es massenhaft einsame Gegenden, wo niemand die Schreie hört, wenn man jemanden etwas ruppiger verhört. Immer mit der Ruhe, ich versuche gar nicht, Ihnen zu drohen. Ich weiß ganz genau, dass Sie sich von so etwas nicht einschüchtern lassen. Um Sie nervös zu machen, bedarf es schon etwas mehr, nicht wahr?«

Musoni schwieg lieber, was Thor sehr gut passte. Wenn der Prediger glaubte, dass er sein Spiel mit ihnen spielen konnte, war das für Thor kein Grund zur Besorgnis. Er würde ohnehin schon nach wenigen Minuten auf andere Gedanken kommen. Im selben Moment bremste Kraus ab und bog in eine Straße, die zu einer Einfahrt mit einem rostigen Gittertor führte, das offen stand. Dann hielten sie endlich. Vor ihnen lag ein niedriges Fabrikgebäude aus roten Backsteinen. Es schien, als hätte sich an diesem Ort schon lange niemand mehr aufgehalten. Es gab Strandgut aus einer industriellen Vorzeit, die längst vorbei war, zerfressene Öltonnen, kaputte Fensterscheiben. Hier, im Gebiet hinter Folehaven, lag ein wildes Niemandsland, das noch nicht von Werbefotografen und hippen Kunstgalerien entdeckt worden war.

Hier gab es keine neugierigen Zuschauer oder Lauscher.

»Jetzt sollten wir mal in Ruhe miteinander plaudern«, sagte Thor. »Und ich bin mir sicher, dass Sie lieber mit mir reden als mit dem Völkermord-Tribunal der Vereinten Nationen. Denn wenn ich richtig informiert bin, ist man dort sehr erpicht darauf, Sie zu fassen. Soll ich Sie eigentlich lieber mit Ihrem richtigen Rang und Namen anreden, Leutnant Ignace Munyanezo?«

39

Ich bin vierzehn Jahre alt und vom Koks berauscht, meine AK-47 glänzt vom Öl, und mein Haar ist blutverschmiert.

Wir stürmen ins Dorf, und der Hauptmann gibt den Schießbefehl. Aber das ist nicht nötig, wir haben die Finger längst am Abzug. Ich grinse dem kleinen Mike zu, der einen Schädel am Gürtel baumeln hat. Wie immer bilden wir den Vortrupp, aber heute haben wir leichtes Spiel, kein Widerstand – nur Bauern, die wie aufgeschreckte Hühner flüchten und kreischen, ehe sie vor uns niederknien. Sie beten für ihr Leben, aber dadurch verachten wir sie nur umso mehr. Und bald werden die, die noch übrig sind, für ihren Tod beten.

»Hau ab, der gehört mir.«

Ich trete einen der Kleineren, der mit seinem G3-Maschinengewehr auf einen Opi zielt. Noch ehe der Junge reagieren kann, schieße ich den Alten mit einer Salve nieder. Der kleine Mike und ich zählen unsere Treffer. Wie immer gewinne ich, das Koks treibt mich zu Hochleistungen an, und er lässt sich viel zu leicht ablenken.

An das Leben vor der Miliz können wir uns kaum noch erinnern. Wir arbeiten hart, sind immer unterwegs, halten nur an, um zu koksen, unsere Waffen zu reinigen und zu essen. Die Pillen geben uns Energie, um weiterzumachen und alles zu vergessen, das der Angst ähnelt. Wir sind gut geschmierte Maschinen, dafür geschaffen, andere zu töten. Der Tod ist etwas, was nur die anderen trifft.

Wir haben die Überlebenden auf dem Dorfplatz zusammengetrieben. Es sind vor allem Kinder, aber auch mehrere Frauen und einige wenige Männer. Eins der Weiber heult hysterisch, und Moses One-Eye ist den Lärm leid. Er greift ihr ins Haar und reißt brutal ihren Kopf nach hinten. Erst als ihr die Panga die Halsschlagader durchtrennt, hält sie endlich den Mund. Jetzt ist nur noch ein unbeholfenes Gurgeln zu hören.

Ich grinse Moses an. Er ist beinhart, hat seine ersten Dollars damit verdient, seine Eltern zu töten. Ich bin sein Mädchen.

40

Thors Augen waren geschlossen, er lehnte sich im Autositz zurück. Er nahm sich viel Zeit. Dem anderen würde es nur gut tun, zu warten. Seine Gedanken kehrten immer wieder zu Linnea zurück, und er ließ es zu. Letzte Nacht hatte sie ihn über seinen Fall ausgefragt, ihn gebeten, ja geradezu angebettelt, sich darauf stürzen zu dürfen, und er war widerstrebend darauf eingegangen. Vielleicht war es ein Fehler gewesen, er war noch immer im Zweifel. Man brauchte kein Arzt zu sein, um zu erkennen, dass sie in erster Linie Ruhe brauchte. Aber er wusste auch, dass es ihr generell schwerfiel, mit ihren Gefühlen umzugehen. Am liebsten wollte sie alles von sich schieben und sich aus jeder Krise herausarbeiten, obwohl sie eigentlich wissen musste, dass man sich nicht in die Arbeit flüchten sollte.

Thor öffnete die Augen, stieg aus dem Auto und gesellte sich zu den anderen beiden, die auf der Stelle traten, um sich aufzuwärmen. Musoni hatte offenbar gerade etwas gesagt, verstummte jedoch bei Thors Anblick. Stattdessen streckte er ihm vorwurfsvoll seine Hände entgegen, doch Thor ignorierte ihn und seine Handschellen.

»Lassen Sie mich eine Geschichte erzählen«, begann Thor. »Über den 7. April 1994 in Gikondo, südlich der ruandischen Hauptstadt. Man hatte eine Straßensperre aufgebaut, um die flüchtenden Tutsis aufzuhalten, doch das war anscheinend nicht genug. Denn plötzlich hallten Schüsse durch die Luft. Wie viele Opfer es gab, lässt sich unmöglich sagen. Aber mindestens fünfundzwanzig Menschen wurden brutal ermordet, als man direkt in die Menschenmenge feuerte. Einige wenige überlebten und konnten später berichten, wer die Täter waren. Und wer als Erster sein Gewehr genommen und eine Salve nach der anderen abgefeuert und die anderen Soldaten dazu aufgefordert hatte, dasselbe zu tun. Es war Leutnant Ignace Munyanezo. Derselbe Leutnant, der am 23. und 24. April jenes Jahres auf dem Kabuye Hill daran beteiligt war, Flüchtlinge mit Handgranaten zu bewerfen. Mindestens fünfzehntausend Tutsis wurden damals getötet. Was mag nur aus diesem Mann geworden sein?«

Endlich drehte er sich um und sah Musoni direkt an.

»Sollen wir Ihrem Gedächtnis ein bisschen auf die Sprünge helfen? Er kam doch tatsächlich als Flüchtling in das kleine Dänemark und zog 2010 nach Randers. Und zwei Jahre später finden wir ihn in Nørrebro wieder, als Leiter einer kleinen Gemeinde. Ist das nicht eine interessante Geschichte? Ich habe sie erst heute Morgen von einem meiner Kollegen gehört. Aber anscheinend ist das nicht mal ein Geheimnis, wenn man nur weiß, welche Fragen man stellen muss. Zum Beispiel: Weiß Anisa, dass ihr Seelsorger ein Massenmörder ist? Dass Sie einer von denen sind, vor denen sie rund um den Globus geflüchtet ist?«

Musoni sagte nichts.

»Ich bin beinahe neugierig zu erfahren, wie Sie sich vor diesem winzigen Detail gedrückt haben.«

»Ich kenne keinen Munyanezo«, sagte Musoni schließlich. »Ich habe noch nie ein Gewehr in der Hand gehabt. Ich weiß nicht mal, wie man die Dinger bedient. Unser Volk hat damals eine schreckliche Zeit durchlitten. Viele Wunden sind noch nicht verheilt. So etwas dauert lange, und es kursieren immer noch viele falsche Anschuldigungen. Aber Sie können Anisa ja selbst fragen, was sie über mich denkt. Und ich kann Ihnen garantieren: Sie wird Ihnen erzählen, dass ich derjenige bin, der ihr wieder ins Leben zurück geholfen hat. Ich war ihr ein Vater, ein Bruder, eine Familie, ein Arzt, ein Pfarrer. Ich war alles für sie. Das wäre ich doch wohl nicht, wenn an diesen Vorwürfen irgendetwas dran wäre?«

»Die Frage ist eher, womit Sie ihr noch geholfen haben.«

Wieder entschied sich Musoni zu schweigen.

»Sie können sich Ihre Erklärungen schenken, ob Sie es nun glauben oder nicht«, sagte Thor. »Wir wissen, dass Father Innocent Musoni eine Fiktion ist und dass Sie der Tyrann und Massenmörder Ignace Munyanezo sind. Ich hoffe sehr, dass es gelingen wird, Ihren Flüchtlingsstatus aufzuheben und Ihnen in Arusha den Prozess zu machen. Ich hoffe, dass Sie den Rest Ihres Lebens im Knast verbringen werden. Und ich würde Ihnen raten, mir die Wahrheit über Anisa Dini Farah zu erzählen. Wann haben Sie sie zum letzten Mal gesehen?

Musoni schüttelte den Kopf.

»Das ist vielleicht vierzehn Tage her, ungefähr.«

»Können Sie das auch beweisen?«

Musoni glotzte ihn an.

»Ich weiß genau, warum Sie nach ihr suchen«, sagte er dann. »Aber ich weiß nicht, wo sie sich versteckt. In den letzten zwei Wochen hatte ich keinen Kontakt mehr zu ihr. Sie weiß, wo ich wohne. Sie hat meine Handynummer. Und sie weiß, dass sie immer willkommen ist. Dass ich immer für sie da bin. Aber ich habe sie nicht gesehen.«

Er zögerte, jetzt zum ersten Mal mit der Andeutung seines gewohnten Lächelns.

»Haben Sie sich überhaupt mal Gedanken darüber gemacht, wer sie ist? Wozu sie in der Lage ist? Ihr Dänen seid immer so naiv, ihr verwechselt Gut und Böse.«

Thor schüttelte nur den Kopf und gab Kraus ein Zeichen.

»Ich habe eigentlich keine Lust, mir Ihre Lügen noch länger anzuhören«, sagte er.

Er überlegte einen Moment, dann ging er zum Auto zurück und setzte sich hinein, während Kraus die Schlüssel holte, um Musonis Handschellen zu öffnen. Plötzlich überkam ihn eine bleierne Müdigkeit. Seit Kraus ihm hektisch von Musonis wahrer Identität erzählt hatte, hatten sie überlegt, was sie unternehmen sollten. Aber eigentlich gab es nicht viel zu diskutieren. Denn auch wenn es kaum zu glauben war: Musoni war schon im letzten Jahr festgenommen worden und hatte vierundzwanzig Tage in Untersuchungshaft gesessen, ehe erst das Amtsgericht in Roskilde und anschließend auch das Östliche Landgericht seinen Fall eingestellt hatten, weil man ihn nach dem Völkermordgesetz nicht verurteilen konnte, da dieses sich nur auf einen auf dänischem Boden begangenen Völkermord anwenden ließ. Deshalb war gerade ein Staatsanwalt für internationale Strafsachen eingeschaltet worden. Aber es war eine Tatsache, dass sich unzählige wegen Völkermords angeklagte wie auch verurteilte Täter als Flüchtlinge in Dänemark aufhielten. Und soweit Thor wusste, konnten bisher nur wenige von ihnen abgeschoben und nur ein einziger verurteilt werden.

Kurz darauf kam Kraus zurück. Er löste die Handbremse und fuhr los, Musoni ließen sie in der Einöde zurück.

»Glaubst du, dass Mikkel Spang-Hansen ihn kannte?«, fragte Kraus.

»Soweit ich weiß, hat er eine Reportage über Typen von diesem Kaliber geschrieben. Vielleicht sollten wir Ewald bitten, sie sich genauer anzusehen.«

»Du denkst, dass unser Freund etwas mit den Spuren eines dritten Mannes zu tun haben könnte, die wir in Helgoland gefunden haben?«

»Ich denke vor allem an Rache. Ich denke an die Furcht davor, aufzufliegen, seinen Asylbewerberstatus zu verlieren, ausgewiesen zu werden und im Gefängnis zu landen. Ich denke, dass das eine Verbindung zu Vibe Herzog sein könnte.«

Thor warf im Rückspiegel einen Blick auf den Prediger.

»Und ich denke, dass wir Musoni im Auge behalten müssen. Wenn wir ihn verhören, serviert er uns nur noch mehr Lügen. Aber wenn Anisa ihn aufsucht, oder er sie, möchte ich das in derselben Sekunde wissen, in der sich ihre Blicke treffen. In derselben Sekunde.«

»Dein Wort sei mir Befehl.«

41

Der Seifengeruch war unverkennbar.

»Man gewöhnt sich daran«, sagte Linnea. »So riecht es nun mal, wenn Knochen abgekocht werden.«

Sie sah zu Thor auf und lächelte. Bisher war sie allein im osteologischen Labor gewesen, ganz auf ihre Untersuchung konzentriert. Vor ihr schimmerte der Knochenausschnitt weiß in der ansonsten spärlichen Beleuchtung, und sie umarmte Thor hastig, was ihn anscheinend überraschte. Er sah sie an.

»Es ist wirklich okay«, sagte sie. »Kann sein, dass du mir nicht glaubst. Aber das hier ist genau das, was ich brauche.«

Sie wusste, dass sie müde aussah. Und wahrscheinlich leichenblass, Thors besorgtem Blick nach zu urteilen. Sie konnte sich nicht mehr daran erinnern, wann sie zuletzt ein Auge zugetan hatte. Dann zog sie ihn mit zum Arbeitstisch in der Ecke, schaltete den Computer ein und suchte den rechtsmedizinischen Bericht zu Vibe Herzogs Leiche heraus. Sie überflog ihn.

»Bei der Obduktion wurden siebenundzwanzig ›Zeichen von Gewalteinwirkung‹ gefunden.«

Sie scrollte weiter nach unten im Text.

»Die innere Untersuchung ergab achtzehn Stich- und Schnittverletzungen, von denen zwei tödlich waren. Zahlreiche Abwehrspuren an den Händen in Form von Messerschnitten. Als Todesursache werden die nachgewiesenen Stichverletzungen angenommen, speziell eine in der linken Seite des Brustkorbs, die auch das Herz traf, sowie ein Schnitt in der linken Armbeuge, bei der die rechte Lunge getroffen wurde.«

Collin hatte Vibe Herzog noch in der Nacht obduziert, und Linnea konnte seinen Ergebnissen – ausgehend von einem oberflächlichen Vergleich der Scan-Ergebnisse, die sie im Intranet gefunden hatte – nur zustimmen. Dann richtete sie ihre Aufmerksamkeit wieder auf den gereinigten Knochenabschnitt vor sich. Auch wenn die Tote schon unter den Messern des Rechtsmedizinischen Instituts gelegen hatte, nahm Linnea eine erweiterte forensische Untersuchung vor, um herauszufinden, ob die besagte Verletzung an der Achillessehne auch hier zu finden war. Und wie sich herausstellte, erinnerte die Leiche von Herzog in diesem Punkt auf beunruhigende Weise an die von Spang-Hansen und den drei Entwicklungshelfern. Die Verletzung an der Ferse zeugte von einem Schlag, der mit großer Kraft mit einem scharfen Gegenstand ausgeführt worden war. Jetzt, wo der Knochen mit einer Stryker-Säge freigelegt und anschließend durch den Kochvorgang vom Gewebe befreit worden war und Linnea den Kochen mit dem bloßen Auge analysieren konnte, traten die Details noch deutlicher hervor.

»Was die Methode angeht, gibt es ganz sicher eine Übereinstimmung«, sagte sie dann. »Das Muster der Wunde am Unterschenkel und die Frakturen am Knochen sitzen im selben Bereich wie bei Spang-Hansen. Das gilt auch für die drei anderen. Ob die Tatwaffe identisch ist, kann ich allerdings nicht sagen. Vielleicht, wenn ich den Bereich vergrößere und die Frakturen vergleiche. Mit Sicherheit aber wurde in allen drei Fällen derselbe Waffentyp verwendet.«

»Welcher? Wir haben weder bei der Badeanstalt noch in Christiania eine Waffe gefunden.«

Linnea legte den Knochen beiseite.

»Ein sehr großes Messer.«

Sie dachte nach.

»Oder vielleicht ein Fleischerbeil. Wenn ich in Afrika wäre, hätte ich wohl eine Panga vermutet.«

»Und was ist das?«

»Eine Art Machete. So ein starkes Messer, mit dem man beispielsweise Zuckerrohr durchhacken kann. In Ruanda habe ich einige davon gesehen. Die Bezeichnung kommt wohl aus dem Swahili. Eine Panga oder Tapanga ist knapp einen halben Meter lang, und die Klinge kann beidseitig geschliffen werden. In Südafrika wurden sie in den 1980er Jahren bei den Aufständen eingesetzt, genau wie beim ruandischen Völkermord. Davon hatte ich ja erzählt. Die primitive und grausame Waffe der Armen.«

Sie konnte sehen, dass sie Thors Aufmerksamkeit fesselte.

»Anisa kommt aus Ruanda«, sagte er dann. »Und nicht nur sie.«

»Fummel nicht so daran herum!«

Linnea nahm Thor die quadratische Pappschachtel weg, an der er während ihres Gesprächs zerstreut herumgefingert hatte.

»Das sollen wir für die Polizei in Roskilde untersuchen.«

Sie warf einen schnellen Blick in die Schachtel, ehe sie sie hinter sich ins Regal stellte, wo sich bereits reihenweise Pappkartons mit Knochen und anderem Beweismaterial stapelten. Es war gerade noch Platz für diesen einen gut erhaltenen Totenschädel, sonst nichts.

»Irgendein altes Zeug«, erklärte sie. »Sicher von einem mittelalterlichen Pestfriedhof, den sie aus Versehen ausgegraben haben … Aber willst du mir damit sagen, dass ihr Anisa verdächtigt?«

Linnea begann ihre Sachen wegzupacken.

»Sie ist die einzige Verbindung. Anisa war Zeugin oder Mittäterin beim Mord an Spang-Hansen, und Herzog war als Anwältin auch für Kintu tätig. Sie war deren Rechtsbeistand und arbeitete eng mit Gunnerus zusammen. Anisa muss ihr bei verschiedenen Gelegenheiten begegnet sein. Aber vielleicht ist das auch reiner Zufall.«

Letzteres hatte er eindeutig nur deshalb gesagt, weil er keine Lust auf weitere Diskussionen hatte. Linnea schaltete das Licht aus und ging ihm voraus aus dem Labor.

»Das macht sie doch aber noch nicht zur Mörderin«, wandte sie ein.

»Nein, oder jedenfalls nicht mehr, als sie es ohnehin schon ist.«

»Sprich doch bitte Klartext! Wovon redest du?«

Jetzt seufzte Thor, als koste es ihn große Überwindung, das zu erklären.

»Ich rede davon, dass sie in höchstem Grade dazu imstande ist, zu töten.«

»Sprechen wir wirklich von derselben zierlichen Frau? Wie kommst du darauf?«

Diesmal zögerte er nicht lange und antwortete sofort.

»Weil sie es schon früher getan hat.«

*

»Die Informationen vom MI6 und DGSE stimmen größtenteils überein«, sagte Warwick. »Der Fall ist größer, als wir dachten.«

Er sah zu Nora Levitan auf, die am Fenster ihres Büros stand und auf die schneebedeckte Kastelskirche und die Kastanien um den kopfsteingepflasterten Platz hinunterschaute. Die nackten Zweige der Bäume im Dämmerlicht des Nachmittags glichen zum Verwechseln jenen auf Hammershøis Gemälde von Kongeporten, das direkt vor ihrem Zimmer hing. Obwohl sie die Chefin des Abschirmdienstes war, war ihr Büro im neu renovierten Søndre Magasin nicht viel größer als die meisten anderen in diesem Gebäude. Die Decken waren überall niedrig, was auch nicht anders sein konnte, da das Festungswerk über dreihundert Jahre auf dem Buckel hatte. Die Zitadelle hatte die schwedische Belagerung, die englische Bombardierung und die deutsche Besatzung überlebt, und sie würde auch ein paar Jahre mit Nora Levitan auf dem Chefsessel unbeschadet überstehen.

»Es geht um mehr als die Persephone, oder?«, fragte sie.

Sie setzte sich auf ihren Bürostuhl und gab Warwick endlich die Gelegenheit, zu erzählen.

»Es ist schwer, das zu recherchieren, weil es eine einzige große Grauzone ist«, erklärte er. »Das Waffenreferat des Justizministeriums untersucht, ob alle Papiere in einer Exportsache in Ordnung sind, und wenn kein konkretes Verbot vorliegt, nimmt das Außenministerium eine Beurteilung der Verhältnisse im Empfängerland vor. Aber die Regeln sind ziemlich liberal. Dänische Firmen dürfen beispielsweise ungehindert Waffen an Länder wie Jordanien oder die Vereinigten Arabischen Emirate liefern, obwohl gegen sie Foltervorwürfe bestehen.«

Levitan nickte.

»Ich kenne die Rechtslage.«

»Natürlich. Ich möchte nur die Hintergründe erklären.«

Er hatte sich Notizen gemacht, brauchte jedoch gar nicht erst in seine Unterlagen zu sehen.

»Das Problem ist noch größer, wenn es eher um Waffentransporte als um den eigentlichen Waffenhandel geht. Die Persephone gehört der Reederei A. C. Lauritzen, aber sie haben das Schiff verchartert. Was bedeutet, dass sie im Grunde nicht wissen, wozu ihr Schiff verwendet wird und was es geladen hat. Und sie sind auch nicht juristisch dazu verpflichtet, es zu wissen. Mit anderen Worten, man kommt nicht weit, wenn man gegen die Reederei ermittelt. Ich habe mir A. C. Lauritzen trotzdem näher angesehen.«

Levitan hob eine Augenbraue, und Warwick beeilte sich, seine Ausführung fortzusetzen.

»Sie sind keineswegs Unbekannte, wenn es um den Waffentransport in andere Länder geht, über die eigentlich ein Embargo verhängt wurde. Während des Krieges gegen den Iran haben ihre Schiffe beispielsweise Waffen an den Irak geliefert und die Baathisten unterstützt, die später während der Invasion des Iraks gegen die Koalitionstruppen kämpften. Theoretisch könnten dieselben Waffen, mit denen sieben dänische Soldaten im Irak getötet wurden, von einer renommierten Reederei aus Rungsted dorthin gebracht worden sein. Aber so etwas schadet weder dem Ansehen noch dem Börsenkurs. Der Waffenhandel mit dem Irak wurde damals sogar in den Medien thematisiert, und der Reeder Knud Petersen sagte in einem Statement, das habe nichts mit Moral zu tun: ›Ob wir Waffen in den Mittleren Osten liefern oder an die dänische Armee, macht keinen Unterschied. Etwas anderes zu behaupten wäre reine Heuchelei.‹«

Levitan nickte wieder.

»Und was für eine Rolle spielte Vibe Herzog in alledem?«

Er sah sie an. Levitan hatte zu keinem Zeitpunkt seine Manöverkritik zu Vibe Herzog kommentiert, obwohl er sie sofort angerufen hatte, nachdem er Christiania verlassen hatte.

»Sie leistete finanzielle Unterstützung«, sagte er. »Mit dem eigentlichen Waffenhandel hatte sie nichts zu tun. Ich zweifle daran, dass sie überhaupt annähernd begriff, in was sie verwickelt war. Sie war eine ordentliche Anwältin, die als Strohmann für die tatsächlichen Waffenhändler agierte. Sowohl für die Verkäufer als auch die Käufer ist ein solcher Mittelsmann unerlässlich. Einer Regierung kann er ›plausible deniability‹ bieten, wie es auf Englisch so schön heißt, und beiden Parteien dabei behilflich sein, Hindernisse in einem Handel zu überwinden, indem sie die Waffen beschaffen, wenn nötig auch einen Transport arrangieren und nicht zuletzt alle gültigen Dokumente besorgen. Ein Endverbraucher-Zertifikat mit einer falschen Destination ist das Entscheidende. Der Preis dafür liegt derzeit bei etwas mehr als fünfzigtausend Dollar. Darüber hinaus braucht man aber auch einen juristischen Experten, um Briefkastenfirmen und Offshore-Konten zu eröffnen, und was man sonst noch so alles benötigt, damit sich der Geldstrom so wenig wie möglich nachvollziehen lässt. Und damit der wirkliche Urheber hinter diesen ausgeklügelten juristischen und wirtschaftlichen Konstruktionen nicht mehr auszumachen ist. An dieser Stelle kam Vibe Herzog ins Spiel.«

Levitan nickte vor sich hin.

»Aber um sie müssen wir uns ja nun keine Sorgen mehr machen.«

»Das eigentliche Problem ist auch nicht sie.«

42

Thor wandte sich Linnea zu, als sie auf den Gang der Abteilung für Forensische Anthropologie hinaustraten. Sie standen mit dem Rücken zu einer Vitrine, in der außergewöhnliche Schädel und Knochen aus alten Fällen ausgestellt waren.

»Wir fahnden jetzt seit fast eineinhalb Wochen nach Anisa«, sagte er. »In der Presse waren Fotos, alle Polizeikreise des Landes sind involviert, die Suchhunde waren im Einsatz. Ihre Wohnung wurde auf den Kopf gestellt, ihr ziemlich begrenzter Bekanntenkreis befragt. Das Einzige, was wir nicht ausreichend priorisiert haben, ist die Frage, wer sie eigentlich ist. Ihren Hintergrund. Worauf ich hinauswill: Sie ist eine Spur, die wir nicht intensiv genug verfolgt haben, weil wir nicht wussten, ob sie nur eine Zeugin ist oder viel mehr als das. Und wir hätten es tun müssen. Die Leute vom Kriminaltechnischen Center arbeiten noch in Christiania, aber ich wette darauf, dass man auch dort Spuren von Anisa findet.«

Linnea begnügte sich damit zu nicken, während sie zum Aufzug gingen.

»Ich konnte es erst nicht glauben«, fuhr Thor fort. »Als ich ins Büro zurückkam, wollte Ewald mich unbedingt sprechen. Er hat die ganze Zeit davon geredet, dass er Anisa schon mal gesehen hat. Dass da irgendetwas war, was ihm aber nicht einfallen wollte. Es war ihm ziemlich peinlich, das zu erzählen, aber gestern Abend war er bei seiner Schwester zu Besuch gewesen und hatte alte Zeitschriften durchgeblättert. Sehr alte. Und da war er – in einem Damenblättchen, das er sicher schon vor langer Zeit einmal gelesen hatte. Ein Artikel über Anisa.

»In einer Zeitschrift?«

»Du weißt schon, eine jener wahren Geschichten über dramatische Frauenschicksale auf der ganzen Welt, von denen diese Blätter voll sind.«

Linnea zog ihre Karte durch das Lesegerät des Aufzugs und drückte auf »Erdgeschoss«.

»Sieh mich nicht so an, ich bin mir sicher, dass du mehr über den Inhalt solcher Blättchen weißt als ich.«

»Anisa war eine Kindersoldatin. Sie wurde von einer Rebellengruppe zwangsrekrutiert, die in der Zeit nach dem Völkermord im kongolesischen Dschungel ihr Unwesen trieb. In dem Bericht erzählt sie selbst davon. Es ist keine schöne Lektüre, obwohl die Geschichte sicher ein bisschen abgemildert wurde, damit sie gedruckt werden konnte. Sie war dort im Alter von vierzehn bis siebzehn. Permanent zugedröhnt oder betrunken, Teil einer verzweifelten Kinderarmee. Das ist Anisa.«

Der Aufzug hielt, doch sie blieben eine Weile stehen, bevor sie hinaustraten. Thor sah sie an.

»Also ist meine Frage an dich, ob es nicht doch eine Frau gewesen sein könnte, die diese Morde begangen hat?«

Mit einem Mal erschien alles so unbegreiflich. Natürlich wusste Linnea von den Kindersoldaten und dem unfassbaren Gräuel, das sie miterlebt hatten. Womit hatte Liberias Präsident Charles Taylor den Sieg errungen? Mit Kindersoldaten und mit dem Slogan »I killed your ma, I killed your pa, you will vote for me«. In Ruanda hatte sie es mit eigenen Augen gesehen. Achttausend Menschen wurden innerhalb von hundert Tagen ermordet, und anschließend zogen kleine Gruppen radikaler Hutus weiterhin durch die Dörfer und plünderten, töteten und vergewaltigten. Die Straßen und die Einrichtungen, die sie besuchte, waren voll von Kindern mit leeren Augen. Kinder mit zerstörten Leben, egal, ob sie Opfer oder Täter waren. Die meisten wurden so sehr von Grund auf erschüttert, dass sie nie wieder auch nur annähernd so etwas wie ein sinnvolles Dasein führen konnten.

Als sie das Gebäude verlassen hatten, sog Linnea sofort die kalte Luft in ihre Lungen. Die Vorstellung von Anisa als Kindersoldatin ließ mit einem Mal alles näherkommen.

»Natürlich könnte es eine Frau gewesen sein«, sagte sie dann. »Ich meine, natürlich setzt das enorme Kräfte voraus. Eine extreme Wut. Einen gewaltigen Hass. Deshalb gehen wir von einem Mann aus, weil das das Wahrscheinlichste, das Normalste wäre. Wenn sie aber schon früher Menschen getötet hat, ist das etwas anderes. Aber warum hätte sie es überhaupt tun sollen? Hast du mit Gunnerus gesprochen?«

Sie hatten Thors Auto erreicht, und mit einem Mal merkte Linnea, wie sie von Müdigkeit übermannt wurde. Von jener körperlichen Erschöpfung, die es ihr erlauben könnte, zu schlafen und zu vergessen.

»Gunnerus sagt, dass sie seit zehn Jahren in intensiver Therapie ist. Seit sie nach Dänemark gekommen ist. Er hätte sogar selbst mit ihr gearbeitet, sagt er. Und selbst wenn es ihr niemals phantastisch gehen würde, könnte sie doch ein annährend normales Leben führen. ›Das menschliche Anpassungsvermögen ist unglaublich‹, hat er gesagt. Ihre Zeit als Kindersoldatin sei ein anderes Leben gewesen. Und sie eine andere Person, die sie aus ihrem jetzigen Leben verbannt hat.«

Er drehte den Zündschlüssel um, ohne loszufahren.

»Aber ich muss die ganze Zeit daran denken, was passiert, wenn sie wieder auftaucht. Diese alte Identität, meine ich. Sie gehört nicht gerade zu denen, die frei in Kopenhagen herumlaufen sollten.«

Dann wandte er sich zu Linnea um.

»Und jetzt musst du nach Hause und ins Bett.«

Sie nickte.

»Und so lange schlafen, bis ich von selbst aufwache«, sagte sie. »Und noch ein bisschen länger.«

Sie zögerte einen Moment, ehe sie weiterredete: »Ich habe mit Morewski gesprochen und mich krankschreiben lassen. Ich muss diese Sache wohl doch erst mal verarbeiten.«

Und dann starrte sie aus dem Fenster, um Thors zufriedene Miene nicht mit ansehen zu müssen.

*

»Vermutlich handelt es sich um eins der größten Waffengeschäfte in der dänischen Geschichte«, sagte Warwick. »Lass mich dir nur ein Beispiel dafür nennen, wie das abgelaufen ist. Der erste Handel, von dem ich weiß, fand im Frühjahr 1998 statt. Alles in allem zwölf Waffentransporte von Bulgarien nach Lomé in Togo. Aber Togo ist natürlich nicht der wahre Endabnehmer. Der eigentliche Käufer ist die

UNITA, die Nationale Union für die vollständige Befreiung Angolas. Die Rebellen wurden mit fünfzig Luftabwehrraketen, zweitausend Panzerabwehrraketen, eintausend 82-mm-Minenwerfern und enormen Mengen Munition ausgestattet. Der Transport wurde von einer Firma namens AKS Engineering organisiert, die ansonsten völlig unbekannt ist. So agieren sie nämlich – sie gründen legale Frachtfirmen, die Flugzeuge, Schiffe, und was sonst noch erforderlich sein mag, zur Verfügung stellen, und das gerne in Zusammenarbeit mit einem internationalen Mittelsmann. Wenn nichts schiefgeht, lässt sich das selten nachweisen.«

Nora Levitan ließ Warwick ausreden, schob sich dann von ihrem Schreibtisch weg und stand auf. Sie bat ihn, sie für einen Moment zu entschuldigen, und verschwand nach draußen. Warwick blieb sitzen und starrte in die Luft, bis Levitan wieder ins Büro zurückkam. Doch anstatt wieder Platz zu nehmen, ging sie zum Fenster und nahm das begonnene Gespräch erneut auf.

»Du hast den Fall der Persephone perfekt abgewickelt, ich weiß nicht, ob ich dir das schon gesagt habe«, erklärte sie. »Die Presse hat nur einen weiteren Piratenangriff gemeldet, ohne auf Details einzugehen. Dasselbe gilt für die drei ermordeten Entwicklungshelfer. Niemand erwähnt einen tragischen Überfall in einem von Unruhen geplagten afrikanischen Land. Wir werden wohl nichts mehr davon hören.«

Das Lächeln in Levitans Gesicht war ebenso ungewohnt wie ihre lobenden Worte, und es war eigentlich verblüffend, dass sie so weit hatte aufsteigen können, obwohl sie nicht verbergen konnte, wenn sie die Menschen manipulieren wollte.

»Dir ist schon bewusst, dass man sie liquidiert hat?«, fragte er dann.

»Ja, das weiß ich.«

Levitan bedachte ihn mit einem Blick, als wäre er ein dummes Kind, das immer noch nichts begriffen hatte.

»Aber wir müssen das Ganze aus einer umfassenderen Perspektive betrachten. Einzig Vibe Herzog kann mit dem Waffenhandel in Verbindung gebracht werden. Sie ist allerdings tot, und damit ist der Fall abgeschlossen. Sie hat dir erzählt, in wessen Auftrag sie arbeitete. Aber wissen das auch noch andere?«

Sie sah ihn eindringlich an.

»Stell dir doch einmal selbst die Frage, welchen Nutzen es hätte, wenn dieses Wissen vom Kastellet nach außen dringt? Wir müssen uns höheren Zwecken unterordnen. Das ist die Essenz unserer Arbeit, aber das muss ich dir ja wohl nicht erklären?«

Die letzte Frage war rein rhetorisch gewesen, und Warwick verstand, dass sie sich nur deshalb nicht wieder gesetzt hatte, weil das Briefing längst beendet war. Er stand auf und ging zur Tür, wurde aber noch einmal zurückgerufen.

»Du hast gute Arbeit geleistet.«

Nora Levitan lächelte noch einmal. Sie nahm wieder hinter dem Schreibtisch Platz, ohne Warwick anzusehen.

»Aber wenn der Fall nicht zu den Akten gelegt wird, müssen wir einen Sündenbock finden.«

43

Verdammt noch mal«, murmelte Thor vor sich hin. »Wie dumm kann man sein?«

Er starrte ins Handschuhfach seines Wagens, das sich

jetzt unmöglich öffnen ließ, weil der Schlüssel im Schloss abgebrochen war. Dort drinnen lag seine Heckler & Koch USP Compact 9 mm, die Standardwaffe der Polizei mit dreizehn Schuss im Magazin. Er hatte sie dort hineingestopft, nachdem er vor mehreren Wochen auf dem Schießplatz geübt hatte. Natürlich widersprach das allen Vorschriften zur Aufbewahrung von Dienstwaffen. Andererseits würde es hoffentlich sowieso keinen Grund geben, sie anzuwenden. In einer Stresssituation gaukelte sie einem meistens ohnehin nur ein falsches Gefühl von Sicherheit vor, und der Vogel war längst ausgeflogen.

Verärgert warf er das Schlüsselende auf den Sitz und stieg aus dem Auto. Wenn das Wetter besser gewesen wäre, hätte er sicher einige Trinker vor der fast bizarr großen Grundtvigskirche angetroffen, oder Besucher auf dem Weg zum Bispebjerg-Friedhof. Aber an diesem Freitagmittag waren die Straßen im Nordvestviertel wie ausgestorben, und das Bispebjerggebiet stellte keine Ausnahme dar. Er ging das letzte Stück den Frederiksborgvej entlang, der für ihn schon immer eine triste Durchfahrtsstraße durch urbanes Niemandsland gewesen war. Er hatte selbst einmal nicht weit von hier gewohnt, als er gerade nach Kopenhagen gezogen war, um die Polizeischule zu besuchen.

Zwischen vielen identischen Treppenaufgängen fand er schließlich den richtigen. Er überredete einen Nachbarn, ihn ins Haus zu lassen, und stellte auf der Namensübersicht im Eingangsbereich fest, dass Anisa bei weitem nicht die einzige Migrantin hier war – aber die einzige mit einem afrikanisch klingenden Namen. Vor der Wohnungstür blieb er stehen und überlegte noch einmal, ob er nicht doch besser eine Waffe hätte mitnehmen sollen. Immerhin musste Anisa vor nicht allzu langer Zeit hier gewesen sein.

Es war ihm nicht schwergefallen, die Staatsanwältin

Heidi Mikkelsen davon zu überzeugen, Anisas Handy abhören zu lassen. Da allerdings keinerlei Aktivität registriert worden war, hatte Thor vermutet, dass das Telefon entweder gestohlen worden war oder sie sich des Geräts längst entledigt hatte. Doch dann wurde eines Tages plötzlich ein Anruf verzeichnet, der das Telefon in Anisas Wohnung verortete. Leider vergingen fast zwei Stunden, bis diese Information auch Thor erreichte, und wahrscheinlich war die Spur in der Zwischenzeit längst kalt.

Aber was, wenn sie sich immer noch hier versteckte?

Nichts in der Wohnung deutete auf die afrikanischen Wurzeln ihrer Bewohnerin hin, und Thor brauchte nicht lange, um einmal hindurchzugehen. Die beiden Zimmer waren längst von den Kollegen der Mordkommission durchsucht worden, allerdings ergebnislos – und Thor konnte verstehen, warum. Die Wohnung wirkte so neutral wie ein Hotelzimmer, mit älteren IKEA-Möbeln, zwei Monet-Postern mit Seerosen, einigen Thomas-Helmig-CDs neben der kleinen Anlage im Wohnzimmer und einem Stapel Hollywood-Filmen. Nichts deutete auf eine geheime Seite, einen heimlichen Freund oder Ähnliches hin. Das einzig halbwegs Persönliche war eine englischsprachige Bibel mit zahlreichen Lesezeichen, einige zerschlissene Bücher über Projektmanagement und ethische Finanzierung in einem halbleeren Regal im Schlafzimmer, vermutlich stammten sie noch aus Anisas Zeit auf der Copenhagen Business School. Zu seiner Überraschung entdeckte er auch ein Poster mit einem von Hans Scherfigs Dschungelgemälden. Was hatte sie sich wohl gedacht, als sie sah, wie sich der naive, geblendete dänische Maler das afrikanische Dschungelidyll vorstellte? Nachdem Thor ihre Wohnung gesehen hatte, war er immer noch weit davon entfernt, ein genaueres Bild von ihr zu haben. Ihr Motiv blieb ihm unbegreiflich.

Nichts deutete darauf hin, dass sie in letzter Zeit in der Wohnung gewesen war, und Thor ging in die Küche, den einzigen Raum, den er noch nicht durchsucht hatte. Anschließend wollte er wieder zum Politigården zurückzufahren. Er war gerade dabei, auf gut Glück ein paar Küchenschränke zu öffnen, als sein Handy klingelte. Es war Kraus, der ihn sofort dafür rügte, dass er allein zur Wohnung gefahren war.

»Reg dich ab, hier ist niemand.«

»Aber Anisas Telefon wird sich ja wohl kaum verselbständigt haben.«

»Es kann doch wohl ein technischer Fehler gewesen sein. Oder sie war nur kurz hier, um Geld oder Kleidung zu holen. Sie könnte überall sein, die Gegend hier ist voll von phantastischen Verstecken. Utterslev Mose liegt praktisch direkt vor der Tür.«

»So ein Naturschutzgebiet ist doch im Winter wohl nicht unbedingt ein naheliegender Ort, um sich zu verstecken.«

»Und dann ist da auch noch der Vestvolden. Bunkeranlagen und Ravelins, den ganzen Weg von Bronshøj bis nach Avedøre. Im Prinzip muss man lediglich eine Tür aufbrechen. Da die Schlösser aus dem Ersten Weltkrieg stammen, kann das nicht weiter schwer sein. Aber weshalb rufst du mich eigentlich an?«

»Wir haben einen Tipp bekommen.«

44

Hier ist es dunkel, aber in der Dunkelheit fühle ich mich geborgen. Ich kann mich nicht selbst sehen. Niemand kann mich sehen, und so will ich es auch.

Ich muss mich vollkommen unsichtbar machen, damit er nicht zu mir vordringen kann. Ich hätte ahnen sollen, dass auf ihn kein Verlass ist. Er war mein einziger Ausweg, aber ich hätte wissen müssen, dass er sich mit dem Bösen verbündet hat. Es darf nie wieder passieren. Ich habe ihn in den Arm gebissen und bin geflohen. Bin an einen Ort gerannt, an dem ich mich endlich sicher fühlen kann. Wo ich zu Hause bin, aber wo sie nie nach mir suchen werden. Die Dunkelheit und der Duft frischer Wäsche trösten mich.

Doch dann drängen sich die Bilder trotzdem auf. Ich bin verwirrt, verstehe nicht, wo sie herkommen. Alles verschwimmt, und ich weiß nicht mehr, was wirklich ist.

Sie beginnen mich wieder einzuholen, die Alpträume aus einer Zeit, in der ich eine andere war. Aber das ist viele Jahre her, und ich habe meine Vergangenheit genommen und versiegelt. Sie so tief in mir begraben, dass ich seither nicht mehr daran gedacht habe. So weit weg, dass ich alle anderen davon überzeugen konnte, dass ich genauso sehr Mensch bin wie sie.

Aber hier in der Dunkelheit weiß ich nicht mehr, was Vergangenheit ist und was Gegenwart, was Alptraum ist und was Realität.

Ich krümme mich in einer Ecke zusammen, umklammere meinen Rucksack und weiß nicht, warum die Bilder von damals wieder an die Oberfläche drängen. Ich taste mich in der Dunkelheit ab, meine Hand orientiert sich, wie ein Mantra liebkost sie jedes einzelne Körperteil.

Immer wenn ich den Stahl spüre, erstarrt mein Körper. Mir wird kalt vor Angst, weil ich weiß, warum das Messer da ist. Aber ich weiß auch, dass es mich einmal retten wird.

45

Die Küche sah genauso sauber und aufgeräumt aus wie die übrige Wohnung. Selbst das wenige schmutzige Geschirr, das sie hinterlassen hatte, wartete ordentlich gestapelt neben der Spüle. Nur die Kaffeereste, die in einer Tasse eingetrocknet waren, verrieten, dass die Bewohnerin seit mehr als einer Woche nicht mehr zu Hause gewesen war.

»Es gibt Überwachungsfotos aus Christiania.«

Die Begeisterung in Kraus' Stimme war nicht zu überhören.

»Ich habe sie von Robert von der Drogenfahndung. Sie hatten zufällig am Mittwoch einen Trupp da. Du weißt, der übliche Rundgang in Zivil, um ein paar Fotos für das Familienalbum zu machen und die Dealer ein bisschen unter Druck zu setzen. Die Pusher in Christiania und deren Kunden müssen Dänemarks zweitbeliebtestes Fotomotiv sein – direkt nach der Kleinen Meerjungfrau.«

Thor musste ein Stöhnen unterdrücken, weil Kraus wieder einmal nicht zum Punkt kam.

»Hat deine Erzählung ein gutes Ende?«, fragte er. »Du weißt, dass ich nur Geschichten mit Happy End mag.«

»Immer mit der Ruhe! Sie waren also da und haben haufenweise Fotos gemacht. Jedes davon ordentlich mit Zeit-

und Ortsangabe versehen. Und auf einigen ist ein Mann zu sehen, der das Gelände über den Umweg des nördlichen Gebiets verlässt, die Hintertür der Dealer, du weißt schon. Und der Weg liegt ganz in der Nähe von Vibe Herzogs Haus.«

»Das klingt aber ziemlich dünn. Woher willst du wissen, dass es nicht einfach ein zufälliger Passant ist?«

Als er die Küche gerade wieder verlassen wollte, hielt Thor inne. Er starrte auf die Spüle. Der Lappen, der sorgfältig über den Wasserhahn gehängt worden war, schien trocken und steif. Aber auf der Arbeitsplatte direkt daneben hatte sich eine kleine Pfütze gebildet. Leckte eine Mischbatterie nicht normalerweise nur, wenn man den Hahn aufdrehte? Und hätte sich nicht noch mehr Wasser sammeln müssen, wenn sie pausenlos leckte?

Plötzlich wurde ihm bewusst, dass Kraus inzwischen weitergeredet hatte. »Kannst du das bitte wiederholen?«, bat er. »Tut mir leid, aber ich war eben kurz abgelenkt.«

»Er könnte ein nützlicher Zeuge sein. Zeit und Ort passen perfekt. Aber warte mal ab, bis du die Bilder gesehen hast. Um es mal so zu sagen: Er sieht nicht gerade aus wie einer, der sich in die Kälte hinausgewagt hat, um ein paar Gramm Hasch zu kaufen.«

»Und wie willst du ihn dann finden? Ist er der Drogenfahndung bekannt?«

Thor verließ die Küche und beschloss, dass er doch eher Polizist war als Klempner und zu keinem überzeugenden Ergebnis kommen würde, wenn er das Wasser neben der Spüle noch weiter studierte.

»Nein.«

»Hast du nicht eben gesagt, die Geschichte hätte ein gutes Ende?«

Kraus lachte.

»Behauptest du nicht immer, *ich* wäre ungeduldig? Die Kollegen von der Drogenfahndung kennen den Mann nicht, er ist ihnen eher zufällig aufs Bild geraten. Aber auf den Überwachungsbildern kann man ihn den ganzen Weg bis zum Parkplatz gegenüber der Arsenalinsel verfolgen, wo er neben einem schwarzen Volvo steht und telefoniert. Und ja, ich habe das Bild so vergrößern lassen, dass man das Nummernschild erkennen kann. Und ja, ich habe ihn im Zentralen Fahrzeugregister ermittelt und seinen Namen und seine Adresse herausgefunden. Sonst noch was?«

Thor warf einen letzten Blick in die Wohnung und zog dann die Tür hinter sich zu.

»Überraschend pflichtbewusst von den Kollegen«, sagte er. »Soweit ich weiß, haben sie diesen Herbst so viele Leute festnehmen lassen, dass man sie gar nicht alle rechtzeitig dem Haftrichter vorführen konnte. Seither führen sie keine Razzien mehr aufgrund von Tipps durch und haben die Ansage bekommen, nur noch einzugreifen, wenn direkt vor ihren Augen gedealt wird.«

»Sag mal, wäre an dieser Stelle nicht ein bisschen Dankbarkeit deinerseits angebracht?«

Thor war bereits unten auf der Straße angekommen.

»Gib mir die Adresse dieses Mannes, dann treffen wir uns da in ein paar Minuten.«

Doch während er das sagte, fiel ihm auf, dass er das wohl doch nicht ganz schaffen würde. Er sah sich verwirrt um. Hatte er vergessen, wo er das Auto abgestellt hatte? Er eilte den Frederiksborgvej entlang. Blieb bei jeder Lücke zwischen den parkenden Autos stehen. Tastete seine Taschen ab und fand den Autoschlüssel in der Jacke. Er versuchte, die Situation im Kopf durchzuspielen, doch es machte keinen Unterschied. Genau hier hatte er vor einer halben Stunde geparkt. Hatte die Handbremse gezogen und den

Wagen abgeschlossen. Ja, er hatte sogar wie üblich am Türgriff gezogen, um sich zu vergewissern, ob er auch wirklich abgesperrt hatte, ehe er zum Haus gegangen war.

Und jetzt war das Auto weg.

Gestohlen.

»Zum Teufel auch!«

*

Linnea stakste vorsichtig über die Türschwelle, unsicher, ob es sich um einen Tatort handelte und sie womöglich nichts anrühren durfte. Sie nahm die Atmosphäre der Zimmer in sich auf. Aus irgendeinem Grund hatte sie sich vorgestellt, dass Anisa an einem anderen Ort wohnen würde. Auf eine andere Art und Weise. Aber wie sollte man sich die Wohnung einer ehemaligen Kindersoldatin eigentlich vorstellen?

»Was hast du gefunden?«

»Rein gar nichts, aber hier konnte ich wenigstens im Trockenen warten.«

Sie sagte Thor mit einem Blick, dass er es getrost vergessen konnte, ohne eine ordentliche Erklärung abzuhauen. Er ging zum Fenster, zeigte auf ihren Mini und erklärte, dass ihm sein Auto gestohlen worden sei. Sein eigenes Auto. Und er habe nicht die geringste Lust, im Politigården anzurufen und einen Wagen anzufordern, denn dann müsse er schließlich erklären, was passiert sei.

»Und was ist daran so schlimm?«

»Ich müsste dann auch melden, dass meine Dienstwaffe geklaut wurde.«

Linnea starrte ihn verwundert an, konnte sich ein Lächeln aber nicht verkneifen.

»Manchmal benimmst du dich wie ein Kind. Hast du etwa vorgehabt, den Diebstahl deiner Pistole nicht zu melden und darauf zu hoffen, dass es niemand bemerkt?«

»Natürlich nicht, aber ich muss mir erst eine gute Erklärung einfallen lassen. Damit ich keine Probleme kriege.«

»Du bist doch wohl nicht der Erste, dem so etwas passiert.«

»Nein, aber ich glaube, dass sich die Sache in meinem Fall etwas anders verhält. Glaub mir, gewisse Kollegen warten nur auf die passende Gelegenheit, um einen provozierend jungen Kriminalkommissar wie mich vom Thron zu stürzen.«

Sie schenkte ihm ein schiefes Lächeln und sah sich im Wohnzimmer um. Sie hatte den Eindruck, dass dieser Ort nur deshalb so unpersönlich war, weil Anisa ihr Leben anderswo führte. Dies war ihr Zuhause, aber nichts band sie an diesen Ort.

»Was ist denn?«, fragte er irritiert.

Sie wandte sich wieder zu ihm um.

»Heute kommst du mir zum ersten Mal nicht wie ein unschuldiger kleiner Junge vor. Du kannst ja richtig manipulativ sein.«

»Wenn du wüsstest.«

Aber Thor lieferte ihr keine weiteren Erklärungen, sondern sagte nur, dass er sich wirklich gern ihr Auto leihen würde. Und weil er gleich jemanden beschatten müsse, wäre ein Taxi nicht unbedingt die schlaueste Lösung.

»Was wolltest du eigentlich hier?«

Thor wollte nach ihren Autoschlüsseln greifen, doch sie zog die Hand zurück.

»Denk immer schön daran, dass ich nirgendwo hinmuss«, sagte sie. »Ich habe alle Zeit der Welt.«

Sie winkte ab, als Thor protestieren wollte.

»Wenn du meine Hilfe anforderst, musst du mir auch etwas dafür bieten«, fuhr sie fort und umklammerte so lange die Schlüssel, bis er ihr von dem Anruf auf Anisas Handy erzählt hatte, der immerhin bedeuten musste, dass sie noch am Leben war.

»Und wer hat sie angerufen?«

»Keine Ahnung. Aber alle Handys haben eine IMEI-Nummer, die vom nächstgelegenen Funkmast registriert wird, sobald das Telefon in Gebrauch ist. Indem man sich diese Informationen ansieht, kann man ein Handy bis auf einen Radius von hundert Meter orten. Aber das setzt voraus, dass es eingeschaltet ist.«

Dann schnappte er sich Linneas Schlüssel, erklärte, dass er bereits ein Taxi für sie bestellt habe, verschwand durch die Tür und ließ sie allein in der Wohnung zurück.

46

Wir haben uns auf dem Platz versammelt, unsere Gefangenen stehen in der Mitte und wir ringsherum, mit den Gewehren auf sie zielend. Wir trippeln auf der Stelle und lachen. Die Waffen sind unser ganzer Stolz, und wir reinigen und hüten sie mit größter Sorgfalt. Würde man sie uns wegnehmen, wären wir nur noch wütende Kinder auf Koks. Mit der AK-47 über der Schulter aber bin ich Soldat in einem Heer, das niemanden verschont. Mit meiner Panga bin ich eine Tötungsmaschine, der niemand begegnen will.

Die Kinder nehmen wir mit, damit sie an unserer Seite kämpfen können. Aber erst müssen wir dafür sorgen, unserem Ruf gerecht zu werden. Die Furcht der anderen ist unsere stärkste Waffe, und in diesem Punkt belohnt der Hauptmann Ideenreichtum. Ich bin rastlos, will weiter, will sie nur kaltmachen und wegkommen, aber Moses One-Eye hat es auf einen Mann abgesehen, der sich hinter seinen Frauen versteckt. Er schreit ihn an, er solle zeigen, dass er ein Mann ist. Hält ihm das Gewehr an die Schläfe und zwingt ihn vor uns allen, seine jüngste Tochter zu vögeln. Ich mache mir vor Lachen fast in die Hosen, als er schluchzend über ihr zusammensackt.

Das Geräusch will nicht aufhören, und mehrere Minuten vergehen, ehe ich verstehe, dass das Schluchzen aus mir selbst kommt. Es sind Bilder, die schon lange, lange her sind, und dennoch kommen sie mir ganz lebendig vor.

Ich spüre meinen Griff um die Panga, fühle die beruhigende Schwere des Maschinengewehrs auf meiner Schulter. Erkenne den Geschmack von Blut wieder, das in mein Gesicht spritzt.

Jetzt verstehe ich, dass ich zurückgekommen bin. Dass ich wieder die alte Anisa bin.

Ich bin wieder in meinem alten Versteck, das jetzt mein Gefängnis ist. Ich verstehe, warum er mich dort eingesperrt hat.

Ich bin Anisa. Die Todbringende.

47

Linnea stand in Anisas Wohnung am Fenster und versuchte einen Gedanken zu fassen, der ihr jedoch immer wieder entwischte.

Es ging um irgendetwas, das Thor gesagt hatte. Sie versuchte, sich das Gespräch Wort für Wort in Erinnerung zu rufen, bis es ihr wieder einfiel. Dann eilte sie in den Flur und schaltete das Licht ein, um besser sehen zu können. Durchsuchte erfolglos die Tasche der einsamen Jacke an der Garderobe. Sie drehte sich um und überlegte einen Moment, wo sie so etwas selbst aufbewahrte. Ihr Blick fiel auf den Stromzähler rechts neben der Tür, und richtig. An einem Haken daneben hing ein blauer Anhänger mit einem Schlüsselbund.

Sie stieg die Hintertreppe hinunter in den Keller. Tastete sich im Dunkeln zu einem Schalter vor, der jedoch nicht funktionierte. Glücklicherweise war sie so geistesgegenwärtig gewesen, die Taschenlampe einzustecken, die auf dem Stromzähler gelegen hatte. Sie war schwer genug, um sie in einer Notsituation außerdem als Waffe einzusetzen. Aber das war natürlich Unsinn, was sollte schon passieren, wenn die Nachbarn zu Hause waren.

Sie rannte die letzten Stufen hinunter und fand schnell den Kellerverschlag, der Anisa gehörte. Doch dann blieb sie stehen. Hier war nichts. Der Raum war leer, es gab nichts zu finden. Ein kaputter Kleiderschrank und ein paar Pappkartons mit Krimskrams. Vielleicht war es auch ein bisschen kühn, dass sie davon ausgegangen war, einfach so hier hereintrampeln und etwas finden zu können, was Thor und seine Kollegen übersehen hatten.

Thor hatte gesagt, dass Anisas Handy in ihrer Wohnung geortet worden war, aber nichts darauf hingedeutet habe, dass sie erst kürzlich dort gewesen sei. Doch wenn sie ihn richtig verstanden hatte, waren die Handysignale gar nicht so genau. Das Handy hatte einen Ausschlag in diesem Gebiet angezeigt, was aber nicht ausschließlich die Wohnung einbeziehen musste. Es konnte sich überall in dem Gebäude oder der näheren Umgebung befinden – beispielsweise auch in diesem Kellerraum. Die Idee hatte so raffiniert gewirkt: sich an einem Ort zu verstecken, von dem niemand denken würde, dass man sich dort versteckte, nämlich in der eigenen Wohnung. Allerdings nicht genau dort, sondern im dazugehörigen Kellerraum.

»So viel zu meinen guten Ideen«, murmelte Linnea.

Doch anstatt wieder in die Wohnung zurückzukehren, ging sie auf der Hintertreppe an der Küchentür von Anisas Wohnung vorbei und weiter hinauf. An dem Bund, den sie neben dem Stromzähler gefunden hatte, hingen drei Schlüssel. Einer von Ruko, der vermutlich zur Eingangstür gehörte, ein kleinerer, mit dem sie soeben das Hängeschloss im Keller geöffnet hatte, und dann ein weiterer Schlüssel vom selben Typ. Gab es auch einen Dachboden? Jetzt, wo sie schon mal da war, konnte sie genauso gut gleich nachsehen.

Weiter oben funktionierte auch das Licht wieder, und Linnea nahm die letzten beiden Treppen im Laufschritt, ehe sie an der Dachbodentür ankam. Der Eingangsschlüssel passte auch hier, und sie schloss auf, doch dann ließ etwas sie innehalten.

Einen Moment lang lauschte sie konzentriert, überzeugte sich dann jedoch davon, dass die einzigen Geräusche, die sie hörte, von ihr selbst stammten. Sie ging weiter einen kleinen Gang entlang, wo eine Reihe von Türen lag, die alle mit einem Hängeschloss verriegelt waren. Schmale Dachbodenräume, die zu den einzelnen Wohnungen gehörten. Zum Glück zeigten handgeschriebene Zettel an, welcher Verschlag zu welcher Wohnung gehörte, und sie gelangte schnell zu jenem Ende, wo linker Hand Anisas Raum lag.

Sie zog an der Tür. Das Schloss war in die Öse eingehängt, aber geöffnet. Sie nahm es ab und schob die Tür auf. An der schrägen Wand gegenüber gab es ein kleines, schmutziges Fenster, doch der Raum war leer. Sie ließ den

Schein der Taschenlampe über die Holzplanken streifen. Nichts als eine leere Coladose an der einen Wand. Sie versuchte anhand der Dreck- und Staubansammlungen auf dem Boden zu erkennen, ob die Dose erst vor kurzem hier abgestellt worden war, gab es bald darauf jedoch auf, etwas aus dem Muster abzulesen. Dann schloss sie die Tür hinter sich.

Sie ging den Gang entlang zurück, während sie in ihren Taschen wühlte und den Blackberry herausholte, um ihre Mails zu lesen. Noch hatte Irmelin vom Institut für Forensiche Genetik nicht geantwortet, aber das hätte auch alle Erwartungen übertroffen. Sie stellte die Lautstärke höher, um sicherzugehen, dass sie keine eingehende Nachricht verpasste. Irmelin hatte früher am Tag eine SMS geschrieben, dass sie die Unterlagen des Falls aus dem Jahr 1986 besorgt hatte, den sie sich in Linneas Auftrag ansehen sollte, und versuchen würde, davon ausgehend ein DNA-Profil zu erstellen. Seither hatte Linnea jede halbe Stunde ihr Handy kontrolliert, was natürlich lächerlich war, denn innerhalb so kurzer Zeit konnte sie auf keinen Fall ein Profil erstellen und es abgleichen.

Plötzlich bemerkte sie, dass sie etwas übersehen hatte. In einem Winkel, den sie erst jetzt wahrnahm, als sie von der anderen Seite kam, stand eine Tür halb offen. Sie schob sie auf. Anstelle eines weiteren Trockenbodens, mit dem sie gerechnet hätte, lag dahinter eine schmale Treppe. Sie warf einen Blick hinauf. Die kurze Treppe führte direkt zu dem eigentlichen Dachstuhl.

Zögernd betrat sie die Treppe. Mitten im Raum ragte ein Schornstein hervor, aber die Kälte war trotzdem schneidend. Sie nahm eine weitere Stufe, konnte sich jedoch aus irgendeinem Grund nicht überwinden, weiterzugehen. Noch immer hörte sie nichts als ihre eigenen Schritte und ihren schweren Atem, und dennoch spürte sie plötzlich sehr deutlich die Anwesenheit einer anderen Person.

»Anisa?«, fragte sie. »Bist du das?«

*

»Wir sollten ihn sofort mitnehmen.«

Thor musste über Kraus' Eifer lachen. Der Kommissar hatte ihn mitten aus seinen Grübeleien wegen der gestohlenen Pistole gerissen. In einem verzweifelten Moment hatte er überlegt, irgendein dubioses Subjekt aufzusuchen und es zu zwingen, ihm eine Heckler & Koch zu verkaufen. Auf dem Schwarzmarkt gab es schließlich genug davon. Soweit er wusste, würde sie für zwölf- bis fünfzehntausend Kronen zu haben sein; bei einem der Waffenhändler, die sich etwas hinzuverdienten, in dem sie auch die Unterwelt von Kopenhagen und Malmö versorgten. Wenn seine eigene Waffe dann allerdings im Zusammenhang mit einer Straftat gefunden wurde, dann wäre er geliefert.

»Sollen wir uns in mein Auto setzen? Da ist wohl etwas mehr Platz …«

Kraus deutete ein Stückchen die Straße hinunter, wo sein Saab hielt, eins der Zivilfahrzeuge der Polizei. Linneas Mini hätte vermutlich in seinen Kofferraum gepasst.

»Lieber nicht«, erwiderte Thor. »So einer wie der erkennt ein ziviles Bullenauto doch auf hundert Meter Entfernung.«

»Und du meinst, ein solcher Designerfloh erregt weniger Aufsehen? Man könnte meinen, wir drehen hier eine Neuverfilmung von *The Italian Job*.«

Kopfschüttelnd nahm Kraus auf dem Beifahrersitz Platz und reichte Thor einen Becher kalten Kaffees, den dieser nicht besonders diskret in den Schnee neben dem Auto kippte. Sie hatten eigentlich verabredet, sich so schnell wie möglich bei der Adresse zu treffen.

»Meinst du das wirklich ernst?«, fragte Thor.

»Dass wir ihn mit aufs Präsidium nehmen?«, entgegnete Kraus. »Natürlich. Erstens taucht sein Name auf der Passagierliste auf, er hat es nicht mal für nötig befunden, unter falschem Namen zu reisen. Zweitens taucht er auf den Überwachungsbildern aus Christiania auf. Wenn er eine weiße Weste hätte, dann hätte er sich als Zeuge melden müssen.«

Thor fröstelte. Sie mussten ziemlich bescheuert aussehen, wie sie da saßen, zwei großgewachsene Polizisten in Linneas viel zu kleinem Mini, über das Gebläse gebeugt. Sie befanden sich auf dem Horserødevej, einer wohlhabenden Gegend am Emdrup Sø, die allerdings auf der einen Seite von Sozialwohnungen begrenzt wurde und auf der anderen von der Autobahn nach Helsingør. Die Villa, vor der sie standen, hatte ein schmiedeeisernes Eingangsportal mit Wappen. An das Haus gegenüber, das sie observierten, grenzten ein Treibhaus und ein großer Garten. Kein übler Platz zum Wohnen. Der Besitzer hieß Mads Emil Warwick. Diesen Namen hatte das Zentrale Fahrzeugregister ausgespuckt, als Kraus das Nummernschild abgefragt hatte, und das Einwohnermeldeamt hatte die ergänzende Information geliefert, dass er hier mit Frau und Kind wohnte.

»Und was, glaubst du, wird passieren, wenn wir zu Heidi Mikkelsen gehen und erzählen, dass wir einen Angestellten des Abschirmdienstes festnehmen wollen?«, fragte Thor.

Er sah Kraus an.

»Wenn wir richtig Glück haben, bietet sie uns an, mit dem Abschirmdienst Kontakt aufzunehmen«, fuhr er fort. »Sie kann eine höfliche Anfrage ans Kastellet schicken, ob Warwick uns möglicherweise helfen könnte, den Hintergrund seines Besuchs in Christiania am Mittwoch oder seiner Reise nach Ostafrika vor eineinhalb Wochen zu klären. Ungefähr so weit könnten wir kommen.« Kraus verzerrtes Gesicht war wohl nicht nur darauf zurückzuführen, dass auch er inzwischen bemerkt hatte, wie kalt der Kaffee geworden war.

»Und er braucht uns nicht viel mehr zu erzählen, als dass es sich um eine dienstliche Angelegenheit handelt, über die wir nicht mehr erfahren dürfen, und das war's. Ich verstehe schon, was du meinst.«

Kraus drehte sich um.

»Aber was sollen wir deiner Meinung nach tun?«

»Ich hatte mir gedacht, dass du uns erst mal einen frischen Kaffee holst. Auf dem Emdrupvej habe ich einen Kiosk gesehen, der so etwas haben muss. Und ich halte hier die Stellung, bis wir abgelöst werden. Wir lassen Warwick beschatten.«

Jetzt musste Kraus lächeln.

»Du bist der Chef, also ist es deine Aufgabe, Lange davon zu überzeugen, dass er Personal für eine weitere Überwachung freistellt. Er wird darüber nicht glücklich sein. Dieses Vergnügen überlasse ich also lieber dir. Aber eine Sache hast du vergessen.«

»Was denn?«

»Der Mann ist Agent. Er wird es sofort bemerken, immerhin sind die für so was ausgebildet.«

Thor beugte sich über Kraus und öffnete die Beifahrertür. Er zuckte nur mit den Schultern, als Kraus widerwillig den leeren Kaffeebecher des Kollegen entgegennahm und aus dem Auto stieg, um Nachschub zu besorgen.

»Was soll's«, sagte Thor schließlich. »Entweder gelingt uns die Beschattung und wir erfahren mehr darüber, was Warwick im Schilde führt. Oder er registriert, dass er überwacht wird, und das wird ihn in Stress versetzen. Agent oder nicht, er ist auch nur ein Mensch, und Menschen, die unter Druck stehen, machen gern mal Fehler.«

48

Linnea blieb stehen. Sie war unsicher, ob ihr die Phantasie vielleicht nur einen Streich spielte. Dann hob sie ihre Stimme.

»Ich möchte einfach nur gern mit dir reden.«

Auch diesmal kam keine Antwort, aber jetzt hatte sie sich entschieden und nahm die letzten Stufen, um bis ganz unter das Dach zu gelangen. Am Ende der Treppe blieb sie stehen. Ihr Instinkt sagte ihr, dass sie lieber abhauen sollte, aber sie knipste stattdessen die Taschenlampe an. Und dann hörte sie etwas.

Diesmal war sie überzeugt. Irgendjemand schlich dort drinnen umher. Sie suchte den Raum mit dem Lichtkegel ab, ohne etwas zu erkennen.

»Anisa?«, fragte sie noch einmal.

Sie hielt die Taschenlampe vor sich, und im selben Moment waren erneut hastige Schritte wahrzunehmen. Sie schaltete das Licht schnell wieder aus. Es musste tatsächlich Anisa sein, die sich hier versteckte. Jetzt herrschte erneut Stille. Kein Laut. Aber sie war sich sicher, dass sich die andere immer noch irgendwo dort drinnen aufhielt. In der Dunkelheit verborgen. Was auch immer sie getan hatte, sie brauchte Hilfe. Sie musste außer sich sein vor Angst. Wie ein gejagtes Tier, das sich in eine Ecke drückt, in der Hoffnung, von niemandem gesehen zu werden.

»Erinnerst du dich an mich?«, fragte Linnea versuchsweise.

Sie blieb am oberen Ende der Treppe stehen, unternahm keinen Versuch, näher zu kommen. Ließ die Taschenlampe ausgeschaltet, um die andere nicht noch mehr zu verschrecken.

»Wie wäre es, wenn du zu mir kommst? Ich kann dir helfen.«

Sie wusste, dass sie eigentlich die Polizei rufen müsste, anstatt zu versuchen, diese Sache allein in die Hand zu nehmen. Wenn die Frau eine Mörderin war, ließ sich nur schwer vorhersehen, auf welche Ideen sie kam. Aber dann wäre es schon zu spät, und sie könnte erneut flüchten.

»Ich weiß, wie es dir geht«, fuhr Linnea fort. »Ich weiß, wie es ist, wenn man Angst hat. Und wie es ist, um sein Leben zu laufen.«

Noch immer kam keine Antwort. Keine Geräusche. Aber es musste ein gutes Zeichen sein. Vielleicht erkannte Anisa ihre Stimme tatsächlich wieder und erinnerte sich an ihre Begegnung.

»Mir ist es egal, was du getan hast«, sagte Linnea. »Ich will nur helfen. Glaub mir, ich weiß, wie es ist, wenn man nichts mehr wagt. Keine Bewegung. Sich auf niemanden verlassen kann. Nicht länger weiß, was man tun soll.«

Linnea blieb reglos stehen. Dann streckte sie langsam eine Hand in die Dunkelheit. Sie konnte noch immer nichts sehen, aber jetzt hörte sie etwas. Eine Frau, die aufstand? Näher kam? Nach ihrer Hand griff?

Im selben Moment ertönte ein Klingeln. Infernalisch laut. Ihr Telefon.

»Scheiße auch«, murmelte Linnea.

In der nächsten Sekunde hatte sie das Telefon in der Hand, stellte es auf lautlos und steckte es wieder ein, aber es war bereits zu spät.

Etwas blitzte vor ihr in der Dunkelheit auf. Instinktiv schlug sie mit der Taschenlampe um sich. Traf nicht, spürte jedoch, wie etwas ihre Hand streifte. Fieberhaft fuchtelte sie weiter mit der Lampe in der Luft herum.

Linnea hörte ein unterdrücktes Stöhnen und schlug erneut um sich, wurde jedoch im nächsten Moment zurückgestoßen. Die Lampe fiel zu Boden, und Linnea taumelte rückwärts.

Sie griff nach hinten, um nicht mit dem Kopf gegen das Geländer zu schlagen. Stattdessen purzelte sie die halbe Treppe hinunter, kam jedoch schnell wieder auf die Beine, bereit, sich zu verteidigen.

Erst dann begriff sie, dass sie nicht attackiert wurde. Sie war lediglich geschubst worden. Von einer Person, die über sie hinwegsprang und weiter die Treppe hinunter flüchtete.

Sie hörte, wie die Tür zur Hintertreppe aufgestoßen wurde. Sie nahm sich zusammen, kam auf die Beine und stieg mit pochenden Kopfschmerzen die letzten Stufen der kurzen Treppe hinunter. Sie konnte nur an eins denken: War es ein Messer gewesen, das in der Dunkelheit aufgeblitzt hatte?

*

In Warwicks Haus im Horserødevej war niemand zu Hause. Kein Licht, keine Regung waren zu sehen. Thor und Kraus bemühten sich nicht sonderlich um Diskretion, aber selbst so früh am Nachmittag war die kleine Straße mit Autos vollgeparkt.

Im Widerstreit mit Langes direktem Befehl hatten Thor und Kraus konspirativ beschlossen, einige Stunden darauf zu verwenden, mehr über die drei in Somalia ermordeten Dänen herauszufinden. Insbesondere über die Todesumstände, aber auch darüber, ob es abgesehen von der

Tötungsmethode noch andere Verbindungen zu den aktuellen Mordfällen gab. Als Teil dieser inoffiziellen Nachforschungen hatte Kraus die Passagierlisten der relevanten Flugverbindungen überprüft. Von Dänemark gab es keine Direktflüge nach Mogadischu, aber man konnte über Amsterdam nach Kenia reisen und von dort aus weiter nach Somalia, und in diesem Zusammenhang war Kraus auf einen Mann namens Mads Emil Warwick aufmerksam geworden. Er war am 19. Januar auf der besagten Route gereist. Mit anderen Worten, kurz nachdem die drei Dänen ermordet worden waren und ehe ihre Leichen nach Dänemark überführt wurden. Derselbe Mann, zwei verschiedene Tatorte auf zwei verschiedenen Kontinenten im Abstand von nur einer Woche.

»Was hast du eigentlich bisher herausfinden können?«, wollte Thor wissen.

Ungeduldig fixierte er das Haus auf der anderen Straßenseite, als könne es ihm garantieren, dass es keine Zeitverschwendung war, es so lange zu beobachten, bis sie endlich abgelöst würden.

»Über Warwick?«

»Ja. Ist er tatsächlich Agent, oder wie heißt so etwas in Wirklichkeit?«

Kraus schüttelte den Kopf.

»Das nennt sich Informant«, antwortete er. »Heutzutage stehen solche Stellenanzeigen sogar in der Zeitung.«

Er holte seinen Notizblock hervor, obwohl er die Details auch so im Kopf hatte.

»Darüber hinaus habe ich erstaunlich wenig gefunden«, sagte er. »Das sind die Fakten aus seiner Sicherheitsüberprüfung. Mads Emil Warwick, geboren 1968, 2002 vom Abschirmdienst angeworben worden. Zuvor Doktorand und anschließend Privatdozent an der Kopenhagener Uni.

Seine Schul- und Universitätsausbildung hat er in Schottland und England absolviert. Experte für afrikanische Gesellschaftsformen, in den Medien gab es Artikel und Kommentare von ihm, nicht zuletzt über den wachsenden islamistischen Terrorismus. Seit 2002 hat er aber nichts mehr veröffentlicht. Zu diesem Zeitpunkt tauchte Warwick in die lichtscheue Welt des Geheimdienstes ab. Er gehört jedoch zur O-Sektion im Kastellet. Daraus können wir schließen, dass er in einer der beiden Etagen sitzt, in denen man das Material analysiert und bewertet, das der Abschirmdienst von seinen Abhörstationen auf Aflandshage, Dueodde oder im Skibby-Lager erhält, oder von den internationalen Kooperationspartnern oder der C-Sektion.«

Er sah Thor an.

»Sie sind also diejenigen, die mit HUMINT arbeiten. Human Intelligence, oder Spionage, wie man früher gesagt hätte. Warwick ist bei weitem nicht der einzige Akademiker dort, sie beschäftigen außerdem einen Kernphysiker, zwei promovierte Arabisten und einen Experten im Bereich biologischer Waffen.«

Thor nickte. Er war selbst einmal zusammen mit Vogler im sogenannten Elefantenstab gewesen. Hier saßen die Leute vom Abschirmdienst in ihren Büros, deren verschlossene Türen immer noch mit alten sowjetischen oder chinesischen Propagandaplakaten geschmückt waren. Man wusste nie genau, ob das ironisch gemeint war oder die Mitarbeiter immer noch an eine Drohkulisse aus der Zeit vor dem 11. September 2001 glaubten.

»Er kann doch wohl kaum nur als Analytiker tätig sein«, erwiderte Thor. »Dann wäre er nicht in Afrika gewesen. Mich würde viel mehr interessieren, wie weit diese Leute eigentlich zu gehen bereit sind? Und welche Befugnisse sie haben?«

Kraus lächelte.

»Du meinst Liquidierungen zum Schutze staatlicher Interessen und so etwas? Du übertreibst. Wir sind schließlich nicht in einem Agentenfilm.«

Thor zuckte mit den Schultern.

»Warum sollten wir uns so sicher sein, dass unser Abschirmdienst in diesem Punkt hinter dem Mossad und der CIA und seinen anderen internationalen Gegenspielern zurücksteht? ›Nasse Jobs‹ nannte Markus Wolf das, als er Chef des Auslandsnachrichtendienstes im Ministerium für Staatssicherheit der DDR war. Er hat nie verhehlt, dass sie und ihre ausländische Konkurrenz keineswegs vor endgültigen Lösungen zurückschreckten.«

Krause war nicht richtig überzeugt. Das konnte Thor sehen, doch in derselben Sekunde klingelte sein Handy. Er warf einen Blick darauf und war irritiert, als er sah, dass es Ewald war. Schweigend lauschte er dem Kollegen, fluchte dann leise und teilte mit, dass sie unterwegs seien. Er beendete das Gespräch und starrte auf das Haus gegenüber, bis Kraus ungeduldig wurde und ihn fragte, was passiert sei.

»Father Musoni«, erklärte Thor. »Wir haben ihn aus den Augen verloren. Ewald sagt, die Kollegen behaupten, sie hätten nichts tun können. Er hat sie unten am Fisketorvet abgehängt.«

*

»Morgen höre ich auf.«

Linnea warf die Zigarette auf das gefrorene Gras und trat sie mit dem Absatz ihres Stiefels aus. Dann besann sie sich eines Besseren, sammelte den Stummel auf und steckte ihn wieder in das Päckchen zurück. Sie hasste den Gestank von alten Kippen, aber beim Gedanken an Thors Meinung über ihr sogenanntes Gelegenheitsrauchen erschien es ihr schlauer, nicht allzu offen zu zeigen, wie viel sie seit ihrer Rückkehr aus Hamburg geraucht hatte. Sie schauderte und richtete ihre Aufmerksamkeit wieder auf das Handy, das auf der Bank lag, während sie an diesem klaren Januartag über das Reihenhausgebiet schaute. Sie hatte sich eine letzte Zigarette gönnen wollen, bevor Thor nach Hause kam.

Nach ihrem Erlebnis in Anisas Haus hatte sie das Bedürfnis gehabt, ihn zu sehen, Hand in Hand mit ihm spazieren zu gehen oder einfach nur vor dem Fernseher zu liegen und eine dieser Talentshows zu gucken, die er sich ansah, ohne dass es ihm peinlich war. Jetzt war sie vollkommen steif gefroren, nachdem sie die letzte Dreiviertelstunde in seinem Vorgarten zugebracht hatte. Abgesehen vom Rauchen hatte sie die Zeit dazu genutzt, im Internet nach Flügen nach Frankreich zu suchen. Eine konkrete Aufgabe zu haben, war die einzige Methode, mit der sie ihre Nerven beruhigen konnte. Und nach dieser entsetzlichen Fahrt nach Hamburg hatte sie irgendwie das Gefühl, dass sie es ihrer Mutter schuldig war, für sie da zu sein. Als hätte sie sie hintergangen, indem sie Kontakt zu Adèle aufgenommen hatte. Und als wäre sie dafür bestraft worden.

Linnea blickte im selben Moment auf, als Thor die Gartenpforte öffnete. Er wirkte überrascht, sie zu sehen, ging auf sie zu und gab ihr einen hastigen Kuss.

»Du bist ganz kalt«, sagte er.

Er schnupperte ein wenig an ihr, als könnte er den Rauch riechen, kommentierte es jedoch nicht, sondern blieb auf dem Gartenweg stehen, als wollte er etwas sagen. Linnea war schon auf halbem Weg zur Haustür, als er endlich redete.

»Wir haben einen Schlafsack auf Anisas Dachboden gefunden, zusammen mit drei leeren Coladosen, anderthalb Litern Wasser und zwei Kekspackungen. Ich glaube, sie hat dort schon länger übernachtet.«

Linnea nickte. Sie ahnte, was jetzt kommen würde.
»Du hättest das nicht machen sollen.«
Thor blickte sie vorwurfsvoll an.
»Erst Hamburg und jetzt das hier. Du glaubst, du könntest alles auf eigene Faust durchziehen, aber es wäre die Aufgabe der Polizei gewesen, das Haus zu durchsuchen. Verstehst du denn nicht, dass du dich ernsthaft in Gefahr gebracht hast? Wieder einmal?«
Er sah wirklich wütend aus. Linnea berührte ihren schmerzenden Ellbogen. Der ganze Unterarm war gelbschwarz verfärbt. Armer Thor, er verstand einfach nicht, dass sie morgen genau dasselbe wieder tun würde.
»Ja, du hast natürlich recht. Okay. Aber ich war so dicht dran. Verstehst du denn nicht, dass ich sie fast gehabt hätte?«
Sie sah ihn eindringlich an.
»Dass ich so kurz davor war? Sie hat mir vertraut. Sie war bereit, mit mir mitzukommen. Ich bin mir ganz sicher!«

Der Computer stürzte zweimal ab, als sie abermals nach den Flügen suchen wollte, und Linnea ärgerte sich, dass sie ihr MacBook nicht mitgenommen hatte, sondern mit Thors Acer vorliebnehmen musste. Aber mit dem unzuverlässigen Laptop am Küchentisch zu sitzen, war immer noch bequemer, als mit dem Handy im Garten zu stehen.
Sie tippte die Daten ihrer American-Express-Card in das Zahlungsformular und überlegte kurz, ob sie womöglich zu viel im Internet einkaufte, wenn sie sogar schon ihre Kreditkartennummer auswendig kannte. Im nächsten Moment hatte sie in ihrem Postfach die Bestätigung für einen Flug Kopenhagen-Paris in zehn Tagen und den Rückflug drei Tage darauf. Anschließend surfte sie weiter, bis sie eine Autovermietung fand, die einen Peugeot 407 am Flughafen

Charles de Gaulle für sie bereitstellte. Der Routenplaner verriet ihr, dass die Fahrzeit vom Flughafen nach Évreux ungefähr eineinhalb Stunden dauerte, und Linnea mailte der Pflegerin, Madame Jacqueline Grangé, ihre voraussichtliche Ankunftszeit.

Sie lehnte sich im Stuhl zurück und spürte fast buchstäblich, wie eine Last von ihren Schultern genommen wurde. Obwohl es zurzeit genügend Dinge gab, die sie beschäftigten, war es keine Übertreibung, dass ihr der Gedanke an die Mutter in letzter Zeit den Schlaf geraubt hatte. Sie hatten zwischendurch wieder miteinander telefoniert, und die Mutter hatte so klar gewirkt, dass Linnea es gewagt hatte, das Wort Pflegeheim in den Mund zu nehmen. Die Mutter hatte ihr sofort an den Kopf geworfen, wenn sie das Centre Hospitalier Intercommunal Eure-Seine gesehen hätte, in dem die Kommune freundlicherweise ihre »alten und hinfälligen Bürger« unterbrachte, würde sie es nicht übers Herz bringen, so etwas vorzuschlagen. Das musste aber immerhin bedeuten, dass die Mutter eine solche Einrichtung besichtigt hatte und ihr in ihren lichten Momenten vielleicht durchaus klar wurde, dass etwas passieren musste.

Sie sah auf, als Thor ins Wohnzimmer kam.

»Außerdem bist du derjenige, der mich immer wieder in seine Arbeit hineinzieht«, sagte sie und knüpfte an das Gespräch an, das sie im Garten begonnen hatten. »Und zwar nicht nur einmal, sondern immer wieder. Ist das etwa nicht unprofessionell? Und noch dazu habt ihr es einzig und allein mir zu verdanken, dass ihr in diesem Fall überhaupt weitergekommen seid!«

Thor schaute sie verblüfft an.

»Jetzt wisst ihr, dass Anisa nicht weiß, dass man ihr Handy orten kann«, fuhr Linnea fort. »Du hättest die Sache mit dem Telefon einfach fallen lassen, wenn ich nicht entdeckt hätte, dass sie auf dem Dachboden übernachtet hat. Hab ich recht? Jetzt müsst ihr sie nur weiterhin im Auge behalten. Und sobald sie ihr Handy wieder benutzt, findet ihr sie.«

49

Einzig und allein Thors Schritte hallten auf dem Flur der Mordkommission wider, als er am Montagmorgen dort entlangging. Aber er war nicht allein. Neben einem der Archivschränke, die eigentlich nicht auf dem Gang stehen durften, wartete ein Mann auf ihn. Thor erkannte ihn sofort, weil er sich nach Carsten Greives Tod unzählige Monate davor gefürchtet hatte, dass Anders Ahlmark auftauchen und ihm anklagend auf die Schulter tippen würde. Der Kommissar war der Personalabteilung zugeordnet, kam aber im Gegensatz zu den anderen Bürohengsten von der Kripo und untersuchte Disziplinarverfahren und Klagen gegen die Polizei. Er gehörte zur internen Abteilung.

Thor nickte ihm kurz zu und wollte gerade in sein Büro gehen, als ihm klar wurde, dass Ahlmark auf ihn wartete.

»Wir haben eine Untersuchung eingeleitet.«

»Willst du mich auf den Arm nehmen?«

Thor starrte den Kommissar an und fluchte darüber, dass er die Angelegenheit die ganze Zeit vor sich hergeschoben hatte. Er hatte seine Pistole als gestohlen gemeldet, doch ihm war noch immer keine gute Erklärung gekommen, die nicht auf grobe Fahrlässigkeit seinerseits schließen ließ.

»Das endet schlimmstenfalls damit, dass ich von Lange getadelt werde, das weißt du doch genauso gut wie ich.«

Ahlmark verzog keine Miene. Er war es vermutlich gewohnt, dass sich die Kollegen nicht gern in die Karten gucken ließen.

»Man hat dich angezeigt, weil du ›die Paragraphen zur Aufbewahrung von Dienstwaffen in der Dienstvorschrift B 15‹ nicht ›gewissenhaft befolgt‹ hast. Erklär mir bitte, warum ich keine Suspendierung empfehlen soll!«

Thor starrte ihn an.

»Wenn es das erste Mal wäre, könnte ich ein Auge zudrücken, aber du bist ja nicht gerade ein unbeschriebenes Blatt«, fügte Ahlmark hinzu.

Er wandte sich zum Gehen, zögerte aber doch einen Moment.

»Außerdem bin ich nur aus reiner Höflichkeit vorbeigekommen, um dich darauf vorzubereiten. Die Untersuchung läuft bereits, ob du es willst oder nicht.«

Nur seiner Willenskraft war es zu verdanken, dass Thor nicht die Tür hinter sich zuschlug. Dahinter wartete Daniel Kraus mit einem Grinsen auf den Lippen, das verriet, dass er das Gespräch belauscht hatte.

»Man muss seine Waffen ordnungsgemäß aufbewahren«, sagte er neckisch. »So sieht es das Gesetz nun mal vor.«

»Es ist der Geist des Gesetzes und nicht der einzelne Buchstabe, der zählt«, erwiderte Thor. »Aber diesen Unterschied kann man natürlich nur machen, wenn man selbst im Besitz geistiger Kräfte ist, und da bin ich mir nicht bei allen hier im Haus sicher.«

Er wusste, dass seine Verteidigungsgrundlage ziemlich dünn war, aber Ahlmarks Wichtigtuerei brachte sein Blut zum Kochen.

»Was gefunden?«

Er deutete auf Kraus' Computer.

»Nichts Großes. Ein paar Mails an die Familie daheim.

Ein paar Einkäufe im Internet, Alltägliches. Nichts, was für uns von Interesse sein könnte.«

Thor und Kraus erforschten weiterhin in Eigenregie das Umfeld der drei Dänen, die in Mogadischu getötet worden waren. Die Telefone und Computer, auf die sie sich normalerweise eifrig gestürzt hätten, waren im Zusammenhang mit den Morden alle verschwunden. Dafür hatten sie überraschenderweise Hilfe von Carl Henrik Gunnerus Poulsen erhalten. Er hatte sie darauf aufmerksam gemacht, dass die drei Dänen Mailkontos über Kintu hatten, und obwohl sie natürlich passwortgeschützt seien, dürfe es für ihren IT-Administrator kein Problem darstellen, den Zugang herzustellen. Nach nur wenigen Anrufen hatte Kraus tatsächlich auf alle drei Mailkonten zugreifen können und fast das ganze Wochenende damit verbracht, sich durch die vielen Mails zu kämpfen. Aber die Frage war, ob sie es sich erlauben konnten, so viel Zeit auf eine inoffizielle Ermittlung zu verwenden, jetzt, da die Suche nach Anisa eine ganz neue Priorität hatte. Thor hatte beim Telecenter der Reichspolizei zusätzlichen Druck ausgeübt. Schon über das kleinste Piepsen von Anisas Handy würde er noch in derselben Sekunde informiert werden. Gleichzeitig mussten sie aber auch noch Vibe Herzogs Leben und Wirken bis zu ihrem Tod genau untersuchten.

»Soweit ich sehen kann, haben die drei sich mehrmals täglich Mails geschrieben.«

Kraus erhob sich von seinem Schreibtisch.

»Aber ich habe etwas, was noch viel interessanter ist.«

*

Linneas Tag begann bestens – mit der lang ersehnten Mail von Irmelin. Diese war allerdings provozierend kurz. Irmelin schrieb nicht mehr, als dass sie das Ergebnis des DNA-Abgleichs vorliegen habe, um das Linnea sie gebeten hatte. Kein Wort darüber, wie es ausgefallen war. Linnea hatte sofort im Institut für Forensische Genetik angerufen.

»Ich kann in einer Viertelstunde bei dir sein.«

Irmelin lachte.

»Das ist nicht nötig, ich bin gerade dabei, dir alles zusammenzustellen, einzuscannen und zu mailen. Du hast die Ergebnisse im Laufe des Vormittags.«

»Und?«

»Ich glaube, du wirst sehr zufrieden sein.«

Als Linnea das Gespräch beendete, stand sie bereits unten auf der Knabrostræde, und exakt eine Viertelstunde später war sie in Irmelins Büro.

»Hab ich's mir doch gedacht, dass du nicht würdest warten können«, sagte sie.

»Und was ist denn nun die Konklusion?«

Linnea war bereits dabei, die Papiere durchzublättern, und sah irgendwann auf, als Irmelin ihr nicht antwortete.

»Es war übrigens nicht ganz leicht, deinen privaten Auftrag in so kurzer Zeit zu bearbeiten«, erklärte Irmelin.

Linnea nickte.

»Ich dachte, es wäre einen Versuch wert«, erwiderte Linnea dann. »Letztes Jahr habe ich von einem alten Fall aus Deutschland gehört. 1977 wurde der deutsche Generalbundesanwalt Sigfried Buback von zwei maskierten Männern erschossen, die an einer Ampel mit dem Motorrad neben ihm hielten und das Feuer eröffneten. Die RAF hat sich in einem Schreiben zu dem Anschlag bekannt, und später wurden zwei ihrer Mitglieder wegen Mittäterschaft verurteilt. Aber man konnte nie beweisen, wer von den beiden geschossen hat, und außer ihnen wurde niemand für das Mitwirken an dem Anschlag verurteilt.«

Irmelin kniff die Augen zusammen.

»Darüber habe ich irgendwas gelesen.«

»Garantiert«, sagte Linnea. »Den deutschen Forensischen Genetikern ist es nämlich gelungen, an dem alten Brief DNA-Spuren zu finden. Aufgrund dieser Spuren wurde jetzt eine Achtundfünfzigjährige, ein früheres RAF-Mitglied, für ihre Mitwirkung bei der Planung des Mordes verurteilt. Sie wurde mithilfe von dreißig Jahre alten Spuren überführt!«

»Ich dachte mir schon, dass es um etwas Ähnliches geht, als du mich beauftragt hast, in den Archiven zu wühlen.«

»Und?«

Wortlos nahm Irmelin die Papiere, in denen Linnea geblättert hatte, und schlug die letzte Seite auf. Linnea konnte triumphierend feststellen, dass es Irmelin nicht nur gelungen war, verschiedene DNA-Typen auf dem alten Brief aus dem Polizeiarchiv zu finden, mit dem die Force 17 im Jahr 1986 die Verantwortung für ein Bombenattentat in Israel übernommen hatte. Noch dazu war eine der Spuren mit dem DNA-Profil identisch, das Linnea auf Adèle de Clermont-Tonneres Taschentuch aus Hamburg mitgebracht hatte.

»Zufrieden?«, fragte Irmelin.

Linnea antwortete nicht. Sie hatte schon ihr Handy am Ohr und rief Thor an. Die Mailbox sprang sofort an, aber das hinderte sie nicht daran, ihn an ihrem brillanten Coup teilhaben zu lassen. Sie hinterließ eine kurze Nachricht: »Was hältst du von einem Durchbruch in deinem Fall?«

50

Thor legte sein Telefon beiseite und nahm das Ringbuch entgegen, das Kraus ihm reichte. Es war einer jener Ordner, in die Spang-Hansen ordentlich all seine Artikel abgeheftet hatte.

»Ewald hat sie entdeckt«, sagte Kraus. »Du weißt schon, er hat ein Faible für das Methodische und Trockene.«

Der Ordner war bei einem Artikel aufgeschlagen, den Thor aus der Plastikhülle zog und auseinanderfaltete. Es waren zwei ganze Seiten aus der *Politiken* vom 18. Juli 2010. Ein Sommerfeature mit viel Raum für ein ausführliches Porträtinterview. Es war Teil einer Serie über dänische Entwicklungshelfer und idealistische Ehrenamtliche, die daran arbeiteten, die Verhältnisse in Entwicklungsländern und Katastrophengebieten zu verbessern. »Die wahren Helden.« Zunächst verstand Thor nicht, worüber Kraus so begeistert war, dann aber las er die Bildunterschrift unter einem großen Foto von einem afrikanischen Slum, vor dem ein Europäer von einheimischen Kindern umringt stand. Es war Ansgar Toftegaard.

»Sie kennen sich«, sagte Kraus. »Endlich haben wir eine direkte Verbindung.«

Thor glotzte weiter das Bild an. Es war, als könnte er nicht fassen, was er da erkannte. Sie sahen sich zwar nicht übermäßig ähnlich, aber dennoch zweifelte er keine Sekunde.

»Es ist sein Vater«, erklärte er dann.

Er klopfte mit dem Finger auf das Foto.

»Das sind Vater und Sohn, verdammt!«

Kraus schaute verwundert drein.

»Sie haben nicht denselben Namen«, fuhr Thor fort. »Der Vater hat sich aus dem Staub gemacht, als der Sohn noch ganz klein war, erinnerst du dich nicht? Ich bin mir sicher, dass ich recht habe, aber überprüfst du das sicherheitshalber noch mal? Hatten wir vielleicht sogar schon mit ihm zu tun, um ihn über den Tod seines Sohnes zu informieren?«

»Was ist mit der Mutter? Hätte sie denn nicht reagieren müssen, wenn das stimmt? Die Sache war doch ziemlich präsent in den Medien.«

»Vielleicht«, sagte Thor. »Ruf sie an. Und ich möchte alles über Ansgar Toftegaard wissen. Nimm das Verhältnis von Vater und Sohn unter die Lupe. Innerhalb von ein und derselben Woche getötet? Wir müssen alles ausgraben, was sie verbindet! Jetzt ist es vorbei mit den Zufällen.«

Thor war bereits aufgesprungen und auf dem Weg in den zweiten Stock, um mit Heidi Mikkelsen zu reden. Sie musste ihnen die Genehmigung erteilen, das Ganze als komplett neuen Ermittlungskomplex zu eröffnen, der sowohl die beiden Morde in Kopenhagen als auch die drei in Mogadischu beinhaltete. Sie brauchten mehr Personal.

In der Tür drehte er sich noch einmal um und deutete auf Kraus' Computer.

»Ich glaube, du solltest Ewald damit beauftragen, sich durch die Mails zu wühlen. Denk mal drüber nach. Drei dänische Entwicklungshelfer werden ermordet. Die Polizei vor Ort geht von einem bewaffneten Überfall aus, aber wir glauben nicht so recht daran, und unmittelbar danach schickt der Abschirmdienst einen Mann vor Ort. Das stinkt doch nach Vertuschung!«

»Einverstanden, aber bisher habe ich nichts Ungewöhnliches in den Mails gefunden, keine geheimnisvollen Verschwörungen oder Ähnliches.«

Thor lächelte.

»Vielleicht ist ja gerade das interessant?«

»Wie meinst du das?«

»Hast du deinen Sherlock Holmes etwa nicht richtig gelesen? *Silberstern*, die Geschichte mit dem Hund, der gerade deshalb so interessant ist, weil er nicht bellt?«

Kraus sah Thor mit leerem Blick an.

»Vergiss es einfach«, sagte Thor. »Die Pointe ist, das nichts in ihren Mails zu finden ist, obwohl wir davon ausgehen, dass sie in irgendetwas verstrickt waren. Du sagst, dass sie sich regelmäßig Mails geschrieben haben. Aber diese Sache erwähnen sie mit keinem Wort. Sie haben sich nicht sicher gefühlt. Vielleicht haben sie es nur unter vier Augen besprochen, vielleicht am Telefon oder in einem Mailkonto, das wir nicht kennen. Aber nie hier, in ihren Arbeitsmails. Und warum nicht? Weil jeder, der einen administrativen Zugang zu Kintus IT-Netzwerk hatte, mitlesen konnte. Deshalb können wir es ja auch so einfach.«

»Und was sagt uns das?«

Thor zuckte mit den Schultern. Plötzlich war er sich dessen, was ihm eben noch so spitzfindig vorgekommen war, nicht mehr ganz sicher.

»Ich weiß nicht so richtig, aber vielleicht sollten wir die Mails trotzdem noch einmal genauer lesen. Und unsere Aufmerksamkeit dann wieder ein bisschen mehr auf die Organisation von Kintu richten.«

Er wollte sein Argument noch weiter ausführen, doch im selben Moment klingelte sein Handy. Er sah einen verpassten Anruf von Linnea, aber diesmal war nicht sie es. Die Nummer war unterdrückt, und auch die Stimme des Anrufers war ihm unbekannt.

»Sie kennen mich nicht. Aber Sie sollten davon ausgehen, dass ich etwas habe, was Sie sehr interessieren wird. Kennen Sie das Parkdeck über dem Imperial?«

*

Mogadischu, Sahafi Hotel International, 18. Januar 2011

»Wir müssen reden. Gibt es Neuigkeiten von Ansgar?«

Bente Hultin sah von dem bescheidenen Frühstücksbüfett des Hotels auf und direkt in Martin Svendsens rot geäderte Augen. Sein Atem stank säuerlich nach Kaffee und Zigaretten, und er hatte sich offensichtlich schon seit mehreren Tagen nicht mehr rasiert. Diskret wandte sie sich ab, ehe sie tief Luft holte und versuchte, ihm mit möglichst ruhiger Stimme zu antworten.

»Du hast doch gesagt, dass du ihn gestern Abend sprechen wolltest? Du weißt doch, dass er sich nie so früh am Morgen blicken lässt. Und was ist überhaupt mit dir, hast du denn gar nicht geschlafen?«

Martin schüttelte nur den Kopf und sah resigniert auf das trockene Toastbrot und das nicht ganz frische Obst, das vom Hotelpersonal so appetitlich wie irgend möglich arrangiert worden war. Dann gab er auf und ging zu der riesigen Kaffeemaschine, die in einer Ecke des Raums stand, um sich eine Tasse zu holen. Wie die meisten Haushaltsgeräte und alles andere Elektronische in Mogadischu schien sie mindestens zwanzig Jahre auf dem Buckel zu haben. Immerhin konnten sie dankbar sein, dass das Hotel einen verhältnismäßig zuverlässigen Stromgenerator hatte.

Bente beeilte sich, ihr Tablett zu nehmen und einen leeren Tisch in einer abgelegenen Ecke zu finden. Sie wollte weg von Martin und seinem lauten Gerede inmitten dieses großen Speisesaals, der vielen Ausländern in der Stadt als fester Treffpunkt diente. Im Sahafi Hotel International wohnte der überwiegende Teil der immer kleiner werdenden Schar der Entwicklungshelfer und Journalisten, die sich nur in der Begleitung von an der Rezeption anheuerbaren Söldnern draußen bewegen konnte. Nach Einbruch der Dunkelheit durfte man gar nicht mehr auf die Straße. Ab 18 Uhr herrschte Ausgangssperre, was man nur so lange für übertrieben hielt, bis man seinen ersten Abend in der Stadt erlebt hatte. Das Hotel war nicht grundlos von Mauern und Schlagbäumen abgeriegelt. Sobald es dunkel wurde, verwandelte sich die ausgebombte Hauptstadt zu einer wahren Kriegszone. Die konkurrierenden Warlords trugen ihren ewigen Kampf um die Gebiete aus, und Mogadischu wurde wieder und wieder von Maschinengewehrfeuer und Explosionen erhellt.

Bente ertappte sich wieder einmal dabei, dass sie sich in ihren kleinen Bungalow in Bulawayo zurücksehnte. In Simbabwe hatte sie für Kintu vier friedliche und fruchtbare Jahre verbracht, in denen sie wirklich das Gefühl hatte, etwas für die Einheimischen zu bewirken. Nicht nur in der täglichen Arbeit – sie unterrichtete und unterstützte die Frauen der Stadt –, sondern auch, weil sie ein wunderbares Verhältnis zu ihren Angestellten hatte. Zu dem Koch, der blitzschnell lernte, ihr Frühstücksei auf den Punkt zu kochen, und der es liebte, wenn sie von Dänemark erzählte, und ihrem jungen Dienstmädchen Sally, mit der sie jeden Abend lesen übte. Und zu Simon natürlich. Der schöne Simon, ihr zwanzigjähriger Gärtner, mit dem sie eine ganz besondere Seelenverwandtschaft gehabt hatte.

Aber nun hockte sie hier, in einer Stadt, die einem einzigen Bombenkrater glich und in der Kintu eine der wenigen Hilfsorganisationen war, die sich noch nicht zurückgezogen hatte. Ihre Anwesenheit war dringend nötig, aber gleichzeitig drängte sich hier die Hoffnungslosigkeit mehr auf als an allen anderen Orten, an denen sie je gewesen war. Man konnte nicht viel anderes tun, als die Tage zu zählen, bis der zehnmonatige Aufenthalt hier überstanden war. Natürlich war sie freiwillig hier, denn es gab ein un-

geschriebenes Gesetz bei Kintu, dass man sich seine Einsatzorte nahezu frei aussuchen konnte, wenn man seinen Teil in einer besonders schwierigen Gegend geleistet hatte. Und jetzt, da nur noch zwei Monate vor ihr lagen, hatte Bente eigentlich endlich Licht am Ende des Tunnels gesehen – und die Möglichkeit, wieder nach Bulawayo zurückzukehren.

Das war jedoch, bevor sich alles vom einen Tag auf den anderen änderte. Bevor Martin und Ansgar und sie sich ständig vor möglichen Verfolgern in Acht nehmen mussten und niemandem mehr vertrauen konnten, inzwischen nicht einmal mehr einander.

»Wo warst du plötzlich? Wir müssen reden.«

Schon stand er wieder vor ihr, Martin Svendsen, verzweifelt und gekränkt und – wie sie jetzt sehen konnte – geradezu ungepflegt. Ein starker Kontrast dazu, wie er hier vor fünf Monaten eingetroffen war: sauber, frisch frisiert und blauäugig. Er kam direkt von seinem Abschlussprojekt am Fachbereich Internationale Entwicklungsstudien an der RUC, und wie die meisten Akademiker, die zum ersten Mal im Einsatz waren, hatte er darauf bestanden, seine Theorien und Strategien jedem aufzudrängen. Das war einerseits reizend, andererseits aber auch furchtbar anstrengend. Bente wusste natürlich, dass Ansgar und sie zwei desillusionierte alte Hasen waren. Ihnen kam es in erster Linie darauf an, irgendetwas auszurichten, anstatt die formalen Anforderungen zu erfüllen, die im fernen Kopenhagen in einem Büro entwickelt wurden – oft von Mitarbeitern, die ihr Wissen nur aus Studien bezogen und längst das Gefühl dafür verloren hatten, worum es in der Dritten Welt eigentlich ging. Besonders Ansgar war in den ersten Monaten oft mit Martin aneinandergeraten, bis dieser etwas entspannter wurde und Ansgar akzeptierte, dass sein junger Kollege durchaus etwas Neues beizutragen hatte.

Sie waren drei Dänen, die das Büro in Mogadischu leiteten. Kintu vertrat – im Gegensatz zu den meisten anderen Hilfsorga-

nisationen, die längst den Schwanz eingezogen hatten – die Linie, dass es notwendig war, selbst vor Ort zu sein. Um fortlaufend alles zu beobachten und auszuwerten, aber auch um mit den Notleidenden im Dialog zu stehen und sicherzugehen, dass die Hilfe auch bei den Bedürftigen ankam. In erster Linie verantworteten sie die Essensausgabe von sechs über die Stadt verteilten Küchen, obwohl das wie ein Tropfen auf dem heißen Stein erschien, wenn es nur eine Frage der Zeit war, ehe die Hungerkatastrophe ausbrach. Außerdem waren sie an der Zusammenarbeit mit den örtlichen Stammesführern beteiligt sowie an anderen Maßnahmen, die helfen konnten, wieder eine Art Gesellschaft aufzubauen. Die Entwicklungsprojekte wurden häufig von Al-Shabaab sabotiert oder bei den nächtlichen Gefechten zerstört. Aus den Slums von Mogadischu konnten sie keine Hochglanzfotos an die potentiellen Spender in der Heimat schicken. Aber wie sich herausgestellt hatte, war Martin geschickt darin, seine Berichte so zu formulieren, dass es den Eindruck erweckte, sie würden trotz allem doch einen Fortschritt beobachten.

In den letzten Monaten hatten sie sich als richtig gutes Team erwiesen, was sie jedoch mit ihrem losen Mundwerk und ihrem Mitteilungsbedürfnis kaputtgemacht hatte. Wenn sie ihren Verdacht nur für sich behalten hätte, statt Martin und Ansgar hineinzuziehen, dann hätte es immer so weitergehen können.

Jetzt aber hatte sie sie womöglich zu Freiwild erklärt in einer Stadt, wo ein Auftragsmord billiger zu haben war als eine sättigende Mahlzeit.

51

Thor zog die Handbremse, drehte den Zündschlüssel um und löste den Sicherheitsgurt. Er blieb einen Moment sitzen, um sich zu orientieren. Dann justierte er den Rückspiegel, ohne dadurch mehr zu erkennen, und musste am Ende resigniert feststellen, dass man in diesem Dämmerlicht unmöglich etwas sehen konnte. So früh am Nachmittag standen nicht viele Autos auf dem Parkdeck über dem Imperial-Kino, und Thor überlegte kurz, ob er nicht lieber gleich wieder fahren sollte. Hier war es viel zu einsam.

Der Mann, mit dem er verabredet war, hatte sich am Telefon nicht zu erkennen gegeben, aber Thor hatte nicht lange gezögert. Er war sich ziemlich sicher, wer es war. Die Tatsache, dass er fast unmöglich zu beschatten gewesen war und der Staatsanwalt Thor angewiesen hatte, sich möglichst weit weg zu halten, machte ihn nur umso neugieriger. Natürlich musste es einen triftigen Grund dafür geben, dass dieser Kerl nun ganz von allein zu ihm kam. Vermutlich wollte er Thor unter Druck setzen. Aber er war bereit, nahezu jedes Risiko einzugehen, denn selbst Linneas genialer DNA-Coup war sofort abgewiesen worden. Das zu erfahren, würde sie nicht glücklich machen.

Thor stieg aus dem Wagen und schaute sich um. Vom offenen Parkdeck hatte man einen freien Blick von der grellen Farborgie des Palads-Kinos bis zu dem mit Grünspan überzogenen funktionalistischen Vesterportgebäude. Der Schneefall hatte wieder eingesetzt, und inmitten des weißen Flirrens nahm Thor aus dem Augenwinkel einen Schatten wahr.

Er drehte sich hastig um, doch jetzt war niemand mehr

zu sehen. Vielleicht war er ein bisschen zu voreilig gewesen, als er beschlossen hatte, den anonymen Kontakt nicht zu verjagen, indem er im Hinterhalt Kollegen postierte. Immerhin war er aber doch schlau genug gewesen, nicht ganz ohne eine Absicherung hier aufzutauchen.

»Hallo«, rief er. »Ist da jemand?«

Der Schatten tauchte erneut auf, diesmal am Geländer zur Meldahlsgade, verschwand aber sofort wieder zwischen zwei Autos. Thor blieb stehen und zog vorsichtig seine Pistole aus der Manteltasche. Eine Walther PPK war alles, was er sich in der großen Eile – und ziemlich inoffiziell – am Politigården hatte beschaffen können. Als Dienstwaffe längst nicht mehr im Einsatz, in dieser Situation aber ungeheuer beruhigend. Die halbautomatische Pistole von Carl Walthers Waffenfabrik in Thüringen, Modell »Polizeipistole Kriminal«, jene Waffe, mit der Adolf Hitler im Führerbunker Selbstmord begangen hatte und die James Bond durch Bücher und Filme bekannt gemacht hatte. Sie erinnerte ihn an die allererste Pistole, die man ihm beim Training auf dem Schießplatz der Polizeischule zugeteilt hatte.

Das Geräusch von Schritten ließ Thor aufhorchen. Der Beton erzeugte einen Widerhall, man konnte sich kaum lautlos bewegen. Er entsicherte seine Pistole und trat einige Schritte auf das Geländer zu. Jetzt fegte der Schnee immer heftiger auf das Parkdeck. Er hielt jedoch fast sofort inne. Vor ihm stand ein Mann mittleren Alters in einer kurzen Jacke mit hochgeschlagenem Kragen. Er wandte Thor den Rücken zu, beugte sich über das Geländer und starrte auf den Verkehr, der stadtauswärts in Richtung Gammel Kongevej floss.

Thor näherte sich langsam. Der Mann musste ihn längst gehört haben, bewegte sich aber nicht.

»Sie wollten mich sprechen?«, fragte Thor.

Er hob seine Pistole. Jetzt war er nur noch wenige Meter von dem Mann entfernt. Er trat noch einen Schritt vor, und dann geschah alles auf einmal. Der Mann machte eine schnelle Drehung nach links, so dass er seitlich neben Thor stand und blitzschnell seinen Arm um dessen Mitte schlingen konnte. Mit dem anderen versetzte er Thor, der seine Pistole nun ins Leere richtete, einen Hieb zwischen die Beine.

Thor versuchte, hinter sich zu schlagen, doch der andere hatte ihn bereits in die Luft gehoben. Einen halben Meter in der Luft schwebend, wurde Thor ein Stück getragen und schließlich unsanft auf dem Beton vor dem Geländer abgeworfen. Der Mann warf sich über ihn und schlug ihm die Pistole aus der Hand. Thor wollte sich umdrehen, war jedoch unter dem Körper des anderen gefangen. Er stöhnte vor Wut und Schmerz und versuchte vergeblich, sich zu befreien.

*

Mogadischu, Sahafi Hotel International, 18. Januar 2011

»Wenn er heute nichts hört, müssen wir wirklich etwas unternehmen.«

Nachdem er eine Weile vor ihr gestanden und mit den Füßen getrippelt hatte, setzte er sich endlich auf den Platz gegenüber, schaute sich jedoch immer wieder nervös um. Bente zwang sich, ihm in die Augen zu sehen. Sie versuchte, Ruhe auszustrahlen, aber ihre Stimme überschlug sich verräterisch. Auch sie hatte in den letzten Nächten nicht viel geschlafen.

»Aber was sollen wir deiner Meinung nach tun? Wir haben das schon stundenlang diskutiert, und du warst derjenige, der gesagt hat, dass wir es nur ignorieren können.«

»Ja, aber das war doch, bevor …«

Bentes Stimme wechselte in eine höhere Tonlage, als sie ihren jüngeren Kollegen unterbrach.

»Wir waren uns einig, Mikkel zu vertrauen. Was können wir anderes tun, als zu warten? Ansgar versucht seit vier Tagen, ihn zu erreichen, also müssen wir doch verdammt noch mal bald irgendetwas erfahren!«

Martin sah sie erschrocken an, und Bente fasste sich an die glühenden Wangen. Sie war sonst immer sehr darauf bedacht, dass sie anständig miteinander umgingen. Diese Geschichte mussten sie gemeinsam durchstehen. Ansgar hatte damals den Vorschlag gemacht, einen Journalisten zu kontaktieren, und auch gleich gewusst, wen. Mikkel Spang-Hansen war sein Sohn. Die anderen hatten der Idee sofort zugestimmt. Der Name klang bekannt, obwohl Bente die alternative und etwas versoffene Erscheinung ihres Kollegen nie mit dem ehrgeizigen jungen Journalisten in Verbindung gebracht hätte, der sich mit seiner Mischung aus Reportage und Glamour schon in mehreren Zeitungen und Magazinen einen Namen gemacht hatte. Offenbar hatten die beiden erst in den letzten Jahren mehr miteinander zu tun gehabt. Ansgar hatte jedoch sehr damit geprahlt, mit welch wichtigen Themen sich sein Sohn beschäftigte.

»Er ist wirklich ein kluger Kerl. Letztes Jahr hat er mich in Nairobi besucht. Hat eine kluge Reportage über das Leben von NGOlern vor Ort geschrieben – im Unterschied zu denen, die zu Hause nur im Büro hocken. Wie ihr euch bestimmt vorstellen könnt, hat das in Dänemark einen Sturm der Entrüstung ausgelöst.«

Ansgar hatte in sein großes Weinglas gelacht. Es war das erste Mal, dass Bente ihn so stolz erlebt hatte.

»Nein, er hat keine Angst davor, im Dreck zu wühlen. Wenn jemand herausfinden kann, wer von dieser Sache profitiert, dann er.«

Bente nahm sich wieder zusammen und sah Martin an.

»Bitte entschuldige! Ich … wir sind wohl alle ziemlich gestresst im Moment.«

Sie versuchte sich ein Lächeln abzuringen, während ihre Hand reflexartig in das hennafarbene Haar griff, um ihren Pagenkopf zu richten. Im selben Moment nahm sie eine Bewegung am anderen Ende des Raums war. Es war Ahmed, der Leiter ihres Sicherheitstrupps, der versuchte, auf sich aufmerksam zu machen. Waffen waren im Speisesaal nicht erlaubt, so dass sich die Söldner dort nur selten aufhielten. Erleichtert sah sie auf ihre Uhr, ohne die Zeit wahrzunehmen.

»Na denn, es sieht aus, als würden Ahmed und seine Leute auf uns warten. Lass uns zusehen, dass wir ins Büro kommen. Und dann besprechen wir alles ganz in Ruhe, wenn Ansgar kommt, ja?«

52

Der andere Mann war sofort wieder auf den Beinen. Er klopfte seine Jacke ab, während er eine Pistole auf Thor richtete. Thor starrte darauf. Es war seine eigene Walther PPK.

»Krav Maga«, sagte der Mann mit dem Anflug eines Lächelns. »Wurde irgendwann in den 1940ern mal von Grandmaster Imi Sde-Or für die israelische Armee entwickelt. Ich fürchte, ich habe mich noch gar nicht richtig vorgestellt, aber vielleicht ist das auch überflüssig.«

»Warwick«, erwiderte Thor. »Mads Emil Warwick.«

Thor kam auf die Knie, und der andere hielt ihm eine helfende Hand hin. Thor zögerte eine Sekunde, bevor er sie ignorierte und sich allein wiederaufrichtete. Warwick ging auf Abstand, die Pistole noch immer auf Thor gerichtet.

»Was soll das Ganze?«, fragte Thor schließlich.

»Sie haben Ihre Nase in eine Sache gesteckt, die nur den Abschirmdienst etwas angehen sollte. Das ist bedauerlich, aber jetzt lässt sich daran auch nichts mehr ändern.«

»Sind Sie es denn gewöhnt, dass Sie immer mit allem davonkommen?«

Warwick schüttelte den Kopf.

»Ich fürchte, Sie haben da etwas missverstanden. Ich weiß, dass Sie Bilder erhalten haben, die mich mit dem Mord in Verbindung bringen. Haben Sie gar nicht darüber nachgedacht, wer dafür gesorgt haben könnte, dass diese Aufnahmen bei Ihnen landen?«

Thor trat einen Schritt näher ans Geländer. Der Schnee blies ihm direkt ins Gesicht, aber es kümmerte ihn nicht. Er versuchte abzuschätzen, wie tief es nach unten ging, um gegebenenfalls hinunterzuspringen und auf die Straße zu flüchten.

»Ich habe technische Beweise dafür, dass sie sich zum Zeitpunkt von Vibe Herzogs Ermordung am Tatort befanden«, sagte Thor dann. »Und wo die herkommen, ist mir herzlich egal.«

»Ich habe nichts mit ihrem Tod zu tun.«

Thor nickte in Richtung der Pistole, die noch immer auf ihn gerichtet war.

»Ich weiß nicht viel von Ihrer Welt«, erwiderte er. »Aber bei uns ist eine Pistolenmündung nicht genug. Wir brauchen Beweise.«

Warwick nickte. Erneut huschte ein Lächeln über sein Gesicht.

»Ich verlange ja auch nicht, dass Sie mir aufs Wort glauben. Ich habe etwas viel Besseres.«

Er trat noch einen Schritt zurück und zog etwas aus der Innentasche. Thor legte die Hand aufs Geländer. Warwick reichte ihm etwas, das wie eine Platine aussah.

»Das ist ein LM2«, sagte er. »Kennen Sie so etwas?«
Thor zuckte mit den Schultern.

»Eine Wanze«, erklärte Warwick. »Stimmaktiviert. Elektronisch verstärkt und besonders für Telefongespräche geeignet. Sie befand sich über dem Sofatisch in Herzogs Wohnzimmer. Ich habe sie kurz vor ihrem Tod installiert.«

»Ohne dass die Spurensicherung sie entdeckt hat?«

»Vergessen Sie's, das ist nicht deren Schuld. Ich habe sie natürlich so angebracht, dass man sie nicht finden konnte.«

»Und wie haben Sie das Ding anschließend wieder entfernt? Der Tatort war abgesperrt und bewacht.«

Warwick schüttelte den Kopf.

»Das verrate ich nicht. Ich habe Herzog jedenfalls kurz vor ihrer Ermordung besucht. Wir haben ein bisschen geplaudert, und ich habe dieses Ding installiert, ohne dass sie es wusste.«

Er steckte die Wanze wieder in die Tasche, holte stattdessen einen kleinen MP3-Player mit Kopfhörern heraus und reichte ihn Thor.

»Ist da der Mord drauf? Sie haben eine Aufnahme davon?«

Jetzt hatte Warwick Thors volle Aufmerksamkeit. Er nahm das Gerät entgegen und steckte die Kopfhörer ins Ohr.

»So einfach ist das leider nicht«, erklärte Warwick.

Diesmal lächelte er bedauernd.

»Die Aufnahme wurde nicht aktiviert, also geschah der Mord wahrscheinlich zu weit entfernt. Dafür wurde von Herzog ein Telefonat geführt, nachdem ich gegangen war, also unmittelbar vor ihrem Tod. Sie rief ihren Kooperationspartner an, oder besser gesagt ihren Arbeitgeber. Ich glaube, der Mitschnitt wird Ihnen einen guten Eindruck davon vermitteln, wie die Dinge eigentlich zusammenhängen. Hören Sie ihn sich an.«

Thor lauschte der Aufnahme gebannt. Die Qualität war erstaunlich gut. Herzog war am klarsten zu hören, aber der Gesprächspartner war fast genauso deutlich vernehmbar, als hätte man das Handy selbst abgehört. Erschüttert berichtete Herzog, dass sie Besuch von Warwick gehabt habe. Anfangs erkannte Thor den anderen nicht. Das war der Fluch dieser Handys, dass man sich nicht mehr mit Namen meldete, weil man ohnehin immer sah, wer anrief.

Doch dann begriff er, dass er die Stimme sehr wohl kannte.

»Unglaublich«, murmelte er.

Nicht alle Einzelheiten des Gesprächs waren zu verstehen, aber Thor konnte die Leerstellen problemlos selbst ausfüllen. Er wollte die Aufnahme noch einmal hören, um ganz sicher zu sein, nahm dann aber die Ohrstöpsel heraus.

»Sie müssen mir alles erzählen, was Sie wissen!«, sagte er.

Er wollte zu Warwick aufsehen, doch da war niemand mehr. Mit dem MP3-Player in der Hand sah er sich um. Der Agent war spurlos verschwunden. Thor trat einen Schritt zurück. Warwick musste gegangen sein, als Thor in die Aufnahme vertieft gewesen war. Stattdessen erblickte er etwas, das auf dem Geländer im Schnee aufblitzte. Als er näher kam, sah er, dass es seine Pistole war. Er hob sie auf. Ließ seinen Blick erneut über das Parkdeck schweifen, konnte aber nicht einmal einen flüchtenden Schatten ausmachen. Und dann fiel ihm auf, dass die Waffe leichter war als sonst. Warwick hatte das Magazin herausgenommen.

Thor steckte die Pistole ein und ging zu seinem Auto zurück. Das geheimnisvolle Treffen hatte mehr Fragen aufgeworfen als beantwortet. Aber es hatte auch einige entscheidende Lücken gefüllt. Father Musoni war nicht die mystische dritte Person am Tatort.

Thor wusste jetzt, wer es war. Er war sich nur nicht darüber im Klaren, ob ihn dieses Wissen weiterbrachte, bevor sie Anisa gefunden hatten.

*

Mogadischu, 18. Januar 2011

»Okay, let's go. Today other route, okay?«

Ahmeds Frage klang eher wie ein Befehl, und Martin und Bente konnten nur nicken. Sie hatten auf dem Rücksitz des alten Jeeps Platz genommen. Der Transport durch Mogadischu verlief nach einem strengen Ablauf. Das Auto sah ramponiert aus, hatte aber trotzdem kugelsichere Scheiben. Drei schwerbewaffnete Männer saßen vorn, rechts und links von den Entwicklungshelfern jeweils noch einer und weitere zwei auf der Ladefläche. Die Maschinengewehre waren einsatzbereit – alles andere wäre eine Einladung zum Überfall gewesen. Die Fahrt durch die Stadt auf holperigen Straßen war nicht gerade angenehm, und so wie heute mussten sie häufig eine andere Route wählen, wenn die Nacht besonders unruhig gewesen war. An den gefährlichsten Orten sollte man sich nach Möglichkeit nie länger als ein paar Minuten aufhalten. In einer Stadt, in der es von schwerbewaffneten Milizen nur so wimmelte, konnte schon ein platter Reifen fatale Folgen haben. Beide saßen stumm und angespannt auf ihren Plätzen und sahen nicht aus dem Fenster, um niemanden unnötig auf ihre Anwesenheit in dem Auto aufmerksam zu machen.

Bente würde sich nie daran gewöhnen, dass sie so eine kostbare Fracht waren: Sie waren doch nur zwei Dänen aus der ganz profanen Mittelschicht. Aber das würden die Kidnapper natürlich anders sehen. Die Entwicklungshelfer waren weiß und damit gleichbedeutend mit einem hohen Lösegeld, und sie konnten nur darauf hoffen, dass ihre Beschützer mit Kintus Sold zufrieden waren und nicht plötzlich auf die Idee kamen, dass es einträglicher wäre, sich als Entführer zu verdingen. Jedes Gespräch zwischen den Männern, vor allem, wenn es Gelächter oder Gesten in ihre Richtung beinhaltete, erhöhte die Anspannung nur, und es half auch nichts, dass Bente einige Brocken Somali gelernt hatte. Sie verstand gerade genug, um ständig beunruhigt zu sein, ohne dass sie Ahmed oder seinen Männern etwas Konkretes vorwerfen konnte.

In der Nacht – in den schlimmsten Stunden, wenn sie wegen der Bombardierungen in der Nachbarschaft nicht schlafen konnte – malte Bente sich den Wortlaut der kleinen Notiz aus, die ihr Verschwinden oder ihren Tod kommentieren würde:

»Bente Hultin, 1962 in Viborg geboren, ausgebildete Sozialarbeiterin und in den letzten Jahren von Dänemarks größter unabhängiger Hilfsorganisation in verschiedene Gegenden von Afrika entsandt worden. Hinterlässt einen Ehemann, von dem sie sich entfremdet hat, und eine sechsundzwanzigjährige Tochter, Lilja, die äußert, dass der Fortgang ihrer Mutter nicht viel in ihrem Leben ändern wird: ›Mama war so damit beschäftigt, die Welt zu retten, dass wir anderen immer hintenanstanden. Jetzt, wo sie weg ist, kann sie uns wenigstens nicht mehr im Stich lassen.‹ Ihr Arbeitgeber und ihre Kollegen beschreiben Bente Hultin als pflichtbewusst und wohlmeinend, wenn auch nicht immer auf dem neuesten Stand, was ihre Methoden betrifft.«

Ja, sie wusste es genau, das alles: Wie enttäuscht Lilja und Jens waren von ihr und ihrer »Flucht« – so bezeichneten die beiden höhnisch Bentes Engagement. Sie verstanden nicht, dass sie ein Bedürfnis danach hatte, etwas auszurichten, Menschen zu helfen, die wirklich in Not waren. Bente wusste auch, dass sie nicht unbedingt zu den innovativsten Mitarbeitern gehörte. Und wenn sie ganz ehrlich zu sich war, war sie sich auch der Gerüchte bewusst, die besagten, dass sie zu großen Gefallen an den jungen schwarzen Männern fand, die ebenfalls bei der Organisation arbeiteten. Aber sie konnte schließlich nichts dafür, dass die Männer sie anziehend fanden. Sollte sie sich etwa dafür entschuldigen, dass sie nicht so sehr vor älteren Damen zurückschreckten wie die dänischen Kerle? Eine reife Frau sei ein Geschenk für einen jungen Mann, hatte Simon gesagt, und je öfter sie das gehört hatte, desto mehr hatte sie es geglaubt. Auch die somalischen Männer hatten sich nicht zurückgehalten. Jeden Abend gab es an der Hotelbar gleich mehrere, die ihr eindeutige Angebote machten, aber sie war äußerst vorsichtig, mit wem sie sich einließ. Hier lief alles direkter und geschäftsmäßiger ab, und obwohl sie Simon natürlich auch hin und wieder mit etwas Geld ausgeholfen hatte, war dies etwas anderes. Es war ein bisschen so wie mit den Legionären: Man musste sichergehen, dass diejenigen, die man in sein Bett ließ, mehr davon hatten, wieder zurückzukehren, als einen zu bestehlen.

Bei Vitus hatte sie endlich das Gefühl gehabt, dieselbe Geborgenheit zu spüren, die sie so sehr vermisste, seit Simon nicht mehr da war. Vitus war achtzehn und sah nicht so aus wie die anderen somalischen Männer, die mit ihren feinen Zügen zwar hübsch, aber dadurch auch weniger maskulin waren. Vitus war kantiger, sowohl was den Körperbau betraf als auch das Gesicht. Er sprach nahezu fehlerfrei Englisch und besaß ein Selbstbewusstsein, dem man nur schwer widerstehen konnte. Seine Komplimente waren ziemlich unbeholfen, aber wohlwollend, und schon bald fieberte sie den Abenden entgegen, an denen er im Hotel auftauchte und sie begrüßte: Hello, my beautiful lady.

Nach den einleitenden Floskeln sprachen sie nicht mehr viel miteinander, doch nachdem Vitus vor einiger Zeit herausgefunden hatte, dass Bentes Zeit in Mogadischu begrenzt war, war er redseliger geworden, ja beinahe prahlerisch. Bente versuchte es zu überhören. Sie konnte nicht umhin, sich geschmeichelt zu fühlen, aber im Grunde wusste sie genau, dass er verzweifelt versuchte, so viel wie möglich aus ihrer Beziehung herauszuholen. Am liebsten natürlich den Hauptgewinn: ein Ticket in den Westen. Meistens redete er nur über eins – dass er garantiert ein viel besserer Liebhaber war als alle anderen, die sie je kennengelernt hatte.

»No one of them can make you scream like me, no? I am sure you never scream so high before Vitus.«

Bente genoss das Schauspiel und begnügte sich meistens damit, ihn geheimnisvoll anzulächeln. Doch ihr Lächeln erstarrte an jenem Abend, als sie ihm die Tür öffnete und er mit einer Pistole vor ihr stand. Dieser Abend veränderte alles.

53

Der Weg zur Peblinge Dossering führte Linnea an der Danielkirche vorbei, und sie musste schmunzeln. Die ehemalige Spiritistenkirche neben einem Café war geschlossen und durch eine Yoga-Schule ersetzt worden, aber das Schild »Jeden Dienstag um 19.30 Uhr: Gottesdienst mit Hellsehen« hing noch da. Sie hatte mit Thor verabredet, dass sie sich auf halbem Weg trafen, und war ziemlich gespannt darauf, was er zu berichten hatte. Sie ging weiter den Kiesweg entlang, überquerte die vielbefahrene Gyldenløvesgade und suchte sich eine ruhige Bank auf dem Svineryggen, von wo aus sie über den vereisten Sankt Jørgens Sø sehen konnte, während der Schnee auf sie herabrieselte.

Thor hatte genauso reagiert, wie sie es erwartet hatte, als sie ihm Irmelins Bericht geschickt hatte. Er hatte sie sofort angerufen, aufgeregt wie ein kleines Kind.

»Das könnte tatsächlich unser Durchbruch werden!«

»Das ist ja schön, aber ich habe sie eigentlich nicht deinetwegen darum gebeten, diese Analyse durchzuführen.«

»Jetzt haben wir endlich etwas in der Hand, womit wir ein kleines Tauschgeschäft veranstalten können, verstehst du?«

Linnea hatte ihn nicht darauf aufmerksam gemacht, dass sie Irmelin im Grunde genau deshalb beauftragt hatte. Der Bericht brachte Adèle de Clermont-Tonnere mithilfe eines eindeutigen DNA-Vergleichs mit dem Terroranschlag von 1986 in Verbindung. Wäre die forensische Genetik damals schon so weit gewesen, hätte man Adèle wegen ihrer Mittäterschaft verurteilen können.

»Wir servieren den Franzosen eine frische Spur«, hatte Thor begeistert gesagt. »Im Gegenzug müssen sie ein paar Informationen ausspucken.«

Für ihn ging es darum, den DGSE dazu zu bringen, sein Wissen über Clermont-Tonnere zu teilen. Vermutlich hatte sie einen oder mehrere dänische Geschäftspartner, denen Spang-Hansen auf die Schliche gekommen war. Mit diesem Wissen könnte Thor nicht nur herausfinden, warum Spang-Hansen sterben musste, sondern auch, wer für den Mord verantwortlich war. Linnea war dagegen an den vermeintlich existierenden Überwachungsprotollen interessiert, die neben Clermont-Tonnere auch ihren Vater betrafen. Als Thor einen Moment später auf dem Weg auftauchte, konnte Linnea allerdings schon aus der Ferne erkennen, dass er keine guten Nachrichten hatte. Er wirkte so gehetzt, als wolle er so schnell wie möglich weiter, fegte aber dennoch den Schnee von der Bank und setzte sich. Dann erklärte er, dass die Franzosen überraschenderweise sofort reagiert hätten. Und dass ihre Antwort ein Schlag ins Gesicht gewesen sei. Diesmal hätten sie sich nicht einmal mehr die Mühe gemacht, ihm mehr oder weniger unverhohlen zu drohen.

»Man hat mir lediglich mitgeteilt, dass diese Informationen nicht von Interesse wären.«

Linnea starrte ihn fassungslos an, während er erklärte, dass die Franzosen offenbar über all die Jahre hinweg dazu imstande gewesen wären, Clermont-Tonnere zu überführen. Und zwar sogar schon vor dem versuchten Attentat in Tel Aviv. Stattdessen hatte der Geheimdienst sein Wissen dazu genutzt, sie dazu zu erpressen, als Informantin für sie zu arbeiten. Ende der 1980er Jahre und zu Beginn der 1990er hatte sie die linksradikalen Milieus bespitzelt. Der DGSE hatte sie gezwungen, seine Marionette zu sein, und auch dann keinen Grund gesehen, etwas an dieser Konstellation zu ändern, als immer klarer wurde, dass ihre illegalen Aktivitäten nur im geringen Maße politisch oder ideologisch motiviert waren. Das machte sie nicht weniger interessant. Letzten Endes hatte man also jahrzehntelang die Hand über eine Waffenhändlerin gehalten, weil sie dem Geheimdienst nützlich war. Der DGSE hatte sie und ihr Geschäft permanent beschattet und abgehört.

»Solange sie auf freiem Fuß ist, kann sie den Geheimdienst zu einer Menge international agierender Verbrecher führen, die er gern erwischen würde«, sagte er. »Das ist ein Teil der Wahrheit.«

»Ein Teil? Was soll das heißen?«

Thor seufzte.

»May Tantawi sagt, die Sache würde verdächtig nach der üblichen Praxis der Franzosen riechen«, fuhr er fort. »Mit ihrem Wissen und ihrer Erpressung können sie dafür sorgen, dass Clermont-Tonnere nur jene Geschäfte abwickelt, die im Interesse der französischen Regierung oder des Geheimdienstes liegen. Das ist eine ziemlich klassische Vereinbarung. Das heißt also: Nein, sie sind nicht daran interessiert, sie hinter Gitter zu bringen. Sie ist die inoffizielle Waffenhändlerin des französischen Staats, die dieser jederzeit einbuchten kann, wenn sie nicht tut, was verlangt wird.«

»Das ist ja widerlich.«

»Ja.«

Linnea wusste nicht, was sie sagen sollte. Tränen stiegen ihr in die Augen. Schon wieder. Sie kämpfte dagegen an, was wiederum drückende Kopfschmerzen zur Folge hatte. Sie starrte in die Luft, bis sie Thors Blick auf sich spürte, und beeilte sich, das Thema zu wechseln.

»Ich habe ein Ticket nach Frankreich gekauft. Nächste Woche fahre ich zu meiner Mutter.«

Sie ignorierte Thors hochgezogene Augenbrauen und fügte schnell hinzu: »Jetzt habe ich doch sowieso Urlaub, und die gestrenge Madame Bissot war so freundlich, mir den Kontakt zu einer pensionierten Krankenschwester zu vermitteln, die Erfahrung mit Demenzkranken hat. Sie wohnt in Fauville, ein wenig außerhalb von Évreux, und hat sich bereit erklärt, dreimal in der Woche nach Mama zu sehen.«

»Das klingt doch perfekt, mein Schatz!«

Thor legte einen Arm um Linnea. Sie ließ ihn gewähren und sich von ihm wärmen, und ausnahmsweise störte sie sich nicht einmal daran, dass er sie »Schatz« genannt hatte.

»Ihre einzige Forderung war, dass ich komme und die beiden miteinander bekannt mache, damit Madame Kirkegaard ihre Anwesenheit akzeptiert. Das ist wohl das Mindeste, was ich tun kann, obwohl ich zugeben muss, dass ich mich nicht unbedingt darauf freue. Ich habe eine solche Angst davor, sie zu sehen. Meine makellose Mutter zu sehen, wie sie auf einmal nichts mehr im Griff hat. So war sie nämlich. Sie wäre nie mit einem zerknitterten Rock oder einem Fleck auf der Bluse in die Öffentlichkeit gegangen. Eine perfekte Erscheinung.«

Linnea seufzte und sah über den See, wo das Eis weit draußen ganz allmählich zu tauen begann. In Ufernähe liefen aber immer noch einige Kinder Schlittschuh.

»Vor einiger Zeit habe ich mir eingeredet, dass ich sie ihr zuliebe nicht besuchen wollte. Weil sie nicht wollen würde, dass ich sie so sehe. Aber ich weiß, dass das eine Ausrede ist. Ich kann nicht so tun, als wäre sie nicht meine Mutter.«

Thors Blick flackerte, als sie das sagte. Sein Handy klingelte immer beharrlicher, und er schielte auf das Display und machte eine entschuldigende Miene, ehe er sich meldete. Zu dem kurzen Gespräch trug er lediglich mit ein paar gedämpften Ausrufen bei, und dann war er auch schon aufgesprungen. Er drehte sich um.

»Sie haben sie gefunden!«, sagte er. »Sie haben Anisa gefunden.«

Und mit diesen Worten sprintete er los.

54

Ein loyaler Verräter.«

Konnte man das wirklich sagen, oder war es eine klassische Contradictio in adiecto? Warwick dachte über die Worte nach. Es klang richtig, und in sich widersprüchlich oder nicht, so hatte er doch das Gefühl, dass dieser Ausdruck genau auf ihn zutraf. Ein loyaler Verräter. Ein Teil des Systems, aber nicht um jeden Preis.

Warwick sah hinaus auf den Wilders Kanal, wo das Eis

trotz des Tauwetters der letzten Tage noch immer die Boote einschloss, die im Wasser überwintern durften. Auf einigen von ihnen regte sich etwas, alte Männer, die kleinere Reparaturen durchführten oder ihr Boot vielleicht auch einfach nur nutzten, um in Ruhe ein Bier zu trinken. Davon abgesehen, war es ruhig in Christianshavn, und er war zufrieden, dass er sich mit dem Havnebus auf die andere Seite der Hafenrinne hatte fahren lassen – zum Restaurant Kanalen. Erst hatte er überlegt, im Lumskebugten zu essen, wie er es oft tat, wenn er über etwas nachdenken musste. Aber in Anbetracht der Tatsache, dass die Esplanaden nur einen Foie-gras-Wurf vom Kastellet entfernt lag und deshalb vom Personal des Abschirmdienstes und dem Stab des Oberbefehlshabers gern besucht wurde, schien es nicht gerade der geeignete Ort, um seine Loyalität im Dienst abzuwägen.

»Sind Sie bereit für den Hauptgang?«

Warwick nickte in Richtung des jungen Kellners, der gerade den Teller mit den Resten des hausgemachten Apfelherings abräumte.

Nora Levitan hatte ihn unmissverständlich dazu aufgefordert, seine Hand über eine Waffenhändlerin und Mörderin zu halten, weil es einem höheren Zweck diente. Er sollte fünf Morde und Zehntausende, vielleicht sogar Hunderttausende anonyme Opfer vertuschen. Das war kein reiner Zynismus, und im Grunde genommen stimmte er dieser Rücksichtnahme auch zu. Denn wenn die Wahrheit ans Licht käme, würde das allen schaden, vielleicht sogar mehr schaden als nutzen. Aber sollte man wirklich alles akzeptieren? Ließen sich die Moralbegriffe in solchem Maß verbiegen und ausdehnen? Diese Überlegungen plagten ihn seit der Besprechung mit seiner Chefin.

Er war losgeschickt worden, um die Spuren eines Waffenhandels zu beseitigen, der Dänemarks internationales Ansehen beschädigt hätte. Das war nicht weiter außergewöhnlich. Und auch wenn er das ganze Ausmaß nicht von Anfang an gekannt hatte, hätte dieses Wissen dennoch keinen Unterschied bedeutet. Aber es war etwas ganz anderes, dass er in Wirklichkeit nur hinter einer einzigen Person hatte aufräumen sollen, die um alles in der Welt verhindern wollte, dass die Wahrheit über ihr eigenes Engagement ans Licht kam. Eine Person, die nicht auf dieselbe Weise arbeitete wie Warwick, wenn er Beweise manipulierte und vernichtete, sondern die Menschen aus dem Weg räumte.

Genau aus diesem Grund, nämlich dem Talent des Nachrichtendienstes, die eigenen Spuren zu verwischen, hatte er seinerzeit beim MI6 aufgehört. Er hatte die Nase voll von dieser ganzen Agentenwelt. Nicht so sehr, weil sie so lichtscheu und geheimnistuerisch war, was mit dieser Form der Arbeit zwangsläufig einherging, sondern weil die Hierarchien und Klassenunterschiede aus dem Internat hier weitergeführt und von allen in der Vauxhall Cross gelebt wurden. Es hatte Prestige, zur Elite des MI6 zu gehören, wo alle davon überzeugt waren, den Normalsterblichen weit überlegen zu sein. Der Zweifel hatte schon lange an ihm genagt, aber der endgültige Auslöser dafür war Tabishs Tod gewesen. Warwick und Tabish waren in derselben Zeit rekrutiert worden und gemeinsam in Trainingslagern und bei Auslandseinsätzen gewesen. Tabish war jedoch im Frühjahr 1996 in Tschetschenien getötet worden – offiziell von nationalistischen Terroristen. Aber Warwick wusste genau, dass der eigentliche Grund ein inkompetenter Führungsoffizier gewesen war, den die ganze Bruderschaft von Senioroffizieren im MI6 deckte. Tabish war im Dienst gestorben, und zwar wegen eines Dienstfehlers der anderen, und der Dienst sollte auch dafür sorgen, das alles zu vertuschen.

Anschließend hatte Warwick sein Leben radikal geändert. Er war als Doktorand zurück nach Dänemark gegangen und hatte an der Kopenhagener Universität über die Rolle der dänischen Nachrichtendienste während des Kalten Krieges promoviert. Eigentlich war er auf das postkoloniale Afrika spezialisiert, aber diesmal hatte er nicht ohne kathartischen Effekt die grundgesetzwidrigen Aktionen analysiert, in die der PET und der Abschirmdienst verwickelt gewesen waren. Das reichte vom Skandal um den privaten Nachrichtendienst Firmaet über den Lauschangriff auf linke Studenten in der Kejsergade bis hin zu unzähligen anderen illegalen Datenspeicherungen und Abhöraktionen. Die Rechtfertigung dahinter war immer dieselbe: Ihre Handlungen hätten dazu beigetragen, dass sich der Kalte Krieg nicht zu einem richtigen Krieg entwickelt hatte. Das war jedoch nichts anderes als die heuchlerische Form einer hypothetischen Argumentation, mit der sich alle Geheimdienste verteidigten. Mit anderen Worten; Warwick war nicht gerade positiv eingestellt, als im Jahr 2001, als die Bilder vom 11. September noch jeden Tag in den Nachrichten zu sehen waren, auf einmal zwei Männer vom Abschirmdienst in seinem Büro am damaligen Institut für Geschichte in der Njalsgade aufgetaucht waren.

Trotzdem hatte er lange überlegt, ob er das Angebot annehmen sollte. Ihm war bewusst geworden, dass er einen sehr guten Grund hatte, zuzusagen. Denn wenn er die Vorgehensweise der Geheimdienste so sehr verabscheute, gab es eigentlich keine bessere Gelegenheit, um etwas daran zu ändern. Denn wenn er etwas daran ändern wollte, musste er selbst ein Teil des Ganzen sein. Und bis jetzt hatte er keinen Grund dazu gehabt, seine damalige Entscheidung zu bereuen.

»In Moutarde geschwenktes Filet vom Himmerland-

Rind an Perlzwiebeln mit jungen Kartoffeln. Darf ich Ihnen noch ein Bier bringen?«

Der Kellner stellte den Teller vor ihm ab, und Warwick nickte.

»Das ist eine gute Idee.«

Er wusste nicht, was er davon halten sollte, dass er selbst in die Ermittlungen der Polizei hineingezogen worden war. Und wie es überhaupt dazu gekommen war, dass man der Kripo die Überwachungsfotos zugespielt hatte. Ihn plagte der Gedanke, dass es seine eigene Chefin gewesen sein könnte, die ihn zum Sündenbock in einer Sache machen wollte, weil sie ihr zu entgleiten drohte. Aber das war nun doch ein absurder, viel zu paranoider Gedanke. So war es schließlich zu dem geheimen Treffen und dem etwas zweideutigen Begriff des »loyalen Verräters« gekommen.

Jetzt musste er nur noch abwarten, wie sich das Spiel entwickelte, wenn einer der Mitspieler verraten wurde und ein anderer sich zurückzog.

*

Mogadischu, 18. Januar 2011

»Nimm die Pistole weg!«

Bente hatte Vitus weggeschubst und war an ihm vorbei ins Zimmer gegangen. Wie immer hatten sie verabredet, dass er vor dem Beginn der Sperrstunde zu ihr kommen sollte. Sie hatten jedoch nicht vereinbart, dass er eine Pistole mitbringen und ihr damit vor der Nase herumfuchteln würde. Zum Schutz, hatte er mit einem stolzen Lachen gesagt und auf sie gezielt und erst langsam begriffen, dass er sie lieber verbergen sollte, wenn aus diesem Abend mehr werden sollte.

»Wo hast du die her?«, hatte sie gefragt.

Vitus hatte nur mit den Schultern gezuckt und behauptet, dass er sie von überall herhaben könne. Waffen gebe es an jeder Ecke, das wisse sie doch wohl. Aber Bente fragte ihn weiter aus. Sie wollte schließlich wissen, mit wem sie da ins Bett ging. Vitus arbeitete als Fahrer für Kintu, doch sie wusste, dass er unzählige lukrative Nebenjobs hatte. Für Kintu transportierte er größere Mengen an Nothilfe vom Flughafen in die Stadt. Manchmal auch von der eritreischen Grenze aus, wenn es Rationen waren, die aus anderen Gegenden weiterdirigiert wurden, oder wenn Mogadischus Flughafen wieder einmal für längere Zeit geschlossen war. Wie immer war es nicht schwer gewesen, Vitus etwas zu entlocken.

»This is big business, you know!«, hatte er geprahlt. »For the very big bosses and all the way from north. A lot of power in those trucks. A lot of power for the bosses and a lot of money for Vitus.«

Als sie später in ihrem Bett lagen, er mit dem einen Arm um sie, in der anderen Hand die obligatorische Zigarette – er bestand darauf zu rauchen, wenn sie Sex gehabt hatten –, hatte er endlich erzählt, woher er die Pistole hatte. Er habe sie aus einer kaputten Kiste gezogen, einem Teil der Fracht, den er gerade nach Mogadischu gefahren hatte. Mit einem Kintu-Transport.

Bente war nicht übermäßig überrascht gewesen. Sie wusste, dass einige ihrer Kooperationspartner vor Ort auch an Waffenschmuggel beteiligt waren. Dagegen konnte man wenig unternehmen, wenn man hier tätig sein wollte. Dennoch hatte sie Vitus weiter gelöchert, denn irgendetwas an seiner Geschichte hatte sie beschäftigt. Wegen der Bürokratie und Korruption zogen sich einige Arbeitsprozesse sehr in die Länge, aber dennoch, sie wusste nichts von solchen Transporten in jüngster Zeit. Und sie sollte es wissen.

Sie hatte weitergefragt, hatte Vitus dazu gebracht, ihr die Transportpapiere zu besorgen, und den Fall dann im Büro eingehender untersucht. Sie hatte all ihre Kontakte aktiviert. Und das Ergebnis, zu dem sie gekommen war, war schockierend. Die Fracht, die

Vitus und die anderen Fahrer über den Landweg transportiert hatten, hatte tatsächlich Waffen enthalten. Zwar kam sie von einem dänischen Schiff, das nach einem Piratenüberfall gezwungen gewesen war, in einem anderen Hafen anzulegen. Angeblich sollte die Ladung in Dschibuti gelöscht werden, wo vermutlich eine größere Schmugglerorganisation bereitstand, um für den Weitertransport nach Somalia zu sorgen. Stattdessen war das Schiff jedoch gezwungen gewesen, den nächsten Hafen anzulaufen, weil der Treibstoff knapp wurde, und man hatte eine Notlösung für den Weitertransport improvisieren müssen. Mit dem Ergebnis, dass Lastwagen von Kintu und einem lokalen Kooperationspartner dorthin geschickt worden waren, um die Fracht, die inzwischen mit Papieren ausgestattet war, die sie als Nothilfe und Lebensmittelrationen deklarierten, zu laden und weiterzutransportieren. Und in dem Moment, als Bente sah, dass die Papiere echt waren, verstand sie, dass etwas faul war.

Das Problem war nicht allein, dass Kintus Fahrzeuge und Personal für den Transport missbraucht worden waren. Nein, jemand von Kintu musste die Sache auch angeleiert haben.

»Wach auf, Bente. Wir müssen schnell hier rauskommen.«

Sie schreckte zusammen, als Martin sie anstupste, und sie bemerkte, dass sie bereits bei Kintus baufälligem Büro westlich von Mogadischus altem Basar angekommen waren. Sie beobachtete einen vorbeiratternden Eselkarren mit Wasser, der eine der primitiven Hütten ansteuerte, die die Menschen zwischen den Bombenkratern errichtet hatten. Bente nahm sich zusammen und folgte Martin durch das Gittertor, wo sie die zwei ständigen Soldaten begrüßten, die den Eingang bewachten. Ihr Gebäude beherbergte gleich mehrere Koordinationsbüros für die Nothilfe, so dass es auch hier strenge Sicherheitsmaßnahmen gab.

Ahmed und seine Männer blieben stehen, bis ihre weißen Fahrgäste durch das Tor und bis zur Eingangstür gelangt waren. Dann sprangen sie wieder in den Wagen, starteten den Motor und verschwanden röhrend in einer Staubwolke, auf dem Weg zum nächsten Transport.

55

Haben wir gerade eine Streife im Sydhavn?«

»Ich schaue mal nach.«

Thor stand mit dem Handy in der Hand auf dem Flur und trat rastlos von einem Bein aufs andere, während er darauf wartete, dass sich der zentrale Einsatzleiter erneut meldete. Er hatte sich bemüht, seinen Rang und die Dringlichkeit seines Anliegens deutlich zu machen, wusste aber genau, dass es keinen Zweck hatte, die Kollegen unter Druck zu setzen. Er hatte in der Hoved Stationen angerufen, und die Kollegen dort waren bekanntermaßen durch nichts aus der Ruhe zu bringen. Die HS lag unter dem Dach des Politigården und regelte den gesamten Funkverkehr der Kopenhagener Polizei. Hier saßen die erfahrenen Polizeibeamten unter einem riesigen Bildschirm mit einem digitalen Stadtplan. Sie trugen Headsets und hatten ihren Blick permanent auf die elektronische Karte gerichtet, oder auf einen der vielen Monitore mit den Kameraaufnahmen von zentralen Plätzen in der Hauptstadt. Hier gingen alle Notrufe und die Überfallalarme sämtlicher Banken und Läden ein, und nicht zuletzt standen die Funker in ständigem Kontakt mit allen Streifenwagen. Wenn das HS zusammenbrach, würde die gesamte Polizei zusammenbrechen.

»Wir haben einen Wagen in Sundyvester, und einer befindet sich in Valby. Das ist zurzeit das Nächstgelegene.«

Thor nickte vor sich hin. Es hätte schlimmer sein können.

»Schicken Sie die beiden sofort los. Aber ich möchte ständig mit ihnen im Kontakt stehen. Sie dürfen auf keinen Fall hineingehen, wenn sie an dem Objekt ankommen, ich wiederhole: auf keinen Fall! Dort hält sich eine Frau versteckt, die des zweifachen Mordes verdächtig ist. Sie könnte bewaffnet und unberechenbar sein.«

Der zentrale Einsatzleiter bekräftigte, dass er verstanden habe, aber Thor fuhr fort: »Sie sollen draußen warten. Dafür sorgen, dass niemand zu ihr hineinkommt und sie nicht flüchtet. Einen Moment ...«

Thor steckte das Telefon ein und öffnete erneut die Tür zum Telecenter der Reichspolizei, wo drei Männer hinter ihren Computern saßen und ihn erwartungsvoll ansahen.

»Haben wir eine genaue Adresse?«

Kommissar Martinsen schüttelte den Kopf. Thor hatte ihm und seinen Kollegen ungeduldig über die Schultern geblickt, ehe er vor einigen Minuten auf den Flur hinausgegangen war, um die HS zu alarmieren. Die drei Männer hinter den Bildschirmen arbeiteten fieberhaft, davon aufgestachelt, dass sie live an einer Verbrecherjagd teilnehmen durften.

»Ist sie das?«, fragte Martinsens Kollege. »Bist du sicher, dass sie das ist?«

Thor nickte kurz.

»Jetzt kommt schon, verdammt noch mal«, sagte er. »Ich brauche eine Adresse, um die Streifen dorthin schicken zu können.«

»So einfach ist das nicht«, erklärte Martinsen. »Mit dem Handy wurde ein Anruf getätigt. Weil wir es abhören, können wir den nächsten Sendemast lokalisieren. Sydhavn. Aber Genaueres wissen wir nicht, bevor wir das GPS des Telefons etwas exakter orten.«

Thor stöhnte über die umständliche Ausführung.

»Das hast du mir doch schon hundertmal erklärt«, sagte er.

Jetzt lächelte Martinsen wieder geduldig, obwohl die roten Flecken auf seinem Hals deutlich machten, dass er die Jagd nicht weniger ernst nahm als Thor.

»Und ich kann es dir noch hundert weitere Male erklären, aber die Antwort ist immer dieselbe.«

Doch im selben Moment schrie der andere auf.

»Ich hab sie!«

Thor rannte zu dem Bildschirm.

»Bist du sicher?«

Der Kollege zeigte nur auf einen leuchtenden Punkt, der die Platzierung des GPS auf der Karte anzeigte, und Thor flüsterte ein begeistertes »Yes!«. Er holte das Handy hervor und rief den zentralen Einsatzleiter erneut an.

»Gedestien«, sagte er und beugte sich über den Bildschirm. »Ich weiß nicht genau, wo das ist. Sieht aus, als gehörte es zu diesem Schrebergartenverein Nokken. Nein, warten Sie mal, jetzt hat sich die Adresse geändert. Ved Slusen. Bewegt sie sich etwa?«

Er sah den Kollegen vor dem Computer fragend an, doch der schüttelte den Kopf. Das sei nur das GPS, das sich stabilisieren müsse. Jetzt kam der leuchtende Punkt zum Stehen. Die Ortung war abgeschlossen.

»Ved Slusen«, wiederholte Thor. »Und sorgen Sie um Gottes willen dafür, dass die nicht reingehen. Sie müssen sich die ganze Zeit mit mir abstimmen. Wenn sie sich bewegt, sollen sie ihr folgen. Aber sie sollen nicht reingehen und sich ihr nicht nähern.«

Anschließend warf er einen letzten Blick auf den blauen Punkt, der hypnotisch auf dem Bildschirm pulsierte. Es war das erste Mal, dass sie Anisa so genau geortet hatten, und jetzt kam es darauf an, sie so schnell wie möglich zu finden. Er spürte seine eigene Erregung, als er Martinsen die letzten Anweisungen erteilte und nicht vergaß, die Kollegen für ihre Arbeit zu loben. Anschließend rannte er auf den Gang hinaus in Richtung Rotunde, damit er so schnell wie möglich zur Mordkommission kam, um die anderen zu informieren.

Endlich konnte die Jagd beginnen.

*

Mogadischu, Kintu Offices, 18. Januar 2011

Der Generator war schon wieder ausgefallen, und ohne den Ventilator war die Temperatur in dem kleinen, staubigen Büro schnell auf vierzig Grad gestiegen. Die heruntergelassenen Plastikjalousien schützten vor der grellen Sonne und tauchten das Büro in eine gestreifte Dunkelheit. Martin Svendsen konnte seinen eigenen Schweiß riechen, und dass er in einem Anfall von Panik die morgendliche Dusche hatte ausfallen lassen, trug sein Übriges bei. Vom Schreibtisch gegenüber strömte Bentes Angstschweiß gemischt mit einem süßlichen Parfüm zu ihm herüber. Die Übelkeit kehrte zurück, und dass er sich in den letzten Tagen fast ausschließlich von schwarzem Kaffee ernährt und viel zu viel geraucht hatte, machte die Sache nicht besser.

Martin stand abrupt auf und ging zum Fenster. Er hatte das starke Bedürfnis nach einer Zigarette, aber Bente würde ausflippen, wenn er sich hier drinnen eine ansteckte, und er war nicht in der Stimmung, bei den Wächtern unten im Hof zu stehen und Smalltalk zu halten. Er trat ein wenig zu fest gegen einen leeren Papierkorb, und das Scheppern wirkte in dem stillen Raum ohrenbetäubend. Er bekam Lust, Bente zu packen und zu schütteln, die mit ihrem nervösen Dauergrinsen fleißig irgendwelche unwichtigen Unterlagen sortierte.

»Es ist jetzt nach zwölf. Was, wenn er heute gar nicht mehr auftaucht?«, fragte er zum dritten Mal.

Sie warteten nun schon seit mehreren Tagen auf Neuigkeiten von Ansgars Journalistensohn. Als Bente Martin und Ansgar zum ersten Mal die Papiere gezeigt hatte, hatten sie lange und hitzig diskutiert, wie sie mit diesem Wissen umgehen sollten. Kintu, oder ein Mitarbeiter von Kintu, war involviert, und sie überlegten, ob das schon lange so gegangen sein konnte. Die Sache war ja lediglich deswegen aufgeflogen, weil ein unerwartetes Problem aufgetaucht war, das die Schmuggler zu einer Notlösung gezwungen hatte.

»Vielleicht sollten wir das lieber nicht in unseren Mails erwähnen«, hatte Martin gesagt. »Für den Fall, dass jemand mitliest?«

Bente hatte ihn angestarrt.

»Ist das nicht ein bisschen paranoid?«

»Sollten wir nicht wenigstens darauf achten, die Dinge nicht beim richtigen Namen zu nennen?«

Und dann hatte Ansgar einen Code vorgeschlagen, den er selbst für ziemlich raffiniert hielt. Martin war zwar der Meinung gewesen, das rieche ein wenig zu sehr nach Gin und James Bond, aber Bente hatte eifrig genickt. Es bestand kein Zweifel, dass sie auf eine große Geschichte gestoßen waren, die man richtig angehen musste, damit sie nicht unter den Teppich gekehrt wurde. Vor allem Martin hatte sich dafür eingesetzt, dass gerade sie mit ihrem Menschenbild und ihren humanitären Idealen die Pflicht hatten, dafür zu sorgen, dass ein solcher Skandal publik gemacht wurde. Ganz gleich, welchen Preis sie dafür zahlen mussten. Aber das war damals gewesen.

»Natürlich kommt er«, war Bente überzeugt. »Du weißt doch, dass Ansgar immer etwas länger braucht, wenn er auf seinem Zimmer eine Party gefeiert hat, und ich habe noch um drei Uhr nachts durch die Wand Bob Dylan auf Repeat gehört.«

Bente hatte ihr Hotelzimmer direkt neben Ansgar – etwas, wo-

rüber die beiden regelmäßig jammerten, ohne zur Rezeption zu gehen und etwas daran zu ändern.

»Sie heult wie eine rollige Katze, wenn ihr kleiner Gigolo zu Besuch ist«, hatte Ansgar Martin an einem feuchtfröhlichen Abend an der Hotelbar anvertraut, wo er es sich zur Aufgabe gemacht hatte, den jüngeren Kollegen in die ungeschriebenen Gesetze ihrer kleinen Kolonie einzuweihen. »Hoffentlich bezahlt sie ihn wenigstens anständig für diesen Service.«

Die Wände des Hotels waren dünn wie Papier, aber Martin hatte den Verdacht, dass die beiden insgeheim froh über das sichere Gefühl waren, in dieser gesetzesfreien Stadt einen Kollegen zum Nachbarn zu haben. Er selbst wohnte einige Stockwerke tiefer, eingeklemmt zwischen einem alkoholsüchtigen deutschen Journalisten und einer finnischen UN-Mitarbeiterin, die ihre Abende damit zubrachte, auf einer instabilen Skype-Verbindung mit ihrem Freund zu streiten.

Bente stand auf und legte Martin beruhigend die Hand auf die Schulter, doch er konnte ihre mütterliche Geste in diesem Moment nicht ertragen und ging zu seinem Ausguckposten am Fenster zurück.

»Aber wir sitzen hier ohnehin nur und machen nichts und können noch nicht mal mit der Außenwelt in Kontakt treten«, erklärte er. »Das Internet funktioniert ja auch nicht, wenn der Generator nicht läuft. Oder die Telefone. Dann könnte ich diesen alten Säufer wenigstens anrufen!«

Bente blieb mit einem verlorenen Gesichtsausdruck mitten im Raum stehen, und Martin empfand für einen kurzen Moment Mitleid mit seiner älteren Kollegin. Es war nicht fair, alles an ihr auszulassen, nur weil sie gerade da war. Immerhin war sie die Einzige gewesen, die vorgeschlagen hatte, einfach den Mund zu halten über das, was sie herausgefunden hatten. Vor allem, nachdem ihr erster Versuch sich als Sackgasse erwiesen hatte. Bente hatte sich an einen Bekannten aus alten Tagen gewandt, der irgendetwas mit dem Militärischen Abschirmdienst zu tun hatte. Ein alter Schulkamerad aus ihrer Zeit an der Sorø Kathedralschule, der neben seiner Tätigkeit als Anwalt auch als Reserveoffizier und Informant für den Abschirmdienst arbeitete. Bente hatte ihm eine Mail geschickt und ihn um Rat gefragt, was sie mit ihrem Wissen anfangen sollten. Einige Tage später hatte er sie angerufen und das Ganze als etwas Unwichtiges abgetan, das sie einfach vergessen sollte.

Als sie den anderen davon erzählt hatte, protestierte Ansgar natürlich.

»Das ist doch nur die übliche Konspiration!«

»Wie meinst du das?«, fragte Bente.

Ansgar hatte sie mit besserwisserischer Miene angesehen.

»Das haben sie schon mal gemacht«, sagte er. »Kannst du dich nicht daran erinnern? Anfang der 1980er, als es ein Waffenembargo gegen das Apartheid-Regime gab, wurde aufgedeckt, dass mehrere dänische Reedereien tonnenweise Waffen nach Südafrika transportiert hatten. Und niemand hielt sie dabei auf. Stattdessen setzten die Politiker alles daran, die polizeiliche Ermittlung in diesem Fall so schnell wie möglich einzustellen.«

»Meinst du, dass auch in unserem Fall niemand etwas unternehmen will?«

Ansgar zuckte mit den Schultern.

»So klingt es jedenfalls, oder? Womit hattest du eigentlich gerechnet? Kein Gesetz verbietet es, Waffen nach Dschibuti zu verschieben, obwohl alle wissen, dass es die neue Schmugglerroute nach Somalia ist. Glaub mir, die dänischen Behörden unterbinden den Handel nur deshalb nicht, weil sie keine Fragen stellen wollen, die unangenehme Wahrheiten zutage fördern würden. Waschechte Heuchlerei.«

An dieser Stelle hatte Martin zusätzlich zur schlechten Stimmung beigetragen.

»Glaubst du nicht, dass er deine Anfrage melden wird?«, hatte

er gefragt. »Dieser Kontakt von dir. Die registrieren doch sicher alles.«

Dem hatte Ansgar widersprochen, aber Martin hatte gesehen, dass Bente sich nicht ganz so sicher war. Das Ganze hatte in einer erregten Diskussion auf Ansgars Zimmer geendet. Bente hatte sie am Ende geradezu angefleht, jetzt die Notbremse zu ziehen.

»Warum könnt ihr nicht einfach vergessen, was ich euch erzählt habe, damit wir weiterkommen und hier in Ruhe unsere Arbeit erledigen können?«

Martin hatte ihre plötzliche Angst damals nicht verstanden und wohl gedacht, dass sie nur eine nervöse Frau in den Wechseljahren war, der man ein wenig auf die Sprünge helfen musste, damit sie die richtige Entscheidung traf. Er selbst war von einem plötzlichen Gerechtigkeitsgefühl ergriffen worden und hatte die Nachricht vom Abschirmdienst fast als Zeichen dafür gesehen, dass sie etwas Wichtigem auf der Spur waren, das sie nicht einfach ignorieren konnten.

Jetzt war er davon nicht mehr ganz so überzeugt.

56

Ursprünglich hatte Thor nicht geglaubt, dass die Arbeit des Telecenters sie weiterbringen würde. Nach Anisas Überfall auf Linnea und der Entdeckung ihres Verstecks hatte er Martinsen ständig auf der Pelle gehangen. Aber es war rein gar nichts dabei herausgekommen. Ein Telefon, das nie benutzt wurde, vielleicht sogar entsorgt worden war. Es war nicht gerade schlau, sein Handy zu benutzen, wenn man von der Polizei gesucht wurde. Aber Kraus hatte scharfsinnig darauf hingewiesen, Anisas Verhalten würde doch gerade darauf hindeuten, dass sie sich nicht wie eine hartgesottene Kriminelle benahm.

Damit hatte er recht behalten. Thor hatte Martinsen vor einer knappen Stunde angerufen.

»Habt ihr sie gefunden?«, hatte Thor gefragt.

»Nicht direkt, aber vielleicht ja doch.«

Thor war zum Politigården gehetzt und hinauf zum Telecenter. Wie sich herausstellte, hatte nach zwei Tagen der Inaktivität wieder jemand Anisas Telefon benutzt, was ihnen aber kaum weiterhalf. Die Nummer gehörte nämlich einer Prepaid-Karte, die sich nicht zurückverfolgen ließ und die früher auch noch nie verwendet worden war, wie der Telefonanbieter nach einer Viertelstunde berichtet hatte. Außerdem war das Gespräch beendet worden, nachdem der Angerufene ein lakonisches »Sie haben sich verwählt« gebrummelt und aufgelegt hatte. Anisa hatte nichts gesagt.

Von Thor angetrieben, hatte das Gespräch Martinsen und seinen Kollegen jedoch die Chance gegeben, das Handy zu orten. Erst den nächsten Handymast und anschließend seinen genauen Standpunkt. Auf dem Satellitenfoto der Karte sah er aus wie ein Schuppen am Rande des Schrebergartengebiets Nokken auf der einen Seite des Schleusenlaufs, der südlichen Hafeneinfahrt vom Kalvebodløb. Auf der anderen Seite grenzte der Amager Fælled daran. Thor kannte das Gebiet sehr genau, wusste aber nicht, was Anisa in einer mehr oder weniger illegalen Gartenkolonie am Rande der Stadt zu suchen hatte. Oder vielleicht war es gerade das. Nokken war ein Gebiet, wo es niemanden kümmerte, wer gerade kam und ging. Es war ihr neues Versteck, und mit etwas Glück konnte Thor dorthin kommen, ohne dass Anisa ahnte, dass sie entdeckt worden war.

Er nahm die letzten Stufen der Treppe zur Mordkommission, eilte durch die Rotunde und bog in den Flur ein, wo er abrupt stehen blieb. Vor seinem Büro warteten zwei Männer. Einer davon war Ahlmark, den anderen kannte er nicht, aber es musste wohl ein Kollege aus der Personalabteilung sein. Thor überlegte eine Sekunde, einfach kehrtzumachen, aber sie hatten ihn schon entdeckt.

»Wir müssen miteinander reden«, erklärte Ahlmark.

Er ging auf Thor zu, der jedoch den Kopf schüttelte.

»Das müssen wir verschieben, ich muss eine Mörderin fassen. Das hat höchste Priorität.«

Ahlmark versperrte ihm den Weg ins Büro, und Thor war versucht, ihn einfach wegzuschubsen.

»Fragen Sie Ihre Sekretärin«, sagte der andere. »Wir haben eine Besprechung vereinbart. Und die findet jetzt statt. Anschließend können Sie rennen, wohin Sie wollen. Ihre oberste Priorität sollte Ihr Job sein, wenn Sie verstehen, was ich meine.«

Thor fixierte den Typen, dem man nicht ansah, ob es Ahlmarks Vorgesetzter war oder irgendein armer Paragraphenreiter, den die Aussicht beflügelte, etwas auszurichten, das fast wie normale Polizeiarbeit aussah. Dann blickte er wieder zu Ahlmark und nickte ihm mit einer Miene zu, von der er hoffte, dass sie angemessen ernst wirkte.

»Na gut«, erwiderte er schließlich. »Wenn Sie in meinem Büro warten, hole ich uns eben einen Kaffee.«

Thor wies einladend auf sein Büro, und die beiden Männer traten ein.

»Nebenan müsste es noch freie Stühle geben«, sagte er.

Er lächelte ihnen zu, blieb einen Moment stehen, während sie sich setzten, und ging anschließend ein paar Schritte den Gang hinunter, bis er außer Sicht- und Hörweite war. Dann sprintete er los.

*

Mogadischu, 18. Januar 2011

Vier unendlich lange Tage hatten sie auf Neuigkeiten aus Kopenhagen gewartet. Ansgar hatte natürlich damit geprahlt, dass er genau den richtigen Mann kannte.

»Er kann diesen ganzen Dreck ans Tageslicht kehren«, hatte er gesagt. »Und denkt dran, dass das gleichzeitig auch unsere Lebensversicherung ist.«

Er hatte sie mit aufgerissenen, rot geäderten Augen angesehen. »Denn dann sind wir nicht die Einzigen, die wissen, was vor sich geht.«

Martin hatte das etwas paranoid gefunden, aber nachdem Mikkel tatsächlich immer tiefer und tiefer in den Fall vorgedrungen war, hatte er seine Meinung allmählich geändert. Ansgars Sohn war geradezu davon besessen, so viel kompromittierendes Material wie möglich auszugraben, er untersuchte Speditionen und finanzielle Verhältnisse, enttarnte eine französische Waffenhändlerin und deckte ein größeres Netzwerk des internationalen Waffenhandels auf. Und er behauptete beharrlich, dem wahren Drahtzieher auf der Spur zu sein.

Je schlimmer es wurde, desto froher war Martin, dass sie Mikkel zum Zweck ihrer eigenen Sicherheit kontaktiert hatten. Aber was war diese Lebensversicherung wert, wenn sie nichts mehr von ihm hörten?

Ansgar hatte seinen Sohn überall zu erreichen versucht, aber er erhielt keine Antwort, und die Stimmung zwischen den dreien war immer gedrückter geworden.

Am gestrigen Nachmittag hatten Bente und Martin Ansgar dann in die Enge gedrängt und ihm das widerwillige Versprechen abgerungen, Mikkels Mutter zu kontaktieren, mit der er seit über zwanzig Jahren nicht mehr gesprochen hatte – und offenbar war sein Drang, diese Verbindung wieder aufzunehmen, auch nicht sehr groß. Es war ein verzweifelter Versuch, aber vielleicht würde sie zu ihrem Sohn vordringen und ihn bitten können, sich bei ihnen zu melden. Jetzt warteten Martin und Bente also darauf, Neues von Ansgar zu erfahren, der natürlich noch länger auf sich warten ließ, als er es ohnehin schon immer tat. Typisch, dass er wieder die halbe Nacht gesoffen hatte und jetzt bestimmt vor sich hin schnarchte, ohne an sein Versprechen zu denken.

Gereizt setzte Martin sich wieder hinter seinen Schreibtisch und warf überflüssigerweise einen Blick auf sein Handy, das den ganzen Tag noch keinen Laut von sich gegeben hatte. Dann sprang er auf und eilte zum Fenster, weil er glaubte, er hätte Ahmeds Jeep gehört. Bente zuckte bei seiner abrupten Bewegung zusammen.

»Was ist los?«

»Ich glaube, Ahmed bringt gerade jemanden ... Ich kann nicht sehen, ob er es ist. Warum steigt denn bloß niemand aus?«

Martin konnte vom Bürofenster aus nur das vordere Ende des Jeeps sehen. »Er ist es ... Aber er kommt nur sehr langsam voran.«

Ansgar kam in Sicht, den Arm um Ahmed gelegt, der ihn auf dem Weg bis zur Tür stützte, wo einer der Wächter übernahm. In diesem Moment sah es aus, als würden Ansgars Beine unter ihm nachgeben. Martin konnte nur einen kurzen Blick auf das fahle Gesicht seines Kollegen erhaschen. Es war ein befremdlicher, unwürdiger Anblick: Dieser große Mann, wie er sich auf einen jungen, dürren Soldaten stützte, der seine Maschinenpistole unbeholfen auf die andere Schulter geschoben hatte.

»Was zum Teufel hat er gemacht? Er wird doch wohl nicht im Vollrausch hier auftauchen?«

Bente war inzwischen auch ans Fenster gekommen, aber das ungleiche Paar wankte aus ihrem Blickfeld zu den Treppen, die zu den Büros hinaufführten. Im nächsten Moment hörten sie einen Schlag und Ansgars gedämpfte Stimme, die den Wächter mit einer Tirade dänischer Schimpfwörter bedachte.

»Ob wir nach unten gehen und ihm helfen sollten?«

Zögernd ging Bente zur Tür, aber Martin blieb demonstrativ neben dem Fenster stehen. Er merkte, wie seine Unruhe von Wut abgelöst wurde, jetzt, da Ansgar sich endlich hierher bequemte.

»Es sind nur zwei Stockwerke. Warum sollte er sich nicht nach oben kämpfen dürfen? Wenn er sich besinnungslos betrinken kann, dann kann er doch wohl auch zur Arbeit erscheinen.«

Bente sah ihn mit gerunzelter Stirn und einer Miene an, die mütterlicher Enttäuschung zum Verwechseln ähnlich war. Dann öffnete sie die Tür, trat auf den Treppenabsatz und beugte sich über das Geländer. Martin verfolgte das Geschehen durch die offene Tür.

»Alles okay, Ansgar? Brauchst du Hilfe?«

Von unten kam keine Antwort, nur ein anhaltendes Stöhnen, das immer lauter wurde. Offenbar hatte er den Soldaten ein Stockwerk weiter unten zurückgelassen, und das war auch gut so. Ansgar war eigentlich ein starker Bursche, aber die Person, die jetzt die Treppe heraufkam, sah alt und ausgemergelt aus. Bente lief ihm entgegen, packte seinen Ellbogen und begleitete ihn die letzten Schritte ins Büro, wo sie ihn zu einem Stuhl führte.

Ansgar ließ sich fallen und starrte mit leeren Augen in die Luft, das Wasserglas, das Bente ihm anbot, sah er nicht einmal. Martin lief es kalt über den Rücken, als er sich seinen Kollegen genauer ansah. Denn er stank zwar nach Schnaps und seine Augen flackerten unruhig, aber sein Zustand konnte nicht allein auf den Alkohol zurückzuführen sein.

Ansgar sah sich um, und es war, als würde er die anderen beiden erst jetzt bemerken. Dann öffnete er den Mund, schloss ihn jedoch sofort wieder, ohne etwas gesagt zu haben. Er versuchte es erneut, und jetzt brachte er langsam Wort für Wort hervor: »Mein Sohn …«

Er räusperte sich heftig, dann vollendete er den Satz.

»… Mikkel ist tot.«

57

Ein Saab bog von der Niels Brocks Gade ein und bremste etwas zu heftig vor Linnea. Die Tür zum Beifahrersitz wurde von innen geöffnet, und Daniel Kraus gab ihr ein Zeichen, dass sie schnell einsteigen sollte.

»Haben wir es eilig?«, fragte sie.

Thor hatte sie angerufen und ohne jede Erklärung dazu aufgefordert, an der Straßenecke zu warten. Und sie hatte höchstens ein paar Minuten vor den Essensangeboten der Tivolihalle gestanden, die heute Stockfisch und andere rustikale Gerichte anpriesen, ehe sie die Bremsen quietschen hörte. Sie nahm den Laptop vom Beifahrersitz und ließ sich dann auf den Sitz fallen. Das Auto fuhr mit einem Ruck los und machte eine scharfe Wendung in Richtung Tietgensgade, noch ehe sie sich angeschnallt hatte.

»Was ist denn los?«, wollte sie wissen. »Ist was passiert? Geht es um Maja?«

Sie drehte sich um, doch auf dem Rücksitz lagen nur einige Papiere. Dann blickte sie Kraus an, der im Unterschied zu allen anderen Kollegen von der Mordkommission wieder einmal ausnehmend gut gekleidet war.

»Und wo ist Thor?«, fragte sie. »Stimmt etwas nicht?«

»Ganz ruhig.«

Kraus lächelte kurz zu ihr herüber, während sie für ihren Geschmack etwas zu schnell an der Glyptotek und am Tivoli vorbeirauschten. Ärgerlich schaltete er herunter, als er an der Bernstorffgade kurz halten musste, und wandte sich ihr zu.

»Wir haben Anisas Versteck gefunden. Thor ist schon unterwegs, und er hat mich gebeten, dich abzuholen.«

»Das verstehe ich nicht. Ist ihr denn irgendwas zugestoßen?«

Verständnislos sah Linnea zu Kraus, der aufs Gaspedal drückte, so dass sie beinahe einen Satz auf die Kreuzung machten. Anschließend beschleunigte er noch mehr, so dass einige tapsige Fußgänger erschrocken stehen blieben, ehe er einen Touristenbus schnitt, um bei der DGI-Byen abzubiegen.

»Sie hat Spang-Hansen und Herzog ermordet.«

Während sie an den Schienen entlangfuhren, wandte Kraus sich erneut Linnea zu.

»Ich habe mit Majken Bloch gesprochen, unserer Psychologin am Politigården, um eine Ahnung zu bekommen, wie wir mit Anisa umgehen, wenn wir sie finden. Und die Psychologin war nicht im Zweifel. Anisas psychischer Zustand sei höchst instabil, sagte sie. Es bestehe das Risiko, dass sie völlig durchdreht. Sich selbst und anderen Schaden zufügt. Sie hat uns empfohlen, nicht allein auf sie loszustürmen, sondern ein freundliches, ihr bekanntes Gesicht mitzunehmen. Eine Person, die Anisa Sicherheit gibt und sie beruhigt.«

Linnea schüttelte den Kopf.

»Ihr müsst Gunnerus mitnehmen, der kennt sie am besten.«

Kraus kam gar nicht erst zum Antworten, da sie schon weiterredete: »Und wie könnt ihr euch überhaupt sicher sein, dass es Anisa ist?«

»Die Beweise bekommen wir erst, wenn wir eine DNA-Probe haben, die den Spuren am Tatort entspricht. Aber denk doch nur mal an die Badeanstalt. Wir haben sie unmittelbar nach der Tat vor Ort gefunden, mit blutverschmierter Kleidung und einem irren Blick. Normalerweise hätten wir nicht eine Sekunde daran gezweifelt, dass sie unsere Mörderin ist. Aber wir haben uns von unseren Vorurteilen leiten lassen. Fast noch ein Mädchen, offenbar selbst ein Opfer, jemand wie sie kann doch nicht für einen so bestialischen Mord verantwortlich sein.«

Kraus sah kurz zu Linnea herüber.

»Es ist gewissermaßen unsere Schuld, dass sie einen weiteren Mord auf dem Gewissen hat. Hätten wir sie nicht entkommen lassen, wäre Herzog vielleicht noch am Leben. Anisa hat sie beide getötet.«

Er zögerte.

»Die Frage ist nur, ob sie es aus eigenem Antrieb getan hat.«

*

Mogadischu, Sahafi Hotel International, 18. Januar 2011

Ein schweres und energisches Klopfen drang in Ansgar Toftegaards traumlosen Schlaf und zwang ihn dazu, aus der Bewusstlosigkeit aufzutauchen, obwohl dies der einzige Zustand war, in dem er sich befinden wollte. Erst dachte er, es wäre sein Kater, der sich nicht von seinem Versuch abschrecken ließ, das Alkohollevel zu halten. Doch auch wenn er spürte, wie sein Puls im Hinterkopf hämmerte und das Herz in seiner Brust pochte, hatte ihn etwas anderes aus dem Schlaf geweckt. Da war es wieder.

»Mach schon auf, Ansgar. Ich weiß, dass du da bist. Wir müssen reden.«

»Hau ab!«

Er hätte gern geschrien, aber was aus seinem Mund drang, war eher ein Flüstern. Außerdem hätte es auch nichts bezweckt, denn er hatte plötzlich das Gefühl, dass Bente schon sehr lange an seine Tür klopfte. Vorsichtig setzte er sich im Bett auf und versuchte sich einen Überblick zu verschaffen. Es war dunkel, so dass es inzwi-

schen wohl Abend oder Nacht geworden war. Dennoch konnte er den Couchtisch erkennen, der mit Flaschen und einigen improvisierten Aschenbechern vollgestellt war.

»Jetzt wach schon auf, verdammt! Oder sollen wir die Tür eintreten? Wir geben dir zwei Minuten!«

Aha, Martin stand also auch dort draußen. Ansgar versuchte zu erkennen, ob noch etwas in den Flaschen war. Hoffentlich hatte er noch nicht seinen ganzen Vorrat geleert. Auf dem Nachttisch stand ein volles Wasserglas, daneben lag ein Päckchen zerknautschte Zigaretten. Also war er doch halbwegs klar im Kopf gewesen, als er sich hingelegt hatte. Es klopfte erneut, und er nahm einen Schluck Wodka und tastete mit der Hand an der Wand entlang, bis er den Lichtschalter fand. Als die Neonröhre ansprang, wurde er für einen Moment von einem Schmerz zurückgeworfen, der ihm durch die Stirn und bis in den Nacken schoss.

Als er sich mit zitternden Fingern eine Zigarette angesteckt und mehrmals daran gezogen hatte, fühlte er sich endlich stark genug, um wieder auf die Beine zu kommen. Er verstand nicht, was die anderen von ihm wollten. Sein Gedächtnis lag unter einem dichten Schleier, und er hatte das ungute Gefühl, dass etwas nicht stimmte, kam aber nicht darauf, was. Hatte er sich gestern übermäßig peinlich aufgeführt? Oder warum standen sie sonst dort und drohten damit, sich gewaltsam Zugang zu seinem Zimmer zu verschaffen? Eigentlich waren sie einem bisschen Partystimmung und Krawall doch sonst nicht abgeneigt. Er stützte sich am Kleiderschrank ab und wankte zur Tür, und jetzt konnte er sie draußen gedämpft miteinander sprechen hören. Es klang, als würde Martin gerade allen Mut zusammennehmen, um seine Drohung, die Tür einzuschlagen, wahr zu machen.

»Ich komme ja schon!«

Ansgar schloss die Tür auf. Beim Anblick der beiden bekannten Gesichter kehrte die Erinnerung mit einem Schlag zurück, und er spürte, wie die Beine unter ihm nachgaben. Mikkel!

Halb sitzend, halb liegend, kam er auf dem Sofa wieder zu sich. Durch das Fenster drang kühle Nachtluft herein. Also musste es jemand geöffnet haben, obwohl das gegen die Regeln der Ausgangssperre verstieß. Allerdings war es jetzt dunkel, nur die kleine Nachttischlampe war eingeschaltet. Er bekam ein Wasserglas in die Hand gedrückt, und diesmal war es nicht mit Wodka gefüllt. Überhaupt hatte jemand die Spuren seiner Ausschweifungen beseitigt, und als seine Augen sich an die Dunkelheit gewöhnten, konnte er sehen, dass Martin und Bente gegenüber auf ihren Stühlen saßen und ihn beobachteten. Es sah nach einer Verschwörung aus.

»Wir müssen reden, Ansgar.«

Bentes Stimme klang ungewohnt fest. Ansgar blinzelte und versuchte sich zu konzentrieren, aber die Gedanken drängten sich immer wieder auf: das Telefonat mit Ulla, die ihm so merkwürdig gefasst vom Mord an seinem Sohn berichtet hatte. Die Details, wie brutal er getötet worden war. Und dann die nagende Unruhe, dass es seine Schuld sein könnte. Dass er den Tod seines Sohnes provoziert hatte, indem er ihn in diese Sache hineingezogen hatte. Das Letzte, was Mikkel ihm erzählt hatte, war, dass er direkt zum Geschäftsführer von Kintu gegangen sei. Denn dieser, so hatte sein Sohn gesagt, müsse ihm doch bei der Frage behilflich sein können, wer an der Spitze dieser Organisation dafür verantwortlich sei. Und anschließend hatte er nichts mehr von Mikkel gehört.

»Wir wissen, dass es hart für dich ist, und wir verstehen auch, dass du gerade nur schwer an etwas anderes denken kannst, aber …«

Bente zögerte, und Martin unterbrach sie mit schriller Stimme: »Hast du überhaupt darüber nachgedacht, was das für uns bedeutet? Wir müssen etwas unternehmen!«

Ansgar sah verwirrt zu Bente, die von Martins Hysterie ziemlich unberührt schien, aber auch keine Anstalten machte, ihn zu bremsen.

»Ich verstehe nur nicht, warum wir immer noch nichts von Carl gehört haben«, sagte Ansgar.

Martin starrte ihn fassungslos an.

»Hast du es immer noch nicht kapiert? Dass es bis in die höchsten Ebenen geht?«

Und tatsächlich verstand er erst jetzt, was Martin meinte. Es war, als wären seine Gedanken zu schwer, um sie festhalten zu können.

»Glaubt ihr, er weiß, wo Mikkel sein Wissen herhatte?«

»Nicht unbedingt«, erwiderte Bente. »Aber das kann er sich wohl ausmalen, wenn er weiß, dass Mikkel dein Sohn war. Weiß Carl das?«

Ansgar sank in sich zusammen.

»Keine Ahnung, verdammt, vielleicht, ach, lasst mich doch in Ruhe.«

Ansgar konnte seine Worte nur noch stammeln, doch Martin war bereits in eine noch höhere Tonlage gefallen: »Und was meinst du, wer als Nächstes dran ist?«

58

Kraus drückte das Gaspedal durch, so dass er gerade noch bei Gelb über die Kreuzung neben der S-Bahn-Station Dybbølsbro raste. Und Linnea begriff allmählich, dass die von ihm beschriebene Theorie gar nicht so unwahrscheinlich war.

»Sie wäre dazu imstande gewesen«, sagte sie nachdenklich. »Ich meine, rein psychologisch gesehen. Sie hat unfassbare Gräuel erlebt, und sie hat es hinter sich gebracht. Es ist eine Erfolgsgeschichte, aber das muss eine enorme therapeutische Arbeit erfordert haben, auf die sie vermutlich niemals ganz wird verzichten können. Ich kenne mich damit natürlich nicht aus, würde aber vermuten, dass sie ohne festen Rahmen und Hilfe geradewegs wieder in die alten Traumata zurückfällt. Eine Rückreise in die Alpträume ihrer Vergangenheit sozusagen.«

Kraus nickte.

»Etwas Ähnliches hat Bloch auch gesagt. Sie meinte, dass Anisa psychisch instabil wäre und im Grunde keinen eigenen Willen besitzt. Erst hat sie als Kindersoldatin eine Gehirnwäsche durchlaufen, und dann wurde sie im Laufe der Therapie sozusagen umprogrammiert, um wieder ein Mensch zu werden.«

Jetzt befanden sie sich auf der langen, geraden Ingerslevgade, und Kraus konnte erneut beschleunigen.

»Jemand hat sie manipuliert«, meinte Kraus dann. »Ihre latente Wut wurde ausgenutzt, um wieder eine Mordwaffe aus ihr zu machen.«

Linnea schüttelte fassungslos den Kopf, während sie in die kleinen Straßen hineinblickte, die zum Sønderboulevard, der Istedgade und dem übrigen Vesterbro führte. Ihr wurde klar, was Kraus damit andeutete, und sie konnte sich nicht entscheiden, welche Vorstellung sie irrsinniger fand.

»Hör dir das an«, sagte Kraus.

Er fummelte mit einer Hand vergeblich an irgendetwas herum und bat sie schließlich um Hilfe. Linnea nahm den MP3-Player und das Kabel entgegen, das er ihr reichte.

»Der muss ans Autoradio angeschlossen werden«, erklärte Kraus. »Es hat einen USB-Anschluss. Das ist eine Aufnahme, die Thor von einer anonymen Quelle zugespielt wurde. Einem Mann, der nicht damit einverstanden war, wie vertuscht werden sollte, dass Spang-Hansen und Herzog und vielleicht auch die drei Dänen in Somalia geopfert wurden, damit dieser umfangreiche Waffenhandel nicht auffliegt. Vielleicht hilft dieser Mann uns auch nur, weil er fürchtet, selbst als Sündenbock geopfert zu werden. Jedenfalls handelt es sich um ein aufgezeichnetes Gespräch, dass Vibe Herzog kurz vor ihrer Ermordung führte. Ich glaube, sie ruft den Mann an, der für ihren Tod verantwortlich ist. Sie gab sozusagen ihre eigene Ermordung in Auftrag.«

Linnea starrte auf das Autoradio, als die Aufzeichnung anfing. Es war nur ein kurzer Wortwechsel. Zuerst sprach die Frauenstimme, die Linnea einen kalten Schauer über den Rücken laufen ließ. Ganz am Anfang klang sie noch kontrolliert und wohlmoduliert, doch anschließend war es, als würde sie implodieren. Die kühle Fassade ließ sich nicht länger bewahren, und die Furcht schimmerte immer mehr hindurch.

»Ich hatte gerade Besuch«, sagte die Frau.

Es folgte eine kurze Pause.

»Du hast gesagt, alles wäre vorbei«, fuhr sie fort. »Du hast mir versprochen, dass es längst aufgehört hätte. Aber das stimmt anscheinend nicht.«

Diesmal antwortete der Gesprächspartner sofort.

»Du hast recht, wir müssen uns unterhalten. Wir sollten uns treffen. Ich fahre gleich los. Das passt sowieso wunderbar, denn ich brauche deinen rechtlichen Beistand. Eine gemeinsame Freundin benötigt Hilfe, weil sie eine Zeitlang untertauchen muss. Genau das Richtige für dein humanistisches Herz.«

Das Knistern der Telefonverbindung hielt noch einige Sekunden an, dann wurde aufgelegt. Länger war die Aufnahme nicht, aber das war auch nicht nötig. Einen Moment lang bemerkte Linnea nicht mehr, was um sie herum geschah, dann sah sie Kraus an. Die andere, männliche

Stimme hatte nicht einen Augenblick geschwankt oder gezögert. Sie war von Anfang bis Ende fest und entschlossen gewesen, und Linnea hatte sie sofort erkannt.

»Diese Stimme«, sagte sie. »Das war Gunnerus.«

*

»Jetzt müssten beide Wagen vor Ort sein.«

»Sind sie aber nicht.«

»Dann kann es sich höchstens noch um Minuten handeln.«

»Na, hoffentlich haben wir die.«

Thor sah sich um, während er mit dem zentralen Einsatzleiter sprach. Er war soeben aus dem Auto gestiegen, am Ende des kleinen Kieswegs an der Schleuse, der auch Ved Slusen hieß. Im Grunde war es kein Wunder, dass er vor den Streifenwagen angekommen war. Er hatte sich sofort in den ersten freien Zivilwagen im Keller unter dem Politigården gesetzt und alle Straßenverkehrsregeln außer Acht gelassen, um durch Sydhavn zu rasen. Bisher hatte das Telecenter keine weitere Aktivität von Anisas Handy registriert. Hoffentlich war er doch noch rechtzeitig gekommen.

»Sag ihnen, dass sie Dampf machen sollen!«, sagte Thor. »Und auf mich warten.«

»Das wissen sie schon ...«

»Sie sollen auf keinen Fall selbst hineingehen«, fiel er dem Einsatzleiter ins Wort, bis dieser protestierte, dass Thor das alles inzwischen schon mehrfach gesagt hätte. »Und sag ihnen, dass sie ein bisschen weiter weg parken sollen, oben am Lossepladsvej oder Selinevej, damit sie kein Aufsehen erregen.«

Er legte auf und versuchte, sich einen Überblick über die Gegend zu verschaffen. Direkt vor ihm lagen die Schleuse und die kleine Fußgängerbrücke über die Hafeneinfahrt hinüber nach Sluseholmen mit seinen modernen Wohnkomplexen. Sie waren ein Traum aus Stahl und Glas, eine Hightech-Version von Venedig, mit kleinen Kanälen zwischen den Gebäuden, mit Licht und Wasser, inmitten des alten Arbeiter- und Industrieviertel von Sydhavn.

Der Kontrast zur anderen Seite des Schleuseneinlaufs war sicht- und greifbar. Thor drehte sich um und ging zurück, vorbei an dem alten Schleusenwärterhaus, das einsam mitten in einem merkwürdigen Niemandsland stand. Diese Seite des Hafens bis zum Amager Fælled war eine Mischung aus rustikalen Schrebergartenhütten, Bootsschuppen und struppiger Wildnis. Jetzt war alles von einer dünnen Schneeschicht bedeckt, die das Ganze ordentlicher aussehen ließ als üblich.

Irgendwo dort drinnen hielt Anisa sich versteckt.

Einige Rentner und Mütter mit Kinderwagen machten auf der anderen Seite des Wassers einen Nachmittagsspaziergang, aber hier war Thor allein, abgesehen von einer einsamen Gestalt, die zwischen den kleineren Booten am Rande von Nokken umherging. In den letzten Tagen war die Temperatur ein wenig gestiegen, und die Fahrrinne war wieder frei. Er spürte, wie der Schnee sein Gesicht traf. Bald würde es dunkel werden, aber eigentlich sollte die Aktion bis dahin längst überstanden sein.

Es gab noch immer viele offene Fragen, aber Thor konnte sich allmählich ein Bild machen. Alles hatte damit angefangen, dass Carl Henrik Gunnerus Poulsen mit Waffen handelte. Und ganz gleich, wie idealistisch er sich gab, liefen diese Geschäfte schon seit Jahren. Adèle de Clermont-Tonnere war seine Maklerin gewesen, während Vibe Herzog für die finanziellen Transaktionen und die Verschleierung seines Engagements zuständig gewesen war.

Offenbar war alles gutgegangen, bis der Journalist Mikkel Spang-Hansen eines Tages auf eine Spur stieß, die ihn direkt zu Gunnerus führte.

Nachdem er einige Zeit gegrübelt hatte, holte Thor sein Handy heraus und rief Gunnerus an. Er starrte in Richtung Nokken und wartete, bis der andere sich meldete.

»Wir haben Anisa gefunden!«, sagte er sofort.

»Oh, Gott sei Dank! Ist ihr etwas zugestoßen?«

Gunnerus war sofort ans Telefon gegangen und hatte ohne das kleinste Zögern reagiert. Seine Mischung aus Erleichterung und Besorgnis klang echt.

»Leider muss ich Ihnen mitteilen, dass sie der Morde an Mikkel Spang-Hansen und Vibe Herzog verdächtigt wird«, fuhr Thor fort. »Wir wissen noch nicht, was ihr Motiv war, aber die Spuren am Tatort lassen keinen Zweifel.«

»Das kann nicht sein«, erwiderte Gunnerus. »Ich kenne sie besser als jeder andere. Glauben Sie mir.«

Anschließend teilte Thor ihm dasselbe mit, was Kraus Linnea gesagt hatte, als er sie abgeholt hatte. Dass sie ein bekanntes Gesicht bräuchten, wenn sie Anisa festnahmen, damit diese sich sicher fühlte und nicht zusammenbrach oder zusätzlichem Stress ausgesetzt war. Gunnerus willigte natürlich sofort ein, ihnen zu helfen, wiederholte allerdings, er sei überzeugt, dass sie sich täuschten. Sie vereinbarten, sich in einer halben Stunde auf Ved Slusen zu treffen, und Thor beendete das Gespräch.

Jetzt konnte er nur noch warten. Alles deutete darauf hin, dass Gunnerus den Köder geschluckt hatte. Thor wusste, dass er das Eintreffen der Polizeistreifen abwarten sollte, ehe er das Gartenhaus aufsuchte, wo Anisa sich versteckte, damit die Kollegen rechtzeitig eingreifen konnten, wenn Gunnerus kam.

Doch dann begann er trotzdem, auf Ved Slusen entlang

bis zu dem schmalen Kiesweg auf der linken Seite zu gehen, der zu den kleinen Schuppen am Bootssteg führte. Er konnte sich doch wenigstens davon überzeugen, dass Anisa sich noch immer in ihrem Versteck aufhielt. Plötzlich machte ihn die Aussicht nervös, was passieren würde, wenn sein Plan in die Hosen ging. Dann wäre nicht allein seine Ermittlung gescheitert. Oder – infolgedessen – seine Karriere.

Dann hätte er auch ein weiteres Leben auf dem Gewissen.

59

Mogadischu, Sahafi Hotel International, 18. Januar 2011

Der nächtliche Himmel war schwarz, und die allumfassende Dunkelheit wurde nur von sporadischen Explosionen in einem fernen Stadtteil unterbrochen. Ansgar sog die kühle Luft ein und lehnte sich gegen das Balkongeländer, während er versuchte, die Glut der Zigarette mit der Hand abzuschirmen. Er brauchte das Rauchen, um für einen Moment von seinen Kollegen wegzukommen, aber das war noch lange kein Grund, die Zielscheibe zu spielen. Eigentlich hatte er am meisten Lust, die gesegnete Wodkaflasche zu leeren, die in seinem Kleiderschrank stand. Martin und Bente weigerten sich allerdings, sein Zimmer zu verlassen, das sie nun schon seit Stunden belagerten.

Infolgedessen wurde Ansgar jetzt doch von dem Kater heimgesucht, vor dem er seit einigen Tagen davonlief, ja im Grunde genommen schon seit einigen Jahren. Er war ein paar Mal im Bad gewesen und hatte sich übergeben, und das half ein wenig, aber er wurde weder die Trauer über Mikkel noch die bedrückende Angst der anderen los. Auf eine merkwürdige Art und Weise kamen ihm der Schmerz in seiner Brust und der bohrende Kopfschmerz passend vor, jetzt, wo alles kaputtging. Er zog ein letztes Mal an seiner Zigarette und drückte sie dann auf dem Steinboden des Balkons aus. Noch immer konnte er nur schwer akzeptieren, dass es einen Zusammenhang zwischen einem Mord in einer Kopenhagener Badeanstalt und ihren Entdeckungen hier geben sollte.

»Alles okay mit dir? Willst du nicht langsam mal wieder reinkommen?«

Martin streckte ungeduldig den Kopf zur Tür heraus. Er achtete penibel darauf, dass seine Nase nicht mehr als unbedingt nötig in die gefährliche Nacht hinausragte.

»Gib mir noch zehn Minuten. Dann können wir über alles reden, was euch auf dem Herzen liegt. Ich brauche nur noch ein bisschen Luft, okay?«

»Natürlich, aber wirklich nur zehn Minuten. Wir sitzen nebenan und warten.«

»Danke, Martin. Ich schaffe das schon. Nur noch eine letzte Zigarette.«

Martin sah ihm ernst in die Augen, und plötzlich wurde Ansgar klar, dass sein Kollege fürchtete, er könnte vom Balkon im vierten Stock springen. Aber Martins Sorge galt im Grunde wohl eher der Angst davor, im Stich gelassen zu werden, als Ansgars Wohlbefinden. Er lächelte bitter: So schlecht kannte Martin ihn also. Ansgar hatte nicht eine Sekunde überlegt, allem ein Ende zu setzen. Dazu war er viel zu bequem und phantasielos. Wenn dieser Sturm abgeklungen war und er seine Kräfte wiedererlangte, würde er woanders hingehen. Er würde das Mitleid nutzen, das seine persönliche Tragödie höchstwahrscheinlich auslöste, und sich einen hübschen Einsatzort in einem friedlichen Land suchen, mit eigenem Bungalow und eigenem Koch, wo er sich von morgens bis abends sanft von seinen Gin Tonics einlullen lassen würde.

Natürlich würde er Mikkel vermissen. Oder – in Anbetracht ihres bisherigen Verhältnisses – das Bewusstsein vermissen, dass es ihn gab. Bis vor wenigen Jahren war Ullas Junge lediglich ein Teil seiner Vergangenheit gewesen, den er verdrängt und als etwas abgestempelt hatte, was ihn nichts mehr anging. Seiner zweiten Frau, die er einige Jahre nach Mikkels Geburt kennengelernt hatte, hatte er beispielsweise nie erzählt, dass er einen Sohn hatte. Nicht ehe der Sohn zwanzig Jahre später auf einmal aufgetaucht war und sich als cleverer und tatkräftiger junger Mann erwiesen hatte, auf den er nichts anderes als stolz sein konnte.

»Ja, ja, ich komme schon, verdammt noch mal!«

Jetzt machten sie da drinnen auch noch Radau. Was zum Teufel trieben sie eigentlich?

Doch niemand antwortete ihm. Ansgar rieb sich die Augen. Der Lärm hörte nicht auf. Wurde immer lauter. Was machten sie nur?

Er riss die Balkontür auf. Das Erste, was er sah, war ein umgestürzter Sessel. Das Zweite war Martin, der mit weit aufgerissenen Augen auf seinem Bett lag.

»Martin, was ist los?«

Er fasste Martin unter den Armen und zog ihn hoch. Schüttelte seinen schmächtigen Körper, damit er aufwachte. Dann hob er ihn vom Bett und entdeckte einen großen Blutfleck, der immer größer wurde. Das Bettzeug durchnässte. Er unterdrückte einen Schrei und ließ Martin angewidert wieder los. Aus dem leblosen Körper war warmes Blut gesickert und über seine Hände gelaufen.

Was war passiert? Und wo war Bente?

Ansgar schaute sich um. Erst jetzt sah er das Blut an den Wänden und auf dem graumelierten Teppichboden. Die Spuren erstreckten sich von der Sofaecke über den Flur bis zum Badezimmer. Die Zimmertür war angelehnt, der Türgriff ebenfalls blutverschmiert.

Was zum Teufel war hier passiert, während er seine letzte Zigarette geraucht hatte?

Ansgar wollte Bente erneut rufen, hörte jedoch im selben Moment ein Geräusch aus dem Bad. Er versuchte einen klaren Gedanken zu fassen. War sie das? Oder waren es diejenigen, die Martin überfallen hatten, und jetzt darauf warteten, dasselbe mit ihm tun zu können?

Einen Moment lang stand Ansgar verwirrt vor der verschlossenen Badezimmertür. Sollte er über den Balkon flüchten? Doch dann hörte er ein Jammern.

Er riss die Tür auf und blickte direkt in Bentes schreckerfüllte Augen. Sie kniete in der Duschkabine. Die Fliesen unter ihr waren von ihrem Blut bedeckt. Es sah aus, als würde es direkt aus ihrem Unterschenkel in den Abfluss laufen.

Bentes Klagen wurde lauter, als sie ihn sah. Sie schüttelte hastig den Kopf, als wollte sie ihn dazu bewegen, von hier zu verschwinden, konnte aber nichts sagen. Trotzdem kam er näher.

Erst als er ihr aufhelfen wollte, bemerkte er den dunklen Schatten im Spiegel gegenüber.

Er drehte sich halb um. Holte zu einem Schlag aus, spürte jedoch schon im selben Moment einen stechenden Schmerz in der Ferse.

Und dann gaben die Beine unter ihm nach.

*

Die Haftanstalt Vestre Fængsel türmte sich direkt vor ihnen auf, dahinter breitete sich der riesige Friedhof bis zum Sjælør Boulevard aus.

»Es sind höchstens noch zehn Minuten«, sagte Kraus zu Linnea. »Aber wir hätten die Vasbygade nehmen sollen.«

Sie bogen an der Kreuzung links in den Enghavevej ab, der kaum befahrbar war. Parkende Lkw und zerfurchte Schneemassen verengten die ohnehin schon schmale

Straße zusätzlich, und Linnea nickte, ohne Kraus richtig zuzuhören. Sie kochte vor Wut. In erster Linie über Thor, der sie in eine Situation brachte, die ihre Kompetenz überstieg – und der noch dazu so feige gewesen war, Kraus als Mittelsmann einzusetzen. Sie war nicht dafür ausgebildet, mit einer psychisch labilen oder sogar psychotischen Person umzugehen. Und der Gedanke an Anisa verstärkte Linneas Zorn nur umso mehr. Anisa Farah war nicht nur missbraucht worden, sie war noch dazu ein Opfer, das erneut geopfert worden war. Dieses Gefühl der Machtlosigkeit war kaum zu ertragen. Am meisten aber richtete sich ihr Zorn gegen Gunnerus. Auch wenn sie ihn nur flüchtig kannte – sie hätte ihn nie für einen Verräter gehalten. Was war mit all seinen schönen Idealen? Waren sie nur eine Fassade, hinter der sich ein unfassbar zynischer Mensch verbarg?

Je mehr sie darüber nachdachte, desto besser passten die Puzzleteile zusammen. Anisa war als Mörderin keineswegs undenkbar. Zum einen wegen der unbändigen Wut, die bei beiden Morden im Spiel gewesen war, zum anderen wegen der durchtrennten Achillessehnen. Wenn Anisa in eine extreme Stresssituation gedrängt worden oder manipuliert worden war, konnte das durchaus zu einer solchen Form von Regression geführt haben. Anisa hatte – ob bewusst oder in Trance – genauso getötet, wie sie es aus ihrer Zeit als Kindersoldatin gewohnt war. Deshalb erinnerten die Verletzungen so sehr an jene, die Linnea an den drei Dänen aus Mogadischu gesehen hatte. Nicht weil der Mörder derselbe war, sondern weil die Methode denselben Ursprung hatte.

Sie wurde aus ihren Gedanken gerissen, als Kraus auf den Funkruf eines Streifenwagens reagierte.

»Wir sind bei Ved Slusen angekommen«, ließen die Kollegen verlauten. »Die Lage scheint ruhig, wir warten am Ende des Wegs.«

»Verstanden«, antwortete Kraus. »Thor müsste jetzt auch da sein, also wartet erst mal auf ihn. Ich rufe ihn an und gebe Bescheid, dass wir auch bald da sind. Sonst noch was?«

»Ja, das ist der eigentliche Grund, warum ich mich melde. Hier ist es völlig einsam – abgesehen von einem einzigen Mann. Er hat uns nicht bemerkt, aber er geht unten auf dem Kiesweg entlang und sieht aus, als würde er etwas suchen. Dem Schuppen hat er sich aber noch nicht genähert. Aber vielleicht ist das auch ohne Bedeutung.«

Kraus lächelte Linnea zu.

»Das ist nicht zufällig Thor, den ihr da beobachtet?«

»Dann wäre er aber sehr in die Breite gegangen, seit ich ihn das letzte Mal gesehen habe«, entgegnete der Streifenbeamte. »Dieser Kerl hier ist blond, zwar auch fast zwei Meter groß, aber sehr kräftig gebaut. Er ragt ziemlich auffällig zwischen den Schuppen hervor.«

Linnea starrte Kraus an.

»Gunnerus«, sagte er nur.

60

Seine Augen sind es, die das auslösen. Er starrt mich hasserfüllt an, schreit mir ins Gesicht, bis es von seinem Speichel nass ist. Ich möchte fliehen, aber ich bin in diesem schwachen Körper gefangen.

Jetzt weine ich, flehe ihn an, damit aufzuhören, doch er macht weiter. Schreit, starrt, verpasst mir brutale Schläge auf den Kopf. Ich kämpfe dagegen an, doch ich spüre allmählich, wie das Adrenalin in mein Blut pumpt, spüre, wie meine Muskeln sich anspannen und der Hass alle Gefühle verjagt. Finsternis.

Ich erwache an einem fremden Ort, in einem dunklen, feuchten Raum. Kann nichts als meinen eigenen Puls und meine schnellen Atemzüge hören. Kann nichts anderes wahrnehmen als Gefahr.

Was wird jetzt geschehen? Ich höre draußen Schritte, alle meine Muskeln sind angespannt, und in der Sekunde, als die Tür aufgeht, springe ich auf. Der Mann blickt mich verwirrt an. Ich sehe ihm an, dass er mich kennt. Erst dann sehe ich seine Angst und bemerke das Messer in meiner Hand. War es eben auch schon dort?

Er streckt seinen Arm nach mir aus, doch ich bin zu schnell, steche drei-, viermal geschickt zu, bevor er schreien kann.

Ich schlage meinen Kopf heftig gegen die Wand, um die Bilder zu stoppen. Sie strömen jetzt ununterbrochen auf mich ein, und sie sind ganz frisch. Ich will mich nicht erinnern, aber es ist notwendig, um das alles aufzuhalten. Mein Retter hat mir beigebracht, wie ich das Tier zähmen kann. Aber jetzt hat er es wieder losgelassen. Und das Tier hat grausame Dinge getan. Dabei habe ich meinem Gott geschworen, dass das nicht passieren darf.

»Bevor mir der Tod die Augen schließt«, murmele ich.

Mein altes Mantra beruhigt mich. Das war der Satz, an den ich mich hielt, als ich darum kämpfte, zu einem Leben außerhalb der Miliz zurückzukehren. Diese Worte trafen ein Gefühl tief in mir drin. Und tun es noch immer. Ich möchte meine Rache, bevor mir der Tod die Augen schließt.

Aber schon damals hatte ich zu viele Feinde. Ich habe

schnell verstanden, dass die beste Rache das eigene Überleben ist. Dass ich meinen Peinigern nur dadurch trotze. Damals wie heute.

Ich bin Anisa. Rächerin und Überlebende.

61

Es hatte wieder zu schneien begonnen, vielleicht fielen die weißen Flocken aber auch schon länger. Thor hatte während seiner Fahrt vom Politigården nichts bemerkt, aber jetzt schienen alle seine Sinne geschärft. Gierig atmete er die frische Luft ein und joggte den Kiesweg entlang.

Rechts von ihm stand eins der Kopenhagener Heizkraftwerke, und neben dem Drahtzaun rosteten ein paar Autowracks vor sich hin, die ihre letzten Kilometer wohl schon vor einem halben Menschenalter zurückgelegt hatten. Daneben lag Müll aller Art, ein altes Klo, halbverrottete Verschalungsbretter, Eimer und Planen. Es stank nach Urin, die Schuppen auf der linken Seite hatten vermutlich keinen Wasseranschluss. Zusammen bildeten sie den Bootsclub »Stiboerne«, wie ein Schild neben den alten Briefkästen an der Ecke des größeren Kieswegs verkündet hatte. Thor konnte sich keinen besseren Ort vorstellen, um einen Flüchtigen zu verstecken. Hier war vermutlich den ganzen Tag keine Menschenseele zu sehen, und sollte man doch einmal jemandem begegnen, würde dieser Jemand garantiert keine unangenehmen Fragen stellen – aus Angst, selbst welche beantworten zu müssen. Weiter vorn konnte er in einer Lücke zwischen den wackeligen Schuppen die Hafeneinfahrt und die Luxuswohnungen von Sluseholmen auf der anderen Seite ausmachen. Es sah so aus, als gäbe es nur vom Weg aus einen Zugang zu den Schuppen. Aber eigentlich musste man auch vom Bootssteg aus dorthin gelangen können. Er überlegte, den Hintereingang zu nehmen, blieb dann aber einige Schritte vor dem roten Holzschuppen stehen, in dem sich Anisa dem GPS und den Satellitenbildern zufolge aufhalten musste. Er hielt inne und lauschte.

Man konnte nicht genau wissen, was eigentlich in Gunnerus' Kopf vorgegangen war. Er musste das Gefühl gehabt haben, dass seine Welt zusammenstürzte, als ihm der junge Journalist mit seinen Enthüllungen drohte. Vibe Herzog hatte einfach nur Pech gehabt. Warwick hatte ihrem blauäugigen Idealismus ein Ende bereitet, indem er ihr von dem eigentlichen Zweck der finanziellen Transaktionen erzählt hatte, mit denen sie Gunnerus jahrelang behilflich gewesen war. Und als sie ihn anschließend anrief, um sich bei ihm zu beschweren, hatte sie ihr eigenes Todesurteil unterschrieben. Das Problem war, dass Thor kaum mehr als Indizien gegen Gunnerus hatte, bevor sie seine Zusammenarbeit mit Herzog genauer untersucht hätten. Aber wenn er Gunnerus dazu bringen konnte, sich selbst zu verraten, weil er Angst hatte, dass Anisa ihn verriet … Wenn Thor ihn richtig einschätzte, war Gunnerus auf dem Weg hierher, um Anisa wegzubringen, ehe die Polizei ankam. Oder sie zu liquidieren.

Das Risiko, dass etwas schiefging, war eigentlich viel zu groß, aber Thor sah keine andere Möglichkeit. Kraus würde sicher ausflippen, wenn er erfuhr, dass Thor ihn hintergangen hatte. Und auch gegenüber Polizeidirektor Lange käme er dann in Erklärungsnot. Doch schon als er Warwicks Aufnahme gehört hatte, wusste er, dass er keine andere Wahl hatte. Technische Beweise zu finden, wäre schwer, und es blieb ihm nichts anderes übrig, als eine Falle zu stellen.

Kraus und dem Rest der Abteilung hatte er das verschwiegen, weil es nicht nur aus ethischen Gründen problematisch war, sondern auch gegen das Gesetz verstieß. Er war allerdings zu dem Schluss gekommen, dass es leichter war, um Verzeihung zu bitten als um Erlaubnis. Aber das Problem war natürlich, dass man ihm nur verzeihen würde, wenn der Plan auch gelang.

Und jetzt, wo er hier vor dem Schuppen stand, wurde er zunehmend nervöser. Er schaute auf sein Telefon, um zu sehen, ob das Telecenter neue Bewegungen meldete, aber er hatte plötzlich keinen Empfang mehr. Er schaltete das Telefon mehrmals hintereinander ein und aus, doch es half nichts. Vorsichtig warf er einen Blick durch eine dreckige Scheibe, konnte jedoch nichts sehen. Hatte er nicht in einem der Fenster Licht gesehen, als er am Ende des Weges gestanden und die Umgebung beobachtet hatte?

Er schlich erneut um die Ecke und blieb bei der Eingangstür stehen. Einen Moment lang verharrte er reglos, dann nahm er seine Pistole und überlegte, ob er die Tür öffnen konnte, indem er sich gegen den maroden Türrahmen warf. Er hielt seine Walther PPK in Hüfthöhe und prüfte, ob sie entsichert war. Vorsichtig fasste er an den Türgriff. Dann entdeckte er etwas auf dem Boden. Er beugte sich hinunter und hob eine massive Eisenkette auf, die halb im Schnee eingesunken war. An ihrem Ende baumelte ein Hängeschloss. Beides sah neu aus und konnte noch nicht lange im Schnee gelegen haben. Dann öffnete er die Tür.

»Anisa Farah?«, rief er.

*

Linnea war froh, dass sie das Tachometer vom Beifahrersitz aus nicht sehen konnte. Das Brachland auf der Rückseite des Hauptbahnhofs mit dem Bahnkörper und den Containerplätzen rauschte vorbei, und sie tippte, dass Kraus mindestens hundert Stundenkilometer fuhr, obwohl die Straßen selbst im Stadtzentrum ziemlich glatt waren. Doch wenn sich Gunnerus tatsächlich in Nokken aufhielt, mussten sie sich beeilen, um rechtzeitig dort zu sein. Während Kraus versuchte, sich durch den dichten Verkehr zu schlängeln, gelang es Linnea, den Polizeifunk zu bedienen, als sich der Streifenpolizist vor Ort erneut meldete.

»Von hier aus haben wir das meiste im Blick«, sagte er. »Er ist irgendwie mit den vertäuten Booten beschäftigt. Sollen wir ihm nachgehen?«

Linnea blickte fragend zu Kraus, der den Kopf schüttelte.

»Es ist am wichtigsten, den Schuppen zu bewachen, wo Anisa sich versteckt hält«, erwiderte Kraus. »Achtet darauf, ob er sich nähert. Und sorgt um Himmels willen dafür, dass er euch nicht sieht!«

Er drehte sich zu Linnea um.

»Ob er weiß, dass wir unterwegs sind?«

Linnea hatte in der Zwischenzeit ihr Handy hervorgeholt und starrte auf ihre Position auf dem Stadtplan. Der kleine Punkt bewegte sich hastig auf dem Enghavevej Richtung Süden, und sie scrollte eifrig nach rechts.

»Keine Ahnung. Aber er war auf jeden Fall in der Nähe.«

Sie zeigte nach vorn.

»Das Bella Center liegt direkt dort«, erklärte sie. »Da ist in dieser Woche eine NGO-Konferenz, die er sicher von heute Vormittag an besucht hat.«

Im selben Moment machte Kraus eine Vollbremsung. Die Schilder vor ihnen forderten wegen Bauarbeiten eine

Geschwindigkeitsbegrenzung von vierzig Stundenkilometern unter der Brücke bei der Sydhavn Station. Da die Straße allerdings auf beiden Seiten aufgerissen worden war, kam der Verkehr in der Realität fast zum Stillstand.

Jetzt meldete sich der Funk erneut.

»Er ist dabei, ein Boot startklar zu machen«, verkündete der Kollege. »Es sieht so aus, als würde er gerade die Leinen werfen. Was sollen wir tun, wenn er abhaut?«

Kraus brauchte nicht lange nachzudenken.

»Wir erreichen Thor gerade nicht, aber Anisa hat Priorität«, sagte er. »Geht zum Schuppen und vergewissert euch, dass sie sich dort aufhält und ihr nichts zugestoßen ist. Aber denkt dran, dass sie bewaffnet sein könnte. Und dann wartet ihr, bis wir da sind.«

Er wandte sich mit einem gestressten Blick Linnea zu, aber die nickte nur, um ihm zu zeigen, dass sie seine Einschätzung teilte. Dann hämmerte er mit der Faust auf die Hupe, während Linnea in der Hoffnung, einen Schleichweg zu finden, die Karte auf ihrem Blackberry studierte. Aber es war nichts zu machen. Sie konnten nichts tun, als hier zu warten, während sich die Autos und LKW durch das Nadelöhr in Richtung des Amagermotorvej zwängten.

62

Anisa Farah?«, fragte Thor, diesmal fast flüsternd.

Er war sich unsicher, ob er allein im Schuppen war und ob es überhaupt eine gute Idee war, sich zu erkennen zu geben. Er hielt die Pistole fest umklammert, aber sie würde ihm ohnehin nicht viel helfen, wenn man ihn überraschte. Anisa bewegte sich schnell und lautlos, das konnte Linnea bezeugen. Und wozu eine ehemalige Kindersoldatin noch in der Lage war, wussten nur einige wenige Überlebende zu berichten.

Thor stand mit dem Rücken zur Tür und wagte sich nun etwas weiter in den Raum hinein. Hier war es fast genauso kalt wie draußen. Er bildete sich ein, verschiedene Gerüche wahrzunehmen: den Gestank der schmutzigen Holzverkleidung, die von jahrzehntelangem Rauchen und mangelndem Putzen braun war. Aber da war noch etwas anderes. Vielleicht konnte er Anisas Anwesenheit tatsächlich riechen, vielleicht spielten ihm seine Phantasie und seine Nerven auch nur einen Streich.

Er ging einige Schritte weiter in das Zimmer hinein. Es gab nur diesen einen Raum, mit einem Heizofen in der rechten hinteren Ecke und einer improvisierten Küche mit einem Gaskocher in der anderen. Überall standen ramponierte Möbel und alte Fischerkisten mit Gerümpel herum. Für die Spurensicherung würde dieser Ort ein Alptraum sein. Er hielt die Pistole im Anschlag und ging zu dem Kachelofen hinüber. Mitten in diesem Durcheinander war ein kleiner Bereich auf dem Boden freigeräumt, wo ein Schlafsack auf einer dünnen aufblasbaren Isomatte lag.

Thor ging in die Knie. Er sah sich um und erblickte im nächsten Moment einen Dolch. Die Klinge war mindestens zwanzig Zentimeter lang und lag zusammen mit einer Packung Kekse und einer leeren Coladose neben dem Schlafsack. Er legte eine Hand auf den Ofen, doch er war kalt. Dann schlug er den Schlafsack auf und spürte am Boden etwas Restwärme. Noch vor kurzem musste hier jemand gelegen haben.

Er fluchte vor sich hin, blieb einen Moment in der Hocke und streckte sich nach einem Holzklotz, der in der Nähe zwischen dem Gerümpel stand. Vorsichtig zog er ihn zu sich und wog ihn einen Moment in der Hand. Dann schleuderte er ihn mit aller Kraft in Richtung des Fensters auf der anderen Seite. Das Glas zersplitterte, und er sprang auf und trat gegen den Tisch vor sich. Er blieb stehen, die Waffe gezückt.

Der plötzliche Lärm hätte jeden aus seinem Versteck vertrieben, doch niemand kam zum Vorschein. Er suchte ergebnislos den Raum ab. Die Flüchtige war schon wieder unterwegs. Es gab nur einen naheliegenden Fluchtweg, und vielleicht war es auch schon zu spät. Er holte sein Handy aus der Tasche. Der Empfang war schwach, aber es gelang ihm trotzdem, Ewald zu erreichen.

»Ist Kraus schon da?«, fragte Ewald. »Wir sind unterwegs, Tantawi ist bei mir.«

»Es gibt eine Planänderung«, antwortete Thor.

Schnell ging er alles im Kopf durch. Schon bevor er in aller Eile den Politigården verlassen hatte, hatte er Kraus angerufen und instruiert und anschließend Ewald und Tantawi erreicht, die sich gerade beide im Kriminaltechnischen Center im Slotsherrensvej aufhielten. Er hatte sie gebeten, so schnell wie möglich zum Sydhavn zu kommen, damit die ganze Gruppe vor Ort war, wenn sie Gunnerus und Anisa festnahmen. Doch jetzt wurde ihm klar, dass die beiden anderswo vielleicht nützlicher wären.

»Fahrt zum Fisketorvet«, sagte er dann. »Enghave Brygge, irgendwo dahin.«

»Wir sind ganz in der Nähe, aber was sollen wir da?«

»Die Fahrrinne ist frei«, gab Thor nur zurück. »Das Eis ist nicht sonderlich dick.«

»Ich verstehe nicht ganz …«

»Jetzt fahrt einfach dorthin und alarmiert jemanden von

der Hafenpolizei. Sie sollen mich kontaktieren, sie müssen irgendwo ein Boot im Wasser haben. Und sorg dafür, dass Kraus sich bei mir meldet.«

Und dann legte er ohne jede weitere Erklärung auf. Er sah sich ein letztes Mal im Schuppen um und bahnte sich einen Weg zur Hintertür. Wie erwartet, war sie ebenfalls nicht abgeschlossen und führte direkt zum Bootssteg. Er stieß die Tür auf und rannte zum Wasser.

*

»Das Haus ist leer. Wir sind grade dort angekommen. Eine Scheibe ist eingeworfen, aber ansonsten gibt es keine Spur von irgendjemandem.«

»Verdammte Scheiße!«

Kraus hämmerte mit der Faust gegen das Lenkrad, als er die Nachricht über Funk hörte. Sie hatten gerade die Baustelle unter der Brücke hinter sich gelassen, und er hatte ein weiteres waghalsiges Überholmanöver gestartet, um die Sydhavngade so schnell wie möglich zu verlassen.

»Was sollen wir tun?«, fragte der Polizeibeamte.

»Lauft ihm nach, zum Donnerwetter! Sorgt dafür, dass der Typ nicht entkommt.«

Linnea holte erneut ihren Blackberry hervor.

»Zu spät«, sagte sie. »Der ist doch bestimmt schon mit dem Boot auf und davon. Wir haben auf das falsche Pferd gesetzt.«

Und im nächsten Augenblick bestätigte ihnen der atemlose Kollege vor Ort, was Linnea vorausgesagt hatte. Soeben habe ein Boot abgelegt und fahre jetzt aus dem Schleuseneinlauf hinaus, und Gunnerus sei nicht mehr zu sehen. Er hatte die Flucht über das Wasser angetreten, und sie konnten nichts unternehmen. Linnea studierte die GPS-

Anzeige. Irgendwo hier in der Nähe hatte sie sich doch im letzten Herbst eine Wohnung angesehen …

»Zeit für Blaulicht und Sirene!«, beschloss Kraus, als er sich über Linnea beugte und das Handschuhfach öffnete. Er holte das Blaulicht heraus, um es aufs Dach zu setzen, doch Linnea bremste ihn.

»Wir wissen nicht, was er mit Anisa gemacht hat«, sagte sie. »Oder was er noch vorhat. Aber wenn er die Sirenen hört, gerät er am Ende noch in Panik. Außerdem kommen wir sowieso nicht rechtzeitig an, wenn er mit dem Boot weggefahren ist – da können wir noch so schnell fahren.«

Kraus legte das Blaulicht zurück und sah sie an.

»Und was schlägst du stattdessen vor?«

Linnea hielt das Telefon hoch und deutete nach vorn.

»Ich glaube, ich kenne diesen Ort. Das ist die Sjællandsbro«, sagte sie. »Wenn wir diese Brücke überqueren würden, wären wir in Kürze drüben bei Ved Slusen und könnten höchstens dort am Kai stehen und Gunnerus nachwinken. Wenn wir aber auf dieser Seite der Schleuse bleiben, kommen wir zu einem weiteren Jachthafen. Genau hier!«

Sie griff ins Lenkrad, so dass das Auto auf die Abbiegespur nach Sluseholmen schlitterte, anstatt weiter geradeaus in Richtung Amager zu fahren.

»Bieg ab!«, befahl sie. »Wir kapern ein Boot!«

63

Es ist zu spät.«

Thor starrte die beiden Polizeibeamten an, die abwartend auf dem Bootssteg standen. Er hatte einen metallischen Geschmack im Mund, nachdem er den ganzen Weg vom Schuppen hierher gerannt war, und sein Ellbogen pochte, weil er auf dem rutschigen Schnee über dem Kiesweg ausgerutscht und der Länge nach hingefallen war.

»Da drüben fährt er.«

Einer der Polizisten zeigte auf die Schleuseneinfahrt, wo ein 30-Fuß-Motorboot gerade die starke Strömung der Schleusenanlage hinter sich ließ und sich an der Ausfahrt des Ziegelwerks vorbei in Richtung des inneren Hafens bewegte. Weiter vorn konnte man im abnehmenden Sonnenlicht die Byggebron erkennen und dahinter die Skyline von Kopenhagen mit ihren Spitzen und Türmen. Thor drehte sich zu den Kollegen um.

»War er allein?«, fragte er. »Habt ihr gesehen, wie er losgefahren ist?«

Die beiden schüttelten den Kopf.

»Ich rufe Verstärkung«, erklärte Thor schließlich. »Und ihr durchsucht jeden Schuppen in der Umgebung. Wenn er Anisa nicht mitgenommen hat, muss sie hier noch irgendwo sein.«

Ihm fiel auf, dass er immer noch mit seiner Pistole herumfuchtelte, und er steckte sie wieder ins Holster.

»Worauf wartet ihr noch?«, fragte er. »Seht zu, dass ihr wegkommt!«

Er rief Kraus an, während die beiden Streifenpolizisten zu den verfallenen Schuppen zurückrannten. Ihn ließ der Gedanke nicht los, dass er das hätte ahnen müssen. Natürlich war der Hafen vereist, aber nicht mehr so, als dass man nicht schon mit dem Boot fahren konnte. Auf der Brücke nach Sluseholmen standen sogar schon die ersten Angler und warteten darauf, dass die Fische in dem aufgewühlten Wasser anbissen. Noch dazu war das gesamte Gebiet ohnehin ein einziger Jachthafen. Und das Schlimmste war, dass

Gunnerus ihnen mindestens zwei Schritte voraus gewesen war. Er hatte reichlich Zeit gehabt, die Flucht vorzubereiten.

Vielleicht hatte Anisa ja doch Gunnerus angerufen, als die Kollegen ihren Aufenthaltsort geortet hatten? Wahrscheinlich war er derjenige, der ihr von Anfang an bei der Flucht geholfen hatte. Dafür brauchte es nicht viel mehr als ein paar billige Handys mit Prepaid-Karte, mit denen er Anisa und sich ausstattete. Offenbar hatte sie ihn versehentlich von ihrem normalen Handy aus angerufen, und obwohl sie sofort begriffen hatte, dass sie ihn stattdessen von der sicheren Nummer aus anrufen musste, war es ihnen gelungen, sie zu orten. Und wenn Gunnerus so gerissen war, wie sie vermuteten, hatte er geahnt, dass Anisas Handy abgehört wurde. Er hatte mit anderen Worten viel Zeit zum Handeln gehabt und war vermutlich längst bei den Bootsschuppen gewesen, als Thor ihn anrief.

Er starrte auf das Motorboot, das langsam in Richtung Stadt verschwand. Dann steckte er sein Handy ein, weil sowohl bei Kraus als auch bei Linnea die Mailbox angesprungen war. Er sah sich um. Oben bei Nokken gab es nur einen schneebedeckten Pfad, den er auf keinen Fall mit dem Auto befahren konnte. Es gab nur eine Möglichkeit, die Verfolgung aufzunehmen – und zwar zu Fuß. Erneut zog er die Pistole, entsicherte sie und lief an der Schleuseneinfahrt entlang.

Er wusste nicht, wie sinnvoll es war, einem Boot nachzurennen, aber aufgeben wollte er auf keinen Fall.

*

Linnea konnte Kraus schon von weitem fluchen hören. Sie entdeckte ihn auf dem Deck einer 40-Fuß-Jacht mit Außenpantry und Badeplattform. Anscheinend hatte er es aufgegeben, sich Zugang zu der abgeschlossenen Kajüte zu verschaffen. Jetzt stand er an Deck und versuchte mit einem Taschenmesser die Klappe zum Motorraum aufzustemmen. Linnea rief ihm etwas zu, aber er konnte sie nicht hören, und so lief sie stattdessen zur Fußgängerbrücke bei den roten Holzbaracken, den Vereinsgebäuden des Bootclubs Valby.

»Die Idee war schon gut«, rief Kraus dann. »Aber wie zum Henker schließt man bitte ein Boot kurz?«

Er stand auf und sah sich nach etwas um, mit dem er die Kajütentür einwerfen konnte.

»Vergiss es«, sagte Linnea. »Es ist auch viel zu groß. Mit so einem schweren Ungetüm können wir sowieso niemanden einholen.«

»Und was schlägst du vor?«

»Dass wir ein Boot nehmen, das schon zur Abfahrt bereitsteht.«

Sie winkte Kraus zu sich und rannte dann mit ihm im Schlepptau zu dem kleinen blauen Speedboot, das sie weiter unten nahe der Schleuse gesehen hatte.

»Und noch dazu mit Chauffeur!«

Jetzt stand Kraus keuchend neben ihr am Kai. Der Motor des Bootes röhrte, als es dem Besitzer beim dritten Versuch gelang, ihn anzuwerfen. Er war bereits dabei gewesen, das Boot startklar zu machen, als Linnea ihn eben entdeckt hatte. Aber er sah die beiden erst jetzt.

»Das heißt Skipper«, verbesserte sie. »Und den brauchen wir nicht.«

Anschließend lächelte sie dem Besitzer zu und landete mit einem ungeschickten Satz auf dem Glasfaserdeck.

»Sie erlauben?«, fragte sie.

Der Mann war zu überrascht, als dass er etwas entgegnen konnte, und Kraus folgte ihr sofort, was das kleine 15-Fuß-Motorboot bedrohlich zum Schaukeln brachte. Kraus holte schnell seinen Dienstausweis hervor und gab sich als Polizist zu erkennen.

»Tut mir leid, aber wir brauchen Ihre Hilfe«, erklärte er.

Anschließend griff er dem Mann freundlich, aber bestimmt an die Schultern und drehte ihn in Richtung Kai.

»Sie können doch nicht einfach mein Boot nehmen!«

Die Proteste des Mannes hinderten Kraus jedoch nicht daran, ihn ganz vom Boot zu schieben, worauf er ihm noch einmal seine Dienstmarke zeigte und sagte: »Das Boot ist von der Polizei beschlagnahmt, betrachten Sie das einfach als bürgerliches Engagement!«

Mit diesen Worten stellte er sich hinter das Steuer, während Linnea sich beeilte, das Geländer zu umklammern.

»Wenn ich Sie bitten dürfte?«

Linnea zeigte auf die Vertäuung, und der wohlerzogene Bootsbesitzer konnte offenbar nicht anders, als instinktiv zu reagieren. Das Tau wurde zu ihr heruntergeworfen, und erst jetzt schien der Mann wirklich zu begreifen, was gerade geschah. Er begann aufzuschreien, aber seine Proteste ertranken im Motorengebrüll, als Kraus etwas zu viel Gas gab; offenbar waren ihm die Feinheiten der Kunst, ein Boot zu lenken, nicht allzu vertraut. Linnea wurde nach hinten geworfen, konnte aber gerade noch nach der Reling greifen und landete in der Hocke.

»Darf man das denn?«, fragte sie. »Einfach so ein Boot beschlagnahmen?«

»Keine Ahnung.«

Einen Augenblick lang rasten sie auf die kleinen Bootsschuppen am Rande von Nokken zu, doch dann konnte

Linnea sich zu Kraus vortasten und ihn überreden, das Steuer ihr zu überlassen. Sie hatte schon seit vielen Jahren kein Motorboot mehr gelenkt, schien aber dennoch kompetenter zu sein als Kraus. Sie bekam das Boot wieder unter Kontrolle, so dass sie nun Kurs auf die Einfahrt des Ziegelwerks mit seinen schicken Etagenbauten auf der linken Seite und dem Brachland und den Industrieschornsteinen in der Ferne auf der anderen Seite nahmen. Die Dämmerung brach langsam über sie herein, und drüben in der Stadt blinkten die ersten Lichter.

»Können wir ihn einholen?«

Kraus drehte sich zu Linnea um. Er kniete im Steven und konzentrierte sich auf das Ziel. Einige Hundert Meter weiter vorn am Anfang von Nokken sahen sie ein einmastiges Motorboot in der Mitte der Fahrrinne. Sie hatten keine Beschreibung von dem Boot, in dem Gunnerus geflohen war, aber sonst war niemand auf dem Wasser unterwegs. Vermutlich fuhr es mit voller Kraft, doch im Vergleich zu ihrem Speedboot pflügte es sich nur sehr beschwerlich durchs Wasser. Der Außenbordmotor ihres Bootes hatte dagegen eine Leistung von hundertfünfundvierzig PS, und Linnea spürte die Energie des starken Motors direkt in sich hineinströmen, während sie durch das Wasser rasten.

»Ich glaube, wir kriegen ihn!«, rief Kraus.

Linnea nickte, zeigte dann aber in Richtung Land.

»Aber erst müssen wir noch einen weiteren Passagier aufsammeln!«

64

Das Speedboot schwankte bedrohlich, als Thor in Kraus' Armen landete. Sie hatten versucht, so nahe wie möglich an das schneebedeckte Ufer heranzufahren. Hier ordentlich zu manövrieren war allerdings schwer, weil das Eis dort dichter war, und Thor hatte einen gewagten Sprung machen und die Gefahr in Kauf nehmen müssen, dass er ins Wasser fiel.

»In einem kleinen Boot steht man nie aufrecht!«, mahnte Linnea.

Dann gab sie Gas und riss im selben Moment das Steuer nach Backbord, so dass das Boot jäh davonschoss. Thor fiel vornüber, konnte sich aber gerade noch mit den Händen abstützen und landete auf den Knien vor den hinteren Sitzen, anstatt über Bord zu gehen.

»Wir können dich auch noch absetzen«, sagte er dann zu Linnea. »Ich hatte nicht vor, dich auf diese Weise in den Fall mit hineinzuziehen. Das tut mir leid.«

Sie sah ihn nur fassungslos an.

»Wenn du glaubst, dass ich dieses Schwein nicht kriegen will, hast du wirklich gar nichts kapiert«, erwiderte sie. »Außerdem haben wir keine Zeit zu verlieren.«

Sie deutete nach vorn, und er folgte ihrem Blick. Das große Motorboot mit Vorder- und Achterkajüte befand sich jetzt nur noch wenige Hundert Meter vor ihnen, links von der Fahrrinne. Ob dieser Kurs bedeutete, dass es irgendwo bei Teglholmen anlegen wollte, oder nur ein Ausdruck mangelnder Navigationskenntnis war, ließ sich schwer sagen. Linnea fuhr schräg auf die Fahrrinne zu, so dass sie das Kielwasser des anderen Bootes kreuzten.

»Ich weiß nicht, was er vorhat«, sagte sie. »Aber wenn er nicht weiter vorn anlegen will, können wir ihm den Weg abschneiden.«

Thor nickte, während Linnea das Letzte aus dem Boot herausholte, so dass es fast über das Wasser flog und die eiskalte Gischt über die Reling spritzte. Das H. C. Ørsted Værket vor ihnen und die Mischung aus verlassener Industrie und moderner Architektur weiter entfernt auf Islands Brygge waren die einzigen Fixpunkte am Horizont, die Thor sofort wiedererkannte. Er beobachtete das andere Boot und versuchte nachzuvollziehen, welchen Plan es verfolgte. Noch machte es jedenfalls keine Anstalten, das Ufer anzusteuern. Aber jetzt kam Gunnerus zum Vorschein.

»Da ist er!«, rief Kraus.

Auch Thor und Linnea hatten ihn entdeckt. Gunnerus war an Deck neben dem Cockpit zwischen den beiden Kajüten aufgetaucht und mit irgendetwas in der Achterkajüte beschäftigt. Er war allein, und Thor wusste nicht, ob das ein gutes oder ein schlechtes Zeichen war. Das Motorboot war nun nur noch höchstens fünfzig Meter von ihnen entfernt, und sie holten immer mehr auf.

»Er merkt nicht, dass er verfolgt wird«, vermutete Thor.

»Es wird aber nicht lange dauern, bis wir den Lärm seines eigenen Motors übertönt haben werden.«

Und im selben Moment sah Gunnerus auf, als hätte er sie gehört. Er starrte eine Sekunde lang auf das Speedboot, das regelrecht über das Wasser flog, direkt auf ihn zu. Dann verschwand er wieder unter Deck. Sie hörten, wie sich die Tonlage seines Motors veränderte, aber es machte nicht den Anschein, als würde auch er schneller. Vielleicht lag es auch daran, dass Linnea ihr Speedboot noch schneller vorwärtsjagte. Das Wasser schlug Thor jetzt direkt ins Gesicht.

Er war durchnässt und vollkommen durchgefroren, aber inzwischen waren sie so dicht an dem Motorboot, dass es schien, als könnten sie schon im nächsten Moment die Hand ausstrecken und es zu sich heranziehen.

»Wir gehen an Bord!«, rief er den anderen zu.

Aber der Motorlärm der beiden Boote und das aufgepeitschte Wasser übertönten alles. Linnea lächelte ihn an, als hätte sie gerade dasselbe gedacht, und Kraus hob das Tau vom Boden auf, damit sie die beiden Boote aneinander festmachen konnten, wenn sie dicht genug herangekommen waren.

Thor zog seine Pistole und sah, dass auch Kraus die Waffe parat hielt. Im nächsten Moment zwang Linnea das Ruder noch weiter zur Seite, so dass sich das Speedboot heftig nach Steuerbord drehte. Eine Welle schlug zwischen den Booten auf, und dann krachten sie gegen das Motorboot. Diesmal fiel Thor nach hinten über.

»Haltet euch gut fest!«, schrie Linnea.

Noch einmal donnerten sie in die Wand des anderen Bootes, aber jetzt hatte Kraus bereits das Tau auf dessen Deck geworfen. Er klammerte sich an die Reling des größeren Boots und hing halb in der Luft, während er damit kämpfte, das Seil festzumachen.

»Steuern Sie an Land«, rief er mit aller Kraft. »Hier spricht die Polizei.«

Aber Thor schüttelte nur den Kopf.

»Es ist zu spät«, sagte er.

65

Thor stolperte die Treppen zur Vorderkajüte hinunter. Auf den lackierten Stufen konnte man unmöglich Halt finden, aber dann stand er plötzlich dort unten, die eine Hand auf den Kartentisch gestützt, die andere Hand fest um die Pistole geschlossen.

»Wo ist sie?«

Er fixierte Gunnerus, der ruhig am anderen Ende der Kajüte stand, obwohl Thor auf ihn zielte. Nichts war so, wie Thor es sich vorgestellt hatte. Er war halb über Kraus geklettert, um sofort an Bord des anderen Bootes zu gelangen, und hatte mit Gunnerus' Widerstand gerechnet. Stattdessen wirkte der Kintu-Geschäftsführer wenig überrascht und hob zögernd die Hände. Thor hatte die Treppe im Rücken, die zum Deck hinaufführte. Auf der einen Seite stand der besagte Kartentisch samt der Schalttafel, auf der anderen befand sich eine Bank mit Pantry und Essecke sowie einige tiefe Nischen, die einen Feuerlöscher, Rettungsutensilien und diversen Krempel beherbergten. Vor ihm erstreckte sich die eigentliche Kajüte in lackiertem Teak mit Karten, Büchern und dem obligatorischen maritimen Kitsch. Und mit einem Mal kam Thor die ganze Situation verkehrt vor. Zu normal, zu entspannt, als würde all die Panik und Erregung lediglich von ihm selbst ausgehen.

»Wo ist sie?«, fragte Thor. »Was haben Sie mit Anisa Farah gemacht?«

Gunnerus blieb reglos stehen, als wolle er seine Kooperationsbereitschaft zeigen, aber Thor behielt ihn im Auge.

»Ich glaube, da haben Sie etwas missverstanden«, antwortete Gunnerus schließlich. »Ich bin allein an Bord.«

»Was haben Sie mit ihr gemacht? Ist sie tot?«

Gunnerus ließ seine Hände wieder nach unten sinken, aber Thor schüttelte den Kopf. Sein Gegenüber überlegte kurz, hob die Arme dann jedoch erneut.

»Natürlich habe ich Anisa Farah dabei geholfen, sich zu verstecken«, gab er dann zu. »Sie kam zu mir, völlig aufgelöst und hysterisch, nachdem sie mit angesehen hatte, wie ein Mann ermordet wurde. Ich weiß nicht, was sie mit diesem Journalisten zu tun hatte, aber anschließend war sie am Rande eines Zusammenbruchs. Wer hätte ihr schon geglaubt, dass sie nichts damit zu tun hatte? Sie war immer noch blutverschmiert, als sie zu mir kam.«

Er warf Thor einen resignierten Blick zu.

»Ich weiß, dass es falsch war, aber was hätte ich tun sollen? Sie hat in ihrem Leben schon so viel mehr durchgemacht, als man einem Menschen zumuten kann. Ich musste ihr helfen.«

»Sie tragen viel zu dick auf.«

Das Boot machte einen kleinen Ruck, und Thor hoffte, dass Kraus oder Linnea gerade das Steuer übernommen hatten, um so schnell wie möglich Kurs aufs Ufer zu nehmen.

»Sie haben sie ausgenutzt«, fuhr Thor fort. »Sie haben sie dazu gebracht, Spang-Hansen und Herzog umzubringen, weil Sie fürchteten, dass die beiden Ihre Waffengeschäfte auffliegen lassen würden.«

Zum ersten Mal sah Gunnerus nicht mehr so aus, als würde er über allem stehen.

»Darüber haben wir doch schon gesprochen«, erwiderte er.

»Nein,« sagte Thor. »Ich meine nicht die Zusammenarbeit mit Fluggesellschaften, die auch Waffen transportieren, und was Sie mir noch alles serviert haben, damit ich mir Ihre Machenschaften gar nicht erst genauer ansehe. Ich spreche von umfangreichen Waffenlieferungen, die schon seit Jahren stattfinden. Ich spreche von dem dänischen Schiff Persephone, das von Piraten überfallen wurde und dessen Waffenladung für die somalischen Rebellen nicht wie geplant gelöscht werden konnte. In wessen Händen sind sie eigentlich am Ende gelandet? Bei den Piraten? Al-Ahabaab? Oder bei irgendeiner anderen Terrorgruppe?«

Gunnerus zögerte einen Moment.

»Vielleicht ist es das Beste, wenn ich mit offenen Karten spiele.«

Seine Stimme klang wieder fest und ruhig, und er setzte zu einem Vortrag an: »Ich gebe zu, dass ich nicht alles erzählt habe. Aber einem Außenstehenden kann man das auch nur schwer erklären. Es mag paradox klingen, aber Waffen sind der Schlüssel zu einem stabilen Frieden. Was passiert an den Krisenherden dieser Erde, wenn wir versuchen, uns neutral zu verhalten und keine Stellung zu beziehen? Dann verlängern unsere humanitären Aktionen lediglich die Konflikte, die wir eigentlich beenden wollen. Das ist doch sinnlos. Was haben die Waffenembargos der westlichen Welt in den letzten fünfzig Jahren gebracht? Stabilität und Demokratisierung im postkolonialen Afrika? Das kann man nicht gerade behaupten. Ein Waffenembargo sorgt lediglich dafür, dass eine stabile Regierung unmöglich wird, weil sie zu jedem Zeitpunkt schlechter ausgerüstet sein wird als die Rebellen und Terroristen. Und was ist mit den Diktaturen, in denen die Widerstandsbewegung für die Befreiung der Bevölkerung kämpft? Wer hilft den Unterdrückten, wenn der Westen sich nicht zu einer militärischen Intervention verpflichtet sieht? Schickt die UN etwa Blauhelme, sobald ein Waffenembargo beschlossen wird? Es ist schon siebzehn Jahre her, dass die USA und anschließend auch die UN und der Rest der Weltgemeinschaft ihre letzten Soldaten aus Somalia abgezogen haben. Und es ist überall dasselbe. Afrika geht seinem eigenen Untergang entgegen.«

Gunnerus hatte sich warm geredet.

»In einem Krisengebiet braucht man Opfer, um Entwicklungshilfe zu akquirieren«, fuhr er fort. »Und wenn es nicht genug Opfer gibt, müssen die Kriegsherren eben welche produzieren.«

»Wollen Sie etwa behaupten, dass man einen Krieg anzettelt, damit man Entwicklungshilfe bekommt? Das ist doch vollkommen absurd.«

Thor schüttelte den Kopf.

»Nicht für Milchpulver und Medizin«, sagte Gunnerus. »Aber für die Millionen an Dollar, die die Hilfsorganisationen den Warlords zahlen, damit sie überhaupt ins Land kommen und Beistand leisten können. Alle Kriegsgebiete sind unterschiedlich, aber eins haben sie alle gemeinsam: Man muss zahlen, um hineinzukommen. Die Opfer sind eine Ware, die Bezahlung sind Bestechung und Gebühren; insgesamt drei Viertel aller Entwicklungshilfe. Es ist eine Industrie, und indem wir darauf eingehen, nehmen wir auch in Kauf, dass die Zahl der Opfer steigt. Wie also helfen wir beispielsweise Somalia? In Dänemark sind wir der Meinung, dass man den Flüchtlingen vor Ort helfen sollte. Also halten wir siebenhunderttausend somalische Flüchtlinge in Lagern am Horn von Afrika fest, wo Hungersnot und Hoffnungslosigkeit herrschen und die einzige Zukunftsaussicht darin besteht, von Al-Shabaab, Hizbul Islam und anderen militanten Gruppen angeworben zu werden. Wir müssen aufwachen und begreifen, dass andere Lösungen notwendig sind. Radikale Lösungen.«

Thor sah ihn an. Vielleicht war Gunnerus' Waffenhandel

wirklich einmal aus der Hoffnung heraus entstanden, dass dies die Lösung sei. Vielleicht war er aber auch nur ein zynischer Lügner, der versuchte, seine gierige Profitjagd zu beschönigen. Und vielleicht waren die Motive letzten Endes auch gleichgültig, wenn das Ergebnis Zehntausende Tote waren.

»Das klingt ja alles sehr schön«, ertönte es plötzlich hinter ihnen.

Thor drehte sich ruckartig um. Er sah Linnea auf halber Treppe stehen.

»Vielleicht solltest du versuchen, das alles auch noch einmal ihr hier zu erklären«, fügte sie hinzu. »Ich bin mir nämlich nicht sicher, ob sie alles mitbekommen hat.«

Thor wandte sich wieder Gunnerus zu. Der hatte keine Anstalten gemacht, sich zu bewegen, und sein Blick streifte Thors noch immer auf ihn gerichtete Pistole nicht einmal. Er sah Linnea an, die auf der Treppe stand. In den Armen hielt sie Anisa Farah, bewusstlos und mit geronnenem Blut im Haar.

66

Wird sie durchkommen?«

Linnea ignorierte Thor und konzentrierte sich voll und ganz auf Anisa, die sie auf eine kleine Bank links von der Treppe gelegt hatte. Sie hatte den dicken braunen Pullover durchgeschnitten und die schmutzige Jeans geöffnet. Es schien dieselbe Kleidung zu sein, die sie schon damals in der Badeanstalt getragen hatte. Sie hatten Anisa in die stabile Seitenlage gebracht, um ihre Atemwege freizuhalten, und versuchten jetzt, sie durch Zureden und sanftes

Rütteln wieder aufzuwecken. Die Haut der schmächtigen Frau hatte eine matte und ungesunde Farbe. Ihr gesamter Körper schien von Flucht, Hunger und Stress zu künden. Und dann die Schrammen auf ihrer linken Wange und ihrer Hand, die von der körperlichen Misshandlung zeugten. Dem frischen Blut nach zu urteilen, hatte sie erst kürzlich stattgefunden. Das geglättete schwarze Haar war schmierig und blutverklebt, eine schnelle Untersuchung des Kopfs ließ Linnea allerdings darauf schließen, dass das Blut von der Hand stammte und Anisa es bei einem Abwehrmanöver selbst über Kopf und Gesicht verteilt hatte.

Dann sah Linnea endlich zu Thor auf, der ihr den Rücken zugewandt hatte.

»Sie ist bewusstlos«, sagte sie. »Wenn sie wegen des Blutverlusts einen Schock erlitten hat, braucht sie schnell einen Arzt.«

Anisas Körper war erschlafft, aber sie zuckte und brabbelte wie ein schlafender Säugling. Linnea wurde wütend, als sie daran dachte, welche Folgen es gehabt hätte, wenn sie nicht rechtzeitig gekommen wären. Sie war selbst hinter Thor auf das andere Boot geklettert, während Kraus noch dabei gewesen war, das Speedboot ordentlich festzumachen. Kurz darauf folgte auch er ihnen, um den Rest des Bootes zu sichern, während Thor sich unten in der Kabine um Gunnerus kümmerte. Linnea hatte einen Moment unschlüssig herumgestanden, bis ihr Blick auf ein Nokia-Handy gefallen war, das an Deck neben dem Cockpit lag. Sie hatte es aufgehoben. Vielleicht zufällig, vielleicht weil sie sich erinnerte, dass Gunnerus ein iPhone hatte. Das Nokia sah neu aus, und die Liste der eingegangenen Anrufe enthielt nur eine einzige, nicht namentlich zugeordnete Nummer. Linnea fand das merkwürdig genug, um ohne zu zögern auf »Anrufen« zu gehen, und schon im nächsten Moment hörte sie es in der kleinen Achterkajüte hinter sich klingeln. Sie rief erst Kraus und sprang dann, ohne auf ihn zu warten, selbst dorthin und stieß die Tür auf. Die enge Kajüte enthielt zwei Schränke und zwei Schlafplätze direkt über dem Motorraum, und in der einen Ecke hatte Anisa zusammengekrümmt gelegen.

»Habt ihr alles im Griff?«

Kraus streckte den Kopf herein, und Thor winkte mit seiner freien Hand ab, um ihm zu bedeuten, dass sie keine Hilfe brauchten.

»Sorg lieber dafür, dass wir an Land kommen.«

Thor hatte Gunnerus dazu gebracht, sich ans vordere Ende der Kajüte zu setzen. Endlich schien er aufgegeben zu haben. Thors Pistole beachtete er gar nicht, sondern starrte mit leerem Blick auf die Planken, als hätte er sich völlig in sich selbst zurückgezogen.

»Wenn wir anlegen, muss ein Krankenwagen bereitstehen. Und ruf die anderen hinzu, damit wir sie dort gleich treffen können«, ordnete Thor an.

Kraus nickte und sah zu Linnea hinüber, die mit Anisa beschäftigt war, doch als auch sie ihm versicherte, dass sie alles unter Kontrolle hatte, kehrte er an Deck zurück. Anisa lag schlaff auf der Bank, aber sie hatte wenigstens wieder einen Hauch Farbe im Gesicht, obwohl sie noch immer bewusstlos war. Linnea rückte ihre Jacke unter dem Kopf der jungen Frau zurecht, damit sie stabil lag, und ging in die Pantry zurück, um einen neuen Lappen zu holen. Sie befeuchtete ihn mit Wasser aus dem kleinen Waschbecken, damit sie Anisas Wunden reinigen konnte, hielt dann aber inne.

Sie bemerkte, dass Gunnerus nicht länger den Boden anstarrte, sondern seinen Blick auf sie gerichtet hatte.

»Sie sollte ertrinken«, sagte sie und sah ihn an. »Ich fasse es nicht, wie man so zynisch sein kann. Du hast sie bewusstlos geschlagen, und dann wolltest du sie über Bord werfen, hab ich recht?«

Gunnerus hielt ihrem Blick stand, während sie ihre Anklagen hervorbrachte. Trotzdem begann sie zu zweifeln, ob er wirklich sie ansah. Ob er überhaupt begriff, dass sie mit ihm sprach. Seine Augen wirkten glasig. Sie versuchte ihn zu fixieren, doch dann nahm sie etwas hinter sich wahr. Einen kaum hörbaren Laut. Ein Atemzug? Holte Anisa regelmäßiger Luft, weil sie endlich wieder zu Bewusstsein gekommen war?

Linnea drehte sich um, weil sie wieder zu ihr gehen wollte, und begriff im selben Moment ihren Irrtum. Thor konzentrierte sich ganz auf Gunnerus. Und sie blickte für den Bruchteil einer Sekunde in ein dunkles Augenpaar. Blank und funkelnd und voller Hass. Anisa lag nicht länger ruhig auf der Seite, sondern hatte ihre Beine in Embryonalstellung zum Kinn gezogen. Und im nächsten Moment rammte sie ihre Füße mit voller Kraft in Linneas Bauch.

Linnea taumelte in den Kartentisch, fiel nach hinten über und landete auf der Bank. Der Platz war so begrenzt, dass es sich anfühlte, als würde sie gegen eine Wand gepresst. Sie musste sich mit beiden Händen abstützen, um nicht mit dem Kopf aufzuschlagen, aber noch bevor sie sich wieder aufrappeln konnte, hatte Anisa eine halbe Drehung gemacht und den Feuerlöscher aus der Nische gezerrt.

Linneas Kopf war ganz nahe an Anisa, und sie konnte ihren stechenden Schweiß riechen. Sie versuchte sich zu ducken, um aus der Angriffslinie zu kommen, egal, ob Anisa ihr mit dem Feuerlöscher ins Gesicht sprühen oder ihn ihr über den Kopf hauen wollte. Thor hatte allerdings schon reagiert und warf sich zwischen sie.

Es gelang ihm, Linnea zurück in Richtung der Pantry zu

schieben, während er nach Anisas Hand mit dem Feuerlöscher griff. Doch da war es bereits zu spät.

Linnea sah das Ganze wie in Zeitlupe. Anisa, die jetzt wie ein rasendes Tier brüllte, und Thor, der sie erneut unterschätzt hatte. Linnea wollte ihm zurufen, dass er schon wieder denselben Fehler beging. Anisa Farah war kein kleines Mädchen. Aber das Ganze passierte in einem Sekundenbruchteil, und nach einem weiteren durchdringenden Schrei von Anisa war es plötzlich Thor, der erstarrte. Während er versucht hatte, sie zu beruhigen, hatte sie ihm die Waffe entwendet.

Jetzt robbte sie auf der Bank zurück, bis sie in der hintersten Ecke der Kajüte saß, den Rücken an die Wand gepresst, die Beine angezogen. Sie hielt die Pistole mit beiden Händen so fest umklammert, dass ihre Fingerknöchel weiß hervortraten.

Sie zielte abwechselnd auf sie alle drei, ihr Blick flackerte nervös hin und her, und das Adrenalin schien ihre Paranoia und ihre Wachsamkeit zu verstärken. Aus dem Augenwinkel konnte Linnea sehen, wie Thor Kraus signalisierte, dass er sich ruhig verhalten und an Deck bleiben sollte.

67

Lass mich das machen«, sagte Linnea.

Sie konnte Thor ansehen, dass er versuchen wollte, mit Anisa zu verhandeln. Sie stand langsam auf und versuchte, Anisas Blick einzufangen. Es war ungewiss, in welchem Bewusstseinszustand die junge Frau sich gerade befand. In ihren Augen brannte ein Wahnsinn, der sie mit ungeahnten Kräften ausstattete. Gunnerus' Versuch, sie umzubringen, hatte offenbar eine ebensolche Regression hervorgerufen wie das Begehen der Morde. Doch jetzt schien sich ihr Zustand wieder zu ändern. Die Augen waren nicht mehr so glänzend, ihr Blick nicht mehr so flackernd, nur die Halsschlagader pochte noch sichtbar.

War sie dabei, wieder ihr eigentliches Bewusstsein zu erlangen? Nicht nur wach und lebendig zu sein, sondern auch die Finsternis ihrer Seele zu durchdringen?

»Wir sind hier, um dir zu helfen«, sagte Linnea.

Sie wollte Anisa dazu bringen, sie anzusehen, hatte jedoch kein Glück. Und sie musste sich konzentrieren, um die Pistole in den Händen der anderen zu ignorieren. Dämmerte Anisa allmählich, was man ihr angetan hatte? Der Gedanke machte Linnea mehr Angst als der Anblick der Pistolenmündung. Denn wie würde Anisa reagieren, wenn sich der Nebel endlich lichtete und sie verstand, zu welchen Taten man sie getrieben hatte? Würde sie noch unberechenbarer, noch wütender und mörderischer, wenn sie nicht länger in den alten Traumata gefangen war?

»Wir wissen, was passiert ist«, fuhr Linnea fort.

Sie kam einige Schritte näher. Langsam und ruhig. Doch Anisa reagierte nur, indem sie die Pistole direkt auf sie richtete, ehe sie anschließend wieder Thor und Gunnerus anvisierte. Linnea bemerkte, dass Anisas Blicke wieder und wieder Gunnerus suchten. Linnea drehte sich um und blickte ihn an. Er war aufgestanden, blieb jedoch reglos stehen. Sein Blick war für einen kurzen Moment unruhig, dann sah er Linnea beinahe flehentlich an.

»Ich habe sie zu meinem Treffen mit dem Journalisten mitgenommen«, sagte er dann. »Das ist richtig.«

Er schaute Anisa an. Sie drückte sich immer noch in die Ecke, die Beine schützend angezogen. Nur ihre Augen und die Bewegungen der Pistole verrieten, dass sie eine tickende Bombe war, die kurz vor der Detonation stand. Aber was diese Explosion auslösen würde, ließ sich unmöglich voraussagen.

»Für ihn war es nur eine Sensation«, erklärte Gunnerus. »Er wollte eine Geschichte über Entwicklungshilfe und Waffenhandel machen, und ich wollte ihm Anisa zeigen, damit er selbst sehen konnte, dass es nicht nur um den Cavling-Preis geht, sondern auch um menschliche Schicksale. Doch dann ist sie mittendrin Amok gelaufen. Ich weiß nicht, was seine Gegenwart in ihr ausgelöst hat. Vielleicht hatte sie das Gefühl, er würde mich bedrohen.«

»Und warum haben Sie sie anschließend dort zurückgelassen? Damit sie die Schuld bekommen würde?«

Er antwortete nicht. Stattdessen drehte er sich ein wenig zur Seite und betrachtete Anisa. Er ließ die Arme sinken. Sie reagierte nicht, richtete ihre Aufmerksamkeit und die Pistole aber nach wie vor auf ihn.

»Es wird alles gut«, beruhigte er sie. »Ich weiß, wie es dir geht. Du kommst wieder in Behandlung, wir waren ja schon einmal an dieser Stelle angelangt.«

Es sah aus, als würde es ihm gelingen, Anisas Blick zu fesseln, obwohl unmöglich zu durchschauen war, was hinter den dunklen Augen wirklich vor sich ging.

»Bullshit«, sagte Linnea in dem Moment. »Ich glaube dir kein Wort. Du hast sie ganz bewusst ausgenutzt.«

Thor warf ihr einen warnenden Blick zu, wandte sich dann aber selbst an Gunnerus.

»Ihre Geschichte ergibt einfach keinen Sinn«, entgegnete er. »Sie hatten Anisa auch dabei, als Sie Vibe Herzog besucht haben, stimmt's? Herzog wollte aussteigen, und Sie wollten sie loswerden. Also haben Sie Anisa mitgenommen, unter dem Vorwand, dass Herzog ihr mit einem neuen Unterschlupf helfen sollte. Aber stattdessen haben Sie dafür gesorgt, dass sie noch einmal durchdrehte. Sie haben sie von ihren Traumata befreit, aber Sie sind auch dazu in der Lage, sie wieder freizusetzen. Sie in eine Tötungsmaschine zu verwandeln, die aus reinem Instinkt handelt. War es nicht so? Und was ist mit Ihren Mitarbeitern in Afrika, mussten die auch sterben, weil sie zu viel wussten?«

Gunnerus war mit ruhigen Schritten auf Anisa zugegangen, während Thor ihm seine Vorwürfe an den Kopf warf. Er sah Thor kurz an, richtete seine Aufmerksamkeit dann aber weiter auf die junge Frau, während er sich langsam dem Kartentisch und der Schalttafel näherte.

»Ihr versteht das alles falsch«, erwiderte er. »Es sollte nur eine Warnung sein. Dass sie sterben, war nie beabsichtigt. Es war ein Fehler.«

Er wirkte allerdings so, als hätte er keine Lust mehr, noch länger überzeugend zu klingen. Jetzt war er noch wenige Schritte von Anisa entfernt, und sie protestierte nur schwach. Linnea fürchtete, dass sie gleich wild um sich schießen würde. Anisa begann nervös mit dem Kopf zu zucken. Je näher Gunnerus ihr kam, desto mehr presste sie sich gegen die Wand. Sie sah aus, als würde sie jeden Moment den Abzug betätigen. Doch dann schien ihr Körper sich mit einem Mal zu entspannen. Vielleicht gaben ihr Gunnerus' Nähe und Stimme tatsächlich Sicherheit.

Linnea warf Thor einen kurzen Blick zu, und dann begannen sie beide, sich zurückzuziehen, aus Anisas Schusslinie, während Gunnerus weiter beruhigend auf sie einredete.

»Du weißt, dass du dich auf mich verlassen kannst«, sagte er. »Habe ich dir denn nicht immer geholfen?«

Seine Stimme war samtweich, und Linnea wurde fast schlecht angesichts all dieser zynischen Heuchelei. Doch dann irrte Anisas Blick nervös hin und her. Erst verstand

Linnea nicht, was gerade passierte. Gunnerus stand jetzt ganz dicht vor der Schalttafel, mit hängenden Armen, als grübelte er über etwas. Aber Anisa hatte ihre Aufmerksamkeit auf einen Punkt dahinter gerichtet, und endlich begriff Linnea.

Kraus war auf der Treppe erschienen. Statt sie an Land zu fahren, hatte er sich hingelegt, um nicht entdeckt zu werden, und war immer weiter bäuchlings die Treppe hinabgerobbt, bis er Anisa endlich im Visier hatte. Linnea wollte ihm signalisieren, dass Anisa etwas bemerkt hatte, aber es wäre ihr nicht gelungen, ohne ihn endgültig zu verraten.

Sie wandte ihren Blick ab, damit sie wenigstens nicht diejenige war, die Anisa auf ihn aufmerksam machte. Aber es war schon zu spät.

Mit einer plötzlichen Bewegung drehte Anisa sich um und schoss.

68

Gunnerus reagierte als Erster. Er hechtete über den Kartentisch, um an den Feuerlöscher zu gelangen, während Kraus einen Schmerzensschrei ausstieß und auf der Treppe zusammensackte. Gunnerus riss das Gerät an sich und wollte es Anisa auf den Kopf schlagen, ehe sie sich ihm wieder zuwandte.

»Die Pistole!«, schrie Thor.

Durch Thors Schrei abgelenkt, ließ Gunnerus den Feuerlöscher fallen.

Linnea war bereits auf die Beine gekommen. Anisa hatte sich zur Seite gerollt, und Linnea warf sich zwischen sie und Gunnerus, um Anisa am Schießen zu hindern und

Gunnerus daran, sich die Pistole zu schnappen. Anisa lag noch immer auf der Bank, aber jetzt riss Linnea sie im Sprung mit, und sie stürzten beide auf die Planken. Gunnerus kämpfte mit Thor, während Linnea auf Anisa landete und im selben Moment wie Gunnerus nach der Pistole griff. Linnea hatte das Gefühl, ihre Hand würde zerquetscht, und sie starrte Anisa direkt in die Augen.

Dann gelang es ihr, einen Finger unter den Abzug zu pressen, so dass Anisa nicht mehr schießen konnte.

Gunnerus versuchte, Linnea wegzuschieben und die Pistole an sich zu reißen. Anisa schrie auf, als ihre Hand krachend nach hinten gebogen wurde. Aber sie hielt die Pistole fest umklammert, und Linnea kämpfte darum, nicht loszulassen. Im Augenwinkel konnte sie sehen, wie Thor den Feuerlöscher hob. Er zielte auf Gunnerus' Kopf, doch im selben Moment schlug dieser nach Linnea.

Sie konnte im letzten Moment ihren Kopf zur Seite drehen, und sie wälzten sich zu dritt auf dem Boden, so dass Thor Gunnerus am Körper traf anstatt auf den Kopf. Gunnerus warf sich herum, um nach Thor zu treten, und Linnea kam wieder auf Anisa zum Liegen. Sie konnte sehen, wie ihre Adern im Gesicht vor Stress und Wut anschwollen, während sie mit einem lauten Stöhnen versuchte, Linneas Finger vom Abzug wegzuschieben.

Noch immer hielt Anisa die Pistole fest umklammert, doch jetzt gelang es Linnea, ihren Arm auf den Boden zu drücken, so dass die Waffe von ihren Körpern weg zeigte. Im selben Moment befreite Gunnerus sich von Thor und stürzte sich erneut über die beiden.

»Gib mir endlich diese Pistole!«, schrie er.

Sein Gesicht war direkt über Linneas, doch er starrte nicht sie an. Gunnerus und Anisa hatten nur Augen füreinander, und Anisa schrie angestrengt, als es ihr mit vor Anspannung zitternden Händen gelang, die Waffe wieder auf Gunnerus zu richten, sosehr Linnea auch dagegen ankämpfte.

Und dann war es, als würde Linnea alles von außen beobachten.

Thor war kurz davor gewesen, anzugreifen. Gunnerus schlug außer sich vor Wut nach Anisa. Die Pistole wurde gegen ihn gerichtet.

Anisas und Linneas Hände rangen verkrampft darum, die Kontrolle über die Waffe zu erlangen. Linneas Finger wurde näher an den Abzug gepresst.

Jetzt zeigte der Pistolenlauf direkt auf Gunnerus' Gesicht.

Anisa, die kämpfte. Die Angst in Gunnerus' Augen, als er verstand, was passieren würde. Thors Rufe im Hintergrund. Anisas stählerner Wille.

Linnea, die dagegenhielt.

Ihr Finger, der immer näher zum Abzug gebogen wurde.

Gunnerus, der versuchte, seinen Kopf wegzudrehen.

Anisa, die vor Anstrengung keuchte.

Die Pistole, die nur eine Handbreit von Gunnerus' Gesicht entfernt war.

Der Schuss, der sich löste.

Das Mündungsfeuer.

69

Das Erste, was ihr auffiel, war die Stille. Zum ersten Mal hörte sie nur das Boot, das beruhigend im Wasser schaukelte und Erinnerungen an einen Sommerurlaub vor langer Zeit weckte, den sie fast schon vergessen hatte. Sie hatte mit geschlossenen Augen auf einem Segelboot unter der griechischen Sonne gelegen und nur ihre Eltern gehört, die unter Deck rumorten. Kalymnos, 1981. Das Gesicht des Vaters, das lächelnd vor ihr auftauchte, sonnengebräunt und liebevoll – Linnea hatte vollkommen vergessen, dass es einmal existiert hatte.

Dann wurde ihr Ausflug in die Vergangenheit jedoch vom Geräusch des Motors unterbrochen, der erneut angelassen wurde.

»Geht es dir besser?«

Die Stimme klang gedämpft, als dringe sie aus weiter Ferne zu ihr vor. Sie hustete japsend und schlug die Augen auf. Starrte direkt in das Wasser hinunter, das einen Meter unter ihr schwappte. Auf der Oberfläche schwammen gelbgrüne Placken. Dann hustete sie erneut, und ein Schwall Erbrochenes traf auf die Wasseroberfläche. Hicksend holte sie Luft und merkte, wie jemand den Schleim von ihren Mundwinkeln tupfte.

Sie hob den Kopf und atmete tief durch, noch immer ein wenig konfus. Allmählich begriff sie, was passiert war: Sie war ohnmächtig geworden und wieder zu sich gekommen, als die Übelkeit sie übermannt hatte. Sie sah nach unten auf ihre Hände, die sich um die Reling klammerten. Dann krümmte sie sich zusammen und beugte sich ein letztes Mal vor, doch es kam nichts mehr. Ihr Magen war leer, und es war nichts als Säure und Galle übrig.

Dann spürte sie erneut eine Hand und drehte sich um, während sich der Nebel mehr und mehr lichtete. Thor sah sie an, tupfte erneut erst ihre Stirn und anschließend die Mundwinkel ab. Ganz so, als wäre sie wieder ein Kind. Nicht erniedrigend oder übertrieben beschützend, sondern einfach nur beruhigend. Wie früher, als man ganz klein war und nie daran zweifelte, dass andere auf einen aufpassten. Sie spürte, wie ihre Kräfte zurückkehrten.

»Wir sind bei der Djævleø«, sagte er.

Ihr fiel auf, dass sie sich nicht mehr bewegten. Das Motorboot war am Kai vertäut.

»In alten Tagen war das ein Schlupfwinkel für Ganoven und Vagabunden.«

Linnea blickte verwirrt in Richtung Enghave Brygge, wo das H. C. Ørsted Værket die Dämmerung mit seinen gewaltigen Schornsteinen dominierte, hinter etwas, das wie ein Schrottplatz aussah. Alte, mit Graffiti besprühte Betonmauern, verlassene Gleise, Reste der früheren Hafenindustrie und mittendrin ein topmodernes, teures Designer-Hausboot. Auf dem schneebedeckten Pflaster hielten ein Streifenwagen und zwei Zivilfahrzeuge, und Linnea erkannte ein paar der Männer, die eifrig diskutierten und fröstelten. Es waren Thors Kollegen von der Mordkommission. Sie blickte ihn an, und dann kehrte alles zurück.

Sie erinnerte sich wieder daran, was passiert war. Sie blickte erneut zum Kai hinüber, ohne zu finden, was sie suchte. Dann riss sie sich los, rannte über das Deck und die steile Treppe zur Kajüte hinunter. Sie sah Gunnerus sofort.

Er lag mit dem Rücken auf den Planken, und sein Kopf war mit einer Gazebinde umwickelt, durch die Blut gesickert war, doch es sah friedlich aus. Vielleicht war die Wunde auch gewaschen und gereinigt worden, der Erste-Hilfe-Kasten stand auf jeden Fall offen auf dem Kartentisch. Sie kniete neben Gunnerus nieder, starrte in seine Augen und legte zwei Finger an seinen Hals. Im Hintergrund hörte sie Sirenen.

»Anisa wurde gerade abgeholt, und ein weiterer Rettungswagen ist unterwegs.«

Thor war auf der Mitte der Treppe stehen geblieben.

»Kraus wurde am Arm verletzt«, erklärte er. »Und jetzt ist der Rettungswagen da, also sollten wir ein bisschen Platz machen.«

Linnea starrte Gunnerus an und machte sich an seinem Verband zu schaffen. Sie löste die Metallklemmen und wickelte die Gaze ab, so dass die Schläfen freigelegt wurden.

»Solltest du damit nicht ein bisschen warten?«

Thor klang nervös, aber Linnea ignorierte ihn. Sie starrte auf die Verletzung an Gunnerus Kopf und analysierte sie mehr, als dass sie sie betrachtete. An dem sternförmigen Einschussloch war der Kontusionsring erkennbar, wo das Projektil durch die Haut eingedrungen war. Ringsherum waren die üblichen Nahschussspuren in Form von Pulver- und Rußpartikeln zu sehen. Außerdem hatte sich eine Kavität zwischen Haut und Schädelknochen gebildet, weil die dünne Gewebeschicht die beim Schuss entstandenen Gase am Austritt hinderte.

»Ich konnte die Blutung ziemlich schnell stoppen«, sagte Thor.

Endlich stand Linnea wieder auf. Es war wie ein Musterbeispiel für einen aufgesetzten Schuss. Aber dies war kein Lehrbuch.

Noch immer hielt sie Gunnerus' Verband in der Hand. Sie sah Thor an.

»Man blutet, weil das Herz das Blut durch den Körper pumpt«, sagte sie. »Wenn das Herz aufhört zu schlagen, hört auch das Blut auf zu fließen.«

Sie drückte Thor den Verband in die Hand und ging die Treppe hinauf.

»Er ist tot.«

Sie drehte sich zu ihm um.

»Und ich habe ihn erschossen.«

Anmerkung

Folgende Bücher und Filme haben uns bei der Arbeit an diesem Roman inspiriert:

Ishmael Beah: *Rückkehr ins Leben. Ich war Kindersoldat*, Campus.

Hans Jørgen Bonnichsen: *Hånden (Die Hand)*, Politiken.

Arthur Conan Doyle: »Silberstern«, in: *Die Memoiren des Sherlock Holmes*, Insel.

Hans Davidsen-Nielsen: *Spionernes Krig (Krieg der Spione*), Politiken.

Min fætter er pirat (Mein Cousin ist Pirat), dänischer Dokumentarfilm von 2010 (Regie: Christian Sønderby Jepsen).

Rachel Stohl & Suzette Grillot: *The International Arms Trade*, Polity.

Marlene Lyhne Sørensen & Jens Peter Skov Jensen: *Dagbog fra Danica White (Tagebuch von der Danica White)*, Ekstra Bladet.

Clea Koff: *Die Knochenfrau: Meine Arbeit in den Massengräbern für das UN-Kriegsverbrechertribunal*, Malik.

På rejse med kamera og kalashnikov (*Auf Reisen mit Kamera und Kalaschnikow)*, dänischer Dokumentarfilm von 2010 (Regie/Drehbuch: Rasmus Krath).

Linda Polman: *Die Mitleidsindustrie*, Campus.

Arthur Rimbaud: *Une Saison en Enfer/Eine Zeit in der Hölle*, Reclam.

William Shakespeare, *King Henry V./König Heinrich V.*, Reclam.

Ken Silverstein: *Private Warriors,* Verso.

Unser Dank gilt Ursel Allenstein, Katrine Bech Taxholm, Trine Busch, Marie Grundtvig Buss, Andrea Fehlauer, Steen Holger Hansen, Esben Horn, Karsten Juhl Jørgensen, Jenny Kempe, Leonhardt & Høier, Niels Lynnerup, Kim Magnusson, Modtryk, Ullstein, Vigmostad & Bjørke.

Lesen Sie mehr auf www.blodvilhaveblod.blogspot.com